B. Martin

John Updike

Spring doch!

Erzählungen

Deutsch von Uwe Friesel
und Hannelore Gauster

Rowohlt

Die Originalausgabe erschien 1987
unter dem Titel *Trust Me*
im Verlag Alfred A. Knopf, New York
Umschlagbild Hans Hillmann

1. Auflage April 1990
Copyright © 1990 by Rowohlt Verlag GmbH,
Reinbek bei Hamburg
Trust Me Copyright © 1962, 1979, 1980, 1981, 1982,
1983, 1984, 1985, 1986, 1987 by John Updike
Alle deutschen Rechte vorbehalten
Satz Baskerville (Linotron 202)
Gesamtherstellung Clausen & Bosse, Leck
Printed in Germany
ISBN 3 498 06867 9

Für John, Jason und Ted
voll Vertrauen

Inhalt

Spring doch!

Als Harold drei oder vier war, nahmen ihn sein Vater und seine Mutter mit in ein Schwimmbad. Das war komisch, da seine Eltern sonst selten irgendwohin gingen, außer ins Kino, zwei Straßen weit von ihrem Haus. Harold konnte sich nicht erinnern, seine Eltern nach diesem Unglückstag je wieder im Badeanzug gesehen zu haben. Jedoch erinnerte er sich an folgendes: Sein Vater stand, fast nackt, wassertretend im Bassin. Harold stand fröstelnd auf den nassen Fliesen des Beckenrandes, dicht vor dem Abgrund aus scheußlichem Chlorgeruch, hypnotisiert von der klaren, anebbenden Bewegung dieser Masse unnatürlich blaugrünen Wassers. Seine Mutter in ihrem schwarzen Badeanzug, der die Haut sehr weiß erscheinen ließ, blieb irgendo im Hintergrund seines Bewußtseins. Sein Vater sagte, er sollte springen.

«Nun komm schon, Hassy, spring doch!» hörte er seine sanfte und ermutigende Stimme. «Es ist ganz leicht, spring einfach in meine Arme!»

Die Worte hallten in der flachen Akustik von Wasser, Fliesen und Sonnenlicht wider; sie verstärkten in Harold das Gefühl des Ausgesetztseins und der eigenen bleichen Haut. Sein Vater im Wasser wirkte unheimlich ruhig und sicher, und das Kind fragte sich, noch im Sprung, worauf er wohl stünde.

Dann war das blaugrüne Wasser rings um ihn, dicht und schäumend, und als er versuchte Luft zu holen, wurde ihm eine Faust in die Kehle gepreßt. Er sah die eigenen Luftblasen vor seinem Gesicht aufsteigen, ganze Schwärme von Luftblasen, sie stiegen auf, und er sank. Er sank eine sehr lange Zeit, so kam es ihm vor, bis etwas ihn ausmachte in dem immer dunkler werdenden Element und ihn am Arm packte.

Er war wieder an der Luft, auf der Schulter seines Vaters, rang noch immer nach Atem. Sie waren nicht mehr im Wasser. Seine Mutter kam auf sie zugeeilt und schlug seinem Vater mit einer – für jemanden, der so wütend war, bemerkenswerten – Flinkheit schallend ins Gesicht, dicht neben Harolds Ohr. Der Schlag schien im ganzen Schwimmbad widerzuhallen, und alle anderen Badegäste schienen ihn zu hören; aber vielleicht existierte diese Akustik auch nur in seiner Vorstellung. Das Bewußtsein von öffentlicher Peinlichkeit inmitten glänzender Nacktheit – daß sich jedes fremde Gesicht ihm zuwandte, während er aus den nassen Armen des Vaters in die trockenen seiner Mutter überwechselte – überdauerte sein Ringen nach Luft. Der Zorn seiner Mutter schien sich ebenso gegen ihn wie gegen den Vater zu richten. Harolds Füße berührten nun Rasen. Während er, in ein Handtuch gehüllt, an den Knien seiner Mutter stand und die letzten Wassertropfen aus den Lungen heraushustete, fühlte er sich bis in alle Ewigkeit gedemütigt.

Nie erfuhr er, was wirklich geschehen war; als er endlich danach fragte, waren so viele Jahre vergangen, daß sein Vater sich nicht mehr erinnern konnte. «Was für eine Schande!» sagte der alte Mann mit einer milden Mischung aus Traurigkeit und Ironie. «Schwimm oder geh unter, heißt es doch – und du bist untergegangen.» Vielleicht war Harold einen Augenblick früher gesprungen als erwartet, oder er hatte sich als unvermutet schwer erwiesen und war deshalb dem Vater durch die Hände geglitten. Eigenartigerweise hörte er die ganze Jugendzeit über nie auf, seinem Vater zu vertrauen; es war die Mutter, der er mißtraute, ihrem flinken, handgreiflichen Zorn.

Schwimmen lernte er erst im College, und auch dort bestand er die Prüfung nur, indem er, auf dem Rücken liegend, wie ein Frosch durch das Bassin strampelte, während der Schwimmlehrer ihm eine Stange hinhielt, damit er sich an ihr festhalten konnte, falls er in Panik geriet und unterging. Der Chemiegeruch eines Schwimmbads machte ihm stets angst: blaugrüner Drachenatem.

Seine Kinder indessen wuchsen in der Amphibienwelt der Sommerlager und Country-Clubs auf und lernten rasch schwimmen. Sie versuchten sogar, ihm Kopfsprung beizubringen. «Du mußt den Kopf *runter*halten, Pa. Sonst machst du dauernd Bauchklatscher.»

«Ich habe Angst, daß ich nicht wieder hochkomme», bekannte er. Was er unter Wasser am wenigsten leiden konnte, war der Anblick von Luftblasen, die vor seinem Gesicht nach oben stiegen.

Seine erste Frau fand Fliegen fürchterlich. Dennoch flogen sie ziemlich oft. «Entweder du fliegst», sagte er zu ihr, «oder du mußt dich vom 20. Jahrhundert verabschieden.» Sie flogen nach Kalifornien, und während sie sich dort aufhielten, stießen zwei Flugzeuge über dem Grand Canyon zusammen. Sie flogen ab Boston, nur einen Tag nachdem Stare die Motoren einer Electra blockiert und das Flugzeug mit solcher Wucht in den Hafen hatten stürzen lassen, daß die Passagiere von den Sicherheitsgurten zweigeteilt wurden. Sie flogen über Afrika und kreuzten den Äquator bei Nacht, das Land unter ihnen eine einzige tintenblaue Kluft, erhellt von den spärlichen Funken der Eingeborenenfeuer. Sie landeten mit klappernden Kabinentüren auf staubigen Pisten. Da ihre Angst so groß war, versprach er ihr, daß sie nie mehr mit ihm werde fliegen müssen. Am Ende führte sie ihr letzter Afrikaflug vom äthiopischen Hochland über die fahle Weite der Libyschen Wüste bis an die Küste des Mittelmeers und von dort aus weiter nach Rom.

Die PanAm-Maschine ab Rom war die denkbar komfortabelste – ein Jumbo-Jet, groß wie ein Haus, vollgestopft mit amerikanischen Illustrierten und Snacks, Musik rieselte aus den Wänden, und es waren kaum Fluggäste an Bord. Das große Flugzeug hob ab, und er lehnte sich zurück, um *Newsweek* zu lesen, mit der Aussicht auf ein Essen, ein Nickerchen und die Heimkunft. Nach zehn Minuten fragte seine Frau: «Warum steigen wir nicht?»

Er blickte aus dem Fenster, und tatsächlich, die wäßrige Welt unter ihm wurde nicht kleiner; er konnte die winzigen Boote und weißen Spitzen der Wellenkämme deutlich erkennen. Die Stewardessen liefen mit unüblicher Hast zwischen den Sitzreihen hin und her, hatten einen unüblichen Ausdruck auf ihren Glamourgirl-Gesichtern. Harold schaute auf seine Handflächen; sie waren feucht und fleckig, als wäre ihm übel. Sosehr er auch aus dem Fenster starrte, das Meer unter den Flügeln entfernte sich nicht. Die Sonne blinkte auf der Oberfläche; ein Segelboot machte eine Halse.

Die Stimme des Piloten tönte aus den Lautsprechern über ihnen. «Leute, ein kleiner Warnblinker für einen unserer Steuerbordmotoren leuchtet auf, und im Einklang mit unserem Prinzip der absoluten Sicherheit werden wir jetzt eine Schleife fliegen und nach Rom zurückkehren.»

Während der Schleife und des Rückflugs, der außerordentlich lange dauerte, schnallten sich die Stewardessen auf rückwärtigen Sitzen fest, der Mann gegenüber las weiter im *Osservatore* und Harolds Frau, eine gläubige Adeptin der Sicherheitsvorschriften, entfernte ihre hochhackigen Schuhe und die Haarnadeln. So hatte er wieder einmal Gelegenheit, die flinke Tatkraft zu bewundern, die Frauen in Krisensituationen entwickeln.

12

Er hielt ihre feuchte Hand in der seinen und starrte unentwegt aus dem Fenster, das Meer mit seinem Starren, seinem Lebenswillen nach unten drückend. Wenn er auch nur mit der Wimper zuckte, würden sie abstürzen. Boot für Boot hangelte sich die Maschine nach Rom zurück. Für das Auge durchdrangen das blaue Meer und die unbewegliche Silberkante der Tragflächen einander: olympische Oberflächen in heiterer Unkenntnis der immensen Spannung zwischen ihnen. Oft, wenn er durch so ein zerkratztes ovales Fenster blickte, hatte er in der ausgeklügelten Ordnung der Nieten, die die Aluminiumbleche zusammenhielten, eine trügerische Sicherheit geahnt: «Vertrau mir», schien der Code des Metalls zu signalisieren, doch im Innersten seines Herzens hatte Harold sich geweigert, wie seine Frau, und diese Weigerung hatte in ihm einen Hohlraum geformt, in den jederzeit das Entsetzen einfließen konnte.

In Rom angelangt, landete die 747 sanft, und nach einer Stunde Verzögerung, in der die Mechaniker das Warnlicht zum Ausgehen überredeten, nahm die Maschine ihren Flug nach Amerika wieder auf. Zu Hause wurde aus ihrer Furcht ein Spaß, eine Geschichte. Doch hielt er sein Versprechen, daß sie nie wieder mit ihm fliegen müsse: binnen Jahresfrist trennten sie sich.

Während der Zeit der Trennung schien Harold seine Kinder von einem Dachfirst zum nächsten zu schleppen, mit der stillschweigenden Bitte, ihm doch zu vertrauen. Es war wie zu der Zeit, als er – vor Jahren – mit einer Spitzzange die Zahnspange seiner Tochter zurechtbog. Voller Schmerzen war sie zu ihm gekommen; ein Draht stach ihr in die Wange. Doch als er dann mit plumpen Fingern in ihren Mund eindrang, weiteten sich ihre Augen aus Angst vor noch größeren Schmerzen. «Du traust mir nicht», beschwerte er sich fröhlich. Die Heiterkeit in seiner Stimme enthüllte die entscheidende Kluft, den

13

Unterschied zwischen seiner und ihrer Situation: es wäre sein Schnitzer, aber ihr Schmerz. Die Schmerzen anderer sind nicht unsere. Die Religion, so nahm er an, versuchte diese Kluft zu überbrücken, aber die Peiniger jeder neuen Generation hielten sie offen. Ohne diesen Abgrund würde das Mitleid uns erdrücken; Gleichgültigkeit ist der Raum, in dem wir atmen können. Harold hatte diese notwendige Gleichgültigkeit in der Stimme des Piloten vernommen, als er lässig «Leute» sagte, und in der Stimme seines Vaters, die ihn drängte: «Spring!» Er hörte sie in seinen eigenen Beruhigungsversuchen: «Liebling, ich weiß, daß du jetzt einen Druck spürst, aber halt doch mal einen Augenblick *still*... da ist so ein kleines scharfes Ende – aua. Hm. Du hast dich bewegt.»

Er nahm seine Freundin mit auf einen Berggipfel. Er hatte seit vielen Jahren keine Freundin mehr gehabt und mußte daher die delikate Mischung aus Beschützertum und Herausforderung, aus der die Werbung besteht, neu lernen. Sie, Priscilla, war alt genug für eigene Kinder und auch alt genug, um sich auf Skiern unsicher zu fühlen. Sie hatte den Tag auf dem Idiotenhügel verbracht, wo sie Stemmbogen übte und allmählich Selbstvertrauen gewann, während Harold mit ihren Kindern den Berg in alle Richtungen durchstreifte. Als der Nachmittag zu Ende ging, sauste er mit gekonntem Schwung und einer Fontäne aus Schnee zu ihr hinunter. «Nimm den Anfängerlift, damit ich dir meinen Schneepflug zeigen kann», bat sie.

«Wenn du hier Schneepflug kannst, kannst du ihn auch von ganz oben», versicherte ihr Harold.

«Wirklich?» Ihre Wangen waren rosig von dem Tag auf der Anfängerpiste. Sie trug eine weiße Strickmütze. Ihre Augen waren babyblau.

«Na klar! Wir nehmen die Anfängerpiste.»

Sie vertraute ihm. Doch auf dem Sessellift, als die Piste unter ihnen immer steiler und auf den höher gelegenen, vom Wind leergefegten Spuren Eis erkennbar wurde, trat ein zitternder Zweifel auf ihr Gesicht, und er erkannte mit jener perversen inneren Freude, die ein Folterer fühlt, daß er das Falsche getan hatte. Der Lift rumpelte höher und höher. «Kann ich hier wirklich noch laufen?» fragte Priscilla mit der wundervollen Bereitschaft eines Kindes, sich beruhigen zu lassen. Im Reich seiner Einfühlung stand Harold wieder am Rand jenes Swimmingpools. Das bösartig riechende Wasser war weit unter ihnen.

«Hier mußt du nicht», sagte er. «Sieh nur die Aussicht, ist sie nicht prächtig?»

Sie drehte sich steif in ihrem Sessel, während sie über einen Felsabsturz hinwegschwebten. Gehorsam blickte sie auf die unendliche blaugrüne Perspektive aus bewaldetem Berg und gefrorenem See. Der Parkplatz weit unten schien wie ein kleines, mit Autos gesprenkeltes Tablett. Das Kabel glitt unaufhörlich fort; die Temperatur fiel. Die Tannen um sie herum waren gekrümmt und verbogen. Dunst stieg vom Eis auf; sie waren in den Wolken. Priscilla zitterte am ganzen Körper. Oben angekommen, konnte sie sich kaum auf den Skiern halten.

«Ich schaffe es nicht», erklärte sie.

«Mach einfach, was ich mache», sagte Harold. Im Handumdrehen glitt er einige Meter tiefer. «Verleg dein Gewicht erst auf den einen Ski, dann auf den anderen. Achte nicht auf das Gefälle, denk nur an die Verlagerung deines Gewichts.»

Sie lehnte sich zurück, weg vom Hang, und fiel hin. Tränen traten ihr in die Augen; er fürchtete, sie würden zu Eis werden und sie erblinden lassen. Er sammelte all seine Liebe in seine Stimme, als er nun auf sie einsprach, um ihren Widerstand, ihre Angst wegzuschmelzen: «Mach einfach deinen Schneeflug. Denk gar nicht daran, wo du bist.»

«Hier ist überhaupt kein Schnee», sagte sie, «nur Eis.»

«An den Rändern ist es nicht vereist.»

«An den Rändern stehen *Bäume*.»

«Komm, mach zu, Liebes. Das Licht wird immer schwächer.»

«Wir werden uns zu Tode frieren.»

«Sei nicht albern! Die Skipatrouille fährt als letzte die Piste noch einmal ab. Verlagere dein Körpergewicht auf den unteren Ski, dann zieht es dich herum. Du *mußt*. Verdammt noch mal, das ist doch ganz *einfach*.»

«Für *dich*», sagte Priscilla. Sie folgte seinen Anweisungen und begann, zaghaft zu gleiten. Sie stieß gegen einen kleinen Buckel und fiel wieder hin. Sie fing an zu weinen. Sie wollte ihre Skistöcke wegwerfen, doch die Riemen hielten sie an den Handgelenken fest. Sie stampfte mit den Füßen wie ein zorniges Kind, und dabei löste sich eine Bindung. «Ich *hasse* dich!» schrie sie. «Ich kann es nicht, ich *kann* es nicht! Unten, auf dem Idiotenhügel, war ich so stolz; alles, was ich wollte, war, daß du mir zuschaust – nur eine einzige lausige Minute zuschaust. Das war alles, worum ich dich gebeten habe. Du *wußtest*, daß ich dies hier noch nicht schaffe. *Warum* hast du mich hier raufgeschleppt, *warum*?»

«Ich dachte, du wärst schon soweit», sagte er schwach. «Ich wollte dir die Aussicht zeigen.» Kein Zweifel, sein Vater hatte ihm die Freude des Wassers schenken wollen.

Die Dämmerung brach über den Berg herein. Jugendliche Skicracks rasten in einem Wirbel unbekümmerter Farbigkeit vorbei, gelegentlich mit einem neugierigen Seitenblick. Harold und Priscilla einigten sich darauf, die Ski abzuschnallen und zu Fuß abzusteigen. Es dauerte eine Stunde und brachte ihm eine Blase an jeder Ferse ein. Der Wald um sie herum, mit solch ungewohnter Langsamkeit nie erlebt, nahm eine magisch-eisige Fremdheit an, die ironische Stille von Tragflächen-Nieten. Ihre Kinder warteten am Rand des schon fast leeren Parkplatzes, Tränen in den Augen. «Ich hab versucht, ihr was zu zeigen», erklärte er ihnen, «doch eure Mutter vertraut mir nicht.»

Während dieser kritischen Zeit nahm Harold auch an der Feier zum siebzehnten Geburtstag seines Sohnes teil, in dem Haus, das er verlassen hatte. Als er sich eilig verabschieden wollte, um noch den Abendzug zu erreichen, der ihn zurück in die Stadt zu seinem Apartment brächte, bemerkte er in der Küche ein Blech mit frischgebackenen Schokoladenplätzchen, das zum Auskühlen auf dem Herd stand. Das war seltsam, denn die Geburtstagstorte war bereits aufgegessen. Er fragte den Sohn: «Was sind denn das für Dinger?»

Der Junge lächelte unschuldig. «Haschplätzchen. Nimm dir eins, Dad, du kannst es im Zug essen.»

«Mir wird davon doch nicht irgendwie komisch?»

«Nee. Das haben die andern sich so für mich ausgekocht, nur zum Spaß. Es geht mehr um die Idee als um die Sache selber; es wird dir nichts anhaben.»

Als Kind war Harold ein Leckermaul gewesen, mit einer Vorliebe für Kohlehydrate; er nahm eins von den größeren Plätzchen und verschlang es gierig im Auto, während sein Sohn ihn zur Bahnstation fuhr. Im Zug lehnte er den Kopf gegen die dunkle Scheibe und hing den reuevollen Gedanken eines geschiedenen Mannes nach. Allmählich kam ihm zu Bewußtsein, daß sein Mund sehr trocken war. Seine Gedanken wiederholten sich nicht nur, sondern hatten mittlerweile in seinem Kopf intensive, leuchtendbunte Formen angenommen. Sie lagen übereinander gepreßt wie Schieferschichten und waren grell und vielfarbig wie Wahlkampfkokarden. Als er aus dem Zug auf den Bahnsteig sprang, war er auf der einen Seite viel größer als auf der anderen, so daß er sich kräftig dagegenlehnen mußte, um nicht zu fallen. Sein Körper schien ihn weniger zu unterstützen als zu begleiten, in mehreren nachhängenden Teilen. Während er in einer Art Prozession zum U-Bahn-Eingang schritt, durch ein Geschiebe kostümierter Fremder und über eine Straße voller aufgequollener Autos, überlegte er, was passiert war: Er hatte ein Haschplätzchen gegessen.

Die eine Hälfte seines Gehirns gab der anderen fortwährend kluge Ratschläge: *Sieh nach beiden Seiten. Nimm einen Dollar heraus. Nein, warte, hier ist eine Marke. Steck sie in den Schlitz. Warte auf 16, nimm nicht den Zug nach Symphony. Keine Panik.* Alles schien eine sehr lange Zeit zu brauchen, während sich seine bändergleichen Gedanken vervielfachten und mit der Geschwindigkeit eines Computers hin und her sprangen. Sie summierten sich auch weiterhin zu nichts als Unsinn, wie die andere Hälfte seines Gehirns bemerkte, während sie auf dem ganzen Nachhauseweg Anweisungen gab und Gratulationen aussprach. Die Leute in der Untergrundbahn starrten ihn an, als könnten sie seinem lautstarken inneren Zwiegespräch zuhören. Er aber fühlte sich hinter seinem Gesicht so sicher wie hinter einer eisernen Maske. Die Räder unter ihm quietschten. Eine farbige Lichterkette flog an den Fenstern vorüber.

Dann war er wieder an der Luft. Er ging die drei Häuserblocks vom Bahnhof bis zu seinem Apartment. Etwas brannte ihm im Halse. Ihm war speiübel, und er hielt nach Hecken und Mülleimern Ausschau, falls er sich übergeben müßte – soweit kam es jedoch nicht, nicht ganz. Es kam ihm wie die Bestätigung eines gigantischen, abstrusen Lehrsatzes vor, daß sein Schlüssel ins Türschloß paßte und daß sich hinter der Tür ein Zimmer voll verwirrend vertrautem Mobiliar öffnete. Er nahm den Telefonhörer ab, das den Glanz und die zweidimensionalen Ausmaße eines Bildes auf einer Reklametafel hatte, und rief Priscilla an.

«Hallo, Liebes.»

Ihre Stimme wurde schrill. «Was ist los mit dir, Harold?»

«Klinge ich so anders?»

«Sehr.» Ihre Stimme war so scharf wie der Stachel eines Stachelschweins, schwarz mit weißer Spitze. «Was haben sie mit dir angestellt?» *Sie* – seine Kinder, seine Exfrau.

«Sie haben mir ein Haschplätzchen gegeben. Jimmy meinte zwar, daß ich nichts spüre, aber im Zug sind meine Gedanken ganz klein und intensiv geworden, und auf dem Heimweg von der Untergrundbahn mußte ich mir dauernd klarmachen, wie man von dort nach hier kommt.» Die beschützende, vertrauenswürdige Hälfte seines Hirns gratulierte ihm zu seiner zwingenden Argumentation.

Aber irgend etwas schien Priscilla zu mißfallen. Sie schrie: «Das ist ja abscheulich! Ich finde das nicht komisch, ich finde *keinen* von euch komisch.»

«Keinen von wem?»

«Du weißt genau, von wem.»

«Ich weiß es nicht.» Dennoch wußte er's. Er sah auf seine Handflächen; sie waren fleckig. «Liebes, mir ist speiübel. Hilf mir.»

«Ich kann nicht», sagte Priscilla und hängte auf. Es klang wie ein Schlag ins Gesicht, der gleiche schallende Schlag, der einst neben seinem Ohr explodiert war, nur daß aus dem Vater sein Sohn geworden war und aus der Mutter seine Freundin. Eins stand fest: er hatte nichts dafür gekonnt, aber durch sein Überleben war er doch irgendwie schuld.

Seine Handflächen, jetzt weniger fleckig, sahen bleich und zerknittert aus, wie unbequeme Kissen. In der Brusttasche seines Hemdes fand er die Dollarnote wieder, die – vor langer Zeit – vom Drehkreuz am Bahnhof abgewiesen worden war. Während er darauf wartete, daß Priscilla sich erbarmte und zurückrief, betrachtete er die Rückseite des Geldscheins, studierte das mystische Auge über der abgeschnittenen Pyramide und las ein übers andere Mal den Spruch oberhalb von EIN.

Mord

Die Hand von Annes Vater fühlte sich warm und sogar stark an, obwohl er bewußtlos war und im Sterben lag. In dem teuren hellen Zimmer des Pflegeheims starb er an Hunger und Durst, so gewiß, als habe man ihn in einer Wüste ausgesetzt. Sein Atem stank. Der Geruch aus dem verdorrten Loch, das einst sein Mund gewesen war, war mit keiner der Körperausdünstungen zu vergleichen, die sie je wahrgenommen hatte – Fäulnis ohne jede Fruchtbarkeit, allerletzte Säure des Fleisches. Trotzdem war, was da lag, noch er; in seinem bewußtlosen Ringen nach Luft verzog sich sein graues Gesicht unter kaum hörbarem Gemurmel zu Ausdrücken, die sie kannte: die hilflos emporgezogenen Brauen, die beim Abendessen einen Witz ankündigten, oder ein plötzliches Schmalwerden der Oberlippe, das als Warnung einer seiner seltenen, peinvollen, sorgsam formulierten Rügen vorausging. Als Rechtsanwalt, den seine Familie an das Getriebe von Stadtverwaltungen und Firmen verloren hatte, war er ein distanzierter Vater gewesen, zurückhaltend beim Strafen, und der Scherz am Abendbrottisch war für ihn die bequemste Möglichkeit gewesen, Zuneigung auszudrücken. Seine Freizeit hatte er außerhalb des Hauses verbracht, an Hobbies herumwerkelnd, für die ihm ein Sohn zum Mitmachen fehlte. In

New Hampshire hatte er mehrere Sommer hindurch eigenhändig eine steinerne Mauer errichtet, die eine Viertelmeile lang war; in Boston galt es, die ziegelbelegte Terrasse zu ebnen und das Unkraut zu entfernen, und auf seinem Alterswohnsitz im Vorort mußte er sich um Komposthaufen kümmern und beschädigte Zäune reparieren oder neue errichten. Im letzten Jahr hatten seine Hände ihre Arbeiter-Rauheit verloren. Es gab nichts mehr, was sein nachlassender Geist den Händen befehlen konnte. Gedankenlos hatte Anne ihn im vergangenen Sommer gebeten, einem der Kinder beim Bau eines Vogelhäuschens zu helfen; mannhaft und kichernd vor Eifer hatte er Werkzeuge, Holz und Nägel zusammengesucht. Die Pfeife zwischen den Zähnen, gut gelaunt wie je, vollführte er die gewohnten Handgriffe, während sein Enkel erstaunt und immer ungläubiger auf das zusammengezimmerte hölzerne Machwerk starrte. Endlich trat der alte Mann einen Schritt zurück, betrachtete zusammen mit dem Kind, was er vollbracht hatte, und sah für einen Augenblick klar; danach rührte er dergleichen nie wieder an. Trocken und ohne Schwielen ruhte nun seine warme Hand in der der Tochter.

Von Zeit zu Zeit erwiderte er ihren Händedruck, oder die Unruhe, die über sein Gesicht ging, ließ seinen flachen Puls rasen. «Beruhige dich», sagte sie dann mit singender Stimme, dicht über ihn gebeugt, in seinen beißenden Atem hinein. «Ru-he! Es ist alles in Ordnung. Ich bin ja hier, Papa. Ich geh nicht weg.»

Anne fühlte sich während dieser Stunden des Wartens, in denen sie seine Hand hielt, an eine Episode aus ihrer Kindheit erinnert, die ihr in den letzten dreißig Jahren selten in den Sinn gekommen war. Die Sache war so sonderbar gewesen, hatte so wenig zu ihrer beider Art gepaßt. Sie war ein fröhliches Kind gewesen – «wohlerzogen», wie man zu jener Zeit sagte. Im Alter von dreizehn, ungefähr, da sie als erste der drei Töchter zur Frau heranreifte, wurde sie von Schlaflosigkeit heimgesucht, einer unerklärlichen Wachheit, die den Schlaf zu einem unerreichbaren, magischen Königreich werden ließ und ringsum die Schemen der Möbel in Wesen verwandelte, die, ließ man sie aus den Augen, aufs fürchterlichste lebendig würden. Die Mutter tat ihre Furcht mit derselben Leichtigkeit ab, mit der sie ihr die Menstruation erklärt hatte, als eine mit dem Heranwachsen verknüpfte Unordnung. Zu ihrer Überraschung war es ihr Vater, der den Vorgang ernst nahm. Anne erinnerte sich, wie er, von einer seiner zahllosen Besprechungen abgespannt heimgekommen – die Kälte des Stadtparks noch im Gesicht, die Last des Amtsgebäudes noch auf den Schultern –, sich stundenlang zu ihr ans Bett setzte, wenn er sie noch wach fand, ihre Hand hielt und lange genug mit ihr sprach, um ihr ein Gefühl von Geborgenheit zu geben. Vielleicht hatte, was ihr wie Stunden vorgekommen war, nur einige Minuten gedauert, vielleicht hatte ihre Erinnerung mehrere solcher Begebenheiten zu einer einzigen langen Episode ausgedehnt. In ihrer Erinnerung hatte seine Stimme nicht nur väterlich, sondern auch amüsiert, gemächlich und vergnügt geklungen, ganz so, als seien ihm diese Besuche weniger eine Pflicht als vielmehr kostbare Augenblicke des Behagens, so wie es auf dem Lande gewesen war, wo er seine Jugendzeit verbracht hatte; dort waren das Sitzen und Erzählen die hauptsächliche Erholung gewesen. Er hatte ihr seine Zeit nicht mißgönnt, und so wollte sie ihm jetzt auch ihre Gesellschaft nicht mißgönnen. Sie würde ihn zum Einschlafen bringen.

Dennoch haßte sie das Pflegeheim, haßte und mied es – die abgestandenen Gerüche, das ewige Fernsehen, die kostspielige Scheinordnung und heuchlerische falsche Fröhlichkeit, seine erstickende Vulgarität. Diese Gewöhnlich-Sterbenden und ihre grobschlächtigen Pflegerinnen waren genau die Art Leute, die zu meiden ihr Vater sie erzogen hatte; sich über sie zu erheben, hatte er sie stets ermahnt. «Was für ein hübscher Junge!» hatte bei seiner Aufnahme die Aufsicht gerufen und ihm wie eine aufdringliche Geliebte den Arm getätschelt.

Sein an Arbeit gewöhnter Körper hatte hartnäckig länger durchgehalten als sein vernünftiges Gehirn; dann, plötzlich, begann er auch aufzugeben. Eine Reihe von kleinen Schlaganfällen hatte ihn, der noch vor einer Woche zwischen Anne und einem Pfleger den Flur hinunterschlurfen konnte, so weit gebracht, daß er nicht mehr in der Lage war zu schlukken. Es mußte eine Entscheidung getroffen werden. «Die Entscheidung liegt bei Ihnen», sagte der Arzt. Seine Miene war gewichtig, gütig, abwehrend, förmlich. Es mußte entschieden werden, ob ihr Vater in ein Krankenhaus gebracht werden sollte, wo mit Hilfe von Infusionen sein Leben verlängert werden sollte, oder nicht. Anne hatte entschieden, nein, nicht. Die Furcht, daß die Fahrt im Krankenwagen die Würde ihres Vaters verletzen würde, war dabei am stärksten gewesen. Aber an der Manier, wie der Arzt ihre Hand ergriff und mit ernster, künstlicher Klarheit verkündete: «Sie haben eine weise Entscheidung getroffen!», wurde ihr klar, daß sie entschieden hatte, ihren Vater zu töten. Er konnte nicht schlucken. Er konnte nicht trinken. Sich selbst überlassen, mußte er sterben.

Ihre Stimme versuchte die Flucht per Telefon, Flucht vor der Verantwortung. Warum hatten die Ärzte alles ihr überlassen? Konnten sie nicht selbst entscheiden? Was hätte ihre Mutter getan? Anne rief die beiden Schwestern an, die eine in Chicago, die andere in Texas. Selbstverständlich, pflichteten sie ihr bei, selbstverständlich habe sie die richtige Entscheidung getroffen. Die einzig mögliche. Ihr gemeinsames Erbe, der gesunde Menschenverstand der Mutter, sprach so bestimmt aus ihnen, daß sie den Schwestern fast die sichere Entfernung verzieh, aus der sie sprachen. Doch ihre Tröstungen verflüchtigten sich binnen einer Stunde. Sie rief ihren Pfarrer an; er kam, trank Tee und sagte, daß ihre Entscheidung richtig gewesen sei, sogar heilig. Er wirkte ebenso abgebrüht wie salbungsvoll. Als er gegangen war, saß sie da und hielt wie ein Votivbild eine Teetasse in den Händen, die ihrer Mutter gehört hatte. Ihre Mutter war vor zwei Jahren gestorben und hatte den Kindern ihr Porzellan, ihren gesunden Menschenverstand und einen stattlichen alten Mann hinterlassen, der sich vom Kopf an abwärts langsam zu verflüchtigen begann. Die Tasse mit Goldrand und dem Zierstreifen aus zimtroten Arabesken wurde in dieser extremen Situation zu etwas Heiligem; Anne schloß die Augen und wartete darauf, daß die Mutter durch die zarte, kühle Form in ihren Händen zu ihr sprach. Da sie nichts weiter spürte als einen immer tiefer werdenden Abgrund, öffnete sie die Augen wieder und rief ihren Mann an, der getrennt von ihr in Boston lebte. Er hatte sich in den Planquadraten von Back Bay angesiedelt, ein paar Häuserblocks entfernt von der Straße, wo sie aufgewachsen war.

«Aber natürlich, Liebes», sagte Martin in dem gesetzten und väterlichen Tonfall, der ihm inzwischen eigen war. «Du hast die einzig mögliche Entscheidung getroffen.»

«Oh, du kannst das leicht sagen, ihr alle könnt das leicht sagen!» schrie Anne in den klobigen Hörer, der soviel schwerer war als die Teetasse. «Aber ich bin diejenige, die es tun muß! Ich bringe ihn *um*, und ich bin diejenige, die auch noch dabei zusehen muß. Er ist un*glaub*lich. Sein Mund *will Wasser*. Er vertrocknet!»

«Warum besuchst du ihn überhaupt?» fragte Martin. «Ist er nicht bewußtlos?»

«Vielleicht wacht er auf und hat Angst», sagte sie. Die Vorstellung löste ein so heftiges Schluchzen in ihr aus, daß sie auflegen mußte.

Eine wohlüberlegte Weile später rief Martin zurück. Anne war gerührt, weil sie glaubte, daß er ihr in telepathischer

Einfühlung hatte Zeit geben wollen, sich auszuweinen, aufs Klo zu gehen und einen Kaffee zu kochen. Doch es schien, daß er die Zeit nur benutzt hatte, um mit seiner Geliebten über sie zu sprechen. «Harriet meint», sagte er autoritär, «daß die Alternative, ihn in ein Krankenhaus zu karren und mit einer Menge Schläuche zu quälen, geradezu neurotisch gewesen wäre, von den Kosten gar nicht zu reden.»

«Sag Harriet, daß ich selbstverständlich nichts tun möchte, was ihr neurotisch vorkommen könnte. Sie braucht sich aber wegen des Geldes keine Sorgen zu machen, schließlich gehört sie nicht zu den Erben.»

Martin klang verletzt. «Sie hat sehr viel Mitgefühl. Sie ist in Tränen ausgebrochen.»

«Sag ihr besten Dank für die Anteilnahme. Warum zeigt sie sie nicht, indem sie dich zurückkommen läßt?»

«Ich will nicht zurückkommen», erwiderte Martin in seiner neuerworbenen, gesetzt väterlichen Stimme.

«Oh, *leck* mich doch!» Beim Auflegen wunderte sich Anne über die Erleichterung und die Freude, die sie verspürte; dann erkannte sie, daß sie in ihrer Wut auf diesen Mann und seine anmaßende Geliebte das erste Mal seit Tagen an etwas anderes gedacht hatte als an das Pflegeheim, das Sterben des Vaters und ihre Schuld.

Sie konnte sich nicht zwingen zu bleiben. Wenn sie seine Hand auch nur für Minuten gehalten hatte, kam es ihr vor, als seien Stunden vergangen, seit sie in sein taubes Ohr gesprochen hatte, um ihn wissen zu lassen, daß sie nun da sei, bereit, an seiner Seite auszuharren. Sein Gesicht sank beim Vertrocknen in sich zusammen, mit einem Ausdruck des Erschreckens, wie Mumien ihn zeigen. Der Abstand zwischen den hochgezogenen Brauen und den gesenkten Wimpern schien riesig. Seine Hand zuckte bisweilen, oder ihre eigene Hand geriet zufällig an seinen Puls. Dann entsetzte sie jedesmal das Zeichen von Leben, wie der Anblick von Ungeziefer, das im Abfluß des Spülbeckens verschwindet, wenn plötzlich mitten in der Nacht das Licht angeknipst wird. «Papa, ich muß dich für einen Augenblick allein lassen», sagte sie dann und floh.

Ihre Schritte kamen ihr wunderbar elastisch vor, als sie den Flur hinunterging. Um sie herum baumelten die Köpfe der Sterbenden inmitten weißer Bettücher. Eine kleine, dünnhaarige, rotgesichtige Frau, die an ihren Rollstuhl gefesselt war, schrie ständig «Hilfe!» und klatschte in die Hände. Als Anne vorüberkam, hielt sie inne und fuhr dann fort: «Hilfe.» Klatsch, klatsch. *«Hilfe!»* Die verriegelte Tür. Luft. Leben. Um den Eingang herum waren in eckigen Beeten Berberitzen und dickblättrige Stauden angepflanzt. Der Parkplatz war neu geteert. Das Alltägliche von Erde und Asphalt setzte sie in Erstaunen. Tief am grauen Novemberhimmel brannte die Sonne wie eine silberne Wunde. Anne glitt in den Wagen, der Motor sprang an.

Die Umgebung des Pflegeheims war ihr fremd. Sie kaufte Essen für sich und die Kinder in dem unschuldigen Gewusel einer A & P-Filiale, wo sie vorher noch nie eingekauft hatte. In einer Imbißstube voller fremder Männer ließ sie sich ein Sandwich und eine Cola servieren. Sie atmete die Gerüche einer Tankstelle ein, wo ein freundlicher dicker Mann in einem grünen Overall mit soviel sachlicher Selbstverständlichkeit ihren Tank füllte, daß es ihr unmöglich vorkam, wie das Leben jenes anderen Mannes, dem sie ihr Dasein verdankte, buchstäblich vertrocknete – durch ihre Entscheidung, unter diesem kreidigen kalten Himmel, in dieser Stadt unter völlig Fremden.

Im Sterben war die Geschlechtlichkeit ihres Vaters wieder erwacht. Ohne die Kontrolle der Mutter hatte sich seine Männlichkeit enthüllt. Eine Zeitlang, nach ihrem Tod, hatten Anne und Martin ihn zu sich nehmen wollen. Aber schon in der ersten Nacht auf Probe hatte er sie durch Räuspern auf dem Flur vor ihrem Schlafzimmer aufgeweckt. Als Anne die Tür öffnete, hatte er bleich vor Zorn, Ober- und Unterteil seines Pyjamas nicht zusammenpassend, gesagt, noch nie habe ihn jemand so sehr verletzt wie sie in dieser Nacht. Zuerst begriff sie nicht, dann errötete sie. «Aber Papa, er ist mein Ehemann. Du bist mein Vater. Ich bin nicht Mutter, ich bin Anne.» Verzweifelt bemüht, ihm Klarheit zu schaffen, fügte sie hinzu: «Mutter ist tot, weißt du nicht?»

Der Zorn schwand nur langsam aus seinem Gesicht, obwohl er begriffen zu haben schien. Seine Augen verengten sich zu einem Ausdruck advokatischer Schläue. «Angeblich!» sagte er.

Martin hatte darüber nur gelacht, und gemeinsam hatten sie ihn wieder zu Bett gebracht. Aber danach konnten sie sowenig wieder einschlafen, als hätten sie tatsächlich Ehebruch begangen und als sei der Mann, der sich im Nebenzimmer hin und her warf, der betrogene Gatte. Erst später begriff sie die Ironie jener Nacht: Der Mann, der bei ihr gewesen war, hatte eigentlich gar nicht bei ihr sein wollen. Martins Verhältnis mit Harriet hatte bereits begonnen, und die Bereitschaft, versuchsweise mit ihrem Vater zusammenzuleben, war seine letzte Gefälligkeit in ihrem gemeinsamen Eheleben gewesen. Danach dann, entsann sie sich, war er sehr erleichtert gewesen, als sie erklärte, es würde nicht gutgehen. Während ihr Vater nach der Heimkehr in sein eigenes Haus immer wirrer und widerspenstiger wurde und eine ganze Reihe von Haushälterinnen sowie ein bei ihm lebendes Ehepaar und schließlich einen stämmigen Pfleger verschliß, beichtete ihr Mann ihr mehr und mehr und verlangte die Trennung. Sobald der alte Mann sicher im Pflegeheim untergebracht war, ging Martin fort. Erst im Alleinsein erkannte Anne, mit welcher Tapferkeit sich der Vater gegen das Sterben wehrte. Während sein Verstand sich trübte, wurde er, der so sanft und gerecht gewesen war, gewalttätig und gesetzlos. Seine lebenslange Ge-

27

wohnheit, Respekt zu heischen, verkehrte sich nun in tyranni-
sche Raserei, in trotzige Zügellosigkeit, in Faustattacken gegen die Pflegerinnen, in den Kampf gegen einen verriegelten
Rollstuhl, bis beide umstürzten. In seiner Streitsucht und
Wildheit erkannte Anne die unverhüllte Kraft wieder, mit der
er seinen vier Frauen in dieser Welt einen sicheren Hort geschaffen und sie zu Ehrbarkeit gezwungen hatte. Mit Martins
Weggang fand auch sie sich hüllenlos und entblößt. Selbst
hilflos, liebte sie am Ende ihren Vater wegen seiner Hilflosig-
keit. Ihre Liebe machte ihr Unvermögen, bei ihm zu bleiben
und die Angst vor der langen Reise zu mildern, so wie er einst
ihre Furcht vor der beginnenden Fraulichkeit gemildert hatte,
um so beschämender.

In den drei Tagen nach ihrer vielgelobten Entscheidung
kam Anne und ging wieder, voll Bewunderung für den wilden
Lebenswillen ihres Vaters. Sein Gesicht, dürr und hohlwan-
gig, wurde starr. Sein Mund formte ein O, wie der eines Babys
an der Brust. Sein Atem goß einen Gestank aus wie einen
Strom unaussprechlicher Verachtung. Seine Hand lebte in
der ihren. Er konnte nicht sterben, sie konnte nicht bleiben;
wie bei einer großen, verderbten Liebe gab es niemanden, der
ihnen vergeben konnte, nur sie selbst.

Er starb unbeobachtet. Kurz darauf merkte es eine Pflegerin. Sie zog das Laken über sein Gesicht und benachrichtigte
die nächste Verwandte. Anne war gerade dabei gewesen,
Laub von ihrem erfrorenen Rasen zu harken, den Gedanken
im Kopf, daß sie eigentlich bei ihm sein müßte. Die Welt, die
bis dahin um sie herum einen Raum aus Privatheit und Isolation ausgespart hatte, kam nun in einem Schwall von Beileids-
bekundungen und Besuchen, Teilnahme und Erinnerungen
auf sie nieder; das lange, erfolgreiche Leben des Vaters stand
in Worten wieder vor ihr. Die Beerdigung war ein Erfolg; ein
Treff der Überlebenden, ein Salut für den brauch- und vor-
zeigbaren Mann, der schon vor einiger Zeit verschieden war,

während sein Körper noch weiterlebte. Ihre Schwestern stiegen aus Flugzeugen und weinten mehr als sie selbst. Ältere Gesichter, die über ihrer Kindheit geschwebt hatten, alte Freunde ihres Vaters, nahmen wieder Gestalt an. Anne wurde geküßt, gestreichelt, umarmt, gelobt. Dabei war doch sie es gewesen, die ihn getötet hatte. Darin lag kein Widerspruch, merkte sie. Sie waren ihr dankbar. Die Welt brauchte den Tod. Sie brauchte den Tod so sehr wie das Leben.

Nach der Beerdigung ging Martin mit ihr und den Kindern nach Hause. «Es erstaunt mich», sagte Anne, sobald sie allein waren, «daß Harriet nicht da war.»

«Wolltest du denn, daß sie kommt? Wir dachten, nein.»

«Richtig.»

«Sie wäre natürlich gern gekommen. Sie bewundert, was du getan hast.»

Anne begriff, daß für Martin die Beerdigung eine Gelegenheit bot, Harriet aufzuwerten. In seiner Vorstellung hatte er Trennung und Scheidung übersprungen bis hin zu dem Tag, an dem sie, seine erste Frau, der zweiten verzeihen würde, als Gegenleistung für deren scheinbare Bewunderung. Wie klein er geworden ist, dachte sie: ein Werbemanager, ein Lobbyist. «Ich habe nichts getan», sagte sie.

«Alles hast du getan», erwiderte er, und auch dies war Teil seines Spiels: ihr selbst ebenso wie Harriet die Überzeugung zu verkaufen, daß sie fähig und unabhängig war und ohne ihn zurechtkam.

Kam sie ohne ihn zurecht? Nicht zum erstenmal, seit die Pflegerin ihr telefonisch das begehrte Geschenk von ihres Vaters Tod übermittelt hatte, beschlich Anne in ihrer neuen Freiheit das Gefühl einer abgründigen Zwecklosigkeit; vage erkannte sie, daß womöglich ihr Vater sie mehr gebraucht hatte als irgendeiner unter den Lebenden und daß, nachdem sie ihn getötet hätte, der nächste Dienst, den sie den anderen erweisen konnte, ihr eigener Tod war. Martins neues Gehabe war unerträglich: ganz und gar Vitalität und Effizienz, die Kinder mit Liebkosungen überschüttend, zu jedem von ihnen mit so bewußter und konzentrierter Aufmerksamkeit sprechend, wie sie sie in den Jahren, in denen er ihr Heim geistesabwesend teilte, nie an ihm gekannt hatte. Er erlaubte sich sogar, Anne einen Klaps auf den Hintern zu geben, als sie vor dem Küchenherd stand, als sei auch sie nur ein Kind zum Anfassen. In der Stunde vor dem Abendessen rannte er im Haus herum, wechselte Glühbirnen aus, ließ die Luft aus der Heizung und machte die Rouleaus wieder fest, die aus ihren eigenwilligen kleinen Halterungen gerutscht waren. Seine virtuose Vorführung von Pflichtbewußtsein – die rasche Begutachtung der Fotografien, die die Jungen in ihrer Dunkelkammer entwickelt hatten, die kurzgefaßte Lektion, wie man eine Summe in ihre Faktoren zerlegt, die er seiner jüngeren Tochter erteilte – sollte in ihr, Anne, ein Gefühl der Beschämung erwecken. Sein Auszug hatte einen Abstand zwischen ihr und den Kindern geschaffen statt größere Nähe. Sie gaben ihr die Schuld daran, daß sie ihn verloren hatten. Sie gaben sich selbst die Schuld. Abend für Abend saßen sie schweigend um den Tisch herum und kauten an ihrer Schuld. Nun war er also hier und zog den Korken aus der Flasche, um Großvaters Tod zu feiern. «Anne, Liebes» – eine Art zu reden, die er von Harriet übernommen hatte –, «erklär uns, warum du keine Glühbirnen auswechseln kannst. Ist es das Raus- oder das Reindrehen, das dir angst macht?» Tödlich, aber attraktiv; Harriet hatte ihn um einiges kleiner, aber dafür positiver gemacht, weniger ängstlich, nicht mehr so unbestimmt. Früher war er in diesem Haus gewesen wie die Luft, die sie ohne nachzudenken atmeten; nun bot er sich als eigenständige Kraft dar. Seine zur Schau gestellte Energie und sein Pflichteifer waren schiere Rache, Vorführung eines Schatzes, den sie vergeudet hatten.

«Ich war so damit beschäftigt, meinem Vater beim Sterben zu helfen», erwiderte Anne, «daß ich gar nicht gemerkt habe, welche Birnen kaputt waren. Seit Tagen habe ich nicht einmal Zeitung gelesen.»

Martin ignorierte ihre Verteidigung. «Armer Opi», sagte er, mit einem Blick auf die Kinder, als wäre ihm als weitere elterliche Pflicht zugefallen, sie an ihre Trauer zu erinnern.

Haß, schierer erfrischender Haß auf diesen Mann erfüllte sie und schien sie zu befreien; er spürte es, vom anderen Ende des Tisches her, durch die von milchigem Kerzenlicht erhellten Schemen der Kinder hindurch spürte er es und lächelte. Er wollte ihren Haß. Doch der Haß erlosch wie eine defekte Glühbirne. Sie war nicht frei.

Er half ihr beim Abwasch. Seit er allein lebte, hatte er sich an einige häusliche Verrichtungen gewöhnt: noch so ein Trick. Während er sich um sie herum zu schaffen machte, jede Berührung mit ihr vermeidend, jeden Teller mit komischer Junggesellen-Sorgfalt abtrocknend, merkte sie, wie er müde wurde; auch er war sterblich. In seiner Müdigkeit war er aus Harriets Sphäre zurück in die ihre geglitten. «Soll ich jetzt gehen?» fragte er scheu.

«Sicher. Warum nicht? Du gehst doch immer.»

«Ich dachte, wo Großvater jetzt tot ist und alles – vielleicht, daß du zu deprimiert wärst, so ganz allein.»

«Willst du Harriet denn nicht alles über die wunderbare Beerdigung erzählen, die sie verpaßt hat?»

«Nein. Das erwartet sie nicht von mir. Sie meinte, ich sollte nett zu dir sein.»

Also kam das Angebot von Harriet und nicht von ihm. Er hatte einen freien Abend, wie der gewöhnlichste Ehemann aus der Unterschicht. Und Anne war selbst zu müde, dieses Geschenk zurückzuweisen, es zu verhöhnen.

«Die Kinder sind alle im Haus», sagte sie, «es ist kein Bett frei. Du wirst bei mir schlafen müssen.»

«Das wird uns nicht umbringen», erwiderte er.

«Wen meinst du mit *uns*?» fragte Anne.

Monate waren vergangen, seit sie zuletzt seinen Körper neben sich im Bett gespürt hatte. Er war dünner geworden, härter, kompakter, als hätten seine Bemühungen, Abstand zu ihr zu halten, ihn durchtrainiert. Vielleicht hatte es ihn nur am Anfang Anstrengung gekostet. Als sie ihm mit einer Liebkosung anbot, mit ihm zu schlafen, sagte er: «Nein. Das wäre zuviel.» Erschöpft, wie sie war, empfand sie es als Erleichterung. Sie schlief rasch ein, obwohl seine Gegenwart sie aus der Mitte des Bettes verdrängte, an die sie sich gewöhnt hatte. Im Traum hielt sie die Hand ihres Vaters, und er erschreckte sie, indem er sich energisch aufrichtete und zu schimpfen begann, in jener ironischen Weise, die er anscheinend nur für sie, die Älteste, reserviert hatte; den jüngeren Schwestern zeigte er nur seine sanftere Seite. Sie wachte auf und merkte, wie ihr Ehemann neben ihr sich hin und her wälzte. Es überraschte sie nicht, daß er da war. Überrascht war sie in den anderen Nächten, in denen sie das Bett leer fand. Martin hatte sich auf einen Ellenbogen gestützt und versuchte, sein Kopfkisssen aufzuschütteln. «Warum», fragte er, als hätten sie die ganze Zeit miteinander gesprochen, «hast du den Kindern sämtliche Schaumstoffkissen überlassen und für dich nur diese schrecklichen Federdinger behalten? Das ist, als wollte man mit dem Kopf auf einem Pfannkuchen schlafen.»

«Kannst du nicht einschlafen?»

«Natürlich nicht!»

«Habe ich geschlafen?»

«Wie gewöhnlich.»

«Was glaubst du, warum du nicht schlafen kannst?»

«Weiß nicht. Schuldgefühle, wahrscheinlich. Ich fühle mich Harriet gegenüber schuldig, weil ich bei dir schlafe.»

«Erzähl mir doch nicht so was. Das war deine Idee und nicht meine.»

«Ich fühle mich auch so niederträchtig wegen Großvater. Er war so *gut*. Er wußte, da stimmt etwas nicht, aber er kam nicht drauf, was es war. Die Art, wie er damals ‹angeblich› sagte – und wie er mich an dem Tag, als wir ihn ins Pflegeheim brachten, als Boss akzeptierte. So tapfer und ruhig wie ein Kind auf dem Weg ins Sommerlager. Dieser große Bostoner Anwalt, der mich immer als Dummkopf betrachtet hatte, doch, doch. Nun war ich der Boss. Erinnerst du dich, wie er mich dauernd ermahnte, doch auf den Verkehr zu achten? Er war – wie heißt es doch gleich – ehrerbietig.»

«Ich weiß. Es war erschütternd.»

«Dennoch wollte er nicht, daß ich einen Unfall habe; er wollte, daß wir gut auf ihn aufpassen.»

«Ich weiß. Ich habe seinen Lebenswillen geliebt. Er hat mich beschämt. Er beschämt uns alle.»

«Warum?»

Die plumpe Frage bestürzte sie: der neue Martin. Der alte Martin und sie hatten einander immer ohne weiteres verstanden. Sie begriff nun, was er meinte: *Schäme dich, wenn du willst, wollte er sagen, bring dich um, von mir aus; aber laß mich da raus. Ich bin am Leben. Endlich am Leben.* Sie versuchte eine Erklärung: «Ich fühle mich in diesen Tagen so losgelöst.»

«Ja, das bist du wohl.»

«Nicht nur von dir. Losgelöst von allen. Die Predigt heute – ich konnte nicht einmal weinen. Es hatte nichts mit Papa zu tun, überhaupt mit keinem sonst. Ich konnte nur meine Augen nicht von dir und den Jungen wenden. Die Art, wie eure Hinterköpfe sich glichen.»

Er wälzte sich geräuschvoll herum und legte seinen Arm um ihre Hüfte. Ihr Herz tat einen Sprung, sie wartete darauf, daß seine Hand ihre Brust umfaßte, wie früher. Aber nichts geschah. Es war, als wäre sein Arm am Handgelenk abgetrennt. Mit sanfter und wohlmeinender Stimme sagte er: «Es tut mir leid. Natürlich fühle ich mich deinetwegen noch viel schuldiger. Hier neben dir zu liegen ist sehr problematisch. Ich hatte schon die ganze Woche lang Probleme damit, daß du jede zweite Stunde anriefst, um mir zu sagen, dein Vater hätte den Löffel noch nicht weggelegt.»

«Nun übertreib nicht. Und nenn mich nicht ‹Liebes›.»

«Du hast ziemlich oft angerufen, fand ich. Und es ging immer weiter, er wollte einfach nicht sterben. Was für ein zäher alter Bursche er doch war!»

«Ja.»

«Du warst in Todesängsten, und ich saß völlig nutzlos in Back Bay herum. Ich haßte mich selbst. Ich tu's immer noch.»

Anne spürte, daß seine Beichte eine Gelegenheit bot, die andere Frauen – Harriet mit Sicherheit – ergreifen würden. Sein angespannter Körper wollte Liebe. Doch wie es vorher in so vielen Ehenächten so oft passiert war, derselbe Mechanismus, der sie schon bei den Fernsehnachrichten einlullte – Werbespots und Katastrophen, Wetter und Sport bei jeder Erdumdrehung im ewig gleichen Taumel –, ihr Bewußtsein von Martins Begierde, von einer männlichen Energie, die in der Welt lebendig war und sie in Gang hielt, ließ sie auch jetzt in Schlaf fallen, wie einst, als der Vater an ihrem Bett saß.

Als Anne wieder erwachte, kämpfte er noch immer mit dem Kopfkissen. Nach dem Mondlicht zu schließen, war Zeit verstrichen, aber ob es sich um zwei Minuten oder eine Stunde handelte, konnte sie nicht sagen. Sie wußte, daß sie wieder versagt hatte, doch auch dies hatte nun eine andere Qualität. Es war nicht so schmerzlich, weil aller Kummer, eingetaucht in das Mondlicht der Trauer, verflachte. Sie fragte: «Kannst du denn immer noch nicht schlafen?»

«Ein ziemlich erfolgloses Experiment», sagte er mit Genugtuung, angesichts ihres mißglückten Versuchs, zusammen zu schlafen. «Irgend etwas stellst du an mit dem Bett, das macht

34

mich nervös. Das hast du schon immer getan. Mit Harriet habe ich keine Probleme, da schlafe ich wie ein Baby.»

«Davon will ich nichts wissen.»

«Ich erwähne es lediglich als physiologische Merkwürdigkeit.»

«Entspann dich. Ent-*spannen*.»

«Ich kann nicht. Du kannst es offenbar. Daß dein armer Vater tot ist, muß eine große Erleichterung für dich sein.»

«Nicht unbedingt. Leg dich auf den Rücken.»

Er gehorchte. Sie legte ihre Hand auf seinen Penis. Er war warm und seidenweich-klein, wie nichts sonst, zarter als eine Brust, zerbrechlicher als ein Gedanke, dennoch schwer. Nach einer Zeit stellten sie beide fest, daß er sich nicht regte und sich auch fürderhin nicht regen würde. Für Martin war es ein Triumph. Ein Beweis. «Mach nur», höhnte er, «reib dich auf.»

Für Anne war es, um bei seinen Worten zu bleiben, ein Experiment gewesen. Eines bedauerte sie vor allem: daß sie, nachdem sie ihres Vaters sterbende Hand so lange gehalten hatte, in dem Augenblick, da er vom Leben in den Tod hinüberglitt, sie nicht gehalten hatte; sie hatte sich so kindlich gewünscht zu erfahren, wie sie sich angefühlt hätte. Sie hätte sich angefühlt wie dies hier. «Schlaf ein», bat jemand in weiter Ferne. «Laß uns schlafen.»

Noch brauchbar

Als Foster seiner Exfrau beim Ausräumen des Dachbodens half, in dem Haus, in dem sie einst gemeinsam gelebt hatten und das sie nun verkaufte, stießen sie auf Dutzende vergessener, kaputter Spiele: Parchesi, Monopoly, Lotto; Spiele, die die Strategie der Börse, der Verbrechensaufklärung, der Grundstücksspekulation, der internationalen Diplomatie und des Krieges nachahmten; Spiele mit Kreiseln, Würfeln und mit Buchstaben versehenen Steinen, mit Raumfahrern aus Pappe und Kriegsschiffen aus Plastik; Spiele, die in Billigläden und Kaufhäusern gekauft worden waren, in fieberhafter und klingender Vorweihnachtsfreude; Spiele, die an einem Geburtstagsnachmittag und ein paar weiteren Nachmittagen Freude bereitet hatten und die dann, weil ein oder zwei Teile fehlten, in Einbauschränken oder unterm Dach verschwanden. Trotzdem schienen sie, nun, da sie in ihren glänzenden flachen Schachteln zwischen Koffern voller assortierter Kleidung und defekten Haushaltsgeräten wiederentdeckt wurden, von beeindruckendem Wert: Die Federn ihrer winzigen Startrampen reagierten noch, die Logik der Spielanweisungen würde immer noch Spannung erzeugen, wenn man sie probierte. «Was sollen wir nur mit all dem Zeugs anfangen?» rief Foster in einer Art Verzweiflung seiner versprengten Familie zu, deren Mitglieder die Stufen zum Dachboden auf und ab kletterten.

«Wegwerfen», drängte sein jüngerer Sohn, ein stämmiger Neunzehnjähriger.

«Würde die Wohlfahrt sie nehmen?» fragte seine Exfrau. Sie war noch immer Ehefrau genug, um zu glauben, daß all seine Fragen eine Antwort verdienten. «Früher konnte man solche Sachen dem Waisenhaus geben. Aber die heißen heute nicht mehr Waisenhaus, oder?»

«Man nennt sie ein normales amerikanisches Zuhause», sagte Foster.

Sein älterer Sohn, jetzt zweiundzwanzig, mit einem zimtfarbenen Bart, erklärte: «Man kann sowieso nicht mehr damit spielen. Bei allen fehlt etwas. Deshalb sind sie doch überhaupt auf den Dachboden gekommen.»

«Hm, aber warum haben wir sie nicht gleich damals weggeworfen?» fragte Foster und mußte sich selbst die Antwort geben: Feigheit, lautete die Antwort. Trägheit. Kleben am Vergangenen.

Mit einem Schatten des alten Gehorsams kamen seine Söhne näher, blickten über seine Schulter auf den traurigen Reichtum verlassener Spielsachen, tasteten sich schweigend mit ihm zurück zu dem besonderen Tag, der mit diesem oder jenem Muster farbiger Rechtecke oder Pfeile verbunden war. Einst hatte ihr Leben diese Jetons und Spielmarken berührt; Erregung war über die Pfade dieser stilisierten Landkarten gehuscht. Aber der Tag war dahin, und kaum eine Erinnerung war geblieben.

«Weg damit», entschied der Jüngere mit seiner männlichen Stimme. Für die Tage des Ausräumens hatte der Junge von einem Freund einen offenen Lieferwagen ausgeliehen und auf dem Rasen unter dem Dachfenster geparkt, so daß die kleineren Stücke direkt hineingeworfen werden konnten. Die größeren Stücke wurden die Treppen hinunter und durch den Vorderflur geschleift; schon jetzt war der Wagen mit alten Matratzen, kaputten Radioweckern, überflüssigen Skiern und Stiefeln voll. Es war ein Spiel für sich, die Ladefläche von oben aus dem Haus zu treffen. Foster warf ein Spiel nach dem anderen auf das zwei Stockwerke tiefer gelegene Ziel. Wenn die Schachteln aufschlugen, explodierten sie und schleuderten eine Wolke aus Würfeln, Spielgeld, Spielmarken und Karten in die Luft und über den Rasen. Eine Schachtel mit dem Aufdruck «Mausefalle», auf deren Deckel lachende Kindergesichter um die Zeichnung einer Nonsense-Erfindung zu sehen waren, trieb ab, streifte eine Seite des Lieferwagens und verstreute seine Plastikteile in ein Blumenbeet. Eine Schachtel mit etwas, das sich Schrott-Rennen nannte, segelte sanft wie eine Schneeflocke hinunter, bevor sie sehr klein auf einer fleckigen Matratze landete. Foster erkannte in der Tiefe unter ihm den Grund für seine Melancholie: Er hatte nicht genug mit diesen Spielen gespielt. Nun wollte niemand mehr spielen.

Hätten er und seine Frau die Scheidung vermieden, dann hätten die Schachteln natürlich auch weiterhin ungestört auf dem Dachboden Staub angesammelt und ihre Trauer wäre unentdeckt geblieben. Das Spielzeug seiner eigenen Kindheit lag noch immer auf dem Dachboden seiner Mutter. Bei seinem letzten Besuch war er hinaufgestiegen und hatte das Uhrwerk eines blechernen Donald Duck aufgezogen; mit einem ärgerlichen Klappen seines Schnabels und einigen starren Schlägen auf die Trommel hatte das Ding reagiert. Ein schräg stehendes Brett mit konzentrischen Mulden für die Murmeln wartete, zusammen mit seinen Buchstabenklötzchen und Bleiflugzeugen, noch immer in einem Tragekorb auf die Rückkehr seiner Kindheit.

Seine Exfrau blieb an dem Dachbodenfenster, wo er hockte, stehen. «Was ist los?» fragte sie.

«Nichts. Diese Spiele sind nicht allzu oft benutzt worden.»

«Ich weiß. Es geht alles so schnell. Du hörst jetzt besser damit auf; es macht dich zu traurig.»

Hinter ihm hatte seine Familie den Dachboden ausgeräumt; die Hohlräume unter der Dachschräge waren leer, die Isolation hing durch. «Wie kannst du das nur ertragen?» fragte er, in die Leere deutend.

«Oh, es macht Spaß», sagte sie, «wenn du erst einmal im Gange bist. Weg mit dem Alten, und her mit dem Neuen! Die neuen Leute scheinen nett zu sein. Sie haben *kleine* Kinder.»

Er schaute sie an und fragte sich, ob sie tapfer war oder wirklich herzlos. Der Dachboden zitterte ein wenig. «Das ist Ted», sagte sie.

Sie hatte sich einen Freund zugelegt, einen großen, athletischen Buchhalter, der in einer Nachbarstadt vor seinen häuslichen Ärgernissen geflüchtet war. Als Ted zwei Stockwerke tiefer die Küchentür zuschlug, vibrierte in ihren kupfernen Haltespangen die Glasglocke einer Petroleumlampe, die Foster, obwohl sie lange nicht benutzt worden war, nicht das Herz gehabt hatte, aus dem Fenster zu werfen, und gab den dünnen Ton einer gefangenen Wespe von sich. Zeit zu gehen. Fosters staubige Knie knackten, als er hochkam. Seine Exfrau lief ihm mit eiligen Schritten voran durch das leere Haus. Er folgte ihr, die Lampe im Arm, und stellte sie schließlich auf der leeren Fläche eines Bücherbords ab, das er einst selber auf dem Treppenabsatz im ersten Stock angebracht hatte. Er erinnerte sich, wie er das oberste Brett, ein besonders schönes Stück astfreies Kiefernholz, von unten festgeschraubt hatte, so daß kein Schraubenkopf seine Glätte beeinträchtigte.

Nach all den ausgeräumten Zimmern und Fluren kam ihm die Küche geradezu unanständig heiß und lebendig vor. «Pa, möchtest du ein Bier?» fragte der bärtige Sohn. «Ted hat welches mitgebracht.» Auf dem Handrücken des Jungen, der ihm die betaute Dose entgegenhielt, flimmerten feine ingwerfarbene Härchen. Seine Freundin, die Zigeunerohrringe und ein

Sweatshirt mit dem Aufdruck ATOMKRAFT – NEIN DANKE! trug, lehnte an dem nicht mehr angeschlossenen Herd; ihr Haar war mit einem bunten Tuch zusammengehalten, und an einer Schläfe hatte sie einen anziehenden schwarzen Schmutzfleck. Aus ihrem freundlichen Lächeln spürte Foster, daß er hier willkommen war.

«Nein, ich gehe lieber.»

Ted schüttelte Foster die Hand, wie er es immer tat. Er hatte eine dünne rosige Haut und silbernes Haar, dessen lockere Wellen künstlich wirkten. Foster konnte ihm nicht länger in die Augen sehen, als er in die Sonne zu starren vermochte. Er fragte sich, wie ein so strahlender Naturbursche an einen so faden Beruf geraten konnte. Ted hatte heute nicht beim Ausräumen des Dachbodens geholfen, weil er in seiner Stadt von früher seine Teenager-Zwillinge besucht hatte. «Ich höre, du hast heute ganze Arbeit geleistet», erklärte er.

«Sie haben gearbeitet. Ich war nicht sehr hilfreich. Ich habe nur rumgesessen wie betäubt – all die Sachen, deren Kauf ich ganz vergessen hatte.»

«Manche waren Geschenke», sagte sein Sohn. Er reichte die Bierdose, die sein Vater abgelehnt hatte, an die Mutter weiter; sie nahm sie und riß den Verschluß auf, was einen trotzigen kleinen *psff*-Laut hervorrief. Sie hatte Bier nie gemocht, hob aber dennoch die Dose an den Mund.

«Gib mir einen Schluck», bat Foster, nahm ihr das Bier ab und tat einen tiefen Zug. Als er die Augen wieder öffnete, sah er Teds große Hand unter dem Kinn seiner geschiedenen Frau mit dem Daumen einen Schmutzfleck wegreiben, den Foster gar nicht bemerkt hatte. Die beschützende Geste ließ ihr Gesicht klein, mürrisch und zerbrechlich erscheinen. Jetzt sah Foster, daß Ted sich mit einer gewissen komischen Perfektion gekleidet hatte wie ein Bankier am Samstagnachmittag – vorgewaschene Blue jeans, frische Tennisschuhe, kariertes Flanellhemd, Ärmel hochgekrempelt. Die jugendliche Aufmachung unterstrich sein Alter, die blutdruckbedingte Röte der Haut. Foster sah sie plötzlich als ein rührendes alterndes Paar, und die Wahrnehmung schien ihm ein hinreichender Grund zum Gehen. Er gab die Bierdose zurück.

«Vielen Dank für deine Hilfe», sagte seine ehemalige Frau.

«Ja, wirklich», sagte Ted.

«Sprich mit Tommy», fügte sie unerwartet mit gesenkter Stimme hinzu. Sie spannte noch immer Stolperdrähte, um seinen Abschied hinauszuzögern. «Es kommt ihn schwerer an, als er zeigt.»

Ted warf einen Blick auf seine Uhr, ein wasserdichtes, dickes Ding mit schwarzem Zifferblatt. «Schon als ich kam, hab ich zu ihm gesagt: ‹Trödel nicht rum, sonst wird der Müllplatz geschlossen.›»

«Er hat aber den ganzen Tag nur rumgelungert», beklagte sich sein Bruder, «über all dem alten Kram. Jetzt muß er sich anstrengen, um noch rechtzeitig zur Müllkippe zu kommen.»

«Er ist eben sehr *empfindsam*», sagte der Zigeuner-Besuch mit einem befremdlichen Singsang in der Stimme, als wiederholte sie nur etwas, das sie schon einmal gehört hatte.

Draußen vor dem Haus sammelte der Junge auf, was neben den Lieferwagen gefallen war. Foster half ihm. Ringsum im Gras lagen Dutzende von Spielmarken und Würfeln. In einige waren merkwürdige kleine Gesichter geprägt – Olive Oyl, Snuffy Smith und Dagwood –, in andere Zeichen – Ziffern, Rhomben, Piks, Sechsecke –, deren Code in Vergessenheit geraten war. Er hielt Tommy eine Handvoll hin. «Kannst du dich noch erinnern, wofür die waren?»

«Comic-Strip-Lotto», sagte der Junge ohne Zögern, «und für ein anderes Spiel, das ‹Idiotenlotto› hieß und wozu eine Art Spielautomat gehörte.» Er schaute auf das Sammelsurium in der Hand seines Vaters, und das Funkeln einstiger Gewinne blitzte in seinen Augen auf. Wenn Foster auch größer war, so war der Junge doch breiter in den Schultern und noch im Wachstum begriffen. «Fährst du mit zum Müllplatz?» fragte Tommy.

«Ich möchte schon, aber ich geh wohl besser», erwiderte Foster. Auch er hatte ein neues Leben zu führen. Schon allein dadurch, daß er sich auf diesem verlassenen Grundstück aufhielt, stand er gewissermaßen auf dem falschen Feld, wenn nicht gar in Matt-Position. Er entsann sich, wie er vor langer Zeit dem Jungen hatte Schach beibringen wollen, aber die Traurigkeit, ihn verlieren zu sehen – der kleine Wuschelkopf sorgenschwer über den mattgesetzten König gebeugt –, hatte die Lektionen beendet.

Foster warf die Spielmarken auf den Lieferwagen; klappernd landeten sie auf dem Metall. «Bedrückt dich was?» fragte er seinen Sohn.

«Na jaa, so ungefähr», sagte der Junge ausweichend.

«Du wirst dich besser fühlen», versprach Foster, «wenn du erst mit dem leeren Lieferwagen zurück bist. Ich habe die Müllkippe immer gemocht, mit all dem aufgehäuften alten Plunder, und dann die Möwen.»

«Es ist anders, seit du weggegangen bist. Lauter neue Vorschriften. Die Frau, die dort die Aufsicht hat, hat mich letztes Mal regelrecht angeschrien, weil ich etwas an der falschen Stelle abgeladen habe.»

«Angeschrien? Wirklich?»

«Ja, es war zum Fürchten.» Als er seinen Vater schwanken sah, fügte er hinzu: «Es dauert doch nur zwanzig Minuten.» Trotz seines kräftigen Körperbaus hatte Tommy bartlose Wangen, und zwischen den dichter werdenden Augenbrauen war eine Spur jener rundlichen, leicht enttäuschten Fassungslosigkeit der Babies, die die Stirn runzeln, ehe sie zu weinen anfangen.

«Okay», sagte Foster. «Du hast gewonnen. Ich komme mit. Ich beschütze dich.»

Die Stadt

Seine Magenschmerzen begannen im Flugzeug, als die Motoren für den Anflug auf diese Stadt ihr Geräusch änderten. Zunächst schob Carson den Schmerz auf die gesalzenen, gefriergetrockneten Erdnüsse in einem kleinen Päckchen aus Silberfolie, die zusammen mit dem Whiskey sour gekommen waren, den er sich von der Stewardess um zehn Uhr morgens hatte bringen lassen. Er hielt sich eigentlich nicht für einen Trinker, aber die jungen Männer in fast identischen grauen Börsenanzügen, die ihn in der Dreiersitzreihe flankierten, hatten beide Getränke bestellt; es schien eine Methode, gegenüber der Stewardess seinen Status zu behaupten. Sie war jung und hübsch – ungewöhnlich heutzutage. Viele Stewardessen schienen, wie Carson selbst, eine zweite Karriere zu machen, Opfer der Ratlosigkeit in den mittleren Jahren, wenn die Kinder erwachsen sind und der lange Abstieg begonnen hat.

Carson, ein geschiedener Ex-Handelsschul-Mathematiklehrer, arbeitete als Vertreter für eine Mikrocomputer- und Datenverarbeitungsfirma aus New Jersey. Nachdem er jahrzehntelang dieselben Vorstadtstraßen von seiner Wohnung zur Schule und wieder zurück gefahren war, hatte er sich in seinen Fünfzigern zu einem Kenner großer Städte entwickelt – ihrer wiederaufblühenden alten Zentren und überwucherten Industriegürtel, ihrer rostenden Eisenbahngleise und neuen Glasbauten, ihrer Hotels mit den orangefarbenen Teppichböden und Bars, die das Interieur englischer Landhäuser nachahmten. Aber stets gab es irgendeine individuelle Note, einen bestimmten Typus einheimischer Mädchen und eine eigentümliche, kleine Altstadt oder einen bizarr geformten Wolkenkratzer oder ein Museum, das einen Cézanne, zum Beispiel, oder einen Winslow Homer besaß, den man nirgendwo sonst zu sehen bekam. Carson war nie vorher in der Stadt gewesen, in die er nun niederging. Und vielleicht bildete eine nervöse Furcht vor den neuen Kontakten, die er zu knüpfen, und vor den Überredungskünsten, die er aufzuwenden hatte, die Ursache des Schmerzes, der sich mitten in seinem Magen, genau über dem Bauchnabel, eingenistet hatte.

Er gab weiterhin den Erdnüssen die Schuld. Die verführerische junge Stewardess – an ihrer Kehle war eine zarte Grenzlinie sichtbar, wo das Pfannkuchen-Make-up aufhörte – hatte ihm nicht eins, sondern gleich zwei von den Silberfolien-Päckchen gegeben, und er hatte beide geleert. Die Nüsse hatten säuerlich geschmeckt, und das ihm nächste Triebwerk der 747 war von einem Regenbogen-Spektrum aus wütendem Dampf umkränzt, aufflammend in einer Woge von Sonnenlicht aus dem Osten, während das große Flugzeug gen Westen dröhnte. Auch dieses Dröhnen hatte sich in seinen Magen gefressen. Dann waren da noch der Whiskey sour selbst, der Zeitdruck bei seiner Abreise und der Druck von Ellenbogen auf den Armlehnen zu beiden Seiten. Er war zu spät am Flughafen eingetroffen, um noch einen Platz am Gang oder am Fenster zu erwischen. Die jungen Männer heutzutage, schien ihm, wurden immer korpulenter und breiter, wohl wegen der Mischung aus sportlicher Ertüchtigung und Bier, die von dieser Zivilisation gefördert wurde. Diese beiden Exemplare der Spezies trugen seidene Taschentücher in ihren Brusttaschen und gezähmte Banditen-Schnurrbärte über ihren affektierten, blassen, zufriedenen Mündern. Wenn man ein paar Worte mit ihnen wechselte, bekam man Stimmen zu hören, die von nichts eine Ahnung hatten und so blechern klangen wie die allerbilligsten Fernsehapparate.

Carson verstaute die Papiere, auf denen er ein System skizziert hatte – Computer, Terminals, Typenrad-Drucker, wahlweiser, aber unwiderstehlicher Farbgraphik-Generator mit passendem Interface –, gedacht für eine florierende kleine Firma, die elektrische Schlankheitsgeräte herstellte. Er checkte noch einmal durch, was seinem eigenen System zu schaffen machen könnte. Erdnüsse, Whiskey. Enge. Zu alledem kam noch hinzu, daß er es satt hatte, wie er feststellte: Er war müde, müde der Zahlen, des Reisens, des Essens, des Konkurrierens, sogar müde, sich um sich selbst zu kümmern – Duschen und Rasieren jeden Morgen und sich anziehen und dann, sechzehn Stunden später, wieder auszuziehen. Der Schmerz nahm ein wenig zu. Er stellte sich den Schmerz kugelförmig vor, eine heiße teerige Blase, die platzen würde, wenn er nur den Laser des richtigen Gedankens auf sie lenkte.

In der Schlange am Taxi-Stand fühlte Carson sich besser, wenn er sich leicht vornüberbeugte. Die kühle Herbstluft drang durch seinen Anzug bis auf die Haut. Er schien krank zu wirken: Er zog die Blicke der Mitreisenden auf sich. Die beiden jungen Männer, zwischen deren Schultern er drei Stunden lang eingezwängt gesessen hatte, waren mit den vielen anderen, die ihnen glichen mit ihren Aktenkoffern und den mit Troddeln geschmückten Schuhen, verschmolzen. Carson gab dem Taxifahrer nicht die Adresse des Schlankheitsgeräte-Herstellers, sondern die des Hotels, wo er gebucht hatte. Eine jähe durchsichtige Welle von Übelkeit, wie bei einem Absakken während des Fluges der 747, hatte ihn plötzlich dazu veranlaßt. Als er hinter dem maronenbraunen Hotelpagen den orange ausgelegten Flur entlangging, waren nicht nur die Farben übelkeiterregend, auch die Flächen von Wand und Fuß-

45

boden sahen verzerrt aus, als ob der Schmerz, der nicht aufhören wollte, ihn durch den Druck von irgend jemandes Finger auf die Tastatur eines Terminals in ein neues Koordinatensystem versetzte. Er rief die Trimmgeräte-Firma vom Zimmer aus an, erklärte einer weiblichen Stimme am anderen Ende sein Problem und vereinbarte einen Termin für den nächsten Morgen, kurz bevor er laut Plan mit dem Hauptbuchhalter einer anderen aufstrebenden kleinen Firma zusammentraf, einen Hersteller von Apparaten, die «weißes Rauschen» zum Schutz des Großstadt-Schlafs erzeugten.

Das dichte Nacheinander der Termine beunruhigte Carson, aber nur vage, denn darum würde sich eine gänzlich andere Person kümmern – sein genesenes, wiederauferstandenes Selbst. Die Sekretärin, mit der er gesprochen hatte, hatte Sympathie gezeigt. Mit ihrem der Region eigentümlichen besänftigenden Akzent – bei einigen Silben schleppend, andere fast verschluckend – hatte sie Maalox empfohlen. In den Filmen, die Carsons Kindheit mit Trugbildern vom idealen Leben überschwemmt hatten, pflegten die Leute nach solchen Dingen «zu schicken», aber während der vielen Reisen der vergangenen Jahre, von einer spärlich mit Personal versehenen Unterkunft zur nächsten, hatte er nie erlebt, daß dergleichen machbar war. Er ging also selbst zur Hotel-Apotheke hinunter. Ein Spiegel in der Halle erschreckte ihn mit dem Bild eines hageren Mannes in Hemdsärmeln, mit einem Spitzbauch und einem farblosen Mund. Der eine Mundwinkel war herabgezogen wie bei einem Toten.

Die Medizin schmeckte kreidig und körnig und gab dem Schmerz nach kurzer Unterbrechung einen zusätzlichen Biß, wie von kleinen sandigen Zähnen. Sein Hotelzimmer war ebenfalls mit orangefarbenem Velours ausgelegt und hatte kastanienbraune Vorhänge, die Carson schloß, nachdem er einen Blick auf ein leeres braunes Stück Park geworfen hatte, wo zwischen fallenden Blättern ein paar Jungen Fußball spielten. Ihre Zurufe schmerzten auf seinen Trommelfellen. Er stellte den Fernseher an, aber auch der schmerzte. Auf einem der Doppelbetten liegend und zwischen Ausflügen ins Badezimmer die Decke anstarrend, ließ er den Nachmittag niederbrennen bis zum Abend und dachte, daß selbst das Elend eine Art Zuhause wird. Die Zimmerdecke war mit überlappenden Bögen verstuckt, die wie die Schuppen eines großen weißen Fisches aussahen. Zur Abwechslung streckte Carson sich auf dem kühlen Badezimmerboden aus und bestaunte die vielfächrigen, dicklippigen Unterseiten der Porzellanarmaturen und die ferne helle Raute des perspektivisch verkürzten Spiegels.

Wiederholte heftige Entleerungen hatten den idiopathischen Eindringling nicht aufzulösen vermocht. Das heiße, teerige Ding war jetzt nicht mehr einfach nur rund, sondern länglich. Als die Spuckerei anfing, war Carson voller Hoffnung gewesen. Die Hoffnung erlosch jedoch zusammen mit dem Tageslicht. In den dämmrigen Winkeln des Zimmers war sein Schmerz zu einem Gefährten geworden, den Carsons ständige Fragen unbeeindruckt ließen. Weder wurde er von Minute zu Minute spürbar schlimmer, noch verließ er ihn. Carson dachte, daß in seiner Situation Beten eigentlich das beste sei. Aber religiös war er nie gewesen und konnte sich folglich diese zusätzliche Qual sparen.

Das scheidende Tageslicht legte fedrige graue Ränder auf alle gerundeten Oberflächen im Zimmer – die Tischbeine, die Lampenkugeln. Carson stellte sich vor, daß er sich mit einem Schlag besser fühlen würde, wenn nur das Telefon klingelte. Gekrümmt auf der Seite liegend, schlief er kurz ein. Als er vor Schmerzen erwachte, war das Zimmer dunkel bis auf einen fahlen Splitter Straßenlicht am Fenster. Die Fußballspieler waren verschwunden. Er überlegte, wen es draußen jenseits der Dunkelheit gab, den er anrufen könnte. Seine Exfrau hatte wieder geheiratet. Von seinen Kindern war der Junge in Mexiko unterwegs, und das Mädchen hatte sich von ihrem Vater losgesagt. Als Carson den Brief bekam, mit dem sie ihn verstieß, hatte er angerufen und von dem Mann, mit dem sie zusammengelebt hatte, erfahren, daß sie ausgezogen sei und jetzt in einer feministischen Kommune lebe.

Er klingelte bei der Rezeption an und fragte um Rat. Von einer jungen männlichen Stimme, die ihrer fröhlichen Energie nach gerade erst ihren Dienst angetreten hatte, wurde die Notaufnahme des Städtischen Krankenhauses vorgeschlagen. Zitternd zog Carson sich an, mühsam die Schuhbänder bindend, grinsend dann, weil er als Held eines Dramas ohne Publikum dastand, und vorsichtig brachte er seinen wunden Körper nach draußen an die Luft. Eine Zeile Taxen wartete unter dem zersetzenden gelben Schein einer Natriumstraßenlampe. Neonreklamen und dicht gepackte, fluoreszierende Bürowürfel und rote und grüne Ampellichter flackerten vorüber – flüchtige Bilder der Stadt, in der er normalerweise jetzt, nach getaner Arbeit, umherwandern würde auf der Suche nach einem Restaurant, einer Bar, einer flüchtigen Unterhaltung oder auch der Möglichkeit, mit einer der inoffiziellen Hostessen der Stadt in ihrem kurzen Rock und langen Stiefeln, mit ihren grünen Lidschatten und den nackten Knien in Berührung zu kommen. Er hatte eine Zuneigung zu dieser Art Frauen entwickelt, auch wenn kein Handel zustande kam. Ihre flotte Anmache reizte ihn, auch ihre freimütige Feindseligkeit.

Das Krankenhaus lag erstaunlich weit vom Hotel entfernt. Es war ein weitläufiges, strahlendes Gebäude mit vielen, immer moderneren Anbauten und wartete am Ende einer kurvenreichen Fahrt durch einen dunklen Park und an niedrigen Wohnhäusern vorbei. Carson hatte damit gerechnet, gänzlich von der Last seines Körpers befreit zu werden, aber statt dessen fand er sich verpflichtet, ihn durch eine Reihe neuer Anstrengungen zu schleppen – Formulare waren auszufüllen, der Nachweis, daß er finanziell gesund genug war, um krank sein zu dürfen, mußte erbracht und lange Wartezeiten auf überfüllten Bänken und gepolsterten Stühlen mußten ertragen werden. Unterdes maßen seine Augen die Entfernung zur Herrentoilette, und er schätzte ab, wieviel Zeit es ihn kosten würde, hinüberzuhumpeln, die Tür zu einer Kabine zu öffnen, niederzuknien und vergebens zu versuchen, den wütenden Eindringling in seinem Innern zu erbrechen.

Der erste Arzt, den Carson endlich sprechen durfte, kam ihm so jung, so sanft und so schwer faßbar vor wie sein halbvergessener, umherreisender Sohn. Beide hatten so blondes Haar, als wäre es künstlich. Seine Frau, ließ der Arzt wissen, gab in einem anderen Teil der Stadt eine Dinnerparty, zu der er bereits zu spät käme. Trotzdem untersuchte ihn der junge Mann zuvorkommenderweise. Carson gab, gestand er, Rätsel auf. Der Schmerz schien nicht typisch genug für eine Blinddarmreizung, die überdies bei einem Mann seines Alters ungewöhnlich sei.

«Vielleicht bin ich ein Spätentwickler», gab Carson zu bedenken, jede Silbe ein qualvolles, leise sich selbst Abbitte tuendes Grunzen.

Es folgte ein weiteres Miasma der Verzögerung, nur durch die Einstiche für die Blutentnahme und die neckischen Scherze abgestumpfter Krankenschwestern belebt. Dann fand er sich vor einem Spind wieder, wo er sich entkleidete, um zusammen mit einigen anderen Männern in abgenutzten, hinten offenen Krankenhaushemden auf das Röntgen zu warten. Der robuste Techniker mit dem üblichen Banditen-Schnurrbart hatte die fröhliche Ausstrahlung eines Gewichthebers und Liebhabers der Damen (oder Herren). «Das Kinn hier», sagte er. «Schultern nach vorn. Tief einatmen. Anhalten! Braver Junge.» Langsam zog Carson sich wieder an, obwohl die Sachen Stück für Stück so schäbig aussahen, daß sie unmöglich seine sein konnten. Man könnte, wurde ihm klar, zwischen diesen Prozeduren sterben. Ringsum, auf den Bänken und in den hellen, kahlen Warteräumen der unzähligen Krankenhausflure boten andere Bittsteller, Einwohner der Stadt und überwiegend schwarz, Vorbilder stoischer Gelassenheit. Carson versuchte, es ihnen gleichzutun, obwohl das Geradesitzen schmerzte und seine Kehle vom Würgen wehtat.

Die Ergebnisse der Untersuchungen trudelten nach und nach ein. Der blonde junge Arzt mußte mittlerweile auf seiner Party sein. Carson malte sich das Klappern von Tafelsilber aus, das Kerzenlicht und die Frauen mit bloßen Schultern – eine festliche, häusliche Welt, aus der er längst herausgefallen war.

Gegen Mitternacht durfte er sich wieder ausziehen und sich in einer Art Notfall-Bereitstellungsraum in ein Bett legen. Weiße Vorhänge umgaben ihn, aber keine Ruhe. In den Nachbarbetten rechts und links stöhnten und summten zwei Männer, die anscheinend vieles gemeinsam hatten, eine Art Blues ohne Melodie. Wenn Ärzte an ihre Betten kamen, bettelten die Männer darum, entlassen zu werden, und versprachen, sich in Zukunft zu bessern. Nach einer Weile kam von der einen Seite ein Geräusch säuerlichen Würgens, wie von einer Katze, nachdem sie einen Vogel mit Haut und Knochen verschlungen hat. Auf der anderen Seite schienen Assistenzärzte unter gutem Zureden einen Schlauch in die Nase eines Mannes hinaufzuschieben. Diese Indizien gaben Carson das tröstliche Gefühl, endlich in den inneren Kreis anerkannten Ruins vorgedrungen zu sein. In großen Abständen wurde er untersucht. Ein anderer junger Arzt, der Carson weniger an seinen Sohn erinnerte als an den durchtriebenen Rechtshilfe-Anwalt, der mit seiner Tochter zusammengelebt und vermutlich jenen schrecklich formellen Brief an ihren Vater nicht nur inspiriert, sondern sogar diktiert hatte, latschte herein und zuckte, nachdem er ein bißchen auf Carsons Unterleib herumgedrückt hatte, die Achseln. Dann kam eine Ärztin, dunkelhaarig, um die Vierzig, und blickte mit offenkundiger Belustigung herab auf Carsons Gesicht. Sie sprach mit einem Akzent, irgend etwas Slawisches. Sie sagte: «Sie schützen nicht genug.»

«Schützen?» krächzte er. Ihm wurde klar, warum Sklaven einst den Hanswurst spielten.

Sie stieß ihren Daumen an verschiedenen Stellen tief in seinen Bauch. «Ich sollte das nicht tun können», sagte sie. «Sie müßten dabei an die Decke gehen.» Die Redensart klang komisch in ihrer Aussprache.

«Es hat schon weh getan», sagte er.

«Nicht weh genug», antwortete sie. Sie sah ihm scharf in die Augen. Ihre eigenen Augen lagen im Schatten. «Ich denke, wir machen noch ein paar Blutuntersuchungen.»

Doch Carson spürte, daß sie nicht weiterwußte. Etwas lag in der Luft, sickerte von jenseits der weißen Vorhänge aus den Stimmen von Krankenschwestern, Polizisten und aufgeregten Verwandten in diese Notstation, etwas, das in seinem Fall bevorstand, eine folgenreiche Prüfung. Er schloß die Augen, nur für eine Sekunde, wie ihm schien. Als er sie wieder öffnete, beugte sich gerade ein neuer Mann über ihn – ein großer, professoraler Typ, der ein Tweed-Jackett mit Ellbogenflicken, ein Button-down-Hemd und eine randlose Brille trug, die eigentlich nicht zu seinem Gesicht gehörte, sondern die allgemeine Aura von Güte verstärkte. Sein Haar war genau richtig gekämmt und ergraut und im Stil der Kennedy-Jahre stoppelig kurz geschnitten, mit hohem Scheitel. Anders als die Ärzte zuvor saß er auf der Kante von Carsons schmalem Bett. Seine Stimme und seine Berührungen waren sanft. Er erklärte, während er ihn abtastete, daß einige Blinddärme retrocaecal seien, das heißt, hinter dem Dickdarm gelegen, so daß sehr wohl eine schwere Entzündung vorliegen könne, ohne die

Oberflächenempfindlichkeit und den Schutzreflex, die normalerweise mit Appendizitis einhergehen.

Carson überlegte, von welcher Dinnerparty man den Arzt wohl um diese nachmitternächtliche Stunde weggeholt hatte, in diesem zeitlosen Jackett und Schlips. Er hätte das gern mit ein paar Worten wiedergutgemacht, fand sich dafür aber in einer schlechten Position, flach auf dem Rücken liegend und fast nackt. Mit einem leisen Lächeln betrachtete der Arzt Carsons Gesicht, als wolle er es enträtseln, und Carson starrte voll bettelnder, hilfloser Hoffnung zurück, stumm wie ein Hund, der nur winseln oder heulen kann. Er war der Schmerzen und des Notfall-Zustands so überdrüssig, wie er zwölf Stunden zuvor seines normalen Lebens überdrüssig gewesen war. «Ich würde gern operieren», sagte der Arzt so sanft, als mache er einen Vorschlag, den Carson zurückweisen könnte.

«O ja, *bitte*», sagte Carson. «Wann, meinen Sie?» Er war sich sehr bewußt, daß die liederliche Uhrzeit und die anrüchige Umgebung für ihn selbst inzwischen zwar der rechte Aufenthalt waren, der Arzt aber gesund war, gewiß ein nettes Zuhause hatte, eine Familie und einen Alltag, in den er zurückkehren konnte.

«Wann? Natürlich *jetzt*», war die Antwort in überraschtem Ton, und der Arzt stand auf und zog die Jacke aus, als ob er sich mit Carson an einer soeben ausgeheckten sportlichen Veranstaltung beteiligen wollte.

Vielleicht bildete sich Carson die Geste des Chirurgen auch nur ein. Vielleicht dachte er nur «Gott sei Dank!» oder stieß einen Seufzer der Erleichterung aus. Die Dinge kamen schnell in Bewegung. Der Zwillingsbruder des durchtriebenen Rechtsbeistandes kam zurück, kumpelhafter jetzt, da Carson eine Statusaufbesserung zuteil geworden war. Er bat ihn, sich auf die Seite zu legen, und stieß ihm eine Nadel in den Hintern. Dann bugsierten ein weißer und ein schwarzer Pfleger seinen Körper aus dem Bett auf einen Rollwagen mit weichen, schnellen Rädern, die weißen Vorhänge wurden eilig durchquert, Gesichter, Lichter, Stahltürrahmen stürzten vorbei. Carson glitt, die Füße voran, in einen Raum, den er, weil sein blitzendes Gegenstück so oft in Filmen eine Rolle spielte, als Operationssaal wiedererkannte. Der war bereits voller maskierter Jugendlicher, die miteinander schwatzten wie auf einer Party. «Sie sind ja so viele!» rief Carson aus. Er war unendlich glücklich. Der Schmerz hatte schon nachgelassen. Er wurde von dem Rollwagen auf einen sehr schmalen, hohen, gepolsterten Tisch verlegt. Seine Arme wurden auf hölzerne Seitenlehnen gebreitet und festgebunden. Man stach etwas in seine Handgelenke. Etwas Weiches, Aufgeblasenes aus Gummi wurde gegen sein Gesicht gedrückt, wie um den Sitz zu prüfen. Er versuchte noch zu sagen – um der maskierten Mannschaft darzutun, daß er keine Angst hatte, um ihnen zu zeigen, was für ein «guter Junge» er war –, jemand möge seine Verabredungen für den nächsten Tag absagen.

Als der Nebel sich an irgendeinem Punkt sporadisch lichtete, erschien der Chirurg höchstpersönlich, nun nicht mehr in einem Tweed-Jackett, sondern in einem limonengrünen Krankenhauskittel, und beugte sich triumphierend über ihn. Er hielt den gekrümmten kleinen Finger der einen Hand vor Carsons Augen, die nur verschwommen sehen konnten. «So dick», rief der Arzt durch eine Art Windgeräusche hindurch.

«Wie hätte er denn sein sollen?» fragte Carson, der wußte, daß sie über seinen Blinddarm sprachen.

«Nicht dicker als ein Bleistift», kam die Antwort, getragen von den hellen Wogen ansteckender Erleichterung.

«Aber wann haben Sie geschlafen?» fragte Carson und bekam keine Antwort, da er übers Ziel hinausgeschossen war.

Davor hatte er sich in einem unterirdischen Raum mit vielen Stalaktiten befunden. Von einem großen, barschen jungen

Mann wurde er beim Namen gerufen. «He, Bob, nun komm schon, Bob, schenk uns ein kleines Lächeln, na also, mein Junge.» Da lagen noch andere neben ihm ausgestreckt in dieser Katakombe, deren Decke mit schlaffen, durchsichtigen Schläuchen geschmückt war. Das waren die Stalaktiten. Eine Armlänge von ihm entfernt lag ein anderer Mann so reglos wie ein Kalksteinritter auf einem Grabmal. Carson begriff, daß er durch einen Tunnel gequetscht worden – die Fesseln an den Armen, das aufgeblähte Gummi – und am anderen Ende wieder herausgekommen war. «He, Bob, mach schon, lächle. *Jaaa*, so, na bitte.» Er hatte das dringende Bedürfnis zu urinieren. Eine Flüssigkeit tropfte in seinen Arm.

Später, nach dem würdigen, glitzernden Austausch mit dem Chirurgen, wachte Carson in einem gewöhnlichen Krankenzimmer auf. In dem Bett neben ihm lag ein Mann mit dem sauren, verkniffenen Profil kleiner Männer, rauchte und starrte auf einen Fernseher. Obwohl die Bilder wechselten, schien kein Geräusch aus dem Kasten zu kommen. «Hallo», sagte Carson. Er fühlte sich scheu und argwöhnisch, als hätte man ihn im Schlaf mit diesem Mann verheiratet.

«Hallo», sagte der andere, ohne den Blick vom Fernseher zu wenden, und blies vernehmlich den Rauch aus, zugleich selbstgefällig und angewidert. Genau das hatte zu dem irritierenden Gehabe von Carsons früherer Ehefrau gehört.

Als Carson wieder erwachte, herrschte Dämmerung. Er befand sich in einem dritten Raum, einem Einzelzimmer diesmal, allein, mit einem wunden Unterleib und einem klaren Kopf. Ein Viertelmond hing schmal und kalt am Himmel über den strahlenden Fenster-Rechtecken eines anderen Krankenhausflügels. Carsons Position in der Welt und im Universum schien hinreichend klar. Seine Genesung hatte begonnen.

In den fünf darauffolgenden Tagen fragte er sich oft, weshalb er so glücklich war. Seit seiner Kindheit, als etliche seiner

Klassenkameraden im Eiltempo in Krankenhäuser transportiert worden und dann mit stolzen Narben am Bauch in die Schule zurückgekehrt waren, hatte Carson Angst vor Appendizitis gehabt. Nun endlich, in seinem sechsten Jahrzehnt, war das lang Gefürchtete passiert, und er hatte sich, wie er glaubte, hinreichend mutig und gelassen verhalten.

Seine Narbe war nicht so ein kleiner, seitlicher Ritzer, wie seine Klassenkameraden ihm vorgeführt hatten, sondern ein ziemlich mörderischer Schnitt vom Nabel abwärts. Er war weit geöffnet worden, wurde ihm erklärt, weil in seinem Alter die Krankheit alles mögliche hätte sein können, von Magengeschwüren bis zu Krebs. Die Tiefe des Abgrunds, über den er bewußtlos dahingeschaukelt war, ließ ihn erschauern. Außerdem war da eine gewisse unvorstellbare Intimität gewesen. Mit seinen Eingeweiden war «hantiert» worden, wie ihm der Chirurg zartfühlend in Erinnerung brachte, als er ihm eine Phase der Heilung erklärte. Carson versuchte, sich das «Hantieren» auszumalen: Klammern und weiße Gummihandschuhe und irgend etwas feucht Glänzendes, Schweres, tief Rotes, das ihm gehörte. Sein Blinddarm hatte sich tatsächlich als retrocaecal erwiesen – einer von den nur zehn Prozent in dieser Position. Es hatte sich auch schon ein Bruch angebahnt, wie die mikroskopischen Untersuchungen ergaben. All diese nachträglichen Erklärungen, die den brennenden, nicht zu vertreibenden Dämon, den Carson in sich getragen hatte, auf kühle Tatsachen reduzierten, rechtfertigten ihn. Denn die Kranken fühlen sich ebenso schuldig wie die Sünder, ebenso gestrauchelt.

Der Chirurg mit seinem Eliteuniversität-Gehabe zog sich von jenem Moment äußerster Nähe, da er sich über Carsons Qualen gebeugt und beschlossen hatte, in dessen Eingeweiden zu hantieren, merklich zurück. Nur bei seinen Routine-Visiten kam er herein, um kurze Anweisungen zur Ernährung, zum Aufstehen und zu den Toilettengängen zu geben –

alles Dinge, die neu erlernt sein wollten. Andere traten in den Vordergrund. Die leicht belustigte, dunkle Slawin tauchte wieder auf, um seine Verbände zu wechseln. Er fand, sie riß die Pflasterstreifen mit unnötigem Nachdruck ab. «Sie waren zu tapfer», belehrte sie ihn, ihm die Schuld zuschiebend für jene Nacht, in der sie ihm weitere Blutuntersuchungen hatte auferlegen wollen. Auch der latschige junge Arzt derselben Nacht erschien wieder, nun nicht mehr im geringsten dem Anwalt ähnlich, den Carsons Tochter zugunsten ihres eigenen Geschlechts verschmäht hatte. Schließlich der Hellblonde. Eine Schar von Spezialisten trat in Erscheinung, die jeweils für den einen oder anderen Teil von Carsons Anatomie zuständig waren, so daß er sich riesig vorkam wie Gulliver im Lande Liliput, als er zur Besichtigung angepflockt war. Sie alle gestalteten ihre Besuche so beiläufig und freundlich – schauten mal eben herein, sozusagen –, daß Carson Monate später verblüfft war, jeden einzelnen Besuch mit genauer Tages- und Zeitangabe auf den Blättern der Krankenhausrechnung wiederzufinden, die ihm in einem detaillierten Nadeldrucker-Ausdruck präsentiert wurde – von einem alten Centronics-739-Drucker, allem Anschein nach.

Das Krankenhausleben in seinen einzelnen Abläufen bereitete ihm Freude. Das straff bespannte weiße Bett hatte Hebel, die die Matratze in eine Vielzahl gemütlicher Stellungen hoben und bogen. Hoch an der Wand ihm gegenüber war ein Fernseher angebracht. Er gehorchte einer Tastatur, die sich in seine Hand fügte wie eine unschuldige, ätherische Waffe. Mühelos sprang er zwischen morgendlichen Nachrichtensendungen, Vormittags-Quizsendungen, Mittags-Vorschauen, Nachmittags-Familienserien, Talkshows und den Wiederholungen von Klassikern wie Carol Burnett und *Hogan's Helden* hin und her. Am Abend, wenn die Besucher die Flure verließen und das Krankenhaus sich auf sich selbst besann, wurde der Fernseher mit den tanzenden Farben und dem wechselnden Licht zu einem noch herzlicheren und einnehmenderen Begleiter. An seinem ersten Abend in diesem kostbaren Zimmer, als er noch groggy von der Narkose war, hatte er einer kleinen weißen Figur zugeschaut, wie sie mit der Keule den Ball in einem hohen Bogen bis in den zweiten Rang des Yankee-Stadions beförderte; es war wie ein plötzlicher Stich, und das Eindringen des Balls schien köstlich, als ob es tief im Inneren seiner selbst geschähe. Er drückte den Aus-Knopf der Fernbedienung und dann einen anderen Knopf, um das Bett in die richtige Schräge zu bringen, und schlief so problemlos ein wie ein Baby.

Normalerweise hatte er gern viele Decken. Hier reichte ihm ein leichtes Laken. Normalerweise konnte er nie auf dem Rücken schlafen. Hier konnte er den Umständen nach nicht anders liegen. Er hielt seinen Körper ganz leicht zur Seite gewandt, um den vertikalen Schmerz in seinem Unterleib zu lindern, während sein oben liegender linker Arm die ganze Nacht hindurch die nährende Lösung aus dem intravenösen Schlauch empfing. Fortwährend brannten Lichter, fortwährend murmelten Stimmen auf dem Flur. Diese Welt kannte so wenig Rast wie die elterliche Welt um eine Säuglingswiege.

In der Tiefe derselben Nacht, als der enorme Baseball-Schlag stattfand, erwachte Carson von einer Berührung an seinem rechten Oberarm. Er öffnete die Augen, und aus dem Rechteck, wo der Fernseher gewesen war, lächelte ein königliches, glattes schwarzes Gesicht auf ihn hernieder. Es war eine Krankenschwester, die seinen Blutdruck maß. Sie hatte das Oberlicht im Zimmer nicht eingeschaltet, und so wurde das Oval ihres Gesichts nur indirekt und von fern beleuchtet, wie damals die Möbel in seinem Hotelzimmer. Auch ohne einen Blick auf das Leuchtzifferblatt seiner Armbanduhr auf dem Nachttisch wußte er, dies war eine jener abgründigen Stunden, da Verzweiflung die Menschen heimsucht, da Schlaflose in einem Meer der Stille zu versinken drohen, da Arbeitslose und Bankrotteure schreien möchten, um ihren sich im Kreis drehenden Berechnungen zu entkommen, da verschmähte Liebende aus erotischen Träumen auf leere Laken stürzen und Soldaten plötzlich mit dem metallischen Geschmack eines drohenden Angriffs erwachen. In dieser Stunde endgültigen Alleinseins hatte sie ihn mit ihrer Berührung geweckt. Nichts als ein dünnes Laken bedeckte seinen Körper in dem warmen, schummrigen Raum. *Ich vergebe dir*, sagte ihm ihre Anwesenheit. Sie pumpte einen Schlauch um seinen Arm herum auf, ließ ihn erschlaffen, pumpte ihn wieder auf. Sie steckte eins dieser geschoßförmigen Instrumente aus genopptem Kunststoff, die die Glasthermometer ersetzt haben, in seinen Mund, und während sie darauf wartete, daß ein Gerät an ihrer Taille in elektronischen Zahlen seine Temperatur registrierte, summte sie eine kleine Melodie, als wollte sie mit einem Scherz ihre Schönheit verleugnen, diese Schönheit, die Frauen neuerdings als ihren Feind betrachten, als Last und Anlaß für Belästigungen. Carson dachte an seine Tochter.

Obwohl viele Krankenschwestern ihn betreuten – in dem Maße, wie er wieder zu Kräften kam, konnte er schon mit ihnen plaudern, sogar morgens um vier –, kam diese eine, das vollkommen schwarze und symmetrische Gesicht, von ihrer Corona umrahmt wie eine verfinsterte Sonne, nie wieder zurück.

«Sie müssen laufen», drängte der Chirurg Carson. «Stehen Sie auf und laufen Sie herum, sobald Sie können. Halten Sie den Körper in Bewegung. Es hat sich erwiesen, daß gar nicht die Krankheit schuld war, wenn früher so viele Leute in den Krankenhäusern starben. Es war das Liegenbleiben im Bett und daß sich dadurch Lungenflüssigkeit ansammelte.»

«Herumlaufen» hieß zunächst, den dürren, klappernden Infusionsständer mit sich ziehen. Er bediente sich dabei eines gewissen, eleganten Tricks, indem er die Räder behutsam über die Metall-Leisten hier und dort auf dem Linoleum-Korridor führte, die linke Hand am Schwerpunkt, den er sich als Taille des Ständers vorstellte, und «sie» mit einem Schwung aus dem Weg nahm, wenn ein anderer Patient mit seiner hochaufgeschossenen Chrompartnerin daherkam. Durch das Beobachten anderer Patienten lernte Carson den Kniff, den Infusionsbeutel abzunehmen, ihn samt Schlauch durch den Ärmel zu fädeln und wieder aufzuhängen, so daß er seinen Bademantel ordentlich schließen konnte. Seine ersten Schritte in den moosgrünen Frotteelatschen, die das Krankenhaus zur Verfügung hielt, waren schüchtern und steif. Aber mit der Zeit wurden seine Spaziergänge länger: bis zum Ende des Korridors, wo die Fenster eines Warteraums auf das entfernte Zentrum der Stadt blickten; um die Ecke herum, an einer kaum je geöffneten Snackbar vorbei und in eine Abteilung für Kinderkrankheiten; dann noch weiter bis zu einer Bank neben dem Fahrstuhl und einem mit Teppich ausgelegten Wartesaal, wo schwangere Frauen und junge Ehemänner Limonade tranken und Händchen hielten. Die Angestellten an den verschiedenen Tresen in den Korridoren kannten ihn allmählich und nickten, wenn er vorbeikam, immer weiter ausschreitend, immer aufrechter gehend. Sein Manövrieren mit dem Infusionsständer wurde so gekonnt, daß er sich geradezu flott vorkam.

Carson wurde wieder neugierig auf die Stadt. Was er vom Fenster seines Zimmers aus sah, war nur die Wand des anderen Krankenhausflügels, mit mitgebrachten Pflanzen auf den Fensterbänken und hier und dort gedankenverlorenen Gestalten in Bademänteln, die nach draußen auf die Wand gegenüber blickten, von der er, gleichfalls im Bademantel, ein Teil war. Vom Fenster des Aufenthaltsraums aus schien das Herz der Stadt mit der Gruppe brauner und blauer Hochhäuser und den bandförmigen Schleifen der Schnellstraßen oft im Sonnenlicht zu liegen, während das Gelände des Kranken-

59

hauses, die Parkplätze und das Gewimmel der Taxen am Eingang von Wolken überschattet wurde. Weder konnte Carson das Hotel ausmachen, in dem er gewohnt, noch das Industriegebiet, wo er seine Systeme zu verkaufen gehofft hatte; auch nicht das Museum, das, wie er gelesen zu haben glaubte, einige beispielhafte Renoirs und einen unbezahlbaren Hieronymus Bosch beherbergte. Am Fuße der blau-braunen Masse ferner Gebäude konnte er eine Hängebrücke erkennen und stellte sich den schmutzigen Fluß vor, über den sie führen mußte, und das Fort aus dem 18. Jahrhundert, das hier gebaut worden war, um den Fluß gegen die Indianer zu verteidigen, den Verkehr der Frachtkähne des 19. Jahrhunderts, der die Siedlung ernährt hatte, und schließlich ihre Industrie, die Einwanderer angelockt hatte, welche das Netz der städtischen Straßen tief in das umgebende Farmland ausgedehnt hatten.

Dies war immer noch eine ländliche Gegend. Undeutliche, langsame, geduldige, fromme Stimmen ertönten um ihn herum, schleppend und näselnd, während er dort stand und nach draußen sah, ein heimlicher Lauscher. Lakonische, halbreligiöse Sätze der Resignation paßten hier zu dem Standardmobiliar, den Frotteelatschen-Füßen und den Teilen halb zusammengesetzter Puzzles auf den Kartentischen. Dicke Frauen in unmodernen, bedruckten Kleidern und flachen Schuhen waren direkt aus ihren Küchen gekommen, und von den Feldern Männer mit gefurchten Nacken und Händen, so klumpig und abgewetzt wie gebrauchtes Werkzeug.

Krankheiten und Verletzungen sind große Demokraten; sie hatten einen farbenfrohen Querschnitt zustande gebracht. Carson kannte inzwischen vom Sehen einen hageren Mann mit zigarrendunkler Haut und straffen, orientalischen Gesichtszügen. Sein schimmernder, kahlgeschorener Kopf war von einer klaffenden Y-förmigen Wunde gespalten, die nun von Stichen zusammengehalten wurde. Er saß in einem teuren, hellbraunen, fast goldenen Morgenmantel, den verwundeten Kopf auf eine von Ringen schwere Hand gestützt, in dem Raum mit den schwangeren Frauen und den silbernen Fahrstühlen. Als Carson einmal vorsichtig zum Gruße nickte, sagte diese Erscheinung laut «Hey, Mann!», als ob sie plötzlich ein Geheimnis miteinander teilten. Durch die offenen Zimmertüren entlang der Flure erblickte Carson lauter Wunder – Männer mit Schnäbeln aus weißen Bandagen und Plastikschläuchen, den längst aus der Mode gekommenen trinkenden Spielzeugvögeln ähnlich; alte Damen, zu einem Nichts zusammengeschrumpft, in einem Meer von Blumen und riesig-komischen Gute-Besserung-Karten; und eine immens fette mokkafarbene Frau in Seidenhosen, die mitten auf der Stirn einen scharlachroten Hindu-Punkt trug. Sie zog ganze Ströme von Besuchern auf sich – dürre, dunkelhäutige Männer und großäugige Kinder. Wie Carson war sie Ehrengast in dieser Stadt, und sie pflegte sein Vorbeigehen mit einer trägen Bewegung ihrer fetten Finger, die ebenso spitz zuliefen wie die Räucher-Kegel auf ihrem Nachttisch, zur Kenntnis zu nehmen.

Am dritten Tag bekam er feste Nahrung, und der Infusionsschlauch wurde abgenommen. Nun, da sein treuer Begleiter aus dem Zimmer entfernt worden war, besaß er die Freiheit, beide Arme zu bewegen und Treppen zu steigen. Der Chirurg hatte bei seinem letzten Besuch (er trug ein kariertes Flanellhemd und Khakihosen und war guter Stimmung und zum «Abhauen» bereit, denn das Wochenende hatte begonnen) dringend Treppensteigen als das beste denkbare Training angeraten. Am Ende des Korridors, in entgegengesetzter Richtung von dem Aufenthaltsraum, aus dessen Fenster man bis ins Herz der Stadt blicken konnte, gab es einen Ausgang in ein kaum benutztes Treppenhaus aus Stahlbeton. Hier trottete Carson im Bademantel und den schon in Auflösung befindlichen grünen Frotteelatschen gehorsam vier Stockwerke hin-

61

unter bis zum Keller, dann sechs hinauf bis zur verschlossenen Dachtür und wieder zwei abwärts bis in sein eigenes Stockwerk.

Hier draußen, in diesem verlassenen, widerhallenden Teil des Gebäudes, wo er unsichtbar und anonym war, empfand er die reinste Form des Glücks. In seinem Zimmer hatte das Telefon zu klingeln begonnen. Der Leiter seiner Firma daheim in New Jersey rief des öfteren an, zunächst, um sein Mitgefühl zu bekunden, dann um einen Weg zu finden, wie Carsons geplatzte Termine ohne zusätzliche Reisekosten zusammengestoppelt werden konnten. Also telefonierte Carson, auf seiner hochstellbaren Matratze sitzend, mit den zuständigen Angestellten bei den Kunden und lieferte eine geschwächte Version seiner Verkaufsgespräche. Die Gesellschaft für angewandtes Weißes Rauschen drückte ihr Interesse an digitalem Farb-Graphik-Imaging aus, und Carson schickte ihnen die Hochglanzbroschüre seiner Firma über deren neuestes System (Auflösung bis zu 640 Pixel pro Zeile, 65 536 simultane Farben, Bildspeicherkapazität bis zu 256 Kilo-Bytes). Die Sekretärin der anderen Firma, die vor fünf Tagen am Telefon so voller Mitleid gewesen war, kam persönlich vorbei. Es stellte sich heraus, daß sie auf eine krude Art wohlgestaltet war, mit gebleichtem Kraushaar, den Überresten einer Swimmingpool-Bräune und lebhaften Beinen, die sie kreuzte und entkreuzte, während sie von ihrer eigenen Scheidung erzählte – das Geld, die Kinder, die Rückkehr in den Beruf nach Jahren als verwöhnte Vorstadt-Hausfrau. «Ich könnte wieder eine sein, das sage ich Ihnen. Alle diese Frauen, die die Freuden der Berufstätigkeit besingen: sie können sie *geschenkt* haben.» Die Frau rauchte sehr stark, exhalierte geräuschvoll und drückte jede kirschbefleckte Kippe in dem Deckel eines Einmachglases aus, den sie in ihrer Handtasche mitgebracht hatte. Carson hatte sich diesen Nachmittag in genau bemessene Halbstunden-Blocks eingeteilt – das Treppenhaus dreimal rauf und runter; ein Besuch im Warteraum, wo er begonnen hatte, eines der Puzzles zu legen; ein Besuch im Badezimmer, falls seine hantierten Eingeweide willig wären, und schließlich ein ausgiebiges Sichversenken in das «Byte»-Magazin vom letzten Monat und die letzten Schläge des Baseball-Entscheidungsspiels dieses Samstags. Seine Besucherin zerdrückte diese Pläne zusammen mit ihren vielen Zigaretten. Dann rief seine eigene geschiedene Frau an, in der koketten Art, die sie sich inzwischen angewöhnt hatte, wieder verheiratet zwar, aber immer noch mit einem Schimmer von Wehleidigkeit und einem spöttischen Unterton in der Stimme, als sei seine Landung in einer fremden Stadt mit einem brechenden Blinddarm nur ein weiterer törichter Willkürakt, wie jener, daß er sie verlassen und aufgehört hatte, Mathematik an der Wirtschaftsoberschule zu unterrichten – all diese langweiligen Aufmacherseiten. Am Sonntag rief sein Sohn per R-Gespräch aus Mexiko an und klang sonderbar nah, und weit entfernt, solange nichts als verlegenes Schweigen zwischen Vater und Sohn die Dollars fraß. Seine Tochter rief überhaupt nicht an, was ihm rücksichtsvoll und liebevoll erschien. Sie und Carson wußten, daß es nichts gibt, mit dem wir unsere essentielle Einsamkeit verschleiern können.

Er fand heraus, daß es ihn nach einer Stunde im Zimmer und im Bett nach den Treppen verlangte. Zu Anfang hatten alle Stockwerke gleich ausgesehen, aber inzwischen hatte er feine Unterschiede entdeckt – Spuren verschütteter Farbe auf einigen Stufen, eine Zahlenreihe, die ein Arbeiter mit Kreide an der Wand eines Treppenabsatzes notiert hatte, Wasserflekken und Risse, die eine Bahn des rauhen, gelben Putzes in Mitleidenschaft gezogen hatten, nicht aber die nächste. Ganz unten gab es Kunststoff-Mülltonnen und eine rote Tür mit dem ausdrücklichen Hinweis, den Sperriegel nur im Notfall aufzustoßen. Ganz oben versperrte eine glatte Stahltür ohne Griff oder Fenster den Durchlaß. Die Türen auf den Zwischengeschossen führten auf eine Art Plattform im Freien, jenseits der Tür, die ins Krankenhaus selbst führte. Vorgefertigte Betonbalustraden verhinderten das Springen oder Fallen und eine direkte Sicht, aber sie sorgten für kühle frische Luft und erlaubten einen ausschnittweisen Blick auf den darunterliegenden Teil der Stadt.

Die Umgebung war hier flach und schlicht – aneinandergereihte einfache Häuser auf Tausend-Quadratmeter-Grundstücken, erbaut vor so langer Zeit, daß die Blüte des Neuen verwelkt war und der Verfall begann. Das Krankenhausgebäude, das sich jenseits der Außentreppe fortsetzte, blockierte die Sicht bis auf einen schmalen Schlitz, der in die Tiefe führte und den Blick auf ein paar schäbige Vorgärten freiließ, einer davon mit einem auf der Seite liegenden Dreirad, ein anderer mit einer bemalten Statue der Jungfrau, alsdann Mauern in Pastellfarben, die einen neuen Anstrich nötig hatten, und Abschnitte von flach abfallenden Dächern aus imitiertem Schiefer – für Carsons Augen ein schäbiger, etwas kleinstädtischer Anblick, aber hier durchaus innerhalb der Stadtgrenzen. Nie sah er einen Menschen die breiten Bürgersteige entlanggehen, und nur wenige Autos kamen die Straßen herauf, auch nach Geschäftsschluß. In nächster Nähe und sehr viel lebendiger zeugten ein Haufen abgenutzter Bretter und rostender Gerüststangen und ein Kipplaster, der weiß eingestaubt und mit Mörtel und Lasten beladen war, von einer neuen Bauphase. Das Krankenhaus dehnte sich noch immer aus. Manchmal tauchten junge Männer auf und brachten neuen Müll oder warfen lautstark die Bretter umher. Diese Anstrengungen wirkten unorganisiert und hörten am Wochenende auf.

Die tristen Behausungen und der angehäufte Schutt, die Carson durch die Betonbarriere ausmachen konnte, weitere Rundblicke ließ sie nicht zu, kamen ihm dennoch strahlend wirklich, feucht, farbig und reichhaltig vor. Leben, es war Leben. Es war die Welt. Als er, noch mit dem Tropf-Ständer an seiner Seite, noch unfähig, Treppen zu steigen, zum erstenmal an diesen Treppenabsatz gekommen war, hatte allein das Aufstoßen der Tür eine Anstrengung bedeutet. Die rauhe Außenluft war durch sein noch betäubtes System gefegt wie ein mitreißender rauher Kuß, diese Frühherbstluft, die Sommer und Winter, Fußball und Baseball zusammenmischte und steif vor Kälte war, aber noch feucht, noch nicht ganz frei von Wachstum. Einmal hörte er das entfernte Gerassel eines Rasenmähers. Bis zum Morgen seiner Entlassung würde er sogar während der Dunkelheit herkommen, die Stirn gegen den Beton lehnen und atmen, um das Wunder der Welt wieder in sich aufzunehmen, sich wieder fürs Leben zu programmieren – die Luft kalt an den nackten Knöcheln, sein Atem ein sichtbarer Dampf, während die Eingeweide um den Heilungsschmerz herum in ihre alte Lage zurückfanden.

Das Taxi brachte ihn direkt zum Flughafen. Von der Stadt sah Carson nur die Silhouetten neben der Schnellstraße und deren narbigen Mittelstreifen. Nach dem Start breitete sich einen Augenblick lang eine Art Stadtplan unter ihm aus und war auch schon verschwunden. Und doch schien es ihm später, wenn er an die bäuerlichen Stimmen, die fernen Wolkenkratzer, die nächtlichen Besuche der Krankenschwestern, die Ärzte mit ihrem nie gesehenen makellosen Zuhause und an die Dutzende von Gesichtern dachte, die an die Oberfläche seiner Schmerzen emporgestiegen waren, als hätte er die Stadt ganz aus der Nähe kennengelernt. Sie war wie eine Frau auf einer seiner anderen Reisen, die, nachdem er sie in einer Bar angesprochen und am Ende bezahlt hatte, alle Förmlichkeit umstülpte und sich ohne langes Gerede hergab.

Die hübschen schwierigen Töchter
aus unserer alten Clique

Warum heiraten sie nicht? Man sieht sie in der Stadt, wie sie älter werden, schon jetzt kleine alte Jungfern, wie sie mit ihren Rädern im Ort zu ihren Jobs fahren oder mit Büchern unterm Arm den Hügel beim Felsen hinaufsteigen. Annie Langhorne, Betsey Clay, Damaris Wilcombe, Mary Jo Addison: Wir kennen sie alle schon seit ihrem zweiten oder dritten Lebensjahr. Nun sind sie Mitte Zwanzig, haben das College und ihr Jahr im Ausland hinter sich, sind erwachsene Frauen, doch sie gehen nirgendwohin, weder nach New York noch nach San Francisco, ja nicht einmal nach Boston. Sie hängen einfach hier herum, in dieser Kleinstadt, und lassen die Jahreszeiten über sich hinwegspülen. Sie gehen dieselben Straßen entlang, in denen sie aufgewachsen sind, verharren im Schatten ihres sicheren alten Zuhause.

Am Rande einer Gartenparty bei den Wilcombes, ihre blassen, gekämmten Köpfe brannten wie Kerzen im Sommersonnenlicht und eine Schleife oder Plastikspange im Haar extra für den Anlaß – ich sehe sie noch vor mir, ihre süßen, pastellfarbenen Partykleider und ihre nackten Füße im Gras, jene schmalen Kleinmädchenfüße mit den zartknochigen, gebräunten Zehen, die dir das Gefühl geben, sie würden im Tau Kaninchenspuren zurücklassen. Damaris und Annie, damals wie heute die besten Freundinnen, waren dazu überredet worden, die Vorspeisen anzubieten. Schielend trugen sie das Tablett, ihre Handgelenke waren so schwach, die gewürzten Glibbereier kamen ins Rutschen, und ihre großen hellblauen Augen blickten so ernsthaft zu deinem grinsenden Erwachsenengesicht empor, wenn du dir, ermutigend lächelnd, ein Ei nahmst. Wir waren damals Ende Zwanzig, jung und doch schon älter – die allerschönste Zeit. Die Sommergerüche von Insektenspray auf dem Rasen und frischer Minze im Gin; die jungen Ehefrauen braun und gesund in ihren Sommerkleidern, bei denen die Haut warm durch den Baumwollstoff leuchtete; die Kinder noch klein, wie eine Herde Tiere in der ungemähten Wiese jenseits des Rasens umhertollend und stolpernd, so daß ihre pastellfarbenen Kleider grüne Flecken bekamen. Ihr Lärmen kam und ging über die Wiese, als wäre es ein Echo unserer eigenen Stimmen, nur in einer höheren Tonlage. Sie schufen sich ihre eigene Welt unten am Boden, während Alkohol und Sonnenlicht langsam in uns einsickerten und der Himmel sich mit Liebe füllte.

Ich sehe immer noch Betsey und meine eigene Tochter vor mir, an dem Abend, als wir die Clays kennenlernten. Die Clays waren gerade zugezogen. Ein Cousin von Maureen war mit meiner Frau zusammen zur Schule gegangen und hatte uns ein paar Zeilen geschrieben. Wir gingen kurz bei ihnen vorbei, um ihnen die Anschrift unseres Dentisten und unseres Arztes zu geben, und verstanden uns auf Anhieb. Es muß im April gewesen sein, oder im Mai. Wir tranken Cocktails, bis es dunkelte, und Maureen stellte Häppchen auf den Terrassentisch. Die beiden kleinen Mädchen, die sich vorher nie gesehen hatten – sie müssen damals kaum älter als zwei Jahre gewesen sein –, wurden gemeinsam in ein Bett zum Schlafen gelegt. Sie kamen Hand in Hand in die Dunkelheit herunter, in die kühle Nachtluft, aus diesem Haus, das beiden fremd war. Betsey in ihrem Nachthemdchen sah wie ein weißer Geist aus, und ihre Stimme klang unwirklich und dünn, aber deutlich: «Siehstu Mond?» fragte sie. Sie hatten nicht schlafen können und hatten vom Bett aus den Mond gesehen. Die Clays kamen aus der Großstadt, wo der Mond vielleicht nicht so auffällig war. «Siehstu Mond?»: ihr Stimmchen so dünn und klar wie ein ferner Eulenruf. Und natürlich hatten sie recht, da stand der Mond, schief und mit traurigem Gesicht, über den Bäumen, die gerade in den ersten Blättern verschwammen. Endlich Zeit, nach Hause zu gehen.

Jetzt arbeitet Betsey in dem Wand-und-Boden-Markt auf der Second Street und gibt nebenher Gitarrenunterricht. Sie hatte sich in ihren schon älteren, verheirateten Musiklehrer im Smith-Institut verliebt und kam, so gut sie konnte, mit der klassischen Gitarre voran, für ein Jahr sogar bis nach Spanien. Als die Episkopalkirche im letzten Jahr eine kubanische Familie unter ihre Fittiche nahm, zog man Betsey wegen ihrer Spanischkenntnisse hinzu. Sie wohnt mit ihrer Mutter in demselben Haus, wo sie einst den Mond gesehen hat, heute ein trüber Ort, Maureen hat die Hälfte der Räume zugesperrt, um Heizung zu sparen. Es muß jetzt so ungefähr zehn Jahre her sein, daß die Clays sich trennten. Das waren ein paar wunderschöne Stunden auf jener Terrasse, alles in allem, damals.

Betsey singt im Chor der Kongregationistenkirche mit, wie auch Mary Jo Addison, die nach dem bösen Fluch der Magersucht in ihrer Teenager-Zeit wieder ganz schön füllig geworden ist. Sie hat die dunklen Augenbrauen ihrer Mutter, befremdlich in einem hellen, sommersprossigen Gesicht, ganz gerade und in der Mitte fast zusammengewachsen. Die beiden Addisons sind wieder verheiratet und haben die Stadt verlassen, aber ihre Tochter bewohnt zwei Räume über dem Reisebüro *Rites of Passage*, sammelt Antiquitäten und liest Geschichtsbücher, meist übers Mittelalter. Meine Tochter lud sie zum Weihnachtsessen ein, aber sie sagte, nein, sie wolle lieber gemütlich an ihrem eigenen Kamin sitzen, umgeben von ihren Sachen. Ihre «schönen alten Sachen», wie sie gesagt haben soll.

Evelyn Addison mochte auch gern schöne Sachen, aber in ihrem Fall mußten sie modern sein – Polstermöbel, bezogen mit Drell aus Haiti, dänische Sofatischchen mit abgerundeten Kanten, Stahlrohrsessel. Wo mögen sie geblieben sein, frage ich mich, all die schweren Metallgestelle für die abgewetzten Segeltuchbezüge jener Stahlrohrsessel, auf denen wir zu sitzen pflegten? Als Mann konnte man sich mit gespreizten Beinen übereck darauf setzen, aber eine Frau konnte sich nur rückwärts hineinfallen lassen und hoffen, daß ihr Ehemann in der Nähe war, um sie hochzuziehen, wenn es Zeit wurde zu gehen. Sie hatten ein im Urzustand erhaltenes, 1690 erbautes Haus, die Addisons, in der Salem Street, und komischerweise paßten ihre modernen Möbel ausgesprochen gut in die schlichten, alten Räume mit ihrem Balkenwerk und dem begehbaren Kamin mit den großen schmiedeeisernen Bratspießen und den Nischen aus dunklen Ziegeln, in denen die Puritaner Brot buken. Vielleicht will Mary Jo mit ihren Antiquitäten dorthin zurückkehren. Sie kleidet sich auch so: gedeckte Farben und sittsam, die Haare in eine feste Rolle gelegt, die von einer Schildpattspange gehalten wird. Die rostroten Haare ihrer Mutter, aber ohne die getönten Strähnen. Keines dieser Mädchen, Töchter unserer alten Clique, scheint Make-up zu benutzen.

Ich erinnere mich, daß ich in der Neujahrsnacht gleich nach Freds Auszug Evelyn von den Langhornes frühmorgens die Salem Street hinauf nach Hause brachte. Auf dem Bürgersteig lagen drei Zentimeter Neuschnee, kein Laut weit und breit, außer ihrer Stimme, die von nichts anderem als von Fred redete. Wir hatten Stingers getrunken, und sie konnte kaum gehen. Mir ging es nicht viel besser. Die Häuserfronten entlang der Salem Street waren geisterhaft still, und der frische Schnee reflektierte das Straßenlicht wie Glimmer. Wir stiegen die Treppe zu ihrer Veranda empor, und der Anblick jenes Wohnzimmers mit seinen breiten Dielen, dem noch geschmückten Weihnachtsbaum und dem Kranz aus Kiefernzweigen an einem Eichenpflock am Kaminsturz traf mich, als wären wir geradewegs in ein altes Kinderbuch eingetreten. Tannengeruch im Zimmer, ein bestimmter Glanz von Geschenkpapier oder Eisblumen in der Ecke einer Fensterscheibe geben mir immer noch das Gefühl: Weihnachten. Wir setzten uns auf die kratzige Couch, damit sie ihre Geschichte über Fred zu Ende bringen und ich mich für den langen Heimweg aufwärmen konnte. Der Morgen dämmerte, und plötzlich sah Evelyn sehr mitgenommen aus. Ich ließ mich zu dem Versuch hinreißen, sie zu trösten, und ausgerechnet da – Evelyns lange Haare bedeckten unser beider Gesichter, ihre starken Augenbrauen waren direkt unter meinen Augen – hörten wir von oben, wie Mary Jo anfing zu husten. Uns fröstelte. Der große alte Kamin voll kalter Asche schickte einen kühlen Hauch an unsere Knöchel, und dann dieses Husten über uns, hohl und trocken. Mary Jo, um fünfzehn herum muß sie damals gewesen sein, geschwächt von Magersucht, hatte sich eine Erkältung eingefangen, die sich zu einer galoppierenden Lungenentzündung entwickelte. Auch dafür gab Evelyn Fred die Schuld, weil er sie verlassen hatte – die Schuld für die Lungenentzündung. Das Kind also hustend und hustend und seine Mutter in meinen Armen, nach Brandy und Tränen und Weihnachten duftend. Sie gab Fred die Schuld, aber ich hätte weniger ihn als die Umgebung verantwortlich gemacht; in diesen alten Holzhäusern zieht es.

Wenn ich an oben und unten denke, fällt mir Betsey Clay oben auf dem Treppenabsatz ein, nicht mehr in einem weißen Nachthemdchen, den Mond betrachtend, sondern in gerüschtem zitronengelbem Pyjama, wie sie auf irgendeine Party herabblickt, die so laut war, daß sie nicht schlafen konnte. Wir waren von der Terrasse ins Haus gekommen und hatten ein paar alte Twist-Platten aufgelegt, und die konnte man nun mal nicht leise abspielen. Ich saß irgendwie mit irgend jemandem auf dem Fußboden, so daß mein Blickwinkel sehr niedrig war, und wie in einer Lektion über Perspektive wurden die Stufen nach oben immer kleiner bis hin zu ihren nackten Füßen, die inzwischen zu groß waren für Kaninchenspuren. Für eine schier endlose Zeitspanne sahen wir einander an – sie wirkte so hohläugig und zerbrechlich wie ihre Mutter –, bis die Frau, die bei mir saß, ich glaube nicht, daß es Maureen war, meine Abwesenheit bemerkte und sich umdrehte, um die Treppe hinaufzusehen, und Betsey in ihr Zimmer zurückwich.

Dieses Zimmer muß in jenen Jahren wie das meiner Tochter ausgesehen haben: Beatles-Poster, oder vielleicht auch welche von den Monkees, und Preisbänder von lokalen Reitveranstaltungen. Und Puppen und Steiff-Tiere, die noch nicht beiseite gelegt worden waren und die Regale mit den Taschenbuchausgaben von Melville und *Hard Times* und Camus teilten, die gerade in der Schule dran waren. Wir waren alle so jung damals, Eltern wie Kinder, und lernten alles gemeinsam – wie man heranwächst, wie man mit der Zeit umgeht –, das wird einem jetzt erst klar.

Damals hatte Harry Langhorne sich ein Motorrad gekauft und röhrte damit eines Samstagabends so lange um die Wiese herum, bis die Polizei kam und ihn mehr oder weniger höflich bremste. Und die Wilcombes hatten einen Heißwasser-Whirlpool auf ihrer Veranda im zweiten Stock installiert und mußten zur Abstützung einen Stahlpfeiler darunterstellen, damit wir nicht in irgendeiner Sommernacht allesamt nackend abstürzten. Im Winter gab es eine Menge Ski-Wochenenden wegen der Kinder, und wir belegten jedesmal eine ganze Hütte in New Hampshire: Berge von schneeigen Stiefeln und feuchten Parkas in der Ecke unter dem Elchkopf, drüben hinter dem zerkratzten Piano, und dann, beim Abendessen, rosige Wangen an langen Tischen. Schinken mit Rosinensoße war immer das Hauptgericht. Plötzlich waren die Mädchen, langbeinig in ihren Stretchhosen, Haar ums Gesicht flatternd, wenn sie mit einem Hüftschwung am Lift zum Stehen kamen, Frauen. Abends, nachdem die Jungen sich davongestohlen hatten oder zum Tischtennisspielen in den Keller gegangen waren, blieben die Mädchen noch mit uns auf, spielten Achtundachtzig oder Doppelkopf mit den zerfledderten Karten, die in der Hütte bereitlagen, und nippten an unseren Bierdosen, bis schließlich die Last der vielen frischen Luft des Tages uns alle in widerstrebenden Grüppchen nach oben und in die Betten trieb. Die kleinen Zimmer hatten Gardinen aus Tüpfelmusselin und dicke Eisfarne auf den Fensterscheiben. Die Heizkörper tropften und sangen. Wegen der dünnen Trennwände herrschte so etwas wie Schlafsaalatmosphäre, und im Flur, auf dem Weg zu den Badezimmern, eins für die Mädchen und eins für die Jungen, wurde geschlurft und gekichert. Eine große Familie. Es lag wirklich an den Kindern, die immer lustloser und widerwilliger wurden, daß die Ski-Wochenenden aufhörten. An den Kindern und an den Scheidungen, die sich häuften. Margaret und ich sind fast das einzige übriggebliebene Ehepaar. Sie meint, vielleicht hätten wir den Anschluß verpaßt. Aber das kann nicht ihr Ernst sein.

Picknicken am Strand und Football und die Softballspiele auf der großen Wiese, die den Wilcombes gehörte. Soviel Spaß immer, und die Kinder wuchsen damit auf wie Unkraut an der Sonne. Und heute, wo die Töchter von Leuten, die wir kaum kannten, mit Börsenmaklern verheiratet sind oder weit weg in Oregon als Krankenschwestern arbeiten oder in Mexiko Agronomie lehren, spuken unsere Töchter in der Stadt herum, als wären sie auf der Suche nach etwas, das ihnen gefehlt hat. Sie machen Makramee- oder Aerobic-Kurse mit, wohnen bei ihren Müttern, tragen kein Make-up, gehen an den Felsen entlang mit Büchern unterm Arm wie eine Spezies kleiner Nonnen.

Man kann ihre Mütter in ihnen wiedererkennen – schöne Frauen voller Leben. Ich traf Anne Langhorne neulich morgen am Bahnhof, und wir haben ein paar Minuten lang miteinander geschwatzt, hauptsächlich über den Antik-Laden, den Mary Jo zusammen mit Betsey aufmachen will, und angesichts der Aussichtslosigkeit dieses Unternehmens lächelte sie mich genauso an wie ihre Mutter damals, als Louise und ich auseinandergingen oder jedenfalls der Tatsache ins Auge blickten, daß es mit uns beiden nichts werde, ihr und mir – dabei schob sie die Unterlippe so vor, daß ihr Kinn Falten bekam und ihr hübscher, großer, lustiger Mund sich in den Winkeln herabzog, wie um Tränen zurückzudrängen. Genau dasselbe Lächeln von Lou bei der kleinen Annie, und es war, als wäre ich wieder verliebt wie damals, als die ganze Welt eine einzige Jagd war und der Anblick des Autos der Frau an einer Tankstelle oder auf dem Supermarktparkplatz deinen Sonnabend rettete, dein Blut rasen machte und deine Handflächen taub werden ließ, das Herz-Mal.

Aber diese Mädchen. Worauf warten sie denn? Wovor haben sie Angst?

Freigekommen

In seinem Traum mischte Mark auf einer ovalen Palette wieder und wieder einen trüben Grauton, den er nicht ganz richtig hinbekam, und dieser Grauton meinte beides, in jener absurden, aber ausdruckslosen Art, wie Träume sind, seine Ehe und die doktrinäre Haltung der örtlichen Kongregationalistenkirche, die sich dem landesweiten Zusammenschluß mit den evangelischen und den reformierten Kirchen widersetzte. Er war froh, daß er wach wurde, obwohl der Körper seiner schlafenden Frau ihn leise zurechtwies. Sie hatten in der Nacht miteinander geschlafen, und wieder hatte sie keinen Orgasmus gehabt.

Als das Gespinst aus grauer Farbe sich lichtete, als ihm dämmerte, daß das drängende Bedürfnis, die *genau richtige Schattierung* zu treffen, nicht real war, schob sich eine Farbe aus der Kindheit vor seine Augen. Die Luft in seinem Schlafzimmer war blau gefärbt. Die Decke sah wächsern aus. Der eigentümliche Widerschein auf der Tapete tat kund: Schnee. Es hatte gestern am späten Nachmittag zu rieseln begonnen, erinnerte er sich, und als sie eine Stunde früher als üblich zu Bett gingen, strömte der Schnee in glitzernden Parallelen durch den Schein der Straßenlaterne.

Ein Auto fuhr mit klirrenden Schneeketten vorbei. In der

74

Ferne jaulte ein festgefahrener Reifen. Die Nachttischuhr, deren gläsernes Gesicht glänzte wie poliert von der Erregung, die in der Luft lag, wies auf sechs Uhr fünfundfünfzig. Die Fensterrahmen waren mit jenen konkaven kleinen Dünen geschmückt, die Mark so oft in Watte nachgebildet hatte. Er war Schaufenster-Dekorateur von Beruf, in einem Kaufhaus in einer fünfzehn Meilen entfernten Großstadt. Vorsichtig stieg er aus dem Bett und sah, daß der Schneesturm vorbei war; einige wenige trockene Flocken, die noch als Epilog von den obersten Zweigen der Ulme geschüttelt worden waren, sanken im Zickzack hernieder und fügten ihre Kristalle der weißen Fracht hinzu, die die Stadt – perückentragende Dächer, bärtige Schindeln, Weihnachtskarten-Evergreens, ein Stop-Schild wie ein gefrorener Lolli – in ein einziges riesiges Schaufenster verwandelt hatte.

Der weißgestrichene Turm der Kongregationalistenkirche wirkte wie angestrahlt gegen das schwere Grauschwarz, das sich gen Norden in Richtung New Hampshire verzog, nachdem es hier sein Werk verrichtet hatte. Mehr als dreißig Zentimeter hoch, schätzte er. Auf der Straße unter ihren Fenstern waren die Pflüge schon im Einsatz gewesen; vielleicht war es ihr die ganze Nacht andauernder Kampf gewesen, der seine Träume so quälend gemacht hatte. Freigekratzte Asphaltstreifen schimmerten durch, und an anderen Stellen war die Kruste durch den Morgenverkehr gefurcht und glänzend gespurt. Demnach waren die Straßen in Ordnung; er konnte zur Arbeit, wenn er nur das Auto aus der Einfahrt bekam.

Jetzt, um sieben Uhr, ließ die Städtische Feuerwehr in bestimmten Abständen fünfmal die Sirene ertönen, was bedeutete, daß heute die Schule ausfiel – ein Geräusch, das meilenweit die Luft erfüllte. Erschrocken öffnete Marks Frau die Augen, dann entspannte sie sich wieder. «Wie lustig», sagte sie, «ein richtiger Schneesturm. Ich werde Waffeln backen.»

75

«Sei nicht so ehrgeizig», sagte er. Es klang mürrischer, als er beabsichtigt hatte.

«Ich möchte aber», beharrte sie. «Sowieso liegt der Frühstücksspeck seit Wochen im Kühlschrank, und wir müssen ihn aufbrauchen.»

Sie wollte einen Feiertag daraus machen. Und sie wollte, dachte er, den Nachgeschmack der letzten Nacht begraben. Er duschte, zog sich an und ging nach draußen, um sein Auto, das neu war, zu befreien. Nachdem er am Abend die Vorhersage im Fernsehen gesehen hatte, hatte er es vorsichtshalber näher zur Straße geparkt, mit der Schnauze nach draußen. Dies große – unnötig große – alte Haus, das sie kürzlich gekauft hatten, besaß keine Garage. Ihre Einfahrt führte aus der Hillcrest Road in einem Bogen auf den hinteren Teil des Grundstücks. Die Pflüge hatten einen Wall aus schmutzigem, klumpigem Schnee zwischen Stoßstange und leergeräumter Straße gehäuft. Der Wall reichte ihm bis zur Hüfte, aber er war überzeugt, daß er mit dem Schwung, den die Hinterräder auf dem schneefreien Boden unter dem Auto entwickeln müßten, hindurchstoßen könnte. Schnee ist schließlich so gut wie nichts; er stellte sich jene luftigen sechszackigen Kristalle vor, die in seinem Beruf so häufig als dekoratives Motiv herhalten mußten.

Aber als er sich hinters Steuer setzte, fand er sich in einer Grabkammer wieder. Alle Fenster waren vom Schnee versiegelt. Der Motor sprang bereitwillig an, und er dankte Gott für dieses Zündwunder. Während der Motor warmlief, stapfte er um den Wagen herum und säuberte die Fenster mit der Kombination aus Kratzer und Bürste, die ihm der Händler geschenkt hatte. Als er die Windschutzscheibe frei machte, jagten ihm die Scheibenwischer einen Schreck ein, indem sie unvermutet zum Leben erwachten und fröhlich hin und her wischten. Er hatte gestern abend vergessen, sie auszuschalten. Er setzte sich wieder hinters Steuer und stellte sie ab.

Durch die freigekratzte Windschutzscheibe war der Himmel über dem Dachfirst der Nachbarin in einem kräftigen Blau emailliert. Aus dem Schornstein wölkte ein blasseres Blau, und eine Schar kleiner brauner Vögel balgte sich um ihn herum und hockte sich dann zum Wärmen auf den dunklen, leeren Fleck in seinem Windschatten. Marks Nachbarin, eine Frau in einer karierten Schürze, kam aus der Vordertür und begann, mit einem Besen auf ihrer Veranda herumzuklopfen. Sie erkannte Mark durch die Windschutzscheibe und winkte; er winkte widerstrebend zurück. Sie war mittleren Alters, hatte keinen Ehemann, trug ihren Lippenstift zu dick und schien über alle Maßen bereit, freundlich zu dem jungen Paar zu sein, das neu war in der Nachbarschaft.

Mark legte den ersten Gang ein. Seitlich war Schnee unters Auto geweht, so daß der Schwung, den er zu erreichen gehofft hatte, nur stotternd zustande kam. Zwar durchbrachen die Vorderräder den Wall, doch das Chassis schleifte, und die Hinterräder kamen rutschend in dem flachen Rinnstein der Hillcrest Road zum Stillstand. Er versuchte es mit dem Rückwärtsgang. Das Heck des Wagens hob sich ein wenig und sackte dann mit durchdrehenden Rädern zur Seite weg. Er schaltete in den ersten zurück, trat zaghaft aufs Gas und erntete für sein Wohlverhalten nichts als ein bißchen mehr krankmachendes Seitwärtsrutschen. Er versuchte es noch einmal rückwärts. Diesmal rührte sich gar nichts. Es war, als ob er mit seifigen Händen einen Türknauf drehen wollte. Eine Woge der Empörung über diese Ungerechtigkeit und des Überfordertseins ging über ihn hinweg. «Scheiße», sagte er. Er versuchte die Tür aufzustoßen, stellte fest, daß sie vom Schnee blockiert war, stieß brutal dagegen und schaffte es, sie einen Spaltbreit zu öffnen, so daß er sich rückwärts hinauswinden konnte. Dabei geriet ihm eine eisige Portion Schnee in seine weiten Gummistiefel.

Seine Nachbarin auf der anderen Seite rief: «Guten Mor-

gen!» Das Geräusch ließ einen Schneewulst von einem Tele-
fondraht stürzen.

«Ist es nicht herrlich?» fragte sie als nächstes.

«Herrlich, ja», war seine Antwort. Seine Stimme klang
hoch, mit einem Kiekser darin.

Ihre geschminkten Lippen bewegten sich, aber die Worte
«Na ja, wenn man jung ist» erreichten ihn nur schwach und
verzögert, als ob infolge irgendeiner verzerrenden Nachwir-
kung des Sturms Geräusche von ihrer Seite aus die Straße
gegen den Strich überquerten.

Mark stapfte über den Hinterhof und trat dabei in seine eigenen Fußabdrücke, um den jungfräulichen Schnee möglichst
wenig zu entweihen. Die Büsche waren gebeugt und gespreizt
wie mit Blumen überhäufte Brautjungfern. Meisenfüßchen
hatten den Schnee unter dem Futterhaus in Kreuzlagen
schraffiert. Die Küchenluft mit ihrer Wärme und den fast aufdringlichen Gerüchen von gebratenem Speck und angebrann-
tem Waffelteig schlug ihm ins Gesicht. Er sagte zu seiner
Frau: «Ich hab die verdammte Kiste festgefahren. Zieh dein
Nachthemd aus und komm helfen.»

Sie sah mißmutig und blaß aus in ihrem herabhängenden
Bademantel. «Können wir nicht erst frühstücken? Du
kommst sowieso zu spät. Solltest du nicht lieber anrufen?
Vielleicht wird heute gar nicht geöffnet.»

«Es wird geöffnet. Außerdem, auch wenn dem nicht so
wäre, ich müßte doch hin. Ostern steht vor der Tür.» Der
bestimmte Grauton, den er in seinem Traum gemischt hatte,
gehörte vielleicht zu ein paar Hartfaser-Silhouetten von blü-
henden Bäumen, die er für die Schaufenster mit den neuen
Frühjahrsmoden ausgeschnitten hatte.

«Die *Schulen* sind geschlossen», sagte sie mit Nachdruck.

«Gut, laß uns essen», lenkte Mark ein, aber er blieb im
Parka, damit sie sich beeilte. Als er den Orangensaft hinunter-

schluckte, glitt der Schnee in seinen Gummischuhen gerade an den Knöcheln entlang. Er sagte: «Wenn wir das Bauernhaus gekauft hätten, für das du dir verdammt noch mal zu fein warst, hätten wir jetzt eine Garage, und dies wäre nicht passiert. Ein Auto im Freien stehen lassen, so was reduziert seine Lebensdauer um Jahre.»

«Es brennt an! Dreh den kleinen Knopf! Links, links», befahl sie. «Ich weiß nicht, *warum* ich mich abmühe, dir Waffeln zu machen! Das Ding, das deine Mutter uns geschenkt hat, hat noch nie funktioniert. Nie, nie!»

«Es müßte aber funktionieren. Es war nicht billig.»

«Es klebt an. Furchtbar. Ich hasse es.»

«Es war das beste, das sie auftreiben konnte. Es soll ohne Fett backen oder so ähnlich, stimmt's?»

«Keine Ahnung. Ich versteh nichts davon. Hab ich nie. Ich hab versucht, sie *dir* zu Gefallen zu machen.»

«Reg dich nicht auf. Die Waffeln sind übrigens gut.» Doch er aß sie, ohne sie zu schmecken. Er wollte so schnell wie möglich zurück zu seinem Wagen und den Fehler wiedergutmachen. Wenn zufällig wieder ein Schneepflug vorbeikam, stand das Auto ihm im Weg, als Beweis für sein Unvermögen. Junge Ehemänner, junge Autobesitzer. Er fragte sich, ob die Frau gegenüber ihn ausgelacht hatte, weil er das Auto festgefahren hatte. Nur dieser kleine Wall, der zu durchstoßen war. Er war sich so sicher gewesen, daß er es schaffte. «Ich hoffe nur, daß damit wenigstens auch die verdammte Kirchengeschichte heute abend ausfällt.»

«Laß uns hierbleiben», sagte sie, die letzte Portion in den Müll schüttend und dann mit einer Gabel die Reste aus dem Waffeleisen kratzend. «Warum müssen wir denn da unbedingt hin?»

«Weil», sagte er fest, «diese Reformierten, weißt du, besonders scharfe Hunde sind. Die nehmen Dinge wie die Göttlichkeit Christi ungemein ernst.»

«Wer nicht? Ich meine, entweder man glaubt daran oder nicht, würde ich sagen.»

Er zuckte zusammen und fühlte sich schuldig. Wenn er ihr einen Orgasmus verschafft hätte, wäre sie jetzt nicht so unreligiös. «Das ist ein wunderbares Frühstück», sagte er. «Wie kriegst du den Speck so knusprig?»

«Man legt ihn für eine Minute auf eine Papiertüte», sagte sie. «Hast du das Auto *wirklich* festgefahren? Vielleicht solltest du die Werkstatt anrufen.»

«Man muß es nur ein bißchen anschieben», versprach er. «Komm schon, beeil dich. Es wird dir Spaß machen. Die alte Frau Wieheißtsienoch von gegenüber ist auch draußen, bei den Vögelchen, und fegt ihre Veranda. Es ist schön.»

«Ich *weiß*, daß es schön ist», sagte sie. «Ich habe Schnee immer *geliebt.*»

«Aber nun nicht mehr, wie?» Er stand auf und fragte: «Wo ist die Scheiß-Schaufel?»

Sie ging nach oben, den Gürtel ihres traurigen Bademantels hinter sich herschleifend. Er fand die Schneeschaufel im Keller. Der Brenner, der summte und leise vor sich hin stank, brachte ihm angenehm in Erinnerung, daß Schnee auf dem Dach die Heizölrechnung verringerte. Das alte Haus brauchte dringend eine Wärmedämmung. Alles brauchte irgend etwas. Auf dem Weg durch die Küche nach draußen gewahrte er eine Tasse dampfenden Kaffees, die sie ihm eingegossen hatte, gleich einem jener kleinen Proviantlager, die ein Forscher dem nächsten hinterläßt. Um sie friedlich zu stimmen, nahm er zwei kochendheiße Schlucke, bevor er wieder in die Wildnis seines strahlenden Hofs hinaustrat.

Marks Frau sah mit ihrer Mütze und den Fäustlingen, den Skistrümpfen und den pelzbesetzten Stiefeln kindisch und dick und fröhlich aus. Bis sie endlich bei ihm war, hatte er soviel Schnee unter dem Auto und drum herum fortgeschaufelt, wie er konnte. Die Frau von der anderen Straßenseite war zurück in ihr Haus gegangen, die Vögel auf dem Dach waren davongeflogen, und ein gelber städtischer Lastwagen war aschestreuend die Hillcrest Road heruntergekommen. Mark hatte auf der Schaufel gelehnt und den Männern hinten auf der Ladefläche zugewinkt, als wären sie alte Kameraden in einem fröhlichen Krieg.

Sie fragte: «Soll ich lenken?»

«Nein, du schiebst. Er braucht nur noch einen kleinen Schubs. Ich werde fahren, weil ich weiß, wie ich ihn schaukeln muß.» Er postierte sie an der rechten Seite des Hecks, wo sich zufällig ein Schneehaufen türmte, der ihr bis über die Knie reichte. Er spürte, wie sie sich anstrengte, keine Klagen laut werden zu lassen. «Es geht darum», erklärte er ihr, «zu verhindern, daß er seitlich *wegrutscht*.»

«Also, daß er durchdreht», sagte sie.

«Wie auch immer», sagte er, «du mußt aufpassen, daß er's nicht tut.»

Aber er drehte durch. Obwohl Mark den Schaltknüppel zwischen dem ersten und dem Rückwärtsgang hin und her rammte, führte die ganze Schaukelei – er fühlte es geradezu körperlich – zu nichts anderem, als daß sich das rechte Hinterrad noch tiefer in die kleine schlüpfrige Mulde hineinfraß. Er nahm an, daß sie schob, doch im Spiegel konnte er sie nicht sehen, und er spürte auch nichts von ihrem Schieben.

Sein Magen schmerzte vor Frustration und Ahornsirup. Er stieg aus dem Auto. Das Gesicht seiner Frau war rosig und freudig erregt. Die Mütze war ihr in den Nacken gerutscht, und ihr Haar hatte sich gelöst. «Du hast es beinahe geschafft», sagte sie. «Wo ist die Schaufel?» Sie stocherte damit um das festgefahrene Rad herum, ohne, soweit er sehen konnte, irgend etwas damit auszurichten.

«Es liegt an dem verdammten Rinnstein», sagte er, nur mit Mühe den Impuls unterdrückend, ihr die Schaufel wegzunehmen. «Im Sommer hat man ihn gar nicht auf der Rechnung.»

Sie stieß die Schaufel in den Schneehaufen, wo sie aufrecht stehenblieb, und erklärte: «Liebling, jetzt schiebst du. Du bist stärker als ich.»

Gegen seinen Willen fühlte er sich geschmeichelt. «Na gut. Wir versuchen's. Aber ja nicht zuviel Gas geben! Du gräbst dich sonst mit den durchdrehenden Rädern nur noch tiefer ein.»

«Das hast *du* gemacht.»

«Weil du nicht kräftig genug geschoben hast! Versuch, Richtung Straßenmitte zu steuern. Und laß ihn sanft vor und zurück schaukeln, vor und zurück. Und ruhig bleiben!»

Während sie diesen Instruktionen lauschte, bildete sich neben ihrem Mundwinkel immer wieder ein Grübchen und verschwand wieder. Sie setzte sich auf den Fahrersitz. Ein kleiner Schneeschauer, ausgelöst von der steigenden Sonne, fiel raschelnd durch einen nahen Baum, und die Frau von gegenüber kam ohne den Besen auf die Veranda zurück, offensichtlich nur, um zuzuschauen. Ihr Lippenstift wirkte auf die Entfernung wie eines dieser Erkennungsmale an Vögeln.

Mark bückte sich, preßte die Schulter gegen den Kofferraum und griff mit den Händen unter die Stoßstange. Vor seinen Augen funkelte ein frischer Kratzer im Lack. Wie war das passiert? Er hielt ihren Wagen immer noch für nagelneu. Wieder kroch Schnee mit frostigem Biß in seinen Gummistiefel. Nervöse Wolken schmutzigbraunen Rauchs paffen aus dem Auspuffrohr und prallten gegen seine Beine. Er fühlte sich von der Frau auf der Veranda beobachtet. Es kam ihm so vor, als würden sämtliche Fenster in der Nachbarschaft zugucken.

Die Frau auf dem Fahrersitz ließ die Kupplung kommen. Die Räder drehten und drehten, und die schlüpfrige Masse des Hecks drohte noch weiter zur Seite zu rutschen. Aber er kämpfte dagegen an, sie gab mehr Gas, und sie schienen ein paar Zentimeter voranzukommen. Sie tat, wie ihr geheißen, ließ das Auto zurückschaukeln und trieb es auf dem Gipfel des Rückschwungs wieder vorwärts, und er merkte, daß die Spanne nach vorn sich vergrößerte. *Braves Mädchen.* Er schnaufte. Sie machten eine Pause. Das Auto schwang zurück, dann wieder vor, und er keuchte so stark, daß die flachen Muskeln an seinen Leisten weh taten. Er hatte das Gefühl, als fände irgendwo in dieser reglosen Masse, die zu beherrschen sie sich mühten, seine eigene Kraft ein zartes Echo, ein weibliches Zittern und Hoffen in den Tiefen. Das Auto rollte träge zurück, ausgekuppelt, und bei diesem Abschlaffen richtete er sich auf und sah durch das Rückfenster den Hinterkopf der Fahrerin, deren dünner Hals unter einem Oval aus offenem Haar gespannt emporgereckt war. Die Räder drehten sich wieder, das Auto tauchte nach vorn in die Mulde ein, die es gegraben hatte, und sein Gewicht schien, gestützt durch Marks Kraft, auf der Kippe zur Freiheit zu schweben. «Noch mal!» rief er. Seine Beine zitterten vom Schenkel bis zur Sohle. Das Auto sackte durch einen Bogen, der sich indes merklich gedehnt hatte, zurück. Um den folgenden Vorwärtsschwung wirksam verstärken zu können, mußte Mark ein paar Schritte tun, eins, zwei... und *drei*!

Die Hinterreifen drehten sich wie rasend, so daß der untere Teil seines Körpers im Nu voller Schnee war, dann glitten sie über jene unsichtbare Schwelle, die er geahnt hatte. Der Wall war durchbrochen. Daß er weiter schob, war eigentlich unnötig und geschah aus reiner Zuneigung, ein Sichanhängen an eine köstliche, unwiderstehliche Kraft. Sie waren frei.

Sie spürte es gleichfalls, riß das Lenkrad herum, rollte die Straße hinab und bremste ein paar Meter weiter unten. Das Auto spuckte Wölkchen von blauem Qualm aus und kam sicher auf dem Aschestreifen der Hillcrest Road zum Stehen. Es war ein 1960er Plymouth SonoRamic Commando V-8 mit Heckflossen. Die Fahrerin mit ihrer emporgereckten Nase wirkte im Schattenriß viel zu klein, um so ein großes Gerät zu meistern.

Mark rief: «Fabelhaft!» und sprang schaufelschwingend über den zertrümmerten Schneeberg. Die Frau auf der Veranda rief ihm etwas zu, das er nicht ganz mitbekam, was ihm aber freundlich erschien. Er lief zu seinem Wagen, öffnete die Beifahrertür und setzte sich neben seine Frau. Die Heizung war in Gang gekommen, es war warm. Noch einmal sagte er: «Du warst fabelhaft.» Er keuchte immer noch.

Sie lächelte und sagte: «Du aber auch.»

Eine Konstellation von Ereignissen

Die Ereignisse wirkten wie in Abständen auf einen weiten tiefen Himmel verteilt, dessen dritte Dimension schwindlig machte. Im Rückblick konnte Betty kaum glauben, daß die Tage so dicht aufeinander gefolgt waren. Doch nein, dort lagen sie, flach auf dem Kalender, einer nach dem anderen – vier strahlende Februartage.

Am Sonntag nach der Kirche hatte Rob sie und die Kinder zum Skilanglauf mitgenommen. Sie machten einen regelrechten Ausflug daraus. Er rief Evan an, weil sie am Freitag schon im Büro darüber gesprochen hatten, während der Sturm um ihr grünverglastes Bürohaus in Hartford tobte. Und sie rief die Smiths an, weil der Junggeselle Evan Lydia Smiths Liebhaber war, und lud sie ebenfalls ein; dies war die Art von zelebrierter, boshafter Geste, die Rob überzogen fand. Aber Lydia kam ans Telefon und war entzückt. Während ihre Stimme noch in Bettys Ohr zwitscherte, steckte Betty Rob und seiner gerunzelten Stirn die Zunge raus.

Sie trafen sich alle in ihren verschiedenfarbenen Autos am Feld der Pattersons, und schon bald bildeten sie eine Zeile dunkler Silhouetten quer über das weiße Weideland. Evan und Lydia strebten offensichtlich in Führung; Rob und Billy, fast schon so groß wie sein Vater, sowie Fritzie Smith, die in den Fußspuren ihrer Mutter ganz das sportive Mädchen mimte, belegten die mittlere Strecke, wobei der kleine Smith-Junge Mühe hatte, mit der Gruppe mitzuhalten; und Betty und ihre Jüngste, die arme, jammernde, miserabel ausgerüstete Jennifer, bildeten den Schluß, zusammen mit Rafe Smith, der nicht so oft Ski lief wie Lydia und dessen Bindung dauernd aufsprang. Er war schlanker als Rob, wirkte eher wie ein Clown, mit mehr Zweifeln, scharfen Gesichtszügen und grünen Augen: einer von der traurigen, ermutigenden Sorte Mann. Unermüdlich feuerte er Jennifer an: «Uppala, Jenny, bleib in der Spur, jetzt hast du den Rhythmus, ups», und schon gerieten die Ski des Kindes wieder durcheinander, und es fiel hin. Inzwischen stand auch mit Sicherheit wieder einer von Rafes Füßen neben der Bindung, und Betty mußte warten, während die anderen zu fernen Punkten schrumpften.

Die Felder in ihrer strahlenden Helle waren riesig. Bettys Augen blinzelten, als sie sie in sich aufnahm. Die Spuren ihrer Gruppe und die Spuren der Schneemobile, die hier umhergetollt waren, nachdem der Sturm sich gelegt hatte, störten die herrliche Leere kaum – welliges Land, eine einsame Eiche auf einem Hügel, Weidezäune, wie mit dem Stift gezeichnet, verwitterte Verbotsschilder, die für sie nicht galten. Rob hatte mit einem der Patterson-Söhne geschäftlich zu tun und würde es auf eine Herausforderung ankommen lassen; die Felder schienen unter Robs Schutz zu liegen wie unter einer gläsernen Kuppel. Ein Bach, zu hörbarem Leben aufgetaut, verlief dort, wo zwei Hänge aufeinanderstießen. Betty zögerte, an dieser Stelle den Spuren der anderen zu folgen, denn das hieß, mit den Skiern von Schneebank zu Schneebank über ein Bett von eisigem, keckem, verborgenem Wasser zu treten. Sie bekam es mit der Angst und lief einen Umweg von fünfzig Schritt über die Holzbrücke. Rafe nahm Jennifer auf den Arm und überquerte den Bach. Am anderen

Ufer sprang seine Bindung auf, aber niemand war zu Schaden gekommen. Das Kind lachte zum erstenmal an diesem Nachmittag.

Warm strahlte die Sonne vom Schnee zurück; Betty dachte, daß ihr Gesicht heute den ersten Anflug von Bräune abbekam, und dann wären es nur noch wenige Wochen, bis hier wieder Kühe grasten und Fladen auf die Primeln fallen ließen. Als sie auf der anderen Seite des Baches den Hang hinaufstrebte Richtung Wald, rutschte sie ab und fiel auf die Seite. Der Schnee war feucht und warm. «Mist», sagte sie. Doch mit Wohlgefallen nahm sie die Wölbung ihrer jeans-engen Hüfte wahr, als sie über sich hinweg auf Rafe blickte, der hinter ihr herstakste, die grünen Augen sonnenschmal und wachsam.

«Soll ich dich hochziehen?» fragte er und streckte die Hand aus, einen feuchten, schwarzen Fäustling. Als sie danach greifen wollte, streifte er den Handschuh ab und bot ihr die bloße Hand, knochig und rosig und erschreckend, so plötzlich in der freien Luft. «Uppala», sagte er, und die Anstrengung, sie hochzuziehen, brachte ihn aus dem Gleichgewicht, so daß sich wieder die Bindung löste. Diesmal lachten beide, sie und Jenny.

Am Eingang des Waldwegs wartete Rob mit demonstrativer Geduld. Bevor er sich beklagen konnte, tat sie es: «Jennifer wird noch verrückt auf diesen schrecklichen, geliehenen Skiern. Warum bekommt sie keine ordentliche Ausrüstung wie andere Kinder?»

«Ich bleibe bei ihr», sagte ihr Ehemann, zugleich fest und ausweichend, wie es seine Art war, indem er die Frage umging, während er sie scheinbar beantwortete und Selbstlosigkeit vortäuschte, um sie zu beschämen. Doch Betty spürte, daß das Lächeln auf ihrem Gesicht so unbestreitbar, so unauslöschlich wie die Sonne auf dem Feld stehenblieb. Robs Gesicht wurde düster, er setzte zum Sprechen an; Rafe unterbrach sogleich mit einer Entschuldigung und nahm die Trödelei auf sich und seine defekte Bindung. Einen Moment lang, der ein ungewisses Zittern in ihrem Innern auslöste – vielleicht war es auch nur der Zusammenprall angestrengter Gesichtsröte mit dem kühlen blauen Schatten des Waldes, hier an seinem Rand –, standen die beiden Männer nebeneinander, mit dem Mechanismus der Bindung befaßt, nicht auf Bettys Anwesenheit achtend. Rob fand den Fehler, und Rafes Ski löste sich nicht mehr.

Im Wald fielen Rob und Jennifer zurück, und Rafe glitt eilig voraus, um seine Kinder und schließlich sogar seine Ehefrau und Evan einzuholen. Betty versuchte bei ihrem Mann und dem Kind zu bleiben, aber sie waren zu unerträglich, die eine jammerte, der andere runzelte die Stirn, und beide waren wenig erpicht auf ihre Gesellschaft. So ließ sie sich vorwärts gleiten und fand sich bald allein im Wald, ferner Stimmen, dem Wispern ihrer Ski und dem sanften, freundlichen Hub ihres eigenen Atems innewerdend. Kiefernstämme glitten vorüber, einer hinter dem anderen und dann noch einer, in Reihen und wieder vereinzelt, schattige Harmonien. Hier und da wuchsen die Bäume in den Pfad hinein; ein Zweig streifte ihr Auge so leicht, daß sie erstaunt war, Schmerz zu empfinden und Tränen zu weinen. Sie geriet an eine Lichtung, wo mehrere Wege auseinandergingen. Hier wartete Rafe; schmal, auf seine Stöcke gelehnt, ein Schatten zwischen anderen. «Welchen Weg, glaubst du, haben sie eingeschlagen?» Er klang atemlos und wirkte verloren. Seine Frau und ihr Liebhaber waren ihm entkommen.

«Links der Weg führt zu den Autos zurück», sagte sie.

«Ich weiß nicht, welche Spuren die ihren sind», sagte er.

«Tut mir leid», sagte Betty.

«Muß dir nicht leid tun.» Er lehnte entspannt auf seinen Stöcken und machte keine Anstalten weiterzulaufen. «Wo ist Rob?» fragte er.

«Er kommt. Er hat mir Klein Jenny abgenommen. Ich warte hier. Fahr du schon weiter.»

«Ich werde mit dir warten. Es ist zu gruselig da drinnen. Möchtest du das Buch haben?» Die Sätze folgten einander so gleichmäßig, als läge in der Abfolge eine Logik.

Das Buch handelte von Jane Austen und war von einem Englisch-Professor geschrieben, bei dem Betty vor Jahren studiert hatte, noch ehe die Radcliffe-Universität sich Harvard nannte. Sie hatte es auf dem Vordersitz seines Autos liegen sehen, während sie alle an ihren Skiern herumhantierten, und hatte einen Ausruf des Wiedererkennens getan. Im Laufe eines merkwürdigen, zerdehnten Sommers – es war der Sommer, in dem Billy geboren worden war – hatte sie hintereinander alle sechs Austen-Romane gelesen, auf einer Sonnenveranda sitzend, wartend und wartend. Dann stillte sie plötzlich. «Wenn du es durchhast.»

«Hab ich. Es ist harmlos, aber liebenswert, wie du sagen würdest. Soll ich es dir morgen früh vorbeibringen?»

Er war vor kurzem aus einer Anwaltskanzlei in Hartford ausgestiegen und hatte hier in der Stadt eine eigene Praxis eröffnet. Er hatte nur wenige Mandanten, doch das Nichtstun schien ihm Spaß zu machen. Etwas von Zerbrechlichkeit und Unfähigkeit schien ihm anzuhaften. «Ja», sagte sie und fügte hinzu: «Jennifer kommt um zwölf aus der Schule.»

Und dann holten Jennifer und Rob sie ein. Beide mußten besänftigt werden, und sie vergaß das Versprechen des schattenhaften Mannes, als wäre ihr Bewußtsein besessen gewesen von der Leere dieses Ortes, wo die verschneiten Pfade auseinanderstrebten.

Am Montag war strahlendes Wetter, und das Läuten an der Tür unterstrich das musikalische Tropfen der Eiszapfen, die rings um das Haus klingende Perlen fallen ließen. Rafe stand komisch gebeugt unter dem Getröpfel der vorderen Dachtraufe und hielt das Buch trocken gegen seinen Parka. Er sagte, er wolle es ihr nur geben, aber sie lud ihn zu einem Kaffee ein: Er sah so traurig aus, immer noch verloren. Sie setzten sich mit dem Kaffee aufs Sofa, und bald lagen seine Arme um sie, und seine Lippen, die nach Kaffee schmeckten, waren warm auf ihrem Mund, und seine Hände kühl auf der Haut unter ihrem Pullover, und sie konnte ihre Gedanken nicht daran hindern zu schweben, in einem goldenen Innewerden des Sonnenlichts auf den Dielen dahinzutreiben, großen, schrägen Sonnenflecken, Rhomben, die durchbrochen waren von den fedrigen Silhouetten ihrer Topfpflanzen auf den Fensterbänken. Als er sie auf das Sofa legte und ihr Blickwinkel sich umkehrte, sprangen die Schatten der Tropfen in den Sonnenflecken aufwärts und schienen der Schwerkraft zu trotzen. Ihr schwirrte der Kopf. Sie setzte sich auf, stieß ihn ohne Vorwurf von sich, löste ihr Haar und steckte es wieder fest. «Was tun wir denn?» fragte sie.

«Ich weiß es nicht», sagte Rafe. Und tatsächlich schien er es nicht zu wissen. Sein Ansturm hatte unbeholfen, ängstlich und unaufrichtig gewirkt; er schien dankbar, gebremst worden zu sein. Sein Gesicht war rosig, wie seine Hand es gewesen war. Im Licht der Fenster hinter dem Sofa schienen seine Augen sehr grün. Ein Farnblatt, das dort hing, warf ein Schattennetz, in das Rafes Gesichtszüge bald eintauchten, bald daraus hervorkamen, während er sich entschuldigte, redete, scherzte. «Babyspeck!» hatte er, ihren Pullover hochziehend, beim Anblick ihres Bauches gerufen, und hatte sich plötzlich niedergebeugt, um die Falte dort zu küssen, das Gesicht scharf und schmal und heiß. Er hatte Angst, spürte Betty, und die Wahrnehmung bannte ihre eigene Furcht.

Sanft manövrierte sie ihn von ihrem Körper fort und zur Tür hinaus. Es war nicht schwierig; sie erinnerte sich an ihre Collegetage, die sein Buch in ihr wachgerufen hatte, und daran, wie man sich Jungen vom Leib hält. In seiner Dankbar-

keit hörte er nicht auf zu lächeln. Sie schloß die Haustür. Sein
Körper tanzte fast vor Erleichterung, als er die tauende Straße
überquerte. Und für sie, allein in dem leeren Haus zurückblei-
bend, war es, als wäre zusammen mit ihrer Furcht auch ein
Teil ihrer Seele gebannt worden; weder Bedauern noch Erwartung spürend, trieb sie über die Sonnenflecke, die unab-
lässig mit fallenden Tropfen bestickt wurden, trieb dahin zwischen dem gewölbten Glänzen von Glas und Porzellan und
metallenem Küchengerät, in des Hauses fremder Wärme –
fremd, wie jedes Vorkommnis uns scheint, wenn nur wir anwesend sind, um es zu bezeugen. Betty hob den Pullover, um
ihren blassen Bauch zu betrachten. Babyspeck. Die mittleren
Jahre hatten ihre Taille geglättet. Aber Lydia, andererseits,
war eine Sportlerin, knabenhaft und hager, flink auf den
Skiern, mit diesem gewissen römischen, androgynen, rätsel-
haften Etwas im Aussehen. Daran war Rafe gewöhnt. Der Gegensatz hatte ihn aus dem Gleichgewicht gebracht.

Sie nahm das Buch vom Sofa. Er gehörte zu jenen Männern, die ein Buch behutsam lesen konnten, so daß es wie
nicht gelesen aussah. In ihrer großen, schwimmenden Ruhe
überraschte sie sich dabei, daß sie unfähig war, auch nur ein
Wort zu lesen.

Am Dienstag nahm Rob sie mit nach Philadelphia, wie sie es
schon vor Wochen geplant hatten. Sie war dort geboren, er
hatte geschäftlich dort zu tun. Sie mitzunehmen, das hatte er
ihr nur zu deutlich bekundet, war sein Zugeständnis an ihr
langweiliges Leben als Hausfrau. Trotzdem liebte sie es, liebte
sie ihn, sobald der rüttelnde, dröhnende Terror des Fluges
vorüber war. Die Stadt im Wintersonnenlicht sah gläserner
und sauberer aus, als sie sie in Erinnerung hatte, ihre rauhe
und riesige, liebe, düstere Stadt der Brüderlichen Liebe. Rob
war hergekommen, weil seine Versicherungsgesellschaft ein
Einkaufszentrum im südlichen New Jersey mitfinanzierte; er

verschwand hinter der seltsam ägyptisierenden Fassade des Penn Mutual Gebäudes – sie wirkte jetzt doppelt falsch, weil sie als historische Fassade an einen neuen Wolkenkratzer gepappt worden war, eine hoch aufragende Schachtel aus getöntem Glas. Sie schlenderte die Walnut Street entlang, um Schaufenster anzugucken, bis ihr die Füße weh taten. Dann nahm sie ein Taxi vom Rittenhouse Square zum Kunstmuseum. In Philadelphia lag weniger Schnee als in Connecticut; ein Teil des Grases an der Promenade war sogar noch grün.

Oben im Treppenhaus des Museums sah man immer noch Saint-Gaudens große patinabedeckte Diana – in Bettys Mädchenzeit war die Statue in ihrer Vorstellung irgendwie mit der guten Fee der Märchen durcheinandergeraten (nur daß sie nackt war, da sie Ballkleid und Unterröcke, die gute Feen für gewöhnlich tragen, abgestreift hatte, um besser ihre langen Beine schwingen zu können) – auf einer Fußspitze in schattiger Höhe posieren. Doch sonst hatte sich im Museum vieles geändert, es gab viel zusätzliche Helle. Die drei Versionen von dem «Akt, eine Treppe herabsteigend» und die traurig ruinierte «Braut, von ihren Junggesellen gerade ganz entkleidet» beunruhigten und beleidigten sie nicht mehr. Das Wagnis wird zur Klassik mitten in unserem Leben, noch während wir altern und sterben. Rob fand sich pünktlich, wie er es versprochen hatte, um 15 Uhr 30 bei den impressionistischen Bildern ein; ihre plötzliche Liebe zu ihm, hier in diesem Saal voller greller Farben und voll Licht, war wie ein Hinschmelzen. Betty lehnte sich an ihn, er wich ihrer Berührung aus, und in ihren ungewohnten Stöckelschuhen mußte sie einen Ausfallschritt tun, um die Balance zu halten.

Sie tranken Tee in der Cafeteria, im dunklen Anzug und Kostüm fehl am Platz zwischen den Studenten und den Bärten und der mit Bedacht gewählten Lumpenkleidung, die von der Revolution des letzten Jahrzehnts übriggeblieben waren. Auch hier war aus dem Radikalen das Bequeme geworden. «Wie gefällt es dir, wieder hier zu sein?» fragte Rob.

«Es hat sich verändert, ich habe mich verändert. Mir gefällt, wo ich jetzt bin. Aber es war sehr lieb von dir, mich mitzunehmen.» Sie berührte seine Hand, und er zog sie nicht fort auf der glatten Tischplatte, deren Weiß sie an Schnee denken ließ.

Glück mußte auf ihrem Gesicht gelegen haben, wie vor Sonnenbrand glühend, denn er sah sie an und schien sie einen Moment lang wahrzunehmen. Dieser Moment machte ihn unruhig. Obwohl er zu schwergewichtig war, um hübsch genannt zu werden, hatte er doch wunderschöne Augen, goldbraun und unbeteiligt wie die eines Löwen; sie wurden zu Schlitzen, und er zog die Stirn in Falten bei der ungewohnten Anstrengung, ein Kompliment zu formulieren. «Jammerschade», sagte er, «daß du meine Frau bist.»

Sie lachte erstaunt. «So? Warum?»

«Du würdest so eine liebenswerte Geliebte abgeben.»

«Glaubst du? Woher weißt du das? Hast du je eine Geliebte gehabt?» Sie war sich der Antwort so sicher, daß sie fortfuhr, bevor er nein sagen konnte. «Woher weißt du dann, daß ich eine liebenswerte Geliebte wäre? Vielleicht wäre ich schrecklich. Kreischend, besitzergreifend. Akzeptier mich lieber als Ehefrau», riet sie ihm selbstgefällig. Der Tisch war weiß und mit schmutzigem Teegeschirr zugestellt; sie konnte es kaum erwarten, wieder zu Hause zu sein, im Bett. Seine Art des Liebens war wie er selbst, fest und unermüdlich, und es klappte immer. Sie bewunderte das. Früher hatte sie es angebetet, bis ihre Anbetung ihn zu deprimieren schien. Und auch jetzt – an diesem glitzernden Tisch – deprimierte ihn irgend etwas an ihr – vielleicht die Geliebte, die er in ihr entdeckt hatte, die Geliebte, zu der unter allen Männern der Welt ausgerechnet ihm der Weg versperrt war, die er niemals besitzen konnte. Sie streichelte seine Hand, als würde sie eine gemeinsame Not mit ihm teilen. Aber das Glück in ihr wuchs weiter an, übermütig und sinnlos, unerklärlich, unaufhaltsam, obwohl sie erkannte, daß sie auf seinen Schwingen Rob hinter sich ließ. Und nie war er ihr zuverlässiger oder freundlicher erschienen als in dem Moment, da sie aufstanden, zahlten und zusammen das Museum verließen, und nie sie ihm stärker zugehörig als seine Ehefrau.

Auf dem Rückflug nahm sie, um ihre Angst zu beschwichtigen, das Buch aus ihrer Handtasche und las: *«Wie Lionel Trilling schon 1957 sagte (noch bevor die Macht der Frauen derart gewachsen war): ‹Das Außergewöhnliche an Emma ist, daß sie eine sittliche Kraft besitzt, so wie ein Mann eine sittliche Kraft besitzt›; ‹Ständig ist ein Bewußtsein in ihr am Werk, ein Sinn dafür, was sie zu sein und zu tun hätte›.»*

Rob sah ihr über die Schulter und fragte: «Ist das nicht Rafes Buch?»

«Genau das gleiche», sagte sie prompt, und es erwies sich, daß der Betrug gar nicht so schwerfiel. «Du mußt es am Sonntag bei ihm auf dem Vordersitz gesehen haben, genau wie ich. Und heut morgen habe ich bei Wanamakers ein Exemplar entdeckt.»

«Es sieht gebraucht aus.»

«Ich hab drin gelesen. Als ich auf dich wartete.»

Sie nahm sein Schweigen als Beruhigtsein. Er raschelte mit seiner Zeitung. Dann fragte er: «Ist es nicht schrecklich trokken?»

Sie täuschte Nachdenklichkeit vor. Ein ungewisses Scheppern unter ihr änderte seine Tonlage. «Hm. Trocken, aber liebenswert.»

«Ein trauriger Bursche, findest du nicht?» sagte Rob unvermittelt. «Dieser Rafe.»

«Was ist so traurig an ihm?»

«Du weißt schon. Hörner aufgesetzt zu kriegen.»

94

«Vielleicht liebt Lydia ihn dafür um so mehr.»

«Unmöglich», beschied ihr Ehemann und versteckte sich hinter dem *Inquirer*, als die 727 scheppernd und zitternd zu einer Bruchlandung ansetzte. Mit jener irrationalen Leidenschaft, die Rob so haßte, klammerte sie sich an seinen Arm; er wandte den Blick absichtlich nicht von der Zeitung und schloß sie aus. Doch in einem Winkel seines Verstandes erhörte er ihre Gebete, widerwillig, und brachte das Flugzeug sicher zur Erde.

Im Traum unterrichtete sie wieder, und Rafe wirkte zwischen ihren Schülern verloren. Sie hatte eine Frage an ihn, konnte aber anscheinend seine Aufmerksamkeit nicht erringen, obwohl er sich nicht wirklich schlecht betrug; er hatte sich halb umgewandt und sprach mit irgendeinem arroganten, spillerigen Mädchen aus der Klasse... Es brachte sie derart zur Verzweiflung, daß sie aufwachte. Sie spürte Leere und leichte Angst. Rob war nicht mehr im Bett. Sie hörte die Tür schlagen. Er war auf dem Weg zur Arbeit. Die Kinder waren im Parterre und stritten sich, ein gnadenloses Geräusch, als ob etwas überkochte. Mittwoch. Sie stand auf, und ein Rest des nächtlichen Beischlafs glitt an der Innenseite ihrer Schenkel herab.

Als die Kinder zur Schule waren, bewegte sie sich durch das leere Haus und erforschte die Erkenntnis, daß sie verliebt war. Wie die Holzdielen, die Türrahmen, die Tapeten schien diese Tatsache nicht so sehr angenehm, als vielmehr notwendig zu sein, nicht schmückend, sondern auf eine Weise funktional, die sie erst noch begreifen, auf die sie sich konzentrieren mußte. Der Schnee auf dem Dach war ganz geschmolzen; das Tropfen von der Traufe hatte aufgehört, und trockenes Sonnenlicht ruhte still auf dem warmen Haus, der leeren Straße und den gesprenkelten Dächern der Stadt jenseits der sonnenhellen schmutzigen Fenster. Valentinskarten, von den Kindern aus der Schule mit nach Haus gebracht, lagen auf der Anrichte verstreut. Der Kalender zeigte den kürzesten Monat an, eine Bonbonniere randvoll mit roten Feiertagen. Rafes Büronummer stand frisch im Telefonbuch verzeichnet. Sie wählte, nicht so sehr, um ihn zu erreichen, als um das Ausmaß ihrer Leere zu erforschen. Zu ihrem Erschrecken hörte das Klingeln auf; er hatte abgenommen.

«Rafe?» Ihre gebrochene Stimme überraschte sie.

«Hey, Betty», sagte er. «Wie war's in Philly?»

«Woher weißt du, daß ich dort war?»

«Weiß doch jeder. Du hast keine Geheimnisse vor uns.» Er hörte auf zu scherzen, weil er merkte, daß er sie ängstigte. «Lydia hat es mir erzählt.» Evan hatte es ihr erzählt und Rob ihm, bei der Arbeit. Es war eine durchsichtige Welt der Liebe; ihr helles Haus schien transparent. «War's nett?» fragte Rafe.

«Wunderschön.» Sie merkte, daß sie sich verteidigte. «Die Stadt kam mir... harmloser vor, irgendwie.»

«Was hast du gemacht?»

«Bin rumgelaufen, hab mich nostalgisch gefühlt. Bin zum Museum auf dem Hügel rauf. Rob hat mich dort abgeholt, und wir haben einen Tee getrunken.»

«Hört sich gut an.» Seine Stimme, für sich allein, war reicher und entspannter als seine körperliche Gegenwart, sein hilfloser, demütiger Clowns-Ausdruck. Ihr Schweigen zwang ihn zum Weitersprechen. «Hast du Zeit gehabt, einen Blick in das Buch zu werfen?»

«Es gefällt mir sehr», sagte sie. «Es ist so gelehrt und ruhig. Ich lese es ganz langsam; ich möchte, daß es ewig dauert.»

«Ewig kommt mir sehr lang vor.»

«Willst du mich sehen?» Ihre Stimme war unwillkürlich schwer geworden.

Seine Antwort kam so schlicht und scharf wie sein grüner Blick, als sie «Mist» gerufen hatte. «Sicher», sagte er.

«Wo? In diesem Haus wäre es zu auffällig.»

«Komm hierher, in die Stadt. Hier gehen den ganzen Tag die Leute ein und aus. Neben mir ist ein Friseur.»

«Hast du keine Mandanten?»

«Erst am Nachmittag.»

«Soll ich es wagen?»

«Ich weiß nicht. Wagst du es?» Etwas sanfter fügte er hinzu: «Du mußt gar nichts *tun*. Du möchtest mich einfach *sehen*, richtig? Noch abzuwickelnde Geschäfte, mehr oder weniger.»

«Ja.»

In der Innenstadt lastete eine geisterhafte Stille auf den Bewegungen von Autos und Menschen. Betty stellte fest, daß ihr ein Wintergeräusch aus der Kindheit fehlte: der Gesang der Schneeketten. Winterreifen hatten ihn obsolet gemacht. Die Zeit machte alles obsolet, wenn man nur lange genug wartet. Rafes Gebäude war ein trostloser Backstein-Büroblock, gebaut vor hundert Jahren, als dieser Vorort von Hartford noch eine unabhängige Zukunft zu haben schien. Ein anspruchsvolles Wappen aus Granit krönte die Fassade, die vielleicht eines Tages als historisch gelten würde. Die Treppen waren mit Linoleum belegt und rochen wie eine Garderobe an einem Regentag. Eine Dunstwolke aus versengtem Haar und Shampoo kam aus der Tür neben der seinen. Er erwartete sie in seinem Wartezimmer und schloß die Tür hinter ihr ab. Auf seinem Sofa, einer kühlen, schmalen, klebrigen Kunstleder-Couch unter einer Wand aus ledergebundenen Gesetzestexten erwies sich Rafe als impotent. Der Anblick ihrer Nacktheit schien ihn fassungslos zu machen. Trotz seiner Benommenheit und Verwirrung hörte er nicht auf zu lächeln. Und sie lächelte zurück. Er war schön, so schlank und locker, aber mußte erst dazu gebracht werden, es zu wissen. «Was glaubst du, woran es liegt?» fragte er.

«Du hast Angst», sagte sie. «Aber ich mache dir keinen Vorwurf. Es mit mir aufzunehmen ist nicht leicht.»

Er nickte. Seine Augen waren in diesem verschlossenen,

fensterlosen Raum weniger grün. «Wir werden eine Menge Sorgen haben, nicht wahr?»

«Ja.»

«Ich glaube, mein Körper sagt uns, daß noch Zeit wäre für einen Rückzieher. Willst du?»

Oben, auf einer mehrbändigen Ausgabe gebundener Gesetze, deren gleichförmige Rücken horizontale Streifen bildeten wie vorbeihuschende Eisenbahnfenster, lag eine andere Art Buch, ein kleines Taschenbuch. In dem Dämmer des Warteraums, wo ihre Nacktheit das Hellste war, entzifferte sie den Titel: *Emma*. Sie antwortete: «Nein.»

Und obwohl es im nachhinein vieles zu bedauern gab und ein Schmerz blieb, der nie aufhören sollte, bildeten diese Tage – die weiten Felder, das tropfende Vordach, die Bilder im Museum, die Gesetzbücher – in Bettys Erinnerung ein strahlendes, schillerndes Ganzes, eine Konstellation, doch nicht verstreut wie ein Sternhaufen, sondern kontinuierlich, eine Kehre am Berg, ein Regenbogen.

Der Tod entfernter Freunde

Während ich mich zwischen meinen Ehen mehrere Jahre lang in einem Wirrwarr befand, der mich völlig beherrschte, machten andere Leute mit ihrem Leben und Sterben einfach so weiter. Len, ein alter Golfpartner, fiel, als er anläßlich einer sogenannten Routineuntersuchung eine Nacht im Krankenhaus zubrachte, plötzlich im Waschraum tot um, nachdem er eben mit seiner Eisenhandlung telefoniert und mitgeteilt hatte, am nächsten Morgen werde er wieder hinter dem Ladentisch stehen. Das Geschäft gehörte ihm und konnte an sonnigen Nachmittagen einem Angestellten anvertraut werden. Sein Schwung war zu schnell, und er beließ sein Gewicht auf der Ferse des rechten Fußes, so daß der Ball häufig nach links wegwischte, ohne überhaupt Höhe zu bekommen. Doch zu seiner Zeit gelangen ihm ein paar großartige Putts, und die Eleganz seiner Kleidung schien auf hochgesteckte Ziele hinzudeuten. In butterblumengelben Hosen, himmelblauem Rollkragenpullover und orangefarbener Wolljacke aus Kaschmir pflegte er vom Übungsgrün herüberzuwinken, wenn ich, nach einer Fahrt durch Wolken von Kummer, Schlaflosigkeit und moralischer Konfusion aus Boston angelangt, meine Golfkarre über den asphaltierten Parkplatz schleppte und meine Spikes bei jedem Schritt über den Boden schrammten wie die Klauen eines Monsters.

Obwohl Len die Frau, die ich verlassen hatte, Julia, gekannt und gemocht hatte, sprach er nie über meinen persönlichen Zustand, auch nicht über die Tatsache, daß ich jetzt eine Stunde von Boston unterwegs war, um mich mit ihm zu treffen, statt wie früher zehn Minuten die Straße hinabzulaufen. Während dieses Interims war Golf für mich ein sicherer Hafen; sobald ich, meinem Drive folgend, vom ersten Abschlag herabstieg, fühlte ich mich in ein strahlendes, weites Heiligtum entrückt, sicher vor Frauen, gekränkten Kindern, ernst blickenden Rechtsanwälten und enttäuschten alten Bekannten – der gesamten beleidigten Gesellschaftsordnung. Golf hatte seine eigene Ordnung und seine eigene Art von Liebe, wenn wir zu dritt oder zu viert unter lauten Zurufen von Loch zu Loch stolperten, über Mißgeschicke lachten und den seltenen halbwegs brillanten Schlägen applaudierten. Manchmal verdunkelte sich der Sommerhimmel, und ein Sturm zog auf. Dann drängten wir uns in einem verlassenen Geräteschuppen zusammen oder unter einem Baum, der weniger hoch und anfällig für Blitze schien als seine Brüder. Unsere natürliche Nervosität und die Ungeduld über die Unterbrechung der Spannung des Spiels bündelten sich in diesem Schutzraum zu einer fast amourösen Hitze – der Atem und Schweiß von Männern mittleren Alters, im prasselnden Regen zusammengepfercht wie Vieh in einem Waggon. Len hatte eine Anzahl von aktinischen Keratose-Flecken im Gesicht; er wollte sie chirurgisch entfernen lassen, bevor sie sich möglicherweise zu Hautkrebs entwickelten. Wer hätte gedacht, daß ein koronarer Blitzschlag seine Pläne durchkreuzen und ihn für immer aus meinem verworrenen Leben entfernen würde? Nie wieder (keine zwei Schneeflocken oder Fingerabdrücke, keine zwei Herzschläge auf dem Oszillographen und keine zwei Golfschläge sind völlig identisch) würde ich

Lens so hoffnungsvoll begonnenen Drive («Hallo, Balli», pflegte er zu scherzen, während er sich auf den Abschlag konzentrierte) in jener einzigartigen Manier flach nach links wegwischen sehen und ihn alsdann in wütender Enttäuschung ausrufen hören (als wiedergeborener Baptist hatte er eine eigene Sprache zum Vermeiden von Flüchen entwickelt): «Do dreckischer Ricka-Flick!»

Ich fuhr hinaus zu Lens Beerdigung und versuchte, seinem Sohn zu verstehen zu geben: «Dein Vater war ein großartiger Kerl.» Doch die Worte klangen platt in jener kalten, leeren Baptistenkirche. Lens prächtige Farben, sein christliches Aufbrausen, sein hoffnungsvoller und wirkungsloser Abschlag, unser Hin-und-her-Gekrähe, unsere Kameradschaft inmitten dieses künstlichen Universums aus unterschiedlich resistenten Graslängen und -sorten – all dies waren Schattierungen des Lebens, zu zart, um festgehalten zu werden. Nun hatten sie sich verflüchtigt.

Einige Zeit später las ich in der Zeitung, daß Miss Amy Merrymount, 91, zu guter Letzt dahingeschieden war, so wie ein welkes Blatt zu Moder wird. Sie schien schon immer alt gewesen zu sein; sie gehörte zu den letzten jener Neuengländer, die von Henry James sprachen, als sei er gerade aus dem Zimmer gegangen. Sie besaß Briefe von James an ihre Eltern, die so oft gefaltet und entfaltet worden waren, daß sie fast in Fetzen fielen, darin wurde sie erwähnt, und zwar nicht nur als kleines Mädchen, sondern als junge Dame, «die zu ihrem ‹Selbst› findet, zu einer wohlgerundeten Lebhaftigkeit». Sie lebte in einigen mit Antiquitäten vollgestopften Räumen eines großen, ererbten Landhauses, dessen größeren Teil sie zu vermieten gezwungen war. Weshalb sie nie geheiratet hatte, war ein Geheimnis, das sie im hohen Alter nur noch leicht drückte; die schlanke, sanfte Schönheit, festgehalten auf sepiafarbenen Fotografien, ihre Abkunft und Intelligenz und jene (in einem spirituellen Sinn) Leidenschaftlichkeit, die sie immer noch ausstrahlte, mußten ebenso viele Freier eingeschüchtert wie angezogen haben. Und diese Tugenden mußte ihr – in einem Zeitalter, da das Wort «Unberührtheit» noch Kraft hatte und Verweigerung noch ein gewisses Prestige verlieh – in ihren eigenen Augen einen Wert verliehen haben, dessen geflügelter Augenblick des Verschwendens sich nie recht einstellte. Zudem lagen eine sardonische Trockenheit in ihrer Stimme und etwas Ruheloses und Abweisendes in ihrem Auftreten. Sie war eine leidenschaftliche Autodidaktin, interessierte sich für neue Entwicklungen in Kunst und Wissenschaft, übernahm Gesundheitskost und politische Entrüstung, als diese Mode wurden, und hatte gern junge Leute um sich. Als Julia und ich mit unseren Babies und unseren neuen Gesichtern in die Stadt kamen, wurden wir Teil ihres Teekränzchens und hielten in einer Atmosphäre lauen, aber wechselseitigen Entzückens die Bekanntschaft zwanzig Jahre lang aufrecht.

Vielleicht gar nicht so lau: Heute glaube ich, daß Miss Merrymount uns liebte oder daß sie zumindest Julia liebte, die immer ein wohlerzogenes Strahlen, eine weiche töchterliche Aura annahm in diesen zuwenig geheizten, nur durch die Fenster erhellten Räumen voller zierlicher, fedriger Erbstücke, die einst auf die vier Stockwerke eines Back-Bay-Stadthauses verteilt gewesen waren. In der Erinnerung verschmilzt das Leuchten des festen Kinns, des bloßen Halses und der nackten Schultern meiner früheren Frau mit der geisterhaften Glätte jener alten gerahmten Studiofotografien der Merrymount-Schwestern – es gab deren drei, von denen zwei betrüblich jung starben, als ob sie die ihnen zugedachten Jahre der dritten vererbt hätten, und diese, die Überlebende, saß nun in ihrem Goldbrokat-Lehnstuhl unter uns. Ihr Gesicht war im Alter unvermutet braun geworden und ganz runzlig, wie das einer Indianerin, und etwas von jener glitzernden indianischen Grausamkeit lag auch in ihren dunklen

Augen. «Ich fand sie ziemlich enttäuschend», konnte sie trocken über eine abwesende Bekannte äußern, oder auch, über eine andere, die sie aus ihrem Kreis hatte fallenlassen: «Sie war nicht wirklich erstklassig.»

Die Suche nach dem Erstklassigen war ein Zeitvertreib ihrer Generation gewesen. Ich kann mich nicht entsinnen, mit wem sie voll und ganz einverstanden war, außer mit Pater Daniel Berrigan und Sir Kenneth Clark. Sie kannte beide aus dem Fernsehen. Ihre Augen mit dem opaken Glitzern wurden schwach, deshalb mußten die ihr teuren nachmittäglichen Lesestunden (während das Licht hinter den Fenstern erstarb und ein kleines Feuer aus Birkenscheiten in dem messingbewehrten Kamin tanzte) durch ausgewählte Bildungsprogramme von Rundfunk und Fernsehen ersetzt werden. In jenen letzten Jahren pflegte Julia sie zu besuchen und ihr vorzulesen – Austen, *Middlemarch*, Joan Didion, auch etwas Proust und Mauriac auf französisch, nachdem Miss Merrymount beschlossen hatte, daß Julias Akzent ihren Anforderungen genügte. Julia übte zunächst ein wenig mit mir, und als ich ihre Lippen sich vorwölben und um die französischen Laute herum klein und straff werden sah wie die Lippen einer afrikanischen Elfenbeinmaske, hätte ich mich fast wieder in sie verliebt. Zuneigung zwischen Frauen ist eine anrührende, schmerzhafte, aufregende Sache für einen Mann. Nach meiner Vorstellung – wie der Tee dem Sherry wich in jenen überladenen Räumen, wo das Zwielicht sich verdichtete, bis das langsame Umblättern der weißen Seiten und die geduldige Melodie von Julias Stimme die einzigen Lebenszeichen waren – war es Liebe, was zwischen der allmählich dahinwelkenden alten Dame und meiner Frau, die ihrerseits in die mittleren Jahre gekommen war, stattfand. Unsere Kinder waren zu abwesenden Erwachsenen herangewachsen. Nirgendwo sonst wurde Julias Stimme noch so gelauscht wie hier. Zweifellos gab es auch persönliche Geständnisse zwischen den Buchseiten. Jedesmal, wenn Julia von Miss Merrymount zurückkam, um das Abendbrot für mich zu bereiten, sah sie jünger und sogar fröhlich aus, irgendwie bestärkt.

In jener peinlichen nachehelichen Phase, wenn alte Freunde sich noch verpflichtet fühlen, Einladungen auszusprechen, die abzulehnen man noch nicht die Geistesgegenwart hat, nahm ich an einer größeren Zusammenkunft teil, bei der auch Miss Merrymount anwesend war. Sie war nun fast ganz blind und wurde ständig von einer junge Dame begleitet, einer rundgesichtigen Person, die als Gesellschafterin und Führerin engagiert war. Die zerbrechliche alte Dame, zur Schau gestellt wie Pfauenfedern unter einer Glasglocke, war in einen Lehnstuhl in einer Ecke jenseits des Punschgefäßes plaziert worden. Als ich zu ihr trat, fühlte sie einen Körper nahen und streckte ihre hutzlige Hand aus, doch beim Hören meiner Stimme fiel die Hand herab. «Sie haben etwas Schreckliches getan», sagte sie in einem einzigen langen Atemholen. Ihr Gesicht wandte sich ab, und sie zeigte ihr hakennasiges Profil, als hätte mein Anblick sie beleidigt. Auf dem Gesicht ihrer jungen Begleiterin, das rund war wie eine Radarschüssel, war ein leichter Schock zu erkennen; doch ich lächelte, denn in Wahrheit war ich nicht gekränkt. Ein Urteil schafft Erleichterung, auch wenn es negativ ausfällt. Es tut gut, sich vorzustellen, daß irgendwo ein Seismograph unsere Erschütterungen und Patzer aufzeichnet. Ich stelle mir Miss Merrymounts Tod, nicht allzu viele Monate danach, wie eine letzte, ruhige Linie auf dem Krankenhaus-Monitor vor, der an sie angeschlossen war. Auch etwas Sardonisches in jener flachen Kurve stelle ich mir vor – von unversehrter Geradheit, von großartiger Geduld mit einer Welt, die sich mehr als neunzig Jahre lang nicht anders als enttäuschend erwiesen hatte. Zu jener Zeit waren Julia und ich endlich geschieden.

.

Aus dem aufgegebenen Heim ist natürlich alles verloren –
die Bilder an den Wänden, die Art und Weise, wie Schatten
und Licht in dieser oder jener Ecke miteinander stritten,
das gütige Hervorbrechen von abendlicher Wärme aus den
Heizkörpern. Die Haustiere. Canute war ein Rüde der
Rasse Golden Retriever, den wir als Welpen gekauft hatten. Damals waren die Kinder noch herumtollende Rabau-
ken unter zehn. Unendlich liebenswürdig, wie es Hunde
dieser Rasse zu sein pflegen, ließ er alles über sich ergehen,
einschließlich der Kastration, als wäre das Leben ein einziger Hagel von Wohltaten. Kurz bevor Canute verendete,
brachte ihn seltsamerweise meine jüngste Tochter, Sängerin
in einer frisch gegründeten weiblichen Punkgruppe, in das
Haus, in dem ich nun mit Lisa als Ehefrau lebe. Er schnüf-
felte höflich hier und dort und äußerte nur mit einem besorgten Aufstellen der Ohren seine Verwunderung darüber,
daß sein altes Herrchen sich jetzt in diesem fremd riechen-
den Haus eingerichtet hatte, dann brach er mit einem
schweren Seufzer auf dem Küchenfußboden zusammen. Er
wirkte fett und lethargisch. Meine Tochter, deren Haare
kurz geschnitten und stellenweise lila sind, erzählte, daß der
Hund nachts herumstreune und sich über den Müll des
Nachbarn und sogar über das Pferdefutter eines anderen
Nachbarn hermache. In meinen Ohren klang das nach
Mißwirtschaft. Julias neuer Freund ist ein früherer Dart-
mouth-Verteidiger in mittleren Jahren, dazu ein Golf-, Ten-
nis- und Wanderfreak, und sie ist kaum noch zu Hause, so
sehr ist sie damit beschäftigt, mit ihm mitzuhalten und neue
Spiele zu lernen. Haus und Rasen sind vernachlässigt. Die
Kinder gehen mit ihren Freunden ein und aus und räumen
von Zeit zu Zeit die vergammelten Lebensmittel aus dem
Kühlschrank. Lisa spürte meine unterdrückten Gefühle,
sagte etwas Taktvolles und beugte sich nieder, um Canute
hinterm Ohr zu kraulen. Da das Ohr entzündet war und

also empfindlich, schnappte er schwächlich nach ihr und schlug dann entschuldigend mit dem Schwanz auf den Küchenboden.

Genau wie ich damals, als Miss Merrymount mich brüskierte, schien sich meine Frau über diesen Hauch von Widerstand eher zu freuen als zu ärgern, da ihre Stellung in der Welt dadurch bestätigt wurde. Sie sprach sogleich mit meiner Tochter über Antibiotika für Hunde, und auf den ersten Blick hätte man nicht sagen können, welche von beiden die Ältere sei, wenn auch unübersehbar war, welche die kurioseren Haare hatte. Das Klischee, dem zufolge Lisa jung genug ist, um meine Tochter zu sein, trifft zu. Aber da ich nun einmal 50 bin, ist jede Frau unter 35 jung genug, meine Tochter zu sein. Die meisten Menschen auf der Welt sind jung genug, meine Tochter zu sein.

Ein paar Tage nach seinem Besuch verschwand Canute, und wieder ein paar Tage später wurde er als aufgedunsener Kadaver weit draußen in der Marsch in der Nähe meines alten Hauses entdeckt. Die Diagnose des Tierarztes lautete: Herzschlag. Kann so etwas, fragte ich mich, vierbeinigen Kreaturen auch widerfahren? Der Schlag hatte meinen einstigen Liebling im Mondschein getroffen, als sein Herz voll sumpfiger Freude und sein Magen voll Müll waren. Tagelang hatte er mit zerzaustem Fell dagelegen, während die Flut kam und ging. Dieses Bild machte mich glücklich, wie der Anblick eines Segels, das vom Wind gebläht wird und das Boot rasch vom Ufer wegzieht. In Wahrheit — wie schrecklich, es zuzugeben — machen mich diese drei Tode allesamt in gewisser Weise glücklich. Zeugen meiner Schande werden eliminiert. Die Welt wird leichter. Mit der Zeit wird es niemanden mehr geben, der sich erinnert, wie ich in diesen peinlichen Jahren der Unordnung war, als ich unbehaust umherirrte zwischen Häusern und Ehefrauen, eine Schlange zwischen den Häutungen, ein Monster an

Selbstsucht, meine grotesken Bedürfnisse nackt und bloß zur Schau stellend, meine gesellschaftliche Gegenwart so ungeschützt wie die eines Bettlers. Die Tode der anderen tragen uns Stück für Stück davon, bis nichts mehr übrig bleibt; und auch dies ist in gewisser Hinsicht eine Gnade.

Pygmalion

Was er an seiner ersten Frau mochte, war ihr Talent, Leute nachzuahmen. Nach einer Party, ob nun einer eigenen oder der eines anderen Paares, pflegte sie für ihn wiederaufleben zu lassen, was sie erlebt hatte – die Gesichter, die Stimmen –, und sie verzog ihren hübschen Mund zu kleinen Grimassen, die für einen verwirrenden Moment eine abwesende Bekannte zu vergegenwärtigen vermochten. «Also, wenn ich mir wirfflich – wie spricht Gwen? – wenn ich mir *wirfflich* etwas aus Konserffation machen würde –» Und er, der Ehemann, lachte und lachte, obwohl Gwen insgeheim seine Geliebte war und seine zweite Frau werden würde. Was er an *ihr* mochte, war ihre Lebhaftigkeit im Bett, und was er an seiner ersten Frau nicht mochte, war die Art, wie sie darum bat, daß er ihr den Rücken rubbelte, und wie sie dann, unter seinen knetenden Händen, Nacht für Nacht in Schlaf sank.

In den ersten Jahren der neuen Ehe pflegte er nach seiner und Gwens Heimkehr von einer Party unbewußt darauf zu warten, daß die Imitationen, das Rekapitulieren begännen. Er soufflierte sogar: «Was hältst du vom Bruder unseres Gastgebers?»

«Oh», sagte Gwen dann schlicht, «er scheint sehr nett zu sein.» Und weil sie mit weiblicher Intuition spürte, daß er mehr erwartete, fügte sie noch hinzu: «Harmlos. Vielleicht ein bißchen steif.» Ihre Augen blitzten, da sie aus seinem erwartungsvollen Schweigen eine unausgesprochene Forderung heraushörte, und mit ihrem rührend-kindlichen Sprachfehler sprudelte sie hervor: «Was willst du denn nun wirfflich hören?»

«Oh, nichts. Nichts. Es ist nur – also, Marguerite ist ihm mal vor ein paar Jahren begegnet, und es hat sie umgehauen, was für ein pompöser Schwachkopf er war. Allein die Art, wie er an seinem Pfeifenstiel nuckelt und jede Bemerkung mit ‹Können Sie mir folgen?› beendet.»

«Mir kam er ausgesprochen angenehm vor», sagte Gwen frostig und kehrte ihm den Rücken, um ihr silbriges, hautenges Partykleid abzustreifen. Während sie es über die Hüften hinabschlängeln ließ, wandte sie den Kopf und fügte trotzig hinzu: «Er wußte zum Beispiel eine *Menge* über Steueroasen.»

«Darauf wette ich», spottete Pygmalion schwächlich vom Ehebett her, betäubt vom Anblick seiner frontal und nackt auf ihn zukommenden Frau. «Es ist schrecklich spät», warnte er sie.

«Ach, komm schon», sagte sie, als das Licht aus war.

Die erste Person, die Gwen imitierte, war Marvin, Marguerites zweiter Ehemann; sie standen sich unerwartet auf einem «Rettet die Wale»-Wohltätigkeitsball gegenüber, zu dem völlig wahllos Einladungen verschickt worden waren. «Oh-ho-*ho*», dröhnte sie nachher in der Privatheit ihres Schlafzimmers, «Sie also sind mein nobler Vorgänger!» In einem Beiseite fügte sie hinzu: «Nobel, dieser Arsch! Er haßt dich so sehr, daß du ihn angemacht hast.»

«Hab ich das?» fragte er. «Ich fand, er hat sich bei diesem Zusammentreffen, das ziemlich peinlich hätte werden können, sehr nett aus der Affäre gezogen.»

«Ja, in der *Taat*», stimmte sie zu, den kernigen Marvin imitierend, und einen verwirrenden Moment lang erlaubte sie dem leicht glasigen und schlaffen Ausdruck betonter Benevolenz jenes Mannes, ihre sonst so niedlichen runden Gesichtszüge einzunehmen. «Bei *uns* gibt es nichts Peinliches, ho, ho», fuhr sie fort, angespornt durch das Gelächter ihres Ehemannes. «Aber sagen Sie mal, alter Junge, wie *kommt* es, daß Ihr Unterhaltsscheck für die Kinder *nie* pünktlich eintrifft?»

Er lachte und lachte, entzückt, seine Braut jenen Punkt erreichen zu sehen, der für ihn echte Weiblichkeit ausmachte – ein weiches, plastisches Gespür für die menschliche Umgebung, ein feinfühliges Reagieren, das durch die Strömungen der Natur selbst mal in diese, mal in jene Richtung gelenkt wird. Er vermochte die Welt nicht zu erkennen, war seine Furcht, wenn nicht eine Frau sie für ihn übersetzte. Neuerlich, wenn sie von einem Zusammensein nach Hause kamen und er fragte, was sie von dem Soundso hielte, blieb Gwen in ihrer Unterwäsche stehen und dachte nach, als stände sie auf einer Bühne. «A-also, mein Lieber», verkündete sie flötend in plötzlicher Parodie, «wäre da nicht Portugal, es gäbe *werk*lich kein er*träk*liches Land mehr in Europa.»

«Also hör mal!» protestierte er dann, entzückt über die Art und Weise, wie ihr hübsches Gesicht sich zu einer mutwilligen, snobistischen Jockeyfratze verzog.

«Wie macht sie es nur?» fragte Gwen, als hätte sie professionelle Absichten. «Irgend etwas mit dem Kinn. Als ob sie das Kinn von einer Seite auf die andere rollt, ohne die Zähne auseinanderzunehmen.»

«Genau, du hast es getroffen!» applaudierte er.

«Natürlich *wessen* Sie», fuhr sie mit der angenommenen Stimme fort, «einst gab es da noch Griechenland, aber in*zwe-schen*, mit all diesen furchtbaren Musel*maanen*...»

«O ja, ja!» rief er. Sein Gesicht schmerzte, weil er so heftig

und so voller Stolz lachte. Sie war für ihn vollkommen geworden.

Im Bett meinte sie: «Es ist schrecklich spät.»

«Soll ich dir den Rücken rubbeln?»

«Mmm. Das wäre *wirfflich* nett.» Während seine linke
Hand die glatte, warme, schmiegsame Oberfläche knetete,
entglitt seine Frau – jenes kleine Etwas in ihr, das ganz ihr
gehörte – seinem Zugriff; Nacht für Nacht sank sie in Schlaf.

Herrenhäuser

Die Netze aus lebendigem Flor für immer eingeholt,
geborsten das Perlboot.
Die Kammern,
die sich der verwundbare Bewohner zur Hülle schuf,
in denen dämmerndes Leben träumte,
leer, entweiht von deinem Blick,
die Iriswände zerbrochen, die Krypta entsiegelt.

Oliver Wendell Holmes
Nautilus

Einer meiner Schüler brachte neulich eine Nautilus-Muschel in den Unterricht mit, die in zwei Hälften geteilt war, als Souvenir aus Hawaii. So weite Urlaubsreisen machen die Eltern von einigen dieser Kinder, obwohl man nach dem Erscheinungsbild dieser Stadt (Mather, Massachusetts; Einwohnerzahl: 47 000, sinkend) nicht annehmen würde, daß es hier überhaupt Geld gibt.

Ich hielt das Souvenir in meiner Hand und äußerte Bewunderung für seine mathematische Schönheit – die perfekte logarithmische Spirale und die Abfolge größer werdender Kammern, jede mit einem durchscheinenden, gewölbten Septum versiegelt. Ich hielt die Muschel hoch, um sie der Klasse zu zeigen. «Was das Gedicht verschweigt», erläuterte ich, «ist die Tatsache, daß die Nautilus ein übles, hungriges Biest ist, das die Kammern, aus denen es herausgewachsen ist, als Antriebstanks benutzt für Steig- und Sinkmanöver, wenn es seine Beute jagt. Ein Killer.»

Meine Stimme klang heftig; die Schüler, jedenfalls die, die zugehört hatten, starrten mich an. Oft kennen sie unser Inneres besser als wir selbst. Die Muschel hatte mich an Karen erinnert. Karen Owens, frühere Ehefrau des unlängst verstorbenen Alan Owens. Sie liebte die Natur – mit ihren leidenschaftlichen kleinen Verwicklungen, mit all den hübschen kleinen Überlebenstricks und Sex-Signalen. Hier, im gleißenden Licht der hohen Schulfenster, hatte das weiß-und-blaß-orange Perlmutt den gleichen Schimmer wie sie. Als ich die Spirale an die Tafel zeichnete, mit einigen Auf- und Abwärtspfeilen, und auch den zarten Siphon, mit dessen Hilfe die Schiffsbootmuschel ihre räuberische, hydrostatische Magie entfaltet, kam mir in Erinnerung, wie sie, um mich in der Helle des großen Gästeschlafzimmers im hinteren Teil ihres Hauses zu erregen, jedesmal sanft ihr helloranges Haar und ihre kleinen weißen Brüste über meinen Penis gleiten ließ.

Die Erregung ließ gelegentlich auf sich warten; oft war ich nervös, verschwitzt, voller Schuldgefühle, wenn ich mir während der Mittagspause die Zeit stahl oder gar – so dringend schien alles – während einer Freistunde (eine Unterrichtsstunde dauert bei uns fünfzig Minuten) aus der Schule davonschlich und quer durch die Stadt fuhr, um zwanzig Minuten mit ihr zu verbringen, dann die fünfzehn Minuten wieder zurückfuhr und den alten Falcon von Monicas Eltern mit quietschenden Reifen auf dem Schulparkplatz zum Stehen brachte, unter den Augen der Kinder, die draußen bei den Fahrradständern herumhingen und heimlich Zigaretten rauchten. Vielleicht waren sie verwundert, aber Lehrer kommen und gehen; Kinder haben keine Vorstellung davon, was alles nötig oder nicht nötig ist, um die Welt in Gang zu halten. Obwohl uns zu observieren eine der wichtigsten Spielarten ihres Energieverbrauchs darstellt, können sie nicht wirklich an die Abgründe des Erwachsenenlebens glauben: daß wir tun, wovon sie nur träumen. Sie konnten nicht ahnen, egal, was ihre Toilettenwände bekundeten, daß Karens Moschus tatsächlich an meinen Fingerspitzen und in meinem Gesicht haftete, und daß sich hinter meinem Hosenschlitz ein perlmuttergleicher Schmerz der Befriedigung verbarg.

Sie und Alan lebten im Elm-Hill-Viertel, wo die Besitzer

der Spinnereien und deren Manager sich große viktorianische holzverschalte Häuser gebaut hatten. Die High-School,
1950 noch neu, war auf dem Gelände einer alten Farm auf
der anderen Seite des Flusses angelegt worden. Wenn nicht
die ganze dahinsiechende Innenstadt zwischen uns gelegen
hätte, hätten wir vielleicht die Zeit gehabt, hinterher zusammen eine Zigarette zu rauchen oder zu reden, so daß ich
irgendwann vielleicht besser hätte verstehen können, was
unsere Affäre für sie bedeutete, was sie ihr gab, wohin sie
sich nach ihrer Meinung entwickelte. Mein Vater hatte in jenen leerstehenden Fabriken noch gearbeitet. Als ich geboren
wurde, war er nicht mehr jung, und bis ich zwanzig war,
hatte er sich zu Tode gehustet und getrunken. So etwas wie
Wut auf die Fabriken, auf ihn und auf ganz Mather kam
manchmal über mich, wenn ich, von der Panik ergriffen,
nicht rechtzeitig zur nächsten Unterrichtsstunde zurück zu
sein, in den schattigen Straßen unten im Industriegebiet im
Stau steckenblieb. Nach irgendeinem unsinnigen Stadtent-
wicklungsplan hatten die Stadtväter alle Straßen zu Ein-
bahnstraßen gemacht.

Mein Großvater war aus Italien herübergekommen, um
jene Fabrikgebäude errichten zu helfen, Stein für Stein. Mein
ältester Bruder war früher Automechaniker. Jetzt gehört ihm
ein Drittel eines Ersatzteil- und Zubehörladens, und er faßt
kein Werkzeug mehr an, außer um es zu verkaufen. Unser
mittlerer Bruder handelt mit Grundstücken. Für mich hatten
sie eine Karriere als Arzt in Boston vorgesehen, aber da die
Scharpiefusseln meines Vaters Lunge so früh zukleisterten,
konnte ich von Glück sagen, daß ich das College zu Ende machen konnte. Ich machte die Prüfung in Pädagogik und einen
simplen Magister und unterrichte jetzt allgemeine Naturwissenschaften in den Abschlußklassen der Oberstufe. Vor kurzem hat man mich zum stellvertretenden Direktor gemacht,
was zwei Unterrichtsstunden weniger pro Tag bedeutet, dafür

die Nachmittage im Büro. Ursprünglich hatte ich gehofft, aus Mather wegzukommen, aber hier hatten wir nun mal unsere Beziehungen – der alte Vorarbeiter meines Vaters saß im Schulausschuß, als man mich anstellte –, und so bin ich immer noch hier. Der Herbst ist unsere beste Jahreszeit, und in den vergangenen Jahren ist ein bißchen High-Tech über die Staatsstraße 128 geschwemmt und in die örtliche Wirtschaft geflossen. Hat ihr eine Spritze verpaßt. Sie kann's gebrauchen. Aber Städte sind nicht wie Menschen; sie leben immer weiter, obwohl der Grund für ihre Existenz schon längst den Bach runter ist und raus aufs Meer.

Alans Vater, der alte Jake Owens, hatte «Pilgrim» besessen, eine der kleineren Fabriken und so ziemlich die letzte am Fluß, die dichtmachte. Das war Ende der Vierziger, lange nachdem die größeren Unternehmen ihre Maschinen längst in den Süden verkauft hatten. Einige sagten, Jake hätte gegenüber der Stadt Mather und ihren Arbeitern eine rührende Loyalität bewiesen; andere meinten, die Owens hätten nie viel Geschäftssinn besessen. Trinker und Liebhaber von Schießeisen seien sie gewesen, die sich selbst als Großgrundbesitzer sahen und sich wohl fühlten in ihrer kleinen Ecke des Industrietals mit seinem Country-Club, seiner Owens Avenue und dem Jagd- und Skigebiet eine oder zwei Stunden weiter nördlich in New Hampshire. Als Alans Vater Mitte der Sechziger starb, kam Alan mit seinem juristischen Stanford-Examen und seiner rothaarigen Frau von der Westküste nach Hause zurück.

Karen stammte aus Santa Barbara, war um die Dreißig, hübsch, aber irgendwie vertrocknet. Die viele pazifische Sonne hatte ihr schon ein paar Krähenfüße und kleine Fältchen gemacht, die sich fächerförmig von ihrem schnellen, vielleicht zu schnellen Lächeln ausbreiteten. Sie war klein, mit einem straffen hübschen Körper, der häufig am Strand gelegen hatte. Im Hauptfach hatte sie Psychologie studiert und hatte die kalifornische Lehrerprüfung gemacht und sich im Büro der High-School auf die Vertretungsliste setzen lassen. Damals sah ich sie zum erstenmal unsere lärmenden Flure entlangstreben, sah ihr Haar zwischen den Schulterblättern schwingen. Sie war nicht größer als viele der Mädchen, aber sie war anders als sie, ein andersartiges Tier, mit dem geschmeidigen Körper und der erfahrenen Stimme einer Frau.

Als wir schließlich miteinander sprachen, Karen und ich, wurde offenbar, daß wir, was den Krieg anging, auf entgegengesetzten Seiten standen. Ihr Pazifismus war von einer herablassenden Selbstsicherheit, die mich in Rage brachte, und zugleich von einer saloppen, scharfsinnigen Militanz, die mich vermutlich erschreckte. Ich kann mir heute nicht mehr vorstellen, weshalb ich mir damals vorstellte, daß die USA unfähig wären, für sich selbst zu sorgen. Ich hegte so verdammt mütterliche Gefühle für, ausgerechnet, Lyndon B. Johnson. Er wirkte immer so hundeelend, selbst wenn er den starken Mann markierte.

«Warum sagen Sie, daß die Leute *für* den Krieg sind?» fragte ich Karen im Lehrerzimmer, inmitten von Zigarettenqualm und der Pausen-Euphorie von Lehrern, die fünfzig Minuten lang nicht auf der Bühne stehen müssen. «Gegen den Krieg sein, das bringt Leute wie Sie in eine so selbstgefällige Position des ‹Wir haben ja nichts zu verlieren›. Theoretisch ist niemand *für* irgendeinen Krieg; er wird nur manchmal als das geringere Übel angesehen.»

«Wann ist er das geringere Übel?» fragte sie. «Erklären Sie mir das, Frank.» Sie hatte die nervöse Angewohnheit, ihre übergeschlagenen Beine mit den Beinen der geraden, hölzernen Schulstühle zu verhaken, so daß ihre Kniescheiben weiß gerändert hervortraten. Damals war die Blütezeit des Minirocks; auf weiblichen Unterhöschen, die mit Sicherheit zu sehen waren, sprossen Blumenmuster. Kreuzte Karen auf diese Weise die Beine, dann entblößte ihr hochrutschender Mini eine ovale Impfnarbe, von der ihr Kinderarzt niemals angenommen hätte, daß sie je zu sehen sein würde. Karen besaß eine Menge unbeholfener, liebenswerter Züge, trotz ihres selbstgefälligen politischen Gebarens; sie rauchte viel, und ihre Zähne waren fleckig und standen etwas schief, und das in einer Zeit universeller Zahnorthopädie. Ihre Hände zeigten die hervortretenden blauen Adern mittleren Alters und zitterten ein wenig. Ich liebte die teuren Kleider, die sie wegen des Geldes der Owens nicht umhin konnte zu tragen. Obwohl ihre Pullover aus Kaschmir waren, sahen sie immer ein bißchen schief in die Hose gesteckt aus; hinter ihrem glatten öffentlichen Auftreten witterte man einen einladenden Hintergrund aus Hast und Kummer.

«Vielleicht ist Ihnen nicht klar, in was für eine Stadt Sie gezogen sind», sagte ich. «Unsere Tanzvergnügen finden samstags im Veteranenclub statt. Unsere Kinder gießen kein Schweineblut über Musterungsakten. Ihre Großeltern waren verdammt froh, heil hier anzukommen, und wenn ihr Land sie auffordert zu kämpfen, dann kämpfen sie. Sie haben Angst, aber sie tun's.»

«Wird es dadurch richtiger?» fragte Karen freundlich. «Erklären Sie mir das.» Psychologie als Hauptfach. Sie gab das Argumentieren auf und behandelte mich statt dessen wie ein Baby, wie eine Art Verrückten.

Ihr lang herabfallendes Blumenkind-Haar war weder richtig orange noch rot; es besaß eine tiefe Fleischfarbe, wie der Muschelrand einer Wellhornschnecke. Je länger man sie ansah, desto mehr Sommersprossen hatte sie. Sie bot mir so etwas wie einen Ausweg. Eine Chance gewissermaßen, einen anderen Gang einzuschalten als jene Wut, in die Diskussionen über den Krieg mich immer versetzten. LBJ war Lehrer gewesen, so wie ich jetzt, und es kam mir so vor, als wollte die gesamte Klasse, von Küste zu Küste, einfach nicht *zuhören*. Dabei versuchte er doch so gut zu sein, so sehr unser Leid auf sich zu nehmen – unser krummer Hund von einem Christus aus Texas.

«Es *wird* dadurch einfach richtiger», antwortete ich, in meiner Lahmheit auf ihr Angebot eingehend, mich ergebend. «Ich liebe diese Jungen.» Das war eine Lüge. «Ich bin genauso aufgewachsen wie sie.» Das war eine halbe Lüge; ich war das typische jüngste Kind gewesen, verwöhnt von den Brüdern und für Besseres bestimmt, fern von Mather. «Aus ihnen werden großartige Fußballspieler.» Das war die Wahrheit.

Die Friedensbewegung in Mather bestand aus ein paar Umzügen mit Kerzen, angeführt von der Geistlichkeit der Stadt – denselben Geistlichen, die dann am Memorial Day den Segen sprachen, ehe der Salut von 21 Gewehren die Friedhofsruhe erschütterte. Als der erste einheimische Junge in Vietnam starb, wurde eine neue Grundschule nach ihm benannt. Als der zweite starb, machten sie eine Straßenkreuzung seines Stadtteils zu einem «Platz» und gaben ihm seinen Namen. Für den dritten und vierten gab es dann nicht einmal mehr eine Kreuzung.

Das Haus der Owens auf dem Hügel besaß ein großes Wohnzimmer mit einem Blick durch hohe, herrschaftliche Fenster über die ganze Stadt. Es hatte eine Walnußtäfelung und ein Labyrinth geschnitzter Kugeln und Zapfen über den Eingängen; der Raum konnte leicht Versammlungen von fünfzig oder sechzig Leuten beherbergen, und das tat er dann auch. Auf Karens Einladung hin sprachen hier schwarze Männer, die aus Roxbury, und weiße Frauen, die aus Cambridge importiert worden waren. Bürgerrechte und Feminismus, die Perfidie des Pentagons und die intrigenspinnenden, umweltzerstörenden Konzerne waren zu einem einzigen großen Allzweck-Thema geworden und die Owens zu den lokalen Häuptlingen des Unmuts, wenigstens in dem kleinen

Kreis, in den Monica und ich einbezogen wurden. BBM nannten wir uns: Betroffene Bürger von Mather.

Monica und ich waren beide katholisch erzogen. Ich gab den Katholizismus während meines zweiten Collegejahres auf, als mein Vater starb, doch Monica hielt daran fest, bis sie die Pille nahm. Unsere drei Kinder waren in den ersten vier Ehejahren geboren worden. Zunächst ging sie noch zur Messe, obwohl sie nicht mehr zur Kommunion gehen konnte; dann machte sie auch damit ein Ende. Ich bedauerte diese Entwicklung – es war ein Teil ihres Wesens gewesen, den ich verstanden hatte – und fand es schade, daß sie mit soviel Bitterkeit über die katholische Kirche sprach. So können Frauen eben sein, grübeln über etwas nach und werden wütender und wütender darüber, alles im Verborgenen, und machen dann plötzlich einen Quantensprung: Revolutionäre. Ich hatte den Eindruck, daß Karen Monica auf der Weihnachtsfeier der Lehrer mit der Bitte umworben hatte, doch während der Feiertage zu ihr zu kommen und ihr beim Adressieren von Rundschreiben zu helfen. Monica sprang voll darauf an. Sie ließ sich keine Dauerwellen mehr machen und lackierte sich auch die Fingernägel nicht mehr. Sie band ihr federndes schwarzes Haar zu einem straffen Pferdeschwanz zusammen und trug Turnschuhe und Jeans, nicht nur zu Haus, sondern auch zum Einkaufen. Sie kämpfte auch nicht länger gegen ihr Gewicht an. Monica blühte auf, vermute ich; auf der High-School von Mather war sie ein As gewesen (Hockey, Basketball), außerdem Cheerleader, und nun, 15 Jahre später und 15 Pfund schwerer, war der alte Antrieb der Mädchenzeit, jenes anstachelnde Ungestüm wieder da. Mir gefiel das nicht sonderlich, aber ich wurde nicht gefragt. Irgendwie war ich bei alldem der Unterdrücker geworden, Teil des «Systems», und die drei Kinder, die wir einander «geschenkt» hatten, wie es damals hieß, waren irgendein schmutziger Trick gewesen. Sie sagte, daß die Pille krebserregend sei und ich mir eine Vasektomie machen lassen solle. Ich entgegnete, daß sie ihre Eileiter unterbrechen lassen solle, wenn sie es auf Verstümmelung anlege, und sie sagte, daß ihr Karen Owens das auch geraten habe. Ich fragte wütend, hungrig, ob denn Karen Owens' Eileiter unterbrochen wären, und Monica antwortete mit einer gewissen Selbstgefälligkeit, nein, das wäre nicht der Grund, weshalb Karen und Alan keine Kinder hätten; soviel wüßte sie mit Sicherheit und wüßte auch, daß es mich interessierte. Ich ignorierte die Anzüglichkeit, weil es mich erregte, auf diese Weise an Karen zu denken, und auch, weil mich Monicas Tonfall beunruhigte. Nicht mehr zur Messe zu gehen war eine Sache – schließlich hatte die Kirche *uns* betrogen, als sie das Latein, den heiligen Christophorus und Fisch am Freitag abschaffte –, aber nun wurde es langsam gottlos.

Dennoch fuhr ich weiterhin mit ihr zu den Versammlungen, quer durch die Stadt, durchs Fabrikviertel, und den Elm Hill hinauf. Unterstützt die Schwarzen, Beendet den Krieg, Rettet die Ökologie – Karen saß oft neben dem Redner, die Beine mit den Stuhlbeinen verschlungen, so daß ihre Kniescheiben weiße Vierecke bildeten. Sie legte dann die Spitzen von Mittel- und Zeigefinger in einer Art V für *Victory* an die Mundwinkel, als wollte sie sich selbst ermahnen, nicht zuviel zu reden. Wenn sie doch sprach, strich sie sich ständig das Haar hinter die Ohren zurück, eine Geste, die ich später mit unserem Liebesakt assoziierte. Manchmal lachte sie und zeigte ihre liebenswert unvollkommenen Zähne. Sie war nicht reich geboren, schloß ich.

Alan saß immer in einer der hinteren Stuhlreihen, die sie zusammengestellt hatten, und wirkte sicher und überlegen. Zu dieser Abendstunde war er bereits blau wie ein Veilchen, aber er sprang ihr mit seiner anmaßenden, tiefen Stimme bei, wenn es nötig war. Als örtlicher Anwalt hatte er bereits mehr als genug Fälle von Mietwucher und Wehrdienstverweigerung übernommen, um seiner Praxis bei der zahlenden Klientel zu schaden. Schwer zu sagen, ob ihn das unglücklich machte; schwer zu enträtseln, was er wahrnahm, wenn er in sich zusammengesunken im Hintergrund hockte und aus müden Augen zusah. Er hatte schöne lange Wimpern, kaum Augenbrauen und eine hohe, sich lichtende Stirn, die im Sommer braun gebrannt war.

Ich mochte ihn nicht. Er nahm mir die Luft zum Atmen, wenn er im Raum war. Er war groß, so groß, wie die Reichen werden, einzeln stehende Pflanzen ohne Unkraut neben sich. Wenn er auf mich herabsah, dann nicht, als sähe er mich nicht, er sah mich nur zu gut; seine Augen mit ihren Vogel-Strauß-Wimpern und einer gelblichen Färbung im Weiß durchschauten einen und schauten sogleich wieder weg, da sie alles aufgenommen hatten und auf der Stelle gelangweilt gewesen waren. Was immer ihm drüben an der Westküste widerfahren war, es hatte ihn weise gemacht, und zwar so, daß die Welt für ihn nicht mehr sehr brauchbar war. Und trotzdem hatte er Karen und dieses viktorianische Herrenhaus, und Golfschläger, Jagdflinten und Racketspanner in den Wandschränken, und die Jagdtrophäen seines Vaters an den Wänden der Bibliothek und in der Stadt einen Namen, der immer noch einen Wert besäße, wenn dieser Krieg und der Protest dagegen längst vorüber wären.

Man muß ehrlicherweise zugeben, daß Alan unterhaltsam sein konnte, wenn er nicht zuviel getrunken hätte. Nach den Versammlungen pflegten einige wenige Bevorzugte dazubleiben und aufzuräumen, und dann konnte es passieren, daß er sein Banjo hervorholte und spielte. Als Teenager, dessen Erziehung seit seinem elften Lebensjahr auf fernen Privatschulen vonstatten ging, war er ein Bluegrass-Freak gewesen und hatte sich diese wehmütige Musik, die damals Mode war, selbst beigebracht. Wenn er gut drauf war und mit brüchiger Stimme losheulte, sah ich sogleich grüne Hügel vor mir und einen einsamen Falken, der sich in die Lüfte schwang, und die

Eingänge von Kohleschächten und fühlte mich so patriotisch, daß mir salzige Tränen in die Augen traten; das viele schöne Land, aus dem Amerika bestanden hatte, bevor wir es überfüllten, kam mir wieder in den Sinn. Dann warf Alan den Kopf zurück, um klagend den Hillbilly-Refrain zu singen, und entblößte seine hautige Kehle, als sollte sie durchschnitten werden.

Während Monica und ich fasziniert dasaßen und den Refrain mitsangen, war Karen ständig in Bewegung. Sie sammelte Gläser und Aschenbecher ein, und an ihrem entschlossenen Auftreten und dem kleinen aufgesetzten Lächeln konnte man ablesen, daß Alan diese Nummer nur zum besten gab, wenn Leute da waren. Erst war sie an der Reihe gewesen mit Jammern und Klagen, nun war er dran. War sein Repertoire erschöpft, so übernahm wieder sie die Regie und organisierte Wortspiele oder Übungen zur Verbesserung unserer Wahrnehmungsfähigkeit. Diese Spiele und Übungen hatte sie aus Kalifornien mitgebracht. Eines Samstagabends, erinnere ich mich, versteckten sich alle anwesenden Frauen hinter einem Vorhang aus Decken und streckten eine Hand aus, die Männer sollten sie identifizieren, und zu meiner Verwirrung erkannte ich Karens Hand sogleich an den blauen Adern, konnte aber Monicas Hand nicht finden – sie war dicker und dunkler, als sie hätte sein sollen, mit einem behaarten Handgelenk.

Ich kannte meine Frau in vieler Hinsicht nicht wieder. Ihre größere Bewußtheit erlaubte ihr, zuviel zu trinken und zu lange aufzubleiben. Nie wollte sie nach Hause gehen. Die Owens und die Zeiten hatten sie korrumpiert. Wie auch mein eigenes Herz umherwanderte, ich wollte sie zu Hause haben, wollte, daß sie die Kinder großzog und die Ordnung aufrechterhielt für den Tag, an dem diese ganze Unrast, dieses Unsere-Grenzen-Sprengen vorüber sein würde. Mich hatte die Gelassenheit von Monica angezogen, das Gefühl von

Schwere, das sie schon mit siebzehn ausstrahlte, als ihre Beine jung und schimmernd und stämmig in weißen Cheerleader-Söckchen steckten. Sie hatte den langsamen Herzschlag einer Sportlerin und schlief früh ein. Als ich dann mit Karen schlief, in dem hellen hinteren Schlafzimmer ihres großen prunkvollen Hauses, tat ich mich schwer, die zwitschernde Leidenschaft zu akzeptieren, die der Akt bei ihr annahm, während er bei Monica ein gewisses feierliches Gewicht hatte, als gewährte sie etwas. Monica hatte mir einmal gestanden, daß sie aus Furcht, ihre Identität zu verlieren, sich beim Sexualakt zurückhielte; Karen dagegen schien auf so ein Sichverlieren hinzudrängen. Ihre schnellen, trockenen Lippen, die die meinen erstmals in der gefährdeten Abgeschlossenheit des Lehrerzimmers küßten, borgten sich ihren Stil (schoß es mir durch den Kopf) von den Jugendlichen, die um uns herumschwirrten. Gewiß war ich es nicht wert, mit so stürmischer Bewegung von Lippen und Zunge so kräftig umarmt zu werden von dieser schlanken, überhitzten Person, deren Herz ich durch meine Jacke, mein Hemd, meinen Schlips, die Wolle ihres Pullovers und unser beider Brustkorb hindurch gegen das meine schlagen fühlte. Doch selbst in diesem ersten Augenblick der Hingabe merkte ich, daß es Kaschmirwolle war. Mir schoß durch den Kopf, daß sie mich mit einem Zuchthengst verwechselte, mit einem gehorsam erigierten Dienstpflichtigen aus der Arbeiterklasse. Die *Perfektion* ihrer Umarmung stieß mich ein wenig ab, das Abrufbare, das zu gut schien, um ehrlich zu sein. Aber mit der Zeit nahm ich das einfach hin als ihre natürliche Art des Stoffwechsels. Sie hungerte nach Liebe und ich ebenfalls.

Die Tage, an denen sie keine Vertretungen hatte, wurden unsere Tage, und die Verabredungen erfolgten durch schwitzige Telefonate vom Münztelefon an der Tür zur Cafeteria, das die Kinder für gewöhnlich mit Kaugummi oder primitiven Blechstückchen verstopft hatten. Das Haus der Owens grenzte an einige Hektar Waldbesitz. Vogelgezwitscher und Kiefernduft drangen durch die Fenster. Das verschwenderische Licht war fast pornographisch; ich war an ehefrauliche Dunkelheit gewöhnt. Sie hielt sich hier hinten ein Aquarium und ein Terrarium, um die Sonne zu nutzen, und rings an den Wänden hingen Tierschutzposter: *wir* waren Tiere, nackt und bedroht. Die tierische Effizienz unserer Begegnungen mußte die Zärtlichkeit ersetzen. Karen wußte auf die Minute genau, wann ich ankam, und war bereit, unbekleidet, der Telefonhörer neben dem Apparat. Sie wußte auf die Minute genau, wann ich zu gehen hatte. Wenn eine meiner Unterrichtspausen direkt vor der Mittagspause lag und wir mehr Zeit hatten, verschwendeten wir sie mit Gezänk. Als Lyndon B. Johnson ankündigte, daß er nicht mehr für die Präsidentschaft kandidieren werde, sagte ich zu ihr, das würde Nixon ins Amt bringen und sie hoffentlich glücklich machen. Damit verspottete ich sie, während das Glück unseres Liebesaktes noch in ihren Augen lag. Sie hatte hellbraune Haselnuß-Augen, die dunkler wurden, wenn wir uns liebten. Sie hatte eine spezielle Art, mich zu betrachten, mich ebenso ehrfürchtig zu untersuchen wie die Kröte und die Vipernatter in ihrem Terrarium. Dabei warf sie die Haare zurück, um besser sehen oder mich in den Mund nehmen zu können. Ich, mit meiner Vorhaut, meinem sexuellen Hunger und meinen Arbeiter-Ressentiments, war für sie einfach Leben, so etwas wie ein Schatz.

Und sie für mich? So etwas wie der Himmel, vermutlich. Wenn ich mich zum hinteren Hausteil schlich, vorbei an Plastikmülleimern, die nach Alans leeren Flaschen rochen, pflegte Karen oben auf dem Absatz der Hintertreppe zu stehen wie ein helles, zerrissenes Stück Himmel. Aus der Nähe war ihr Körper eine Sternenkarte, Schultern und Schienbeine voller Sommersprossen. Sogar jene Stellen auf der Haut, deren Umrisse wie die Teile eines Bikinis geformt waren, enthüllten dem genauen Blick einen oder zwei dunkle Punkte, wo die Sonne sie trotzdem noch gestochen hatte.

«Du mußt jetzt wirklich gehen, Liebling», pflegte sie alsbald zu sagen. Sie war erfahrener als ich (dieser Gedanke gefiel mir gar nicht, aber es mußte wohl so sein), und so übernahm sie in unserer Affäre die Polizistenrolle. Ich fühlte mich in die Pflicht genommen und entwickelte eine Abneigung dagegen.

Wenn sie zu ihren Vertretungsstunden in die Schule kam, machte es mich verrückt, sie in den Fluren zu sehen, das rote Haar im Rücken hin und her wippend, und der geschmeidige kleine Körper voll von unseren Geheimnissen. Sogar hier lag nun die Protestbewegung in der Luft; unsere jungen Polen und Portugiesen waren nicht länger gewillt, sich klaglos einberufen zu lassen, und die Unterrichtsstunden in Staatsbürgerkunde und Geschichte, ja sogar in allgemeinen Naturwissenschaften waren zu Schlachtfeldern geworden. An der Columbia-Universität und in Paris brachen in jenem Frühling die Studentenunruhen aus. Viele tiefverwurzelte Vorurteile wurden um mich herum ausgemerzt, aber es kümmerte mich nicht mehr. Ich fühlte mich so närrisch stolz, wenn ich Karen in jenen Minuten zwischen den Unterrichtsstunden, im massiven Gedränge aus Parfum, Kaugummi und Körperwärme, an die Hand nehmen konnte.

Sie warnte mich: «Ich mag es, wenn du mich berührst, aber, Frank, du darfst mich nicht in aller Öffentlichkeit anfassen.»

«Wann habe ich das getan?»

«Eben gerade. Auf dem Korridor.» Wir waren im Lehrerzimmer. Sie hatte sich eine Zigarette angezündet. Sie schien besonders nervös zu sein, ungehalten.

«Ich war mir dessen gar nicht bewußt», sagte ich. «Ich bin sicher, daß es niemand gesehen hat.»

«Sei nicht blöd. Kinder sehen alles.»

Es stimmte. Ich hatte unser beider Namen, zusammen mit

dem korrekten Tätigkeitswort, auf einer Toilettenwand gelesen. «Macht es dir was aus?»

«Natürlich macht es mir was aus! Dir sollte es auch etwas ausmachen. Wir könnten beide zu Schaden kommen.»

«Durch wen? Die Schulkommission? Die American Legion? Ich dachte, die Revolution sei ausgebrochen, und man tanzt nackt auf der Straße. Ich bin ganz dafür, sieh her.»

«*Frank!* Jeden Moment kann jemand zur Tür hereinkommen.»

«Wir haben uns hier drinnen schon wie verrückt abgeknutscht.»

«Das war, bevor wir unsere festen Tageszeiten hatten.»

«Unsere halben Stunden. Ich bin es leid, in einem postkoitalen Koma zum Periodischen System der Elemente zurückzurasen.»

«Wirklich?»

Die Angst in ihrem Gesicht beleidigte mich. «Ja», sagte ich zu ihr, «und ich habe auch die Heuchelei satt. Ich habe die Schlaflosigkeit satt. Ich kann nicht mehr schlafen, ich möchte dich neben mir haben. Nur dich. Ich schlage um mich, ich nehme Schlaftabletten. Manchmal weine ich auch, zur Abwechslung.»

Sie strich sich das Haar hinter die Ohren. Ihr Gesicht sah schmal aus, die Haut neben den Augen straff, als läge eine Glasur über den winzigen Fältchen. «Hat Monica es schon gemerkt?»

«Nein, sie schlummert weiter. Nichts weckt sie auf. Warum? Hat Alan einen Unterschied an dir bemerkt?»

«Nein, und ich möchte auch nicht, daß er's merkt.»

«Du möchtest das nicht? Warum nicht?»

«Mußt du das fragen?» Der Sarkasmus ließ ihr Gesicht ziemlich bös aussehen. Dahinter lag ein ganzes Bündel blasierter Vermutungen, die ich abstoßend fand.

Meine Stimme wurde laut. «Du kannst deinen süßen Arsch

darauf wetten, daß ich fragen muß.» Ich wiederholte: «Warum zum Teufel möchtest du das nicht?»

«Schscht. Weil er mein Ehemann ist, darum.»

«Das erscheint mir reichlich simpel. Und ziemlich reaktionär, wenn ich mal so sagen darf.»

Betty Kurowski, erstes Jahr Algebra und Wirtschaftsmathematik, öffnete die Tür, sah in unsere Gesichter und sagte: «Oh. Also, ich geh dann aufs Mädchenklo rauchen.» Als sie schon die Tür schließen wollte, baten wir sie beide, doch zurückzukommen.

«Wir haben uns gerade über Vietnam gestritten», sagte Karen zu ihr. «Frank möchte jetzt Südchina bombardieren.»

Den Sommer über arbeiteten Monica und ich als Berater in einem Tageszeltlager in New Hampshire, etwa vierzig Autominuten von Mather entfernt. Als ob dies noch nicht Trennung genug wäre, verbrachten Karen und Alan einen Monat in Santa Barbara zu Besuch bei Karens Eltern. Ich hatte mich geirrt mit meiner Annahme, daß sie nicht reich sei; die Eltern lebten in einem Millionen-Dollar-Haus in Strandnähe. Sie würde den ganzen Tag im Bikini herumlaufen. Nachts, wenn Monica schlief, masturbierte ich wie ein Kind. Sogar tagsüber, zwischen dem Plockediplock des Tischtennis und dem Herumgealber, das von unserem kleinen braunen See herübertönte, mußte ich ständig an Karen denken – an ihr sommersprossiges Fleisch, an das Sonnenlicht in ihrem Zimmer, an die Art, wie sie sich mit Augen und Mund an mir weidete. Ich war Kinder leid, einschließlich meiner eigenen, doch ein Teil meiner Phantasien war, ihr ein Kind zu machen. Ein Kind mit ihren Haselnuß-Augen und meinem schwarzen Haar: ein Elfenkind, dem man nie die Windeln wechseln mußte.

Im August kamen die Owens nach einmonatiger Abwesenheit zurück, und Monica rief sie gleich am ersten Abend an, als hätte sie sie ebenfalls vermißt. Sie verabredeten, daß Karen für einen Tag ins Zeltlager käme, um eine Exkursion zu leiten. Karen befestigte eine Juwelierlupe an einer Flasche, damit die Kinder den Taumel mikroskopischen Lebens in einer Probe Teichwasser beobachten konnten – kleine durchsichtige Ovale und Zylinder, die herumrasten und sich anstießen wie Autoscooter, ständig auf der Suche nach etwas zum Fressen, ohne gefressen zu werden. Sie war honigfarben von der kalifornischen Sonne, und ihr Haar war gebleicht bis zur Blässe eines Orangensaftflecks auf einer Tischdecke, doch ihre Zähne standen immer noch etwas schief, und ihre Knie waren knochig und angespannt.

Ihr kurzer Besuch, dieser flüchtige Blick auf den rührenden Ernst, mit dem sie als Lehrerin fungierte, bewirkten, daß ich ihr auf unserem beigefarbenen Lagerbriefpapier mit grünem Briefkopf, worauf in kleinen Birkenscheiten der Name des Lagers gedruckt war, einen Brief schrieb. Vor ein paar Jahren, als wir umzogen, gerieten mir ein paar heimlich mitgenommene Blätter zufällig wieder in die Hände, und ich mußte lachen. Mein Brief gab Einzelheiten unseres Liebeslebens wieder. Dann schlug ich vor, wir sollten aus unseren Ehen ausbrechen und einander heiraten. Es war mehr ein leidenschaftlicher Traum denn ein Vorschlag: die Erregung des Schreibens in einer Ecke des Picknick-Pavillons, während Monica mit einer Kanu-Gruppe draußen auf dem See herumpaddelte, riß mich dazu hin, und auch, daß ich nicht in Mather war und dorthin einen Brief schrieb. Heute nennt man dergleichen eine «Out-of-body»-Erfahrung. Ich sah mich selbst, ganz klein, dort drüben in Mather, und es war leicht, mich in ein Liebesleben mit dieser anderen Puppe hineinzumanipulieren. Ich wartete einen Tag lang damit, den Brief abzuschicken. Beim Wiederlesen schienen die Worte zwar furchterregend, aber wahr, wie die grausame Wirklichkeit des Lebens im Teich.

Doch kaum hatte jener blaue Postkasten, der an der dreispurigen New Hampshire-Fernstraße Staub ansammelt, sein eisernes Maul geschlossen, spürte ich, daß ich zu weit gegangen war. Es gab Grenzen und Konventionen, wie die Glaswände ihres Terrariums, innerhalb deren Karen mir Freiheiten eingeräumt hatte. Außerhalb dieser Grenzen lauerten Gefahr und Tod.

Nicht daß etwa Alan den Brief abfangen konnte. Ich wußte, daß die Post erst gegen elf ins Haus der Owens kam, wenn er schon im Büro war oder wegen der vorausgegangenen Nacht noch im Bett. Der Alkohol fraß sich tiefer und tiefer in sein Inneres, so daß es ihm schwerfiel, nachts zu schlafen. Wir beide, er und ich, spürten aus verschiedenen Gründen, wie unser Leben aus den Fugen geriet.

Tage des Schweigens vergingen. Zuerst war ich erleichtert. Aber nach dem Zeltlager, als wir uns sowohl tagsüber als auch abends wieder in der Stadt aufhielten, hätte ich doch irgendeine Nachricht von Karen erwartet, zumindest eine Einladung an uns beide. Ringsum herrschte das Durcheinander des Spätsommers – Neuengland quetschte die letzten Tropfen Lustbarkeit aus seinen wenigen warmen Monaten –, und die Schule würde bald wieder beginnen. In Chicago hatten die Demokraten Humphrey nominiert, während Johnson sich im Weißen Haus versteckte. Die Polizei verprügelte Protestler, was von Leuten wie mir mit Beifall quittiert wurde. An jenem Donnerstagmorgen kam endlich ein Anruf von Karen; sie und Alan hätten ein paar Leute vom BBM eingeladen, um die Krawalle und Humphreys Kür im Fernsehen zu verfolgen. Der Parteikongreß dauerte und dauerte; alles, was uns heilig war, löste sich vor unseren Augen auf, und wir hielten Schritt mit Brandy, Bier und Weißwein. An Stelle der üblichen Party-Snacks servierte Karen Untertassen mit Vollwertkost – Rosinen, Sesam und Sonnenblumenkerne, sogar Macadamia-Nüsse, die sich sonst niemand leisten konnte.

Alan konzentrierte sich auf den Bourbon, und irgendwann gegen elf wurde ich dazu auserkoren, in die Stadt hinunterzufahren, um ihm eine neue Flasche zu besorgen. Die Spirituosenläden hatten zwar dicht, aber er war sicher, daß ich Rudy's Barmann eine kleine Flasche abluchsen könnte. Rudy's war die Hauptkneipe im Fabrikviertel; mein Vater war dort Stammgast gewesen. Ich ärgerte mich über den Botengang – ich hatte mich schon über meines Vaters lange Nächte bei Rudy's geärgert –, erledigte ihn aber und zählte Alan das Wechselgeld bis auf den Penny vor. Er sagte, ich hätte es ruhig behalten können. Als er in seiner Umnebelung merkte, wie schlecht das bei mir ankam, versuchte er, mit Scherzen über Beziehungen den Mißgriff zu vertuschen. «Es muß toll sein, Frank, Beziehungen zu haben», sagte er. «Mein Problem in dieser Stadt ist, daß ich keine habe.» Er hielt das für einen Scherz: Die Owens hatten die besten Kontakte, und meine Familie waren Niemande. Aber wenn man genau hinsah, stimmte es: Mather änderte sich von Jahr zu Jahr, trotz all seiner Schwerfälligkeit, und hatte sich stillschweigend von den Owens entfernt.

Gegen Mitternacht begannen die übrigen Betroffenen Bürger nach Hause zu gehen. Gegen ein Uhr dreißig saßen nur noch wir vier an den vier Seiten des alten Küchentischs, einem Kirschholztisch mit herunterklappbaren Flügeln, hergestellt um 1840 herum von der Shaker-Gemeinde, die hier ansässig gewesen war. Die Nacht war heiß, eine Hitze wie von einem letzten Atemzug; an der Küste machen die Meeresbrisen den Sommer leichter, aber in unserem Flußtal hängt er schwer, bis die Ahornbäume die Farbe wechseln. Draußen vor dem Fliegengitter zirpten Grillen. In der Nacht zuvor hatte ich nicht schlafen können, und Monica mußte früh aufstehen, um unseren Sohn Tommy zum Kieferorthopäden zu begleiten, doch wir machten keine Anstalten zu gehen.

«Also, wo stehen wir?» fragte Alan plötzlich. Er schien sich auf Karen zu konzentrieren, die ihm gegenübersaß. Monica und ich saßen rechts und links von ihm.

«Hier und dort», sagte Monica kichernd. Sie hatte eine Menge getrunken und war mutwilliger und wacher, als ich sie normalerweise kannte. Ihr befreites katholisches Haar stand buschig ab, was der Mode von morgen entsprach – widerborstig, fröhlich, randständig. Karens Aussehen dagegen, ihr langes glattes Haar, die nervöse Verletzbarkeit, gehörten zu einem vergilbenden Gestern.

«Nur heraus mit der Sprache!» beharrte Alan in seiner Verschwommenheit. Seine langen Wimpern zuckten, sein recht hübscher Mund war zu einem spöttischen, hilflosen Lächeln erstarrt.

«O ja, eine gute Idee!» sagte Monica und warf mir einen Blick zu, um zu sehen, wie ich damit fertig würde.

«Alan, erkläre, was du damit *meinst*», sagte Karen. Ihre Stimme nahm manchmal einen überredenden Tonfall an, besonders Kindern gegenüber. Sie hatte von uns allen am wenigsten getrunken, und in einem Blitz alkoholischer Erleuchtung sah ich, daß sie pedantisch war. Er war ungezogen, und sie war drauf und dran, ihn wie ein Baby zu behandeln, sokratisch, wie sie mich behandelt hatte, als es um die Frage ging, ob die Jungen in den Krieg ziehen sollten. Sie verstand etwas von Psychologie. «Versteck dich nicht hinter deinem Schnaps.» Sie setzte Alan weiter zu. «Erklär uns, was du *meinst*.» Irgendein alter Groll schien zwischen ihnen hochzukommen, während draußen die Grillen zirpten.

Mir kam es so vor, als ob er gar nicht sehr viel meinte; er war einfach betrunken und versuchte, Konversation zu machen. Ich achtete auf das Zittern von Karens sehnigen, sommersprossigen Händen, als sie sich eine Zigarette in den Mund manövrierte, und erfaßte deshalb nicht gleich, daß Monicas rundliche Hand auf Alans Hand lag. Im Zeltlager hatte ich sie

Kinder trösten sehen und glaubte, daß sie Alan nur weiter bemutterte; ich saß an seiner anderen Seite.

«Er ist Jungfrau», sagte Karen, da ihre Zigarette angezündet war, lächelnd zu Monica. «Jungfrauen sind *so* zurückhaltend.»

Er blickte seine Frau aus fischigen, funkelnden, verdutzten Augen an, und ich sah, daß er die Klugheit, die ich liebte, an ihr verabscheute. Sowenig ich ihn mochte – ich dachte, daß er dafür Gründe haben müsse. Er öffnete den Mund, um etwas zu sagen, und sie ermunterte ihn zu begierig mit einem «Ja?»; ihr scharfes Lächeln trieb ihn in sein Schneckenhaus zurück.

Er krümmte sich tiefer über den Tisch, und aus seinem Mund tönte Hubert Humphreys hohe Altweiberstimme: «Wir wollen Amerika wieder auf den richtigen Weg bringen.» Alan imitierte die Rede, die wir gerade angehört hatten, unterbrochen von Aufnahmen, die die Krawalle in der Stadt zeigten. «Wir wollen nicht über den Grüngürtel reden.» Karens neuestes Projekt war gewesen, die Gemeinde für die Schaffung eines Grüngürtels um unsere müde kleine Stadt herum zu interessieren. «Wir wollen über das reden –»

«– was unterhalb der Gürtellinie liegt», vollendete Monica für ihn, und beide lachten wir. Auf der anderen Seite des Tisches sitzend, sah sie aus wie vergrößert, ihr Haar war aufgeplustert, und ihr Gesicht unter dem freundlichen Alkoholfilm wirkte breiter. Ihre Mutter war dick, mit einem ausgeprägten Schnurrbart, doch ich hatte nie gedacht, daß Monica ihr einmal ähnlich würde. Nun, da sie's war, machte es mir nichts aus; ich hatte das Gefühl, sie würde schon für mich sorgen, obwohl ich kürzlich einen Brief in den Kasten geworfen hatte, in dem stand, daß ich sie verlassen wollte. Die Blicke, die sie mir zuwarf, waren wie Löcher in dem Dunst, den die Owens entfachten, während sie etwas miteinander ausfochten. Sie und ich und auf seine Weise auch Alan waren

in Einklang mit den Grillen und dem gelegentlichen Vorbei-
rauschen der Autos, aber unsere Kameraderie wurde durch
etwas Widerstrebendes in Karen und unsere gemeinsame
Müdigkeit geschwächt: Weil wir zuviel ferngesehen hatten,
waren auch wir flimmrig und irreal geworden. Dann küßten
wir einander zum Abschied, Karen und ich kurz und formell –
welch einen trockenen kleinen Mund sie mir darbot! –, Alan
und Monica ausführlich und innig, wie ein Paar sentimentaler
Trinker. Draußen auf der Veranda wollte er Monicas Hand
nicht loslassen. Ein warmer Nieselregen hatte eingesetzt.
Während die Scheibenwischer die Tropfen wegwischten,
schlief meine Frau neben mir ein. Die Innenstadt lag verlassen, die großen leeren Fabriken wirkten majestätisch und her-
ablassend, im Schlaf. Wir lebten jenseits des Flusses, in einer
Siedlung, die eine Meile von der High-School entfernt lag.

Dies war unser letzter Abend bei den Owens. Am nächsten
Morgen rief Karen mich zu Hause an, weil sie wußte, daß
Monica mit Tommy unterwegs war. «Ich habe es ihm gesagt»,
sagte sie.

«Du hast es ihm gesagt?» Eine große Taubheit kam über
mein Herz und mischte sich mit meinem Kater. «Aber
warum?» Ich hatte das Telefon im ersten Stock abgehoben
und konnte auf der kurvigen Straße, unter den neu gepflanz-
ten Bäumen der Siedlung, ein paar gelbe Blätter erkennen, die
ersten, die gefallen waren. Sie lagen in den kleinen Pfützen
vom Regen der vergangenen Nacht.

Karens Stimme, heiser von Schlaflosigkeit, suchte sich
sorgsam ihre Bahn, als müßte sie einem Kind etwas erklären.
«Hast du nicht *verstanden*, was *Alan*» – mir gefiel der Nachdruck, mit dem sie Alans heiligen Namen aussprach, überhaupt nicht – «letzte Nacht *gesagt* hat? Er hat gesagt, er will
mit deiner Frau ins Bett gehen!»

«Ja, so was Ähnliches. Und?»

Karen antwortete nicht.

Ich half nach: «Du meinst, er hätte sie heimlich fragen müssen, statt vor dem ganzen Komitee davon zu sprechen.»

Sie sagte: «Der Grund, weshalb er es nicht rausbrachte, war, daß er nicht glaubte, du würdest mich im Austausch akzeptieren.» Ihre Stimme setzte aus, dann sprach sie tränenerstickt weiter. «Er hat uns immer nur miteinander streiten hören. Über Vietnam.»

«Wie rührend», sagte ich. Ich fand Alan überhaupt nicht rührend. Aber sie bezog mich in ihre Entscheidung mit ein.

«Ich konnte es nicht aushalten, Frank. Daß er so unschuldig ist.»

«Wie hat er die Neuigkeit aufgenommen?»

«Oh, er war in Hochstimmung. Er hat mich die ganze Nacht damit wachgehalten. Er konnte nicht glauben – ich sollte dir das gar nicht erzählen –, daß ich mit einem aus der Stadt schlafe.»

Unten waren meine beiden jüngeren Kinder des Fernsehens überdrüssig geworden und hatten eine Prügelei angefangen. Ich sagte: «Aber mit einem, der nicht aus der Stadt ist, hätte er's geglaubt? Mit wie vielen von außerhalb hast du denn schon geschlafen?»

«Frank, sprich nicht so.» Sie zögerte. «Du weißt, wie ich bin. Er erzählt mir keinen Scheiß, Frank. Er *geht kaputt.*»

«Gut, laß ihn.» Eisige Kälte, die Kälte des Todes war über mich gekommen.

«Ich kann nicht.»

«Okay. Ich finde nur, es war nicht besonders nett von dir, das mit uns öffentlich zu machen, ohne mich zu warnen», sagte ich, ganz müde Würde.

«Du wärst dagegen gewesen.»

«Darauf kannst du wetten. Ich liebe dich. Liebte dich.»

«Ich habe es auch für euch getan. Für dich und Monica.»

«Danke.» Der Tag draußen war strahlend hell, von frisch gewaschener Klarheit, und ich dachte, *wenn sie auflegt, muß ich das Fenster aufmachen und frische Luft reinlassen.* – «Hast du meinen Brief bekommen?» fragte ich.

«Ja. Der kam noch dazu. Er hat mir angst gemacht.»

«Ich hielt ihn für einen netten Brief.»

«Er *war* nett. Nur – ein wenig besitzergreifend?»

«Oh. Vielleicht war er das. Verzeih.» *Ich werde nie wieder mit ihr schlafen, niemals mehr,* dachte ich, und das Fenster, durch dessen Scheiben ich starrte, schien ein durchsichtiges Siegel zu sein, das mich von enorm viel Möglichkeiten ausschloß, ich auf der einen Seite und mein Leben auf der anderen, mein Leben und der nackte lichte Tag.

Karen weinte, weniger aus Trauer, dachte ich, als aus Verbitterung. «Ich *wollte* ja mit dir darüber sprechen, aber es gab keine Möglichkeit, dich zu *sehen*; ich hatte ja noch nicht mal Gelegenheit, dir das Geschenk zu geben, das ich dir aus Santa Barbara mitgebracht habe.»

«Was war es?»

«Eine Muschel. Eine wunderschöne Muschel.»

«Die du am Strand gefunden hast?»

«Nein, die sind zu gewöhnlich. Ich habe sie in einem Laden gekauft, eine Südsee-Muschel. Eine Kreiselschnecke, außen silbrigweiß und unten mit rosa Sommersprossen. Du weißt doch, wie verrückt du nach meinen Sommersprossen bist.»

«Deine prächtigen Sommersprossen», sagte ich.

Karen machte in jenem Herbst keine Vertretungen; sie fuhr nach Boston hinein und arbeitete den ganzen Tag lang für die Friedensbewegung. Freunde von uns, die im inneren Kreis der Owens verblieben waren, erzählten, daß sie manche Abende gar nicht nach Hause käme. Wenn man in den Memoiren berühmter Radikaler aus jener Zeit nachliest, war eine Menge davon Sex. Liberale trinken und rauchen, Radikale haschen und bumsen. Karen und Alan trennten sich schließlich, irgendwann zwischen dem Zeitpunkt, da Nixon und Kissinger irgendwie unseren Truppenabgang fingerten, und jenem, da Südvietnam zusammenbrach. Sein Trinken wurde schlimmer; er hörte ganz auf mit seiner Rechtsanwaltspraxis, auch wenn der Name im Foyer des Bürohauses in der Innenstadt, wo er die Räume gemietet hatte, stehenblieb. Sie ging zurück an die Westküste; er blieb bei uns, wie die ausgeweideten Fabriken. Obwohl ich ihn oft ein Jahr lang nicht sah, dachte ich häufig an ihn, immer mit Freude über seinen Fall. Monica und ich waren sogar in seine Nachbarschaft gezogen; wir gestatteten uns ein viertes Kind, bevor sie ihre Eileiter unterbrechen ließ, und bei steigenden Heizölpreisen konnten wir sehr günstig – mein Bruder war der Makler – ein großes Jahrhundertwende-Haus auf dem Elm Hill bekommen, mit einem ausgebauten Dachstock und einer Veranda nach zwei Seiten hin. Wir haben einige der Räume dichtgemacht und im Wohnzimmer einen Holzofen installiert.

Betty Kurowskis Mutter arbeitete zweimal die Woche als Putzfrau im Haus der Owens, zwei Straßen weiter hügelaufwärts. Betty erzählte mir auch, wie schlecht es Alan ging. «Ein Skelett», sagte sie. «Sie sollten ihn besuchen gehen, Frank. Ich war letzte Woche bei ihm und habe mit ihm gesprochen, und er hat nach Ihnen gefragt. Er hat in der Zeitung gelesen, daß Sie stellvertretender Direktor geworden sind.»

«Warum sollte ich diesen hochnäsigen Bastard besuchen wollen?»

Betty warf mir unter geraden schwarzen Augenbrauen, die nicht zu ihrem gebleichten Haar paßten, einen wissenden Blick zu.

«Um alter Zeiten willen», sagte sie mit unbewegter Miene.

Ich bat Monica mitzukommen, doch sie sagte: «Mich will er ja nicht sehen.»

«Du warst es, die er mochte.»

«Das war jämmerlich, das war sein Versuch, zurückzuschlagen. Er schlägt nicht mehr zurück. Armer Alan Owens. Die ganze Familie war einfach zu gut für diese Welt.» Sie klang wie ihre eigene Mutter. Aber Monica ist nicht dick geworden. Sie zählt die Kalorien und macht einen Abendkurs in Computertechnik. Sie hat vormittags als Empfangsdame und Kassiererin in einem Foto-Labor gearbeitet, das in der früheren Pilgrim-Spinnerei ein halbes Stockwerk angemietet hat, und sie wollen, daß sie den Computer benutzen lernt. Ich bin stolz auf sie, wenn ich sie abends, adrett in Rock und Bluse gekleidet, fortgehen sehe. Sie ist zäh. Ehemalige Cheerleader behalten diese Zähigkeit. Gewinnen oder verlieren ist ihre Devise. Als die Wahrheit über Karen und mich herauskam, war sie einfach entschlossen, zu gewinnen.

Karen schickt uns hektographierte Weihnachtsbriefe. Sie ist wieder verheiratet, hat einen Sohn und eine Tochter und einen Abschluß in Landschaftsarchitektur. Alan hatte sie blockiert, aber vor einem Dutzend Jahren war sie ihrer selbst zu unsicher gewesen, um das zu erkennen. Ich war damals gar nicht darauf gekommen, daß Sex für Frauen eine Möglichkeit sein könnte, andere Probleme zu verdrängen.

Niemand antwortete auf mein Klopfen. Das Owens-Haus hat eine Vordertür so groß wie ein Billardtisch, mit Seitenscheiben aus trübem Glas, in das ein Muster geätzt ist wie Klöppelspitze, so daß der Besucher nur an manchen Stellen hindurchsehen kann. Die Wandbretter im Schutz des Vorbaus waren kürbisfarben, aber die im Freien, dem Wetter ausgesetzt, waren so bleich wie Weizen, und die Farbe blätterte ab. Überall auf der Veranda lag trockenes Laub herum; es war wieder jene Jahreszeit. Auf der Fußmatte stapelten sich Werbeprospekte. Die Tür war nicht verschlossen und ließ sich leicht öffnen. Das Erdgeschoß bezeugte Mrs. Kurowskis Arbeit; in der Tat, es war geradezu unheimlich, wie sauber und ordentlich die großen Räume waren, als ginge niemand je hindurch. Die lange Küche mit dem kleinen Shaker-Tisch schien unberührt von Mahlzeiten. In einer Zinnschale lagen zwei Mandarinen, die vor Schimmel halb grün aussahen.

«Alan?» Ich bereute, daß ich gekommen war; nach so vielen Jahren in ihrem Haus zu sein erzeugte in meinem Magen die saure Spannung jener mittäglichen Besuche, die es nie mehr geben würde. Sonnenlicht fiel schräg durch die Küchenfenster, wie immer, so daß der zerkratzte Rand des Aluminiumsbeckens funkelte und das Seifenstück in der geborstenen Gummischale noch mehr austrocknete. Sie hatte diese bunten Glasblumen und -schmetterlinge gemocht, die die Leute zum Ziehen der Rouleaus verwenden, und ein paar davon hingen immer noch hier und fingen das Licht ein. Ich stand am Fuß der dunklen Hintertreppe, an deren oberem Ende die nackte Karen wie ein Stück Himmel erschienen war, und rief noch einmal: «Alan?»

Schrecklicherweise ertönte seine Stimme: «Komm rauf, Francis.» Er hatte immer eine tiefere, melodischere Stimme gehabt, als man bei seinem knochigen, zusammengesunkenen Körper erwartet hätte, und obwohl diese Stimme jetzt abgenutzt und zittrig klang wie die einer alten Frau, besaß sie immer noch Timbre. Ich mußte daran denken, wie er Hubert Humphrey nachgeahmt hatte. Ich stieg die Treppe hinauf, und mein Bauch erinnerte sich, wie meine Augen sie verschlungen hatten, ihre Knöchel, ihre Knie, ihr bernsteingelbes Dreieck, wie jeder Schritt mich ihrer aufgeregten, übermäßig freudigen Umarmung näher brachte, wie ihr Herz durch die Wölbung ihrer Rippen gegen meinen Schulanzug schlug, wie mein Schlips und die grobe Baumwolle meines Oberhemds gegen ihre kühlwarme Seidigkeit gequetscht wurden.

«Hier herein», tönte seine Stimme, schon schwächer. Ich hatte befürchtet, daß er in dem hellen Hinterzimmer sein könnte, das sie und ich benutzt hatten, doch er war in ihrem

138

einstigen Schlafzimmer im vorderen Teil des Hauses, das durch die Masse der beiden großen Buchen verdunkelt wurde. Und die Jalousien waren heruntergelassen. Der schummrige Raum war von einem Dunst durchtränkt, den ich zuerst für Medizingeruch hielt, dann aber deutlich als Whiskey erkannte, an jenem schalen, schmählichen Geruch, den er in der leeren Flasche annimmt. Alan saß in einem gestreiften Pyjama und einem offenen blauen Bademantel mitten auf seinem zerwühlten Bett, im Lotossitz, und rauchte eine Zigarette. Er sah fürchterlich aus – abgemagert, mit einem scheckigen langen Bart. Oben auf dem Kopf hatte er eine glatte Schwade Haar verloren, aber der Rest hing ihm fast bis auf die Schultern. Seine Haut war so matt und dünn wie Pauspapier; die blau-weißen Riste seiner nackten Füße schienen zu strahlen. In dem Zimmer war es heiß, der Thermostat war voll aufgedreht – zu dieser Tages- und Jahreszeit etwas protzerisch.

«Alan», brachte ich endlich heraus, «wie geht es dir?»

«Nicht schlecht, Francis. Wie sehe ich aus?»

«Also, dünn. Ißt du nichts?»

Er führte sich die Zigarette an die Lippen, wie Kinder es tun, die rauchen lernen, indem er dem Filter mit den Augen zu folgen versuchte. Doch die Geste, mit der er sie wieder aus dem Mund nahm und den Rauch ausstieß, war recht flott. «Ich habe eine kleine Auseinandersetzung mit meinem Magen», sagte er. «Ich kann nichts drinbehalten.»

«Warst du beim Arzt?»

«*Aaah.*» Ein kleiner Wischer mit der Hand, die jetzt nur noch Haut und Knochen war. Seine Gesten waren kraftlos und unangemessen biegsam geworden. «Sie sagen immer dasselbe. Ich weiß, was mir fehlt – eine Infektion, die gerade grassiert. Ein Anflug von Grippe.»

«Was sagen sie denn immer, die Ärzte?» fragte ich.

Seine Hände waren so ausgezehrt, daß die Haare auf den

Handrücken getrennt von ihnen zu wachsen schienen. Er drehte den Kopf, blickte auf den Rahmen aus staubigem Sonnenlicht rings um die herabgezogene Jalousie, die seinem Bett am nächsten war; trotz des Halbdunkels machte das Licht ihn blinzeln, und an seiner Schläfe wurde von einer schattigen Wölbung ein scharfkantiger Knochen hervorgehoben. Er wandte sich mir wieder zu und hielt kokett den Kopf schräg. «Das weißt du schon, du Hundesohn», schnarrte er in einer spaßigen Manier. «Sie sagen, ich soll den Stoff weglassen. Aber der hat mir nie geschadet. Der Horror fängt an, wenn ich den Stoff weglasse.» Seine Augen weiteten sich, als er daran dachte. Einen Moment lang verflachte seine Stimme bis zur Aufrichtigkeit.

Irgendwo da drinnen muß Todesangst herrschen, dachte ich, aber als Gentleman wollte er mich davor bewahren, daß ich sie sah. Das Ergebnis war eine Art grausiger Mummenschanz; ausgemergelt, mit einem vom Alkohol aufgedunsenen Gesicht, sah er aus wie ein Lolli mit Rasputinbart. Ich spürte Furcht, vermengt mit jenem prickelnden Gefühl von Wichtigkeit, das Zeugen von Katastrophen empfinden.

Ich nahm meinen Mut zusammen und sagte: «Alan, so kannst du nicht weitermachen. Du trocknest ja aus. Du mußt wirklich etwas dagegen *tun*.»

Das war es, was er von mir hören wollte, um es verächtlich zurückweisen zu können. Er lachte spöttisch und machte ein leises, hüstelndes Geräusch, das mich auf meinen Platz verwies. «Ich bin kein so großer Macher. Sprechen wir von dir. Wie ich höre, hat man dich befördert.»

«Das passiert, wenn man lange genug dabei ist.»

«Immer bescheiden», sagte er. «Und du bist hier unten in unsere Straße gezogen.»

«Was dagegen?»

Es war nicht klar, ob er mich gehört hatte. Seine nächsten Worte kamen heraus, als wären sie auf Band aufgezeichnet gewesen; sein Kopf schwankte, während er schleppend zu reden begann. «Ich wußte schon immer, daß du es weit brächtest, wie alle halbherzigen Arschlöcher, daß du einer von diesen glatten Ärschen im dreiteiligen Anzug würdest, die jeden Freitag drüben im River House Steak essen und dann von ihrem Tisch aufspringen, um sich bei irgendeinem Mitglied der Schulkommission anzubiedern, alle sind nett und fröhlich, und du sagst, na klar, du wirst die Tür-zu-Tür-Aktion für den neuen Krankenhausflügel koordinieren, du wirst Karten für das Columbus-Picknick verkaufen und die ganze gemeinsinnige Scheiße. Das hab ich damals immer schon zu Karen gesagt: Er wird sich noch zu einem dieser aalglatten Spaghettifresser mausern, im Dreiteiler. Wo ist die Weste?» Er winselte: «Du siehst so kotz-adrett aus, Frank.»

Ich lachte. Ich trug ein Jackett und graue Flanellhosen. Sein zuckender Kopf – die Augen wirkten mit ihren langen Wimpern seltsam theatralisch – schien jetzt wahrhaftig die Ecken der Zimmerdecke nach der Weste abzusuchen. Er wollte mich wirklich zum Lachen bringen. Die Atmosphäre des Zimmers war dicht, angereichert mit Düsternis und schlechten Ausdünstungen. In seinem Ruin lag eine gewisse Größe, nun, da seine Verachtung für uns alle offen zutage trat. «Ja», sagte ich. «Karen erzählte mir damals, du könntest dir nicht vorstellen, daß sie mit einem aus der Stadt schläft.»

«Spaghettifresser. Ich glaube, ich sagte Spaghettifresser.»

«Daran zweifle ich nicht.»

«Du bist mir dafür einen schuldig. Du bist mir einen schuldig, Bruder.»

«Das ist lange her. Was war damals zwischen euch?»

Er blickte wieder auf die Jalousie, als könnte er durch sie hindurchsehen. «Karen war... gierig.» Die Wörter kamen aus ihm heraus, als würden sie von hinten diktiert, von einem Souffleur, dem er zuhören und dann nachsprechen mußte. «Du bist mir einen schuldig, Bruder», wiederholte er wirr.

«Alan, was kann ich für dich tun?» Meine Stimme schien zu dröhnen. «Ich bin kein Arzt, aber ich würde sagen, du brauchst einen.» Die Weste, von der er gesprochen hatte, schien sich auf meiner Brust zu befinden und mich dicker, gewappnet und rücksichtslos gesund zu machen.

Er wehrte mich mit verweichlichten, fahrigen Gesten ab. «Du kannst ein bißchen für mich einkaufen», sagte er. «Diese verdammte Grippe, ich schaffe es kaum bis zum Klo. Meine Beine wollen nicht mehr richtig.»

«Kann Bettys Mutter nicht für dich einkaufen?»

«Sie schleppt so widerliches Zeug an. Müsli, Orangensaft. Sie weiß nicht...»

«Was weiß sie nicht, Alan?»

«Was gut gegen Grippe ist.»

«Was denn? Bourbon?»

Er sah mich mit einem direkten, dunklen, hilflosen Blick an.

«Nur, um mich über Wasser zu halten. Bis meine Beine wieder mitmachen.»

«Unter einer Bedingung, Alan: Du rufst deinen Arzt an.»

«Oh, sicher. Ganz bestimmt. Ich weiß, er wird sagen, es ist nur die Grippe. Meine Brieftasche liegt da drüben auf dem Schreibtisch –»

«Das geht auf meine Rechnung.» Wie er gesagt hatte, ich war ihm einen schuldig. Diesmal gab es kein unangenehmes Verhandeln mit Rudy's Barmann; ich zahlte 18,98 Dollar für eine große Flasche Hochprozentigen, Wild Turkey's Best mit Glashenkel, über den Tresen beim Spirituosenhändler im neuen Einkaufszentrum auf der anderen Seite von Elm Hill. Zurück zum Herrenhaus und wieder die Treppen hinauf: mein Siphon machte Überstunden. Alan war nicht im Bett, er war im Badezimmer; ich lauschte einen Moment und hörte das Geräusch von angestrengtem trockenem Würgen. Ich hinterließ die Flasche mitten auf seinem Bett.

Wer könnte sagen, ob dies die Flasche war, die ihn getötet

hat? Eine ganze Parade von Flaschen, zurückreichend bis in seine verwöhnte Jugend, hat ihn getötet. Nicht am nächsten Morgen, sondern erst eine Woche später fanden sie ihn, zusammengekrümmt, steif geworden in der Lotoshaltung, neben dem Klobecken. Beim Öffnen der Tür (Bettys Mutter hatte die Polizei gerufen, sie ahnte, was dahinter war) fiel sein Körper in einem Stück auf die Seite, wie eine leere Hülse. Dehydration, innere Blutungen, Herzversagen. Betty erzählte, überall hätten Flaschen gelegen – unterm Bett, im Schrank. Vor meinem geistigen Auge sah ich meine, leergetrunken und umgekippt auf dem Fußboden, aufblitzend, als man schließlich die Jalousien hochzog. Vielleicht war es jene Flasche, an die ich dachte, als der Schüler die Nautilus-Muschel mitbrachte. Oder an die Muschel, die Karen mir nie gegeben hatte. Oder an das große Haus mit seinen vielen Räumen und dieser nackten, sommersprossigen Frau, die in einer seiner Kammern wartete.

Weil ich meinte, einen positiveren Ton anschlagen zu müssen, hielt ich das Souvenir hoch und sagte zu der Klasse: «Diese Form hier lehrt uns eins sehr deutlich. Wer weiß, was ich meine?»

Keiner wußte es.

«Wachstum», sagte ich. «Wir alle müssen *wachsen*.»

Lern erst mal einen Beruf

obiles?» wiederholte Fegley am Telefon und spürte, wie seine Stimmung sank. Er war ein international bekannter Schrott-Künstler, dessen jährliches Einkommen gut und gern sechsstellige Zahlen erreichte. Aber in seiner Vorstellung war er immer noch ein unbeliebter, ungelenker Junge, der in Missouri zu einem ländlichen Postkasten am Grundstücksrand läuft, um einen braunen Umschlag mit Karikaturen für *Collier's* hineinzuschieben oder um einen braunen Umschlag, von derselben Zeitschrift mit einer Absage retourniert, dort vorzufinden. Partch, Hoff, Rea – alle imitierte er, und dennoch kam alles wieder zurück. Einmal versuchte er, der einzigen Zeitung in der nächstgelegenen Stadt einen Comic strip zu verkaufen, und bot dann dieselben Karikaturen dem örtlichen Kaufhaus als mögliche Grundlage für ein Werbekonzept an. An jenem Tag begleitete ihn seine Mutter in die Stadt, weil er zu jung zum Autofahren war, und ein Straßenfotograf machte einen Schnappschuß von ihnen, wie sie einherkamen, sie ihre Tasche umklammernd, er mit seiner Mappe unter dem mageren Arm, beide abwesend und müde. Seine Mutter hatte seine «Kreativität» gefördert, ihm großzügig nachgegeben. In einer seiner frühesten Erinnerungen an sie saß sie als junge Frau mit ihm auf dem abgewetzten Teppich und füllte mit Buntstiften die obere Partie von der Seite eines Malbuchs aus, das vor ihm auf dem Boden lag; dem Kind kam es wunderbar vor, daß sie, obwohl sie ihm doch gegenübersaß, nicht nur verkehrt herum, sondern überdies noch mit so gleichmäßig leichten Strichen malen konnte, daß sie nie über die gedruckten Konturen hinweggingen. Fegleys Vater, der die Erträge der Farm aufbesserte, indem er, nicht gewerkschaftlich organisiert, als Zimmermann schwarzarbeitete, rang die Hände bei dem Gedanken, daß der Sohn sein Leben mit hoffnungslosen Ambitionen vergeuden könnte. «Lern erst mal einen Beruf», drängte er den Jungen. «Ergreif einen soliden Beruf, dann kannst du dich immer noch mit diesem Kunst-Schnickschnack abgeben.» Eines Nachts, im Bett, kurz vor Fegleys Aufbruch zu einer Kunstschule in New York, hörte er zufällig seinen Vater unten zu seiner Mutter sagen: «Sie werden ihm das Herz brechen.»

Als er Zeuge dieser vertraulichen Bemerkung wurde, hatte der Junge innerlich nur Spott und Hohn dafür gehabt. Und mit der Zeit, nachdem er vom Karikieren über das Nachahmen der spielerischen Skulpturen von Picasso und Ipoustéguy in eine Welt der Galerien, der geräumigen Zwei-Etagen-Wohnungen und seiner harrender Museum-Säle gelangt war, von deren Existenz sein Vater nicht einmal geträumt hatte, bewies er, daß der alte Mann sich geirrt hatte. Doch je älter Fegley wurde, desto mehr schien ihm, der Vater habe im Grunde recht gehabt.

Wie in seiner Generation üblich, hatte er jung geheiratet, vier Kinder gezeugt und sich schließlich scheiden lassen. Seine erste Frau, Sarah, hatte er auf der Kunstschule kennengelernt. Sie war selbst künstlerisch veranlagt gewesen: Sie malte delikate, impressionistische Stilleben und Landschaften, die sie häufig aufgab, bevor alle Ecken ausgefüllt waren. Meist stimmte irgend etwas an der Perspektive nicht, doch die Farben waren erstaunlich wirklichkeitsnah. Während ihrer gemeinsamen Jahre hatte er sich manchmal Vorwürfe gemacht, daß er sie nicht stärker ermutigt hatte; doch in Wahrheit deprimierte ihn «dieser Kunst-Schnickschnack» insgesamt, und er hoffte, seine Kinder würden einmal Wissenschaftler. Besonders die Jungen überhäufte er mit Teleskopen und Mikroskopen, Chemie-Experimentierkästen und Büchern mit mathematischen Rätseln, einen Abend lang betrachteten sie mit zusammengekniffenen Augen die Ringe des Saturn, einen Nachmittag lang vergrößerte Salzkörner, dann wanderten die teuren Röhren aus Messing und Chrom in die Schränke, wo schon haufenweise kaputte Fußbälle und Apparate mit leeren Batterien herumlagen. Fegleys beide Töchter nahmen, als sie zu Frauen wurden, distanziert und verschwiegen, wie Frauen sind, Wasserfarbenpinsel und Zeichenblöcke auf ihre Sonnenbad-Ausflüge mit, und zu Hause schrieben sie mit Krähenfederkielen feierlich Haikus auf gehämmerten Karton. Ihre Mutter ermutigte sie in alldem und gab obendrein mit ihrem eigenen Dilettantismus, den sie bis in die mittleren Jahre sporadisch hervorschießen ließ, ein Beispiel; über das ganze Haus lagen Sarahs halbfertige Leinwände verstreut.

Fegley selbst machte seine kraftvollen, erfolgreichen Skulpturen – am berühmtesten die Serie der riesigen brünierten Insekten aus ausrangierten Motorblöcken und Getriebeteilen – in einer alten Maschinenfabrik, die er zwei Meilen weiter entfernt unten am Hudson gemietet hatte. Er ermutigte seine Kinder nie, ihn dort zu besuchen, und ließ sich sogar die *Artnews*, die er abonniert hatte, an jene Adresse schicken. Er verhielt sich wie einer, der wie durch ein Wunder einen Schiffbruch überlebt hat und nun all die anderen davor warnen will, zu nahe ans Wasser zu kommen. Als die beiden Jungen heranwuchsen, beglückwünschte er sich dazu, daß sie sich mehr dafür interessierten, gegen Lederbälle und auf Gaspedale zu treten, als mit entsprechendem Handwerkszeug Papier zu traktieren. Anders als er in seiner Jugend waren sie beliebt, geschickt und äußerst sportlich. Der Ältere ging auf ein College, mit dem festen Vorsatz, ins Fußball-Team aufgenommen zu werden, nachdem er im Internat ein auffallend gerissener Abwehrspieler gewesen war, aber unter der Wolke des elterlichen Scheidungsverfahrens kam er vom Sport ab und geriet ans Filmemachen; er besuchte Kurse (natürlich Collegekurse! Fürs Examen!), die den Schnitt-Rhythmus alter Laurel-und-Hardy-Komödien und die Fortschritte in der Kameraführung von Musikfilmen der vierziger Jahre analysierten. Jetzt wohnte er in einem schmutzigen Loft in Manhattan, zusammen mit etlichen anderen Aspiranten der Filmwelt, verlorenen jungen Seelen, die, berauscht von den Medien, die Straßen abklapperten und beinahe (wer weiß – vielleicht tatsächlich?) ihre Körper verkauften für das gewisperte Versprechen, sie könnten als Assistent des Kabelhalters bei einer Dokumentation des Bildungsprogramms über die Afrikanische Mörderbiene mitmachen. Auch Fegleys Töchter waren in die Vorhölle künstlerischen Strebens entschwunden; die eine stellte im nördlichen Kalifornien «Dellenkeramik» aus dem Garten-Ton ihres Liebhabers her, die andere gab in Cincinnati eine Genealogie-Zeitschrift heraus, während sie an einem höchst anspruchsvollen feministischen Roman mit dem Titel «Seit Evas Zeiten» arbeitete. So war nur der jüngere Sohn, Warren, noch nicht von Kreativität verseucht. Warren war ein stämmiger Neunzehnjähriger mit braunen Augen, der einst Schmetterlinge und Steine gesammelt hatte und geschickte Hände besaß; er hatte sogar Anstalten gemacht, Zimmermann zu werden, und einige Sommer lang bei seinem Großvater gearbeitet, bevor der Alte starb. Dieser wenigstens, hatte Fegley gemeint, ist ein praktisch veranlagtes Kind und steht mit beiden Beinen auf der Erde.

Deshalb sank Fegleys Stimmung beträchtlich, als er vernahm, der Junge bastelte in diesem Sommer Mobiles. «Aber was ist mit seinem Job?» fragte er.

«Ich glaube, er hat die Nummer, die Clara ihm vermittelt hat, nie angerufen», sagte Sarah.

Clara, Fegleys jetzige Frau, war Hoch- und Tiefbau-Ingenieurin bei einer Firma in White Plains und hatte ihrem Stiefsohn einen Tip für einen Sommerjob beim Straßenbau zukommen lassen.

«Was sollen denn das für Mobiles sein?» fragte Fegley.

«Sie sind wunderschön», antwortete die ferne Stimme. «Man muß sie wirklich gesehen haben, um es glauben zu können. Du solltest herüberkommen und sie dir angucken.» Ihre Stimme wurde undeutlich; eine ihrer lästigen Angewohnheiten, die ihm während ihres Zusammenlebens gar nicht weiter aufgefallen war, bestand darin, die Sprechmuschel des Telefons beim Reden auf ihr Kinn sinken zu lassen.

«Also gut, verdammt; ich komme gleich rüber», sagte Fegley. «Ich möchte mit Warren *reden*. Clara hat sich unheimlich viel Mühe gegeben, eine Firma ausfindig zu machen, die ihre Minderheiten-Quote schon erfüllt hatte.» Er verließ sein neues Atelier, eine stillgelegte Tankstelle in Port Chester, mit ihren freundlichen Schrotthalden und dem angenehmen, alles in sich vereinenden Gestank des Acetylen-Schweißgeräts, und dirigierte seinen Porsche hinauf auf die schadhafte Straße und hinein in das überlastete Straßennetz, das die vielen versteckten, emsigen grünen Nester von Westchester County miteinander verband. Über die 287 fuhr er die dreißig Minuten zu seinem früheren Vorort.

Er fühlte sich fremd in seinem früheren Heim. Das weitläufige Haus in Tarrytown, einst voll von Kindern, ihrer Musik und ihrem Krempel, war jetzt still und sein Mobiliar kaum noch vertraut. Die frühere Mrs. Fegley hatte einen neuen Mann, einen herzhaften Pfeifenraucher, dessen Spuren und Geruch sich überall festgesetzt hatten. Wie Clara führte der Mann ein nützliches, unkünstlerisches Leben und arbeitete den ganzen Tag. Sarah malte immer noch und war, was ihn schmerzte, besser geworden; ihre jüngsten Stilleben waren bis in die letzten Winkel zu Ende gemalt, und die Perspektive war ohne Tadel. Entschuldigend meinte sie: «Warren hat gesagt, daß er gleich wieder da ist. Ich habe ihm dein Kommen angekündigt.»

«Aha. Und wohin ist er angeblich gegangen?»

«Er hat gesagt, in die Stadt, er wollte Kupferdraht kaufen. Für seine Mobiles braucht er eine ganze Menge.»

«Und ob! Weißt du, was Kupferdraht heutzutage kostet?»

«Natürlich. Wer, glaubst du, gibt ihm das Geld?»

«Warum läßt du ihn dann?»

«*Dich* habe ich auch gelassen», sagte sie und drehte den Kopf eine Spur zur Seite – das Gegenstück zum Rutschenlassen des Telefons auf ihr Kinn. Es stimmte: sie hatte ihn alles tun lassen, wozu er fähig war. Sie hatte ihm großzügig nachgeben. Eine Zeitlang hatte sie sie beide ernährt und als Verkäuferin im alten Bonwit's in der Fifth Avenue gearbeitet.

Sarah hatte zugenommen, ohne daß dies einer gewissen geistesabwesenden Grazie, deren Ursprung in den Zentren ihrer Handgelenke und Knöchel zu liegen schien, Abbruch tat. Als er sich an ihren Anblick und das Ambiente gewöhnt hatte, entsann er sich auch der Buntstiftkritzeleien aus dem Kindergarten, mit Magneten am Kühlschrank befestigt, an die Treibholz-Skulpturen aus den Sommerhäusern, an die Collagen aus Strandscherben, die Krähenfeder-Haikus, die Linoleumschnitte zur Weihnachtszeit, den Zirkus aus Pappe. Einmal hatte Fegley einen Satz Cuisenaire-Elemente gekauft, um den Kindern Integralrechnung einzuprägen, und die jüngste Tochter, damals etwa vier Jahre alt, hatte zwei der Elemente für die Zahl Eins – winzige Holzkuben – genommen und Punkte darauf gemalt, um Würfel daraus zu machen. Aus den rechteckigen Stäbchen, die die Zahl Zwei darstellten, hatte sie kleine Katzen gemacht und Hunde aus den etwas längeren Dreien, Leute mit Gesichtern und Schmetterlingsbindern aus den noch längeren Vieren und aus den Fünfen Wolkenkratzer mit gemalten Fenstern und überdachten Eingängen. Sarah war vor Begeisterung über diese Zeichen von «Kreativität» schier außer sich geraten. Das Kind, sah Fegley nun, hätte statt dessen eine Tracht Prügel bekommen müssen. Ein verspäteter Zorn brach aus ihm hervor: «Du hast die Kinder dazu erzogen, in einer Traumwelt zu leben. Dieses ganze Zeugs – die Welt *braucht* es nicht. Die Welt braucht Krankenschwestern. Sie braucht Börsen-Analytiker. Das solltest du ihnen *klarmachen*.»

«*Dir* habe ich das nie klargemacht», sagte sie mit derselben milden und distanzierten Stimme. «Warum sollte ich es *ihnen* klarmachen?»

«Ich war anders», sagte er. «Ich hatte keine Ahnung. Ich war wild entschlossen, aus Missouri rauszukommen. Unsere Kinder sind nicht wild entschlossen, sie hängen herum.»

Sarah zuckte die Achseln. «Wer weiß das schon? Er war *so* aufgeregt. Ich habe ihn noch nie so hart arbeiten sehen – den ganzen Tag bis spät in die Nacht hämmert und sägt er unten im Keller.»

Die Hände seines Vaters, erinnerte sich Fegley, vereinten die verhornten Spuren von Stemmeisen-Narben und Säge-Abrutschern mit einem fleckigen Getröpfel brauner Warzen auf ihren Rückseiten. Jene Hände hatten ehrliche Arbeit geleistet, dachte Fegley immer voller Bewunderung; und nun sahen seine eigenen metallzernarbten Hände ziemlich ähnlich aus. Das Bild seines breitschultrigen Sohnes im Keller, Gefangener einer Illusion, und einer einstmals schlanken jungen Frau, die sich hinter einem Tresen bei Bonwit's die Füße wund steht, und seiner eigenen jungen Mutter, die ihm gegenübersitzt und mitten in der tiefsten Wirtschaftskrise sorgfältig mit Buntstiften strichelt – diese sich übereinanderschiebenden Bilder erfüllten ihn mit einem Jammer und einem Gefühl der Vergeudung, die lähmend waren. Seine frühere Frau mußte ihn drängen: «Warum gehst du nicht runter und siehst sie dir an?»

«Ich will die verdammten Dinger nicht sehen. Ich bin hergekommen, um *ihn* zu sehen.»

«Es kann eine Weile dauern, bis er zurückkommt, ehrlich gesagt. Ich glaube, er hatte Angst vor deinen Kommentaren, deshalb ist er abgehauen.» Warren hatte seine braunen Augen von ihr geerbt, mit denselben schwer faßbaren goldenen Flecken darin.

«Armer kleiner Warren», sagte Fegley und stieg die Stufen zu seinem früheren Keller hinab. Holzreste und herumliegendes Gerümpel aus alten Zeiten, da er noch zu Hause gearbeitet hatte, waren auf geheimnisvolle Weise verschwunden; auf seiner alten Werkbank lag ein ungewohntes Durcheinander von Kneifzangen und Drahtscheren, aufgewickeltem Draht, zerschnittenem Blech, Leim, Klebeband und Verschnitt von Plastik und Pappe. Eine neue Leuchtstoffröhre erhellte den Arbeitsplatz, doch die fertigen Mobiles hatte Warren in das Dämmerlicht gehängt, das unter den mit Spinnenweben bedeckten Rohren und den Tragbalken herrschte, bis hin zu dem fernen, nur schwach erkennbaren steinernen Fundament. Jedes Mobile verkörperte eine andere Idee: manche wirkten wie fliegende Vögel, andere wie die Schuppen eines Drachen; einige waren aus Kupferdraht gedreht und sahen aus wie die Blätter von Fächerfarn, und wieder andere trugen an unsichtbaren Armen aus schwarzem Draht paddelförmige Pappteile oder Halbmonde oder Kreise, die so angeordnet waren, daß sie in instabilen weiten Kaskaden nach außen schwangen, die in leichte Bewegung gerieten, als die Schritte der Mutter ihres Schöpfers schicksalsschwer die Stufen herabstapften.

«Siehst du?» fragte Sarah.

Jedes Mobile für sich hätte vielleicht kümmerlich ausgesehen, aber die Wirkung von so vielen, die hier unverkauft und unverlangt von der Welt im Halbdunkel warteten, war wie die eines Blätterwalds oder eines Firmaments voller Sterne, einer hinter dem anderen in einer nahezu unendlichen Tiefe aufblitzend.

«Ja», sagte Fegley, halb zu sich selbst. Seine frühere Frau stellte sich neben ihn, um dieselbe Perspektive zu haben. «Recht so», sagte er. «Brecht mir nur weiter das Herz.»

Das vollkommene Dorf

Unsere Gruppe hatte natürlich seit langem von der Existenz des Dorfes gewußt; doch wir fürchteten, daß unsere Piloten, Fidel und Miguel, nicht in der Lage wären, in der Weite des Dschungels seine Lichtung ausfindig zu machen. Es war noch nicht einmal einen Monat her, seit ein Frachtflugzeug, das die Landebahn irgendeiner lutherischen Missionsstation noch weiter südlich anflog, von der Dämmerung überrascht worden war. Von Panik ergriffen, hatte der Pilot versucht, die Küstenlichter zu erreichen. Der Treibstoff hatte ihn bis zu den Montes de Ferro gebracht, wo man die Narbe seines Absturzes (wir sahen sie aus der Luft) nicht von einer Abraumhalde unterscheiden konnte. Und unser zweites Flugzeug, das Miguel flog, verlor in den Wolken den Funkkontakt – jene merkwürdigen Wolken, die sich in diesem Teil der Welt direkt über den dampfenden Flüssen bilden, so daß der Himmel voller riesiger Schlangen zu sein scheint –, doch später stellte sich heraus, daß er lediglich die Frequenz mit Reggae-Musik eingeschaltet hatte, die pausenlos aus dem großen Rebellenlager in den Montes del Oro übertragen wird. (Das Lager liegt genau jenseits der Grenze und versucht, natürlich nicht etwa unsere beispielhaft demokratische Regierung, sondern die des benachbarten Landes mit seinem beklagenswerten Regime zu stürzen.) Fünfzehn Minuten nach unserer Landung tauchte Miguels Cessna am Himmel auf, ein Fleck, nicht größer als ein Bussard und genauso träge in seiner Bewegung. Wir jubelten. Sogar der Häuptling jubelte, obwohl er während seiner Jahre als Chiropraktiker in der Stadt viele Schmerzen gesehen hatte und stets auf seine Würde bedacht sein mußte.

Er und die radikalen Priester waren herbeigekommen, um uns zu begrüßen, allerdings sehr zögerlich, lange nach dem Auslaufen unserer Motoren, als durch das Entladen unseres Gepäcks – unsere Rucksäcke, unsere *chinchorros* und unsere Styroporkühltaschen – auf dem festgestampften Boden im Schatten unserer Tragflächen schon kleine Berge entstanden waren. Die Landebahn war zugleich die Hauptstraße des Dorfes, und unser Sog hatte ganze Grasbüschel von den konischen Dächern gefegt, und der Lärm unserer Motoren hatte die nachmittägliche Siesta kurzerhand beendet. Von den beiden Priestern war der eine groß, blaß und elegant, mit gelispeltem spanischem Akzent, der andere kleiner und dunkler. Sein Mischblut brodelte in ihm wie unterdrückte Vitalität. Der Häuptling hatte natürlich rein indianische Gesichtszüge, wenn sie auch durch die Jahre seiner großstädtischen Erfahrung etwas eingefallen und vergrämt waren. Gegen Ende seiner mittleren Jahre war er vom Anspruch dieses Experiments – Kommunismus und Stammeskultur sollten nahtlos miteinander verbunden werden – zur Rückkehr ins Dorf seiner Vorfahren bewegt worden. Er trug den Papageien-Federgürtel des Stammes, der seine Hinterbacken nicht ganz bedeckte, Armbänder aus Affenhaut, die seinen Rang bezeugten, und die Weste eines grauen dreiteiligen Anzugs. Miguel brachte seine kleine rotgestreifte Cessna sicher zu Boden und rollte aus, eine Schar von Kindern im Gefolge. Einige der Kinder waren nackt, andere trugen Blue jeans, aber alle sahen gesund, fröhlich und furchtlos aus, im Gegensatz zu den Kindern der unvollkommenen Dörfer, die wir zuvor besucht hatten. Es gab kein Betteln, und nur die onyxäugigen Kinder zeigten ein erkennbares Interesse, unsere Apparate und die elegante, schimmernde Stadtkleidung der Frauen unserer Gruppe zu berühren.

Man wies uns den Weg zu unseren Unterkünften, wo ein paar Dorfbewohner unsere *chinchorros* an den Deckenbalken befestigten. Sie machten dazu Knoten, die nur sie kannten, und knüpften sie so flink, daß sogar Ortega, unser Knotenexperte, den Handgriffen nicht folgen konnte. Jeder Stamm in dieser Kultur, die auf Ranken und Fasern beruht und die vor dreißig Jahren die Pioniere der Anthropologie mit den Kompliziertheiten ihrer handgeknüpften Fischernetze und Hängebrücken in Erstaunen versetzt hatte, hat eine geheime Knotensprache, auf die er stolz ist – einen Wirbel brauner Finger und verdeckter Daumen, wenn der Knoten geschürzt wird, unter halb trotzigem, halb feierlichem Gelächter aus Mündern, die vom nicht endenden Knäuel grünen Kautabaks verformt sind.

Man gab uns Zeit, uns frisch zu machen, und führte uns dann auf den erwarteten Rundgang über die Artischockenfelder, die Hektarflächen mit Versuchsanbau von Baumwolle, zu der langen Hütte, wo die Frauen auf Webstühlen, angetrieben vom Dorfgenerator, Massenprodukte mit den Mustern der Vorväter herstellen, und in die kleinen Hütten, wo die alten Männer aus Kapok-Holz immer die gleichen, unveränderlichen Figuren von Coatis, Capybaras, Jaguaren und Tausendfüßlern schnitzen, zum Verkauf in Souvenirläden auf tausend Meilen entfernten Flughäfen. So ein Gewerbe ist natürlich nicht ideal, erklärte uns der große Priester in seinem zwittrigen Katalanisch, weil die so hergestellten Tiergestalten für die Hand, die sie schnitzt, erkennbar ihren heiligen, animistischen Zweck verloren haben. Wir befinden uns in einem Übergangsstadium. Diese alten Männer – er machte eine rasche Geste über die gebeugten, zum Teil geschorenen Häupter – können nur diese Formen herstellen, die ihre Väter noch ernstlich mit lebenden Kreaturen verwechselt haben. Die nächste Generation, hoffte er, würde, frei von diesen alten Schatten, Schnitzereien produzieren, die sowohl ihren individuellen Genius als auch die Schönheit des Allgemeinwohls ausdrückten. Ob solche Figuren dann in den Flughäfenläden Anklang fänden, müsse man abwarten. Unser Fortschritt hier entsteht aus Ausprobieren und Fehlermachen, sagte er; wir verachten Halbheiten nicht. Nur in unseren letzten Zielen sind wir doktrinär.

Diese Ziele, es mußte nicht eigens erwähnt werden, waren Freiheit, Gleichheit, Brüderlichkeit; Kontrolle der Arbeiter über die Produktionsmittel; Freiheit von jeglicher Form verdeckter oder offener Unterdrückung. Kurz, ein Gesellschaftsvertrag, der keine verbindlichen Grenzen hatte. Der kleinere Priester in seiner Halbblut-Überschwenglichkeit lachte laut, hier draußen auf den Artischockenfeldern, wo die Schatten Blatt für Blatt dichter wurden; seine plumpen Hände bildeten vor seiner Soutane einen Moment lang eine mystische Hohlform ab, eine nicht greifbare Gesellschaftsform, deren Grenzen unverbindlich waren.

Wir badeten im Fluß. Es gab in diesem Abschnitt des Flusses keine Piranhas, hatte man uns versichert, und die Alligatoren hatten ihre *sazón de letargo* – ihre Trägheitsphase. Conchita und Esmeralda sahen appetitlich aus in ihren Bikinis, schlank, blaß und nervös. Das undurchsichtige gelbliche Wasser verschlang ihr Fleisch an den Knien wie eine magisch dünne Farbe; dennoch entstiegen wir dem Wasser in derselben Hautfarbe wie vorher und ohne gefressen worden zu sein. Die Vegetation am Flußufer war monoton und hoch. Viele tropische Spezies, erklärte Fernando, unser Botaniker, waren von der Natur so geschaffen, daß sie fast identisch aussahen.

Ein Forschungsreisender vom Mars, holte er dann weiter aus, würde, selbst wenn er an einem unserer eisbedeckten Pole landen sollte, Mikroben und Flechten finden, so reichlich – so furchtbar reichlich, so irrsinnig reichlich – ist das Leben auf diesem freizügigen Planeten.

Als wir, in unsere Handtücher gewickelt, die große gestampfte Plaza in der Mitte des Dorfes überquerten, zwischen der Fest-Hütte und der Hütte für die Initiation der Jugendlichen, sahen wir mit Erstaunen die gewaltigen, glatten Steine, die ohne erkennbares Raster dort herumlagen und im nahenden Abend lange Schatten warfen. Luis, unser Anthropologe, hielt sie für Meßmale in irgendeinem Ritual oder Spiel. Damit lag er nicht ganz falsch; der melancholische Häuptling erklärte uns vergnügt, daß die jungen Männer des Dorfes ihre Kräfte daran erprobten, die Steine zu heben. Gegen unseren höflichen, aber nicht allzu nachdrücklichen Protest wurde der gegenwärtige Champion herbeizitiert: ein ziemlich dicker Junge in Blue jeans und bedrucktem T-Shirt (*Bata Schuhe*, empfahl sein Hemd, obwohl er barfuß war). Wie ein verschämtes Mädchen mußte er von seinen Kameraden nach vorn gedrängt werden. Er zog sein Hemd aus und entblößte einen weich wirkenden, rundlichen, beinahe weiblichen Oberkörper. Er ging auf einen der Steine zu – den schwersten vermutlich, ein Champion auch er auf seine eigene fühllose, bewußtlose Art – und hob ihn mit plötzlicher Entschlossenheit an einem Ende an, so daß der Monolith aufrecht zu stehen kam. Aufgerichtet sah er noch schwerer aus, da sein Schatten so viel länger geworden war. Der Junge ging in die Hocke und umarmte den Stein, wie ein Vater ein herumtappsendes Kleinkind umarmen würde, das gerade sein Verlangen nach Zärtlichkeit zum Ausdruck gebracht hat. Dann suchte er mit seiner Last hochzukommen. Die Menge der Zuschauer (denn unser innerer Bogen der Zeugenschaft hatte sich vervielfacht und war durch die Ankunft fast der gesamten Dorfbevölkerung zu einem vollständigen Kreis geworden) schwieg gespannt, sich in seine Anstrengung einfühlend. Beim ersten Versuch brachte ihn der Stein aus dem Gleichgewicht, und er mußte ihn abrupt fallen lassen und zurückspringen, damit seine nackten Zehen nicht zertrümmert würden. Beim zweiten Versuch wuchtete er ihn hoch bis zu den Hüften und dann höher, so daß es schien, als wolle der Stein wie ein massiver, glitschiger Parasit in seinen Körper eindringen. Schließlich trug der Champion, dessen schamhaftes Lächeln sich nun mit der Anstrengung die Waage hielt, das Monstrum auf den Schultern. Er drehte sich einmal um sich selbst, damit der gesamte Kreis seiner Zuschauer ihn sehen konnte, und ließ dann mit einem dumpfen Geräusch, das vom ausbrechenden Applaus verschluckt wurde, den Stein zu Boden fallen. Die Hast, mit der der Junge eins wurde mit den Schatten, schien bescheiden darauf hinzudeuten, daß seine Begabung nicht von ihm stammte, sondern eine himmlische Gnade bezeugte, die zufällig ihn getroffen hatte; er war nach vorn geschoben worden, so wie eine lungernde Menge an einer Straßenkreuzung meiner nordamerikanischen Heimat einen der ihren dargebracht hätte, damit er von Fernandos hypothetischem Mars-Forscher befragt würde.

Der Häuptling und die beiden Priester hatten der Darbietung beigewohnt. Als sie sahen, daß wir Spaß daran hatten, ließen sie ein Blasrohr herbeischaffen und damit einen besonders geübten Dorfbewohner – einen O-beinigen älteren Mann, dem zur Zierde ein paar Vorderzähne gezogen waren und der auf jeder Wange einen Winkel aus Schmucknarben trug – mit gefiederten Pfeilen auf kleine Ziele schießen (ein gefaltetes Blatt, ein Pingpong-Ball), die etliche Schritte entfernt zu Boden fallen gelassen wurden. Das Blasrohr war fast drei Meter lang. Auch unsere Schatten hatten sich beträchtlich in die Länge gezogen, und eine abendliche Kühle umhüllte unsere nassen Körper; auf Conchitas Schenkeln hatte sich Gänsehaut gebildet, von deren kleinen Erhebungen eine jede ihren eigenen winzigen Schatten warf, und der feine Flaum auf Esmeraldas Unterarmen sträubte sich wie die fedrigen Fransen einer tropischen *rara avis*. Trotzdem machten wir allesamt mit, als man uns einlud, die Blasrohre selber auszuprobieren, und amüsierten die Menge mit unseren aufgeblasenen Backen und den weit danebengehenden Versuchen.

All dies, das sollte betont werden, wurde mit einem Takt vollführt, mit einer feinen Leichtigkeit, die es an solchen kulturellen Schnittpunkten nicht immer gibt. Schnell und ohne Aufhebens zerstreute sich die Menge. Kochdünste, süße und saure, würzten die Luft. Ein durchscheinender Dreiviertelmond war am immer noch tiefblauen Himmel aufgegangen. Wir gingen zu unseren Unterkünften, um uns auf das Fest vorzubereiten.

Das Fest! Fleisch von Ameisenbären und Coatis schwamm in einer Sauce, die mit einigen Prisen gemahlener Insekten gewürzt war. Als Beilage gab es Artischockenpaste und gekochte Pijigua-Früchte. All dies wurde an einem langen Tisch aus Holzplanken in der Bankett-Hütte serviert, und zwischendurch wurde eine Fülle von Trinksprüchen auf den Fortschritt, die Freundschaft und den Sturz des Kapitalismus ausgebracht. Das Essen ging im Nu vorüber. Nachher trugen wir Stühle hinaus in das Mondlicht; der Lehm auf der Plaza war so fest und eben wie der Boden eines Salons. Der eingeborene Priester langte nach unten und kraulte liebevoll den Hals eines haarlosen Hundes, der zusammen mit ein paar nackten Kindern schweigend hinzugekommen war, um uns Gesellschaft zu leisten. Der Häuptling war verschwunden. Unsere Piloten hatten sich mit ein paar onyxäugigen Mädchen, denen sie am Fluß begegnet waren, zurückgezogen. Der hochgewachsene blasse Priester, der als Kind schon Waffen tragen mußte, als seine Eltern vor Franco flüchteten, umriß seine Vision und antwortete auf unsere Fragen. Die raschen, in Silben zerlegten Wörter – *comunidad, economía, avenimiento, modos de producción* – flossen wie glitzerndes Wasser an meinen Ohren vorbei. In dem erstaunlichen Mondlicht warf eine Weinflasche ihren halbleeren Schatten auf die gebleichte Erde. Neben den Schuhen des grobschlächtigen Priesters, deren polierte Spitzen glänzten, rollte sich der Hund wie ein Gürteltier zu einem angespannten Ball zusammen. Die Hände des zweiten Priesters, elegant und weiß in ihren leidenschaftslosen Gesten, flatterten umher wie Fledermäuse in einem Negativ-Film, doch seine Stimmer erhob sich nie über ein freundliches, vorsichtiges, monotones Erklären. Der Mond über uns, sonnendurchglüht, schien einen großen Teil des Himmelreichs ringsum in ein Lavendel zu tauchen, das selbst die Sterne ertränkte. Die Silhouette des Dschungels, der uns in einiger Entfernung umstand, war niedrig und so endlos wie der Horizont des Ozeans. Sich vorzustellen, daß dies die einzige Unterhaltung dieser Art war, die innerhalb von tausend oder mehr Quadratmeilen stattfand – dieser Luxus, und auch die ruhige menschliche Größe. «Alles, was wir von der Regierung verlangen», verkündete unser Gastgeber in sanftem, aber drängendem Tonfall, «ist, in Ruhe gelassen zu werden!»

Als die guten Priester schlafen gegangen waren, kam eine weitere Flasche Wein zum Vorschein. Wie Kinder nach Schulschluß machten wir einen Spaziergang und fingen dann an zu laufen. Die mondbeschienene Dorfstraße, die auch als Flugzeuglandebahn diente, verführte zu Geschwindigkeit: unsere Schritte trappelten; unsere unterdrückten Lacher verwandelten sich in atemlose Ekstase; wir flogen. Pepé, Ortega und Raoul, unser Linguistik-Experte, liefen an der Spitze. Conchita und Esmeralda, die überraschend schnell und gelenkig waren, folgten kichernd Hand in Hand. Fernando, ich und Salvador, unser erdverbundener Agronom, bildeten trottend die Nachhut.

Dann hielten wir an, dort, wo die näherkommenden Bäume des Dschungels plötzlich hoch aufragten. Die lianenverschlungenen Kronen beugten sich wie besorgte Riesenköpfe über uns. Hinter der Wand aus Dunkelheit konnten wir knakkendes, wisperndes Leben vernehmen und weit zu unserer Linken das sanfte, unermüdliche Rauschen der Stromschnellen. Jenseits dieser Wand dräute die Tiefe der Wälder fast so unendlich wie die Tiefe des Nachthimmels über uns. Als wir zurückblickten, sahen wir die Landebahn, wie ein Pilot sie kurz vor dem Aufsetzen wahrnehmen muß – ein Kegel leuchtender Sicherheit, begrenzt von tödlichen, vagen Umrissen. Abgeschiedenheit war ein grundlegender Teil der Idee vom vollkommenen Dorf. Wäre es weniger weit entfernt, die verseuchende Hand der Regierung würde danach greifen, und der Häuptling hätte sich nicht der Mühsal unterzogen, seine Chiropraktik aufzugeben und den Federgürtel anzulegen.

Wie vorauszusehen, schliefen wir schlecht in unseren *chinchorros*: jede Bewegung erzeugte ein krankmachendes Schwanken, und sich auf den Bauch zu drehen war unmöglich. Früh am Morgen, in der seidig-schwarzen Stunde zwischen Monduntergang und Sonnenaufgang, kicherte dauernd irgend etwas oder irgend jemand vor unseren Fenstern. Die Abreise erwies sich als eiliger, rüder Vorgang. Die Piloten litten erkennbar unter postkoitaler Depression, doch ebenso unter der Furcht vor den Meilen um Meilen grüner Wildnis, die sie monoton brummend überqueren mußten. Der Häuptling kam ohne seine graue Weste, die er offenbar aus Respekt vor unserem vermeintlichen Gefühl für Schicklichkeit angelegt hatte. Conchita bekam ein Halsband aus Tapirzähnen geschenkt; Esmeralda konnte ein geschnitztes Coati zum Sonderpreis erwerben. Wir sagten unsere Abschiedsworte und winkten, als unsere beiden Flugzeuge hintereinander über die Plaza aus gebrannter Erde eine Schleife zogen, und dann über den Fluß und davon.

Erst Wochen später, als wir den Bericht für die Regierung vorbereiteten und unsere Aufzeichnungen verglichen, entdeckten wir, wie froh jeder von uns über die Abreise gewesen war. Der Mensch ist für ein Leben im Paradies nicht gemacht.

Noch ein Interview

Die Tournee hatte den Schauspieler in eine Stadt des Mittleren Westens geführt, die fünfzehn Meilen von der Kleinstadt, in der er aufgewachsen war, entfernt lag, und ein Journalist rief an und machte den Vorschlag, gemeinsam hinzufahren. «Wissen Sie», sagte er, «das böte einen Aufhänger.» Die Zeitung, für die er arbeitete, war die einzige, die in der Stadt überlebt hatte, und das gab ihr eine Aura von absoluter Macht, von letzter Gelegenheit. Der Schauspieler befand sich in jenem peinlichen Alter, wo er für romantische Hauptrollen fast schon zu alt, für Charakterrollen aber noch nicht alt genug war. So eine Gelegenheit, hatte sein Agent ihm mehr als einmal eingeschärft, kommt so leicht nicht wieder. Er konnte Publicity gebrauchen.

«Ich kann Interviews nicht ausstehen», sagte er.

Der künftige Interviewer sagte nichts, wartete nur.

«Sie sind im Wesentlichen so unpräzise», fuhr der Schauspieler fort. «So sensationsgierig, leider.» Die Person am anderen Ende der Leitung blieb stumm. Die weiblichen Ausrufe eines zweiten Telefonats wehten schwach durch die Litzen. «Okay», sagte der Schauspieler, und sie verabredeten eine Uhrzeit für ein Treffen auf dem Hotelparkplatz.

Der Interviewer stand neben einem kleinen senffarbenen Auto; er trug graubraune Hosen mit Schlag und eine Jeansjacke, die so kurz geschnitten war wie eine Kellnerjacke. Er war ein gepflegter, steifer junger Mann mit einem ausnehmend schmalen Mund und schwarzem Drahthaar, das, ohne wirklich wellig zu sein, ein Glitzern von geballter Energie abstrahlte, eine Art stilles Acryl-Knistern, das besagte, es werde niemals durcheinandergeraten. Es gäbe keinen Pardon, erkannte der Schauspieler. Er würde das, was er sagte, so sorgfältig wägen müssen, als stünde er vor Gericht. Unglückliche Formulierungen – und seien sie auch nur der Inhalt einer dreisten Frage, auf die man mit einem geistesabwesenden Nicken höflich Antwort erteilt hatte – gerieten unweigerlich in den Druck. Der Schauspieler hatte eine Anzahl Exfrauen, jede einzelne mit wachsamen Rechtsanwälten ausgestattet, und manchmal schien es ihm, als bewege er sich durch die dunklen Himmel des Privatlebens wie ein Komet, der eine Spur steifer weißer Umschläge mit offiziösem Briefpapier nach sich zieht. Also: Keine Höflichkeiten heute, kein lächerliches «Eingehen», kein charmantes Austauschen von Indiskretionen mit diesem Menschen, für den er selbst überhaupt kein Mensch war, sondern ein Name, ein Objekt, das es auszubeuten galt, eine wandernde Schlackenhalde, die ein weiteres Mal nach Gold durchsiebt werden sollte.

«Soll ich fahren, so daß Sie sich Notizen machen können?» fragte der Schauspieler. Außerhalb des Theaters war er ein grobknochiger, derbhäutiger Mann, und es machte ihm Spaß, seinen drahtigen kleinen Verfolger gleich zu Anfang mit solch extravaganter Zusammenarbeit zu bedrohen.

«Hm, ja, das könnte nützlich sein, unter Umständen.»

Das Auto war ein japanisches Modell, so clever und geschmacklos gestylt wie eine Musikbox. Es hatte vier Vorwärtsgänge und einen Rückwärtsgang, der irgendwo unten im rechten Quadranten steckte, dort, wo sich auf der Landkarte Neuseeland befindet. Das Armaturenbrett summte und ließ einsilbige Hinweise und Warnungen aufleuchten. Der Schauspieler fühlte sich ungeschickt. «Ich fahre nicht mehr so oft», erklärte er. «Ich werde nur noch in diesen Mietschlitten herumkutschiert.»

«Und in Ihrem Sommerhaus in Amangansett, wie machen Sie das da?» fragte der Interviewer, der schon ein Notizbuch bereithielt.

«Hat meine letzte Frau gekriegt, wie Sie vielleicht wissen. Das Haus, den Porsche, den ganzen Krempel.»

«Nein, das wußte ich nicht.» Der Mann schrieb eifrig mit.

«Bringen Sie das nicht rein – um Himmels willen», bat der Schauspieler und schaltete vom ersten Gang direkt in den vierten, was der Motor mit einem furchterregenden Stottern quittierte.

«Es wurde doch schon irgendwo darüber berichtet, oder?»

«Gut, aber wir müssen es nicht wieder aufwärmen. Macht den Eindruck, als hätte ich nichts anderes zu sagen.»

«Selbstverständlich», sagte der Interviewer. Er steckte das Notizbuch weg und blickte aus dem Fenster.

Der Schauspieler mochte auch diese prompte, formelle Fügsamkeit nicht; sie wirkte aufgesetzt. Von der Seite betrachtet, war der Mund des anderen nur eine irritierte Kerbe in dessen Profil; er ärgerte sich, vom Fahrersitz verdrängt worden zu sein.

«Dies sollte nicht so sehr ein persönliches Stück über Sie und Ihre, uh, Affären werden», sagte der Interviewer, «als vielmehr über den Ort. Sie in Bezug zu der Stadt, in der Sie aufgewachsen sind.»

«Sie hat nicht viel von einer Stadt, das war ihr Reiz», sagte der Schauspieler und fügte hinzu: «Lassen Sie das auch raus.»

Die Meilen zogen vorbei. Die inneren Vorstädte wichen den äußeren, und dann gab es hinter den Tankstellen am Straßenrand und den steinernen Bauernhäusern mit reflektierenden

Kugeln in den Vordergärten so etwas wie ländliche Gegend. Der Interviewer saß schweigend in einem Schmollwinkel, wie es schien. In dem Schauspieler wuchs der befremdliche Eindruck, daß der Mann ein Hochschulsportler gewesen war, ein Baseballspieler auf dem zweiten Mal: schnell am Drehpunkt und gerissen am Mal-Kissen. Entschlossen, unterhaltsam zu sein und das Schmollen mit Charme zu beseitigen, sprach der Schauspieler über das Stück, in dem er spielte, über berühmte Schauspielerinnen, mit denen er gearbeitet hatte, über Bühnenkunst und berufliche Höhen und Tiefen. Der Interviewer ließ sein Notizbuch weggesteckt. Das kleine Auto gehorchte dem Schauspieler mittlerweile recht gut und begann, behende durch die Kurven zu schwingen, die sein Fahrer auswendig kannte, weil er sie schon als Kind gefahren war, zuerst mit dem Vater am Lenkrad, dann selbst. «Natürlich», erklärte der Schauspieler, als sie sich der Stadtgrenze näherten, «waren hier damals nur Bäume und Felder. Dieses Einkaufszentrum dort gab es noch nicht. Dieses Durcheinander von albernen Häusern dort drüben war eine Milchfarm mit einem kleinen Bach, der durch eine Wiese floß, da sammelten die etwas drolligeren Verwandten meiner Mutter immer Brunnenkresse. Dahinten gab es einen Damm und einen Teich, wo die harten Burschen und die hübschen Mädchen schwimmen gingen. Ich nie. Meine Mutter hatte Angst, ich könnte ertrinken oder meine Jungfräulichkeit verlieren, oder die Leute könnten es glauben, was noch viel schlimmer gewesen wäre.»

«Aha», sagte der Interviewer, als hätte er alles schon mal gehört.

«Lassen Sie das über meine Mutter und meine Jungfräulichkeit weg», bat der Schauspieler. «Sie hat noch Cousinen in der Gegend, überwiegend in Pflegeheimen. Es gab hier mal ein Lokal», erzählte er plötzlich, «das hatte die ganze Nacht hindurch geöffnet. Um zwei Uhr morgens, nach einem Rendezvous, konnte man hingehen, ganz wirr und mit Lippenstift im Gesicht, und einen Hamburger essen. Das war meine Vorstellung vom großen Leben: morgens um zwei einen Hamburger essen. Der Wirt war ein Mann namens Smoky Moser. Er schien nie zu schlafen. Wir Kinder liebten ihn. Liebten ihn wie einen Vater, könnte man sagen. Er war der Vater, nach dem ich mich sehnte.»

«Ist das eine Tatsache?»

«Ich übertreibe ein bißchen. Aber Smoky war in Ordnung. Starb jung an irgendeiner Krankheit, die keiner nennen wollte. Aber lassen Sie das lieber raus: Es gibt vielleicht eine Witwe.»

Widerwillig hatte der Interviewer sein Notizbuch hervorgezogen und sich ein paar Notizen gemacht. Der Kiesplatz, der den Imbiß umgeben hatte, war nun von einem großen Kubus aus braungefärbtem Glas besetzt, der Zweigstelle einer Landesbank. Gelbe Pfeile, auf den glatten Asphalt gemalt, wiesen den Autos den Weg zu den Drive-in-Schaltern. Der Schauspieler sah auf die Gesichter der Leute, die in der Bank ein und aus gingen, und erkannte niemanden, doch etwas gab es, das er wiedererkannte – einen Farbton, eine Fahlheit und fleischliche Dichte an ihren Armen und Gesichtern, die Art, wie sie plötzlich hinter und über sich guckten, ohne ein Lächeln, vom Himmel das Schlimmste befürchtend, das Wetter der Welt. «Hier oben war eine Futtermühle, wo...»

Wo einige der leichtsinnigeren Mädchen sie sich vermutlich hatten antun lassen, diese sagenhafte Sache, in dem Unkrautstreifen zwischen zwei mit Asbest verschalten Mauern. Nach mehr als einem Jahrzehnt seit seinem letzten Besuch war der Schauspieler erstaunt, wie sinnlich die Stadt war, wie gesättigt mit Liebe und jener psychosomatischen Beschleunigung, die die Liebe mit sich bringt. Der Baumwoll-Himmel, die schweren staubigen Bäume und dieses gewisse matte Rot der Backsteine vereinigten sich zu etwas, das genau der eigenen Körpertemperatur entsprach. Die Stadt, von Ackerland umgeben, war eine Art Bergstadt, auf halber Höhe geteilt durch eine Straße, die dem Bogen einer stillgelegten Eisenbahnstrecke folgte. Der untere Teil der Stadt, südlich jener Straße, war in den Jahren kurz vor der Depression mit soliden Zeilen von Backsteindoppelhäusern bebaut worden, Häusern mit symmetrischen großen Wohnzimmerfenstern und quadratischen Säulen an den Eingangsveranden. Sie strahlten Sicherheit aus, diese erdroten Zeilen, Block um Block, jede mit einer kleinen Terrassen-Schürze Rasen und zwei Betonstufen, die zur ersten Terrasse hinaufführten, und kleinen Stiefmütterchen-Beeten oder Berberitzen-Hecken entlang des Weges. Die gradlinigen eintönigen Straßen hatten hohe Absätze an den Kreuzungen, und der Schauspieler mußte wieder an den Rhythmus denken, der sich dem Auto mitteilte, das sanfte Bremsen und Dippen beim vorsichtigen Überqueren dieser Kreuzungen. An so manchen Nachmittagen und Sonntagen war er diese Straßen im alten braunen Dodge seiner Eltern und später in dem marineblauen Chrysler mit dem schillernd ausgebesserten Fleck auf dem Kotflügel entlanggefahren, nach Abwechslung suchend, nach einem vertrauten Auto Ausschau haltend, das vor einem ihm bekannten Haus parkte, das ein nachmittägliches Canastaspiel signalisieren mochte oder auch einen Abend mit Gelächter über Liberace oder ein Rollschuhderby auf jenem neuen Spielzeug, das Fernsehen hieß. Jede nur denkbare Gelegenheit mußte für eine Party herhalten, eine Party, wann immer zwei oder drei zusammentrafen.

«Dieser Teil der Stadt hat sich fast überhaupt nicht verändert», erzählte er dem Interviewer. «Wie denn auch? Sie haben ja damals keinen freien Baugrund übriggelassen.» Jedes der gedrungenen Doppelhäuser war wie ein verheiratetes Paar, schien es ihm nun. Es war unmöglich, Lärm und Streiterei auf der einen Seite der Wand nicht auch auf der andern zu hören. «Aus irgendeinem Grund», sagte der Schauspieler, «wohnten die Klasse-Mädchen alle hier drüben, in diesem Abschnitt. Meine Familie lebte in einem Einzelhaus, im älteren Teil der Stadt. Es gibt einen deutlichen Unterschied, sobald man die Hauptstraße überquert hat. Die Häuser, jedenfalls viele davon, sind aus Holz und sehen – wie soll ich sagen – ausgemergelt aus. Verhärmt. Sogar verschreckt. Bringen Sie das nicht rein.»

Er steuerte das wendige kleine Auto an einer Ampel vorbei, die dort vor dreißig Jahren noch nicht gestanden hatte, und fuhr hügelaufwärts, heraus aus der gemütlichen, tiefer liegenden Gegend mit den roten Backsteinzeilen in das schräg abfallende Viertel, wo er aufgewachsen war. «Da war früher ein Friseur», sagte er, als er die Liberty Road hinauffuhr. «Sie können noch den silbernen Teller sehen, obwohl Jake schon seit Jahren tot ist. Apoplexie, wenn ich mich recht erinnere. Können Sie das buchstabieren?» Haareschneiden – das lange Warten und dann das Stillsitzen, während Metall am Kopf entlangklapperte – hatte den Schauspieler in seiner Kindheit mit einer Bedrückung und einer Spannung erfüllt, die an Terror grenzten. Da war ein großes Glasfenster gewesen, und beim endlosen Klicken der Schere erschienen ihm der Sonnenschein und der Verkehr auf der anderen Seite des Fensters wie ein unerreichbares Paradies. Nun war jenes Fenster mit Jalousien und einem Schild versehen, auf dem zu lesen stand, daß man hier Gold und Silber kaufte und verkaufte. Plötzlich erinnerte er sich an den Linoleumboden mit dem achteckigen Grün-und-Elfenbein-Muster, übersät mit abgeschnittenen Haaren, auf dem Jake zu steppen pflegte. Nun, vielleicht nicht gerade zu steppen, aber er legte auf dem rutschigen Flur gern einen flinken komischen Schieber hin. Jake hatte Roosevelt gehaßt – allein der Gedanke an diesen Mann hatte ihn zum Apoplektiker gemacht – doch mitten in der Wut seiner schrillen Tiraden mußte er die Gefahr, damit womöglich Kunden zu vergraulen, gespürt haben, denn er hielt plötzlich inne, wechselte das giftige Thema und begann mit seinem kleinen komischen Tanz, manchmal mit einem Besen als Partner. «Und dort, wo Sie das Vordach sehen, auf dem ‹Bingo› steht, da war das alte Kino, da hab ich träumen gelernt», sagte der Schauspieler. «Träumen und posieren, könnte man es auch nennen.» Tatsächlich stand auf dem Schild INGO. In seiner neuen Rolle als Spielhalle wirkte das Kino wie aufgegeben. Die alten Schaukästen, in denen die Filmplakate – Alan Ladd, Lana Turner, Lassie – jede Woche gewechselt hatten, waren jetzt ohne jede Reklame und mit unleserlichen Sprüh-Kringeln verziert.

«Welches Haus war nun Ihrs?» fragte der Interviewer.

«Das da.»

«Welches?»

«Sie haben's verpaßt. Es sieht genauso aus wie die andern ringsum.»

«Ich dachte, Sie hätten gesagt, es stünde ganz allein auf dem Grundstück.»

«Es waren kleine Grundstücke.» Warum war er so eigensinnig, überlegte der Schauspieler, diesem Mittelfeldspieler die kleine Zudringlichkeit, diesen Blick auf sein durchschnittlich schäbiges, bescheidenes Geburtshaus zu verweigern? War es nicht, als ob das Haus selbst, als er es wieder zu Gesicht bekam, ihn bat, es nicht preiszugeben? Es trug seinen neuen Anstrich – ein helles Limonengrün – wie einen verzweifelten Tarnmantel. Oder war es so, daß er selbst sich seiner schämte, weil es in Wahrheit *nicht* genauso gewesen war wie die andern Häuser ringsum? Das Haus war damals wie heute etwas kleiner als seine Nachbarn rechts und links, diese besser gepflegten, mit höheren Giebeln ausgestatteten Häuser, deren Besitzer in seiner Kindheit die Behns und die Murchisons gewesen waren. Sie blickten auf sie herab, so hatte seine Mutter es empfunden, weil sein Vater mit seiner Hände Arbeit sein Geld verdiente, weil sein Vater arbeitslos war, weil sein Vater betrunken nach Hause kam und man ihn schon draußen auf dem Rasen fluchen hörte... Es gab viele Gründe, weshalb die Behns und die Murchisons auf sie herabblicken konnten.

Der verstohlene Blick des Schauspielers war jedoch nicht so flüchtig gewesen, als daß er nicht in dem Gebüsch rings um die Veranda mit ihren gesägten Geländerpfosten die unsichtbaren Geister erspäht hätte, die ihm Gesellschaft geleistet hatten, wenn er sich dort versteckte, dort, wo der Boden, gleich einer Tenne, zu fest gestampft und zu beschützt gewesen war, um dem Unkraut eine Chance zu lassen. Die Zwischenräume zwischen den Büschen waren wie kleine Zimmer gewesen, in denen nur er wohnte und wo er Stimmen vernahm. Was waren das für Wesenheiten gewesen, die der Stimme in seinem Kopf geantwortet hatten? Sie waren immer noch dort, dicht gedrängt um die Veranda, und riefen nach ihm. Sogar an der Seite des Hauses, wo seine Mutter versucht hatte, Päonien gegen das Backsteinfundament zu pflanzen, gab es ein paar von ihnen. Doch die Stelle hatte sich als zu schattig erwiesen. Oder hatte sie die Wurzeln zu tief eingegraben? Frau Behn hatte das behauptet, und daraufhin sprachen sie ein Jahr lang nicht miteinander. Stell dir vor, hatte seine Mutter gesagt, sie guckte heimlich aus den Wohnzimmerfenstern auf mich herunter und sagte kein Wort, bis es zu spät war und die Päonien eingepflanzt waren. Auf dem Betonweg, der in diesem Schatten entlanglief, sammelten sich in den Ritzen sowohl Ameisen als auch nachbarschaftliche Bitterkeit an. Weiter hinten hatte es einen Sandkasten gegeben. Seine kleinen Hügel waren Dünen in der Sahara gewesen, und die grünen Tanks aus Metallguß hatten Rommel gejagt. Die Stimmen, die der Schauspieler im Sandkasten vernommen hatte, waren von anderer Art gewesen; es waren Nachrichtensprecher-Stimmen gewesen, Radiostimmen aus Übersee.

«Sie sagten, träumen und posieren hätten Sie im Kino gelernt», soufflierte der Interviewer.

Sie fuhren längst an einen anderen Häuserblock vorbei. Das alte Haus lag sicher verstaut hinter ihnen. «Auch in der High-School», sagte der Schauspieler. «Ich werde Sie hinfahren. Man hat sie oben auf dem Hügel gebaut; nur der Friedhof liegt noch höher. Hier ist ein Geständnis für Sie. Sie mögen doch Geständnisse, oder?»

Wieder diese Stille.

«Ich hatte als Kind eine schreckliche Akne, seit ich etwa vierzehn war. Genau wie mein Vater. Er war ganz pockennarbig. Also, als ich für eine Theateraufführung in der Aula Make-up auflegte – es muß etwa in der neunten Klasse gewesen sein –, verschwand meine eigene Haut darunter völlig! Solange ich auf der Bühne stand, war ich wie alle andern: ein Mensch. Da sagte ich mir: ‹He, ein Leben als Schauspieler ist genau das richtige für dich!›»

«Viele Heranwachsende haben Akne, nicht wahr?» Darin schien ein Tadel zu liegen, ein Appell, die Dinge relativ zu sehen.

«Weiß nicht. Hatten Sie Akne?»

«Eigentlich nicht sehr schlimm.»

«Na also. Ich möchte wetten, Sie waren zu Ihrer Zeit ein ziemlich flotter Bursche.»

«Nun, ich war...»

«Seien Sie nicht bescheiden. Sie waren ein Baseball-As, Feldspieler am zweiten Mal, hab ich recht?»

«Innenfeld normalerweise.»

«Ziemlich dasselbe. Jedenfalls kümmerte ich mich nicht darum, was andere Jungen so hatten. Sie waren sie, und ich war ich. Lassen Sie die Formulierung so, wie ich es eben gesagt hab.»

«Ja. Also, ich weiß nicht, ob ich das alles verwenden kann, was Sie mir sagen; Sie haben mir schon sehr viel von Ihrer Zeit gewidmet.»

«Hinzu kam, daß ich gern Rollen spielen mochte. Es war

nicht nur das Make-up. Die Rolle insgesamt war wie eine Maske, eine spirituelle Maske, hinter der ich sicher war. Wenn die Leute lachten, lachten sie in Wahrheit ja nicht über mich. Ich liebte es, sie lachen zu hören. Lassen Sie mal Ihr Lachen hören.»

Stille.

«Nun los doch. Für mich.»

Es war ein trockenes, gequältes Geräusch.

«Es gefällt mir», schmeichelte ihm der Schauspieler. «Dort sehen Sie die High-School. Im alten Stil, römische Säulen und so weiter. Es heißt immer, wenn man an einen Ort zurück-kehrt, sehen die Dinge kleiner aus, aber auf mich wirkt sie größer denn je. Riesig. Ich habe gehört, es gibt nicht mehr genügend Schüler, um sie vollzukriegen.»

Er nahm die Ecke im Rennfahrerstil. «Dieser kleine Brummer hat wirklich Pep, muß ich sagen. Hier war ein Kramladen, die Eingangsstufen führten schräg auf einen kleinen Vorbau. Je nach Jahreszeit waren Papierlaternen im Fenster, dann Weihnachtskarten und dann Ostereier... Es war eine Art dreidimensionaler Kalender, in den man hineingehen und auf einem Hocker Platz nehmen konnte. An einem Tresen konnten wir sitzen und rauchen und uns beim Rauchen im Spiegel betrachten. Ich wette, Sie haben nie geraucht, oder?»

«Nein. Wie Sie schon vermuteten, war ich ziemlich sport-lich.»

«Gott, was habe ich geraucht! Alles, um eine Maske vor dem Gesicht zu haben. Ist jetzt weg. Der Laden.»

Die neuen Besitzer hatten alles weiß gestrichen, auch die Schaufenster, so daß niemand hineingucken konnte. Irgend jemand mußte hinter diesen leeren Fenstern wohnen. Die Leute, die seit dem Fortgang des Schauspielers in der Stadt gelandet waren, um hier zu leben, waren irgendwelche Wesen aus dem Weltraum; er konnte sich ihr Leben nicht vorstellen. «Jetzt kommen wir in ein Stadtviertel, das damals neu war –

reiche Häuser, dachten wir, obwohl sie heute nicht mehr so reich aussehen. Das Viertel hieß Oak Slope. In Oak Slope wohnen war das Nobelste, das ich mir vorstellen konnte: in Oak Slope leben und ganze Schränke voller Klamotten besitzen, für jeden Tag der Woche ein anderes Cordsamthemd. Cordsamthemden – da habe ich jetzt doch mein Alter zugegeben. Und dann haben wir damals Rentier-Pullover getragen. Ich nehme nicht an, daß Sie Rentier-Pullover kennen, oder?»

«Ich kann sie mir vorstellen.»

«Da bin ich nicht sicher, mein Lieber. Die flotten Jungs, es gab damals ein Wort, ‹schnieke›, sch-n-ie-k-e, die schnieken Jungs also, deren Väter mit Grundstücken handelten oder in der Fabrik als Vorarbeiter arbeiteten, hatten eine Unmenge davon, wunderschön gestrickt, mit verschiedenen Sachen drauf, nicht nur Rentiere, auch Schneeflocken, Schmetterlinge…»

«Es gibt sie noch.»

«Das ist nicht dasselbe. Ich trug den einzigen, den ich besaß, manchmal links herum, als ob ich zwei hätte. Ich konnte niemandem damit was vormachen, aber es gab mir das Gefühl, ein bißchen, man könnte fast sagen, schnieke zu sein. Ganz ehrlich, ich war unsympathisch, mehr noch, ich war richtig widerlich. Dazu dann die Akne. Jetzt nur so in Oak Slope herumzufahren gibt mir das *Gefühl*, widerlich zu sein. Bin ich gut?» Er bekam keine Antwort. «Also, hier unten», kündigte der Schauspieler an, «in dieser kurvigen Straße gab es damals, als ich noch ein junger Bursche war – noch so ein komisches altmodisches Wort, Bur-sche –, hinter den letzten Neubauten so eine Art Sommerweg, der nirgendwohin führte, da konnte man toll parken, wenn man ein Mädchen hatte.»

Mit siebzehn hatte er sich eine Freundin zugelegt, Erma-jean Willis. «Du lieber Gott», rief der Schauspieler, ohne zu spielen, ganz aufrichtig. «Er ist immer noch da. Ich dachte, man hätte ihn schon vor Jahrzehnten zugebaut.»

Der Knutschplatz. Das räumliche Gefühl dieses Flecks –

auf der einen Seite ein hoher Erdwall, damals frisch hochgeschoben und heute immer noch ziemlich im Naturzustand und uneben, auf der anderen Seite eine flachere Böschung, saftig grün, noch aus der Zeit, als hier Heu gemacht wurde – dieses Gefühl war unverändert, unkorrumpiert, sinnlich. Vor Aufregung bremste der Schauspieler; der Interviewer blickte besorgt herüber. «Wunderbar», sagte der Schauspieler, die Silben einzeln betonend, denn er spielte wieder. «Ich hätte zu gern gewußt, ob er noch benutzt wird.»

«Ich sehe ein paar Bierflaschen», sagte der Interviewer unbehaglich.

«Sie glauben gar nicht, was für eine hübsche Überraschung das ist! Daß es im modernen Amerika noch so einen Ort gibt. Die Bullen kamen gelegentlich, um nachzuschauen, und leuchteten mit Taschenlampen in die Fenster.»

Das schmale ungepflasterte Stück Straße, von Generationen verstohlener, liebeshungriger Autos in die Erde gegraben, ging zwischen den beiden Grashügeln noch ein paar Meter weiter und führte dann abwärts, wo es in eine Seitenstraße mündete, die Button hieß. Button führte auf die Maple, Maple kreuzte wieder die Hauptstraße, und zwei Straßen weiter kam man zur Sycamore; Ermajean hatte damals an der Ecke Sycamore und Pierce Street gewohnt. Eine Art dunstiger Wärme hatte sich auf des Schauspielers Gesicht gelegt, wie damals, wenn er nach Mitternacht bei Smoky eingekehrt war. Unversehens hatte das kleine japanische Auto unter seinen Händen den Weg seiner Erinnerung genommen, hinein in das einladende backsteinrote Reich aufgereihter Zweifamilienhäuser. Das Auto hatte die Ecke Pierce und Sycamore erreicht und jenes große Haus, dessen Stützmauern mit moosbedeckten Betonkugeln verziert waren und dessen seitlicher Eingang aus ein paar Stufen mit einem Eisengeländer bestand, das er so oft berührt hatte. Er bremste sanft. Für ein Rendezvous kam sie genau diese Stufen herunter, frisch gestärkt, parfü miert und voller Hoffnung, obwohl er nichts anderes zu bieten hatte als einen Film, der schon zum zweitenmal lief, und danach ein Eiscreme-Soda. Wenn sie quer über die Straße zu dem alten Chrysler mit dem geflickten Kotflügel gelaufen kam, preßten ihr Laufen und der sanfte Wind, den sie in ihrer Hast, bei ihm zu sein, hervorrief, das pastellfarbene Kleid gegen ihre Schenkel.

«Hier hat damals meine Freundin gewohnt», vertraute er seinem Interviewer an.

«Hatten Sie nur eine?»

«Nun ja. Wie viele empfehlen Sie denn? Ich hielt es schon für ein Glück, nur die eine zu haben. Sie war eine Klasse tiefer, und nach dem Schulabschluß habe ich sie aus den Augen verloren. Verheiratet irgendwo, vermutlich.» Der Schauspieler mochte nicht glauben, daß der Interviewer blind war für die Herrlichkeit um sie herum, die Geländer, die Mauern und die kleinen Rasenstücke vor diesen festen, unveränderten Häusern, diesen Zeilen, aus denen jeden Moment Ermajean hervorspringen und leichtfüßig auf sie zueilen könnte, das Haar von Spangen gehalten und die runden jungen Beine bewehrt mit jener Art von vorn offenen weißen Pumps, die die Frauen in Hollywood-Filmen trugen – Jean Arthur, Rosalind Russell. Der Schauspieler fühlte sich von Liebe überschwemmt; es machte ihn fast körperlich krank, wenn er daran dachte, daß solch eine Szene einst Wirklichkeit gewesen war und ein Stück seines Selbst darin eine Rolle gespielt hatte.

Sein Fuß ließ sachte die Kupplung kommen, und das Auto rollte zögernd davon. «Lassen Sie mich Ihnen noch etwas mehr von der Stadt zeigen», bot er an. «Es gibt da einen Kiesteich, wo wir immer Schlittschuh liefen. Und einen Spielplatz. Eine Straße von hier, wo sie den neuen Anbau an die Stadthalle gebaut haben, gab es damals ein ganz merkwürdiges kleines Gebäude, wie aus Disneyland, eine Art Turm aus Steinquadern, wo man seine Wasserrechnungen bezahlte.»

Ermajean liebte Butter-Pekannuß-Eis, erinnerte er sich, in Vanille-Soda, und immer stritt sie mit ihm darüber, ob sie Zwiebeln auf ihren Hamburger nehmen sollte. Wenn er welche nahm, tat sie's auch. Und ihre Haut – seit damals hatte er ein Leben lang mit Frauen zu tun gehabt, die an ihrer Haut herumdokterten, Vitamin-E-Creme, Pancake Make-up, Feuchtigkeitslotions. Ermajeans Haut hatte einen vollkommen neutralen Farbton gehabt, neutral und natürlich, durch nichts getönt, reine, vertrauende, weibliche Haut unter ihren pastellfarbenen Kleidern. Das Gesicht des Schauspielers war erhitzt; am liebsten wäre er ewig so weiter in diesem Teil der Stadt herumgekurvt, das Auto an jeder Kreuzung zu einer Art Verbeugung anhaltend.

Der Interviewer räusperte sich und sagte: «Ich denke, ich habe wohl genug gesehen. Dies ist nur für eine Randspalte, verstehen Sie?»

«Warten Sie. Wie wär's, wenn Sie noch mit zu meiner alten Cafeteria kämen, um eine Kleinigkeit zu essen? Wie wär's mit Butter-Pekannuß-Eis?»

Der andere lachte steif, so wie er vorher auf Kommando gelacht hatte. «Und dann gibt es ein zeitliches Problem», sagte er, «wenn ich dies heute abend nicht reinkriege, ist ihr Gastspiel vorbei.»

«In Ordnung. Die Cafeteria ist jetzt sowieso ein Blumenladen. Bitte, lassen Sie den Namen meiner alten Freundin aus dem Artikel raus.»

«Sie haben ihn gar nicht erwähnt.»

«Ermajean Willis. E-r-m-a-j-e-a-n. Ist das nicht ein wunderbar irrer Name? Reiner *funk*.»

«Vielleicht wäre es einfacher, wenn ich jetzt fahre.»

«Nein. Nehmen Sie Ihren Bleistift, Sie Hundesohn. Ich werde Ihnen jetzt die Namen aller Familien nennen, die damals in dem Block hier gewohnt haben.»

Die Andere

Hank Arnold lernte Priscilla Hunter in den fünfziger Jahren kennen, im College, und die Tatsache, daß sie ein Zwilling war, schien dabei sowenig zu zählen wie der Umstand, daß sie als ein Mitglied der Episkopalkirche und er als Baptist erzogen worden war. Wie herzlich wenig gab es in den Fünfzigern, auf das es ankam! Politik, Religion, Klassenzugehörigkeit – alles unerheblich. Damals, nachdem Eisenhower in Korea ein Unentschieden hingenommen und McCarthy sich wie ein böser Geist im Märchen selbst zerstört hatte, schien Jugend aus zeitlos Einfachem und von jeher Wahrem zu bestehen, aus Wetter und Kunstwerken an Museumswänden, aus uralten Professoren, die arrogant und kaum hörbar mit der Gewißheit ihres Amtes aus vergilbenden Notizen über Dante und Kant vortrugen, während durch die hohen Fenster in ihrem Rücken das Sonnenlicht fiel, gedämpft vom fedrigen Blattwerk sich neigender Ulmen. In jenen Tagen hatte der Harvard-Campus keinen Schimmer vom Ulmensterben. Und in jenen Tagen gab es ein weites und durchaus nicht lächerliches sexuelles Terrain innerhalb der Grenzen der Jungfräulichkeit, wo dem Partner jedesmal nur einige wenige Teile des Körpers geboten wurden, angefangen bei Lippen und Händen. Merkwürdigerweise hatten Hank und Priscilla dieses

Terrain schon etliche Wochen lang durchquert, ehe sie ihm anvertraute, sie sei ein eineiiger Zwilling. Gerade hielt seine Hand eine ihrer Brüste, bedeckt von einem Angorapullover und der darunterliegenden Steife eines Büstenhalters. Ihre Gesichter waren so nahe beieinander, daß er in dem Atem ihrer Beichte den Mentholtabak wahrnehmen konnte. «Henry, das sollte ich dir vielleicht sagen. Ich habe eine Schwester, die sieht genauso aus wie ich.» Priscilla schien sich dessen ein wenig zu schämen, und es war auch wirklich eine erregende Vorstellung.

Ihre Zwillingsschwester, die Andere, hieß Susan und besuchte die Universität von Chicago, obwohl auch sie die Aufnahmeprüfung für Radcliffe bestanden hatte. Ihre Eltern – ein Rechtsanwalts-Ehepaar aus Minneapolis, der Vater Spezialist für Aktienrecht und die Mutter für Scheidungen und Rechtshilfe – hatten die Mädchen immer dazu ermuntert, einander nicht zu gleichen, sie hatten sie von Anfang an in verschiedene Kleider gesteckt und schon in jungen Jahren auf verschiedene Privatschulen geschickt. In der Familie war die Legende genährt worden, daß Priscilla die mehr «künstlerisch Veranlagte» und Susan mehr die «Praktische» und «Wissenschaftliche» sei, obwohl es den Zwillingen selbst immer so schien, als seien ihre Interessen und ihr Verhalten fast identisch. Als Kinder waren sie zur gleichen Zeit von denselben Krankheiten ereilt worden – Windpocken und Mumps –, und selbst als sie in verschiedene Ferienlager geschickt wurden, brachten ihre Gespräche im September an den Tag, daß sie sich denselben Prüfungen und Initiationsriten ausgesetzt hatten. Sie lernten in derselben Woche in weit voneinander entfernten Seen schwimmen und hatten ihre ersten Geplänkel mit Jungen gleichzeitig in ganz verschiedenen Wäldern. Sie verliebten sich in denselben Filmstar (Montgomery Clift), hatten denselben Lieblingsschlager (*Two loves have I*, gesungen von Frankie Laine) und fanden von den *Everly-Brothers* denselben am besten (Don, den dunkler und schicker Aussehenden). Hank fragte Priscilla, ob ihr ihre Zwillingsschwester nicht fehle. Sie sagte nein, aber bei einer anderen Auskunft wäre er vielleicht beleidigt gewesen, denn sie lag zerzaust und überhitzt mit ihm verschlungen in seinem Zimmer mit dem Dachfenster im vierten Stock von Winthrop House.

Hank war das einzige Kind einer verwitweten Mutter, und er fragte: «Wie fühlt man sich als Zwilling?»

Priscilla machte einen nachdenklichen Mund; kokette kleine Fältchen riffelten ihre vorgeschobene Oberlippe. «Nicht schlecht», antwortete sie, nach einer langen Pause, die den amourösen Tau in ihren Augen hatte trocknen lassen. Es waren braune Augen, von einer köstlichen Bonbonfarbe, dunkler als Karamel, aber fahler als Hersheys Negerküsse. «Man spürt so etwas wie einen Rückhalt, wenn man sieht, daß man immer dieselben Dinge tut. Eine Art Versicherungsschein, sozusagen.»

«Auch wenn ihr auf verschiedene Schulen geschickt werdet und was weiß ich noch alles?»

«Das macht nichts, wie sich erweist. Susie und ich haben immer gewußt, wir waren nicht die andere und würden verschiedene Leben leben müssen. Es ist nur – also, wenn wir zusammen sind, brauchen wir alles viel weniger zu erklären. Vielleicht bin ich ja deshalb nicht allzu gut im Erklären.» Dann fügte sie ein wenig aufsässig «Tut mir *leid*» hinzu. Ihr Gesicht war noch immer rosig von dem sanften Gerangel auf seinem Bett.

«Du bist gut genug», sagte Hank und ließ das Thema fallen, denn es hatte ihre langsame Reise ins Innere des anderen unterbrochen. Priscilla hatte einen wunderschönen athletischen Körper, mit langen Muskeln und geschwungenen Hüften und breiten abfallenden Schultern, der sich jedoch an Fesseln und Handgelenken zu einer zarten Knöchrigkeit verengte. Sein Wunsch, sie unbekleidet zu sehen, brachte sie durch seine Heftigkeit eine Zeitlang aus der Fassung, bevor sie es als ihre Schuldigkeit betrachten und, obwohl sie noch Jungfrau war, sich dazu bringen konnte, ihm kühl und gelassen kleine Ein-Frau-Paraden vorzuführen, hier in seinem Zimmer, in dem schmalen Gang zwischen dem eisernen Bettgestell und dem Standardschreibtisch aus Eichenholz. Wenn sie einander auch aus all den guten Gründen der fünfziger Jahre (Schwangerschaft, der gesellschaftliche Status weiblicher Unberührtheit) nicht lieben durften, so hatte er sie doch zu dieser kleinen Vorführung überredet. Kühn reckte sie das Kinn in die Luft, drehte sich langsam wie ein Modell und zeigte sich von allen Seiten; es war ein so herrlicher Anblick, daß Hank ihn kaum aushalten konnte und die Augen senken mußte, und dann sah er ihre nackten Füße mit dem rosa Rand frisch aus frostigen Stiefeln, sah ihnen zu, wie sie sich langsam auf dem ovalen Flickenteppich drehten, den seine Mutter ihm geschenkt hatte, damit sein Zimmer «gemütlicher» würde. Wenn seine Minute des Priscilla-mit-den-Augen-Verschlingens um war, kletterte sie plötzlich errötend und über sich selbst lachend neben ihm ins Bett, unter die groben blauen Decken, die Harvard in jenen Tagen ausgab wie an Soldaten oder Mönche. Sie versuchten dann gemeinsam aus demselben Buch zu lesen; sie absolvierten gerade zusammen einen Kurs – Philosophie 10, «Idealismus von Plato bis Whitehead».

Nun, da sie ihm von ihrer Zwillingsexistenz erzählt hatte, konnte Hank es weder vergessen noch ihr ganz vergeben. Irgendwo hinten in seinem Kopf formte sich der monströse Gedanke, daß sie nur ein halber Mensch sei: und sogar während er ihr den Hof machte und alles glatt auf eine Hochzeit zusteuerte, hatte die Person, die er vor seinem geistigen Auge sah, etwas Vorenthaltenes, innen Hohles, Blechernes. Er wollte Rechtsanwalt werden; sie war von zwei Elternteilen her Anwaltstochter und in jeder Hinsicht ideal, abzüglich der unvermeidlichen kleinen Unterschiede zwischen zwei Individuen. Sie hatte eine recht reiche Jugend hinter sich, Hank eine recht arme. Seine eintönige und fromme Erziehung machte ihn verlegen. An jenem absurden Tag, als er sich, in einen schlackrigen weißen Talar gehüllt, dem Schock des Untertauchens ausgesetzt hatte, dem Skandal, von den mörderisch festen Händen eines Priesters, der hüfthohe Gummistiefel trug, hintenüber und dann ganz unter Wasser gepreßt zu werden, hatte er sich auf eine unwürdige Weise ersäuft gefühlt. Priscilla hingegen verwahrte in ihrem Zimmer wie einen Teddybären aus der Mädchenzeit das goldbedruckte Gebetbuch, das man ihr zur Konfirmation überreicht hatte. Gelegentlich trug sie es in weiß behandschuhten Händen zu den Gottesdiensten in der alten grauen hölzernen Episkopalkirche gegenüber dem Cambridge Common. 1956 waren die beiden jungen Leute für Stevenson, doch insgeheim schien es Priscilla zu freuen, daß Eisenhower wieder gewann, indes Hank gehofft hatte, daß Henry Wallace im Rennen bliebe. Daß er Rechtsanwalt werden wollte, hatte einen perversen Grund: Er wollte seinen Vater rächen. Sein Vater, der noch keine fünfzig gewesen war, als er an der Hodgkinschen Krankheit starb – damals gab es noch keine Chemotherapie –, hatte als Kraftfahrzeugmechaniker eine Menge Geld aufgenommen, um eine eigene Werkstatt zu eröffnen. Da waren es Rechtsanwälte gewesen – Rechtsanwälte der Bank und anderer Kreditgeber –, die flink und völlig legal das finanzielle Debakel verwalteten und die Versuche des Sterbenden, Geld für seine Nachkommen beiseite zu schaffen, vereitelten.

Nichts hiervon schien zu jener Zeit wichtig; wichtig war Priscillas Schönheit und Hanks Glut und Dankbarkeit und ihre kühle Einschätzung des künftigen Wertes seiner Dankbarkeit, während sie sich ihm strahlend, in einer silbrigen Schwebe, die von fern an Grausamkeit gemahnte, vorführte.

Die Tatsache, daß sie ein Zwilling war, legte zusätzlichen Glanz um ihren Körper, einen Schimmer von Verdoppelung, einen sonderbar platonischen Hinweis darauf, daß es irgendwo unsichtbar eine andere Version dieser Wirklichkeit, dieses Körpers gab.

Priscillas Eltern lebten in Saint Paul in einem großen cremefarbenen Haus mit vielen Dachfenstern, ein paar Straßen entfernt von der Schlucht, durch die der Mississippi floß, der hier oben im Norden nicht besonders breit war. Obwohl Hank etliche Male hinfuhr, um sich in seinem besten Anzug den künftigen Schwiegereltern vorzustellen, lernte er Susan erst bei seiner Hochzeit kennen. Immer war sie fort gewesen – auf einer Pauschalreise nach Europa oder als Kellnerin in Südkalifornien, einem Teil der Welt, wohin sie von ihren umtriebigeren Freunden aus der Universität von Chicago mitgenommen worden war. Als Hank ihr schließlich begegnete, war sie gerade von Malibu Beach angereist, um Priscilla als Ehrenjungfer zu dienen. Obwohl es Anfang Juni war und kühl in Minnesota, trug sie das tiefe Braun der Surfer und einen kurzen luftigen Jungenhaarschnitt zur Schau. Jemand, der die Familie nicht kannte, hätte sie vielleicht im Gewoge der Geschwister und Cousinen nicht gerade als Zwillingsschwester der Braut ausgemacht. Aber Hank war lange auf diesen Augenblick vorbereitet gewesen, und als er ihre schmale weibliche Hand faßte, machte ihn die überströmende Identität sprachlos. Ihr Gesicht war das von Priscilla bis hin zu der vorstehenden, energischen Einbuchtung ihrer Oberlippe und den fast traurig gesenkten Wimpern am äußeren Augenrand. In gewisser Weise sah er sie nackt. Er errötete und stellte sich vor, daß auch Susan rot wurde, obwohl ihre Haltung ihm gegenüber auf der Stelle Ironie ausgedrückt hatte, spöttisch und gelangweilt, wie vielleicht an der Westküste üblich. Umfangen von Priscillas Körper, den er doch kannte, kam ihm diese Kühle einer Fremden unhöflich, ja feindlich vor. Es hatte den

Anschein, als zeigte die Iris von Susans Augen einen oder zwei Strahlen weniger Caramelfarbe und eine glattere Dichte von Schokoladenbraun. Die dunkleren Augen schienen sie leidenschaftlicher zu machen, frecher und ruheloser in ihrer Art, sich durch ihr altes Zuhause zu bewegen, ohne die Pflichten der Braut. Und sie war, schätzte Hank, indem er Susan in dem allgemeinen Gewimmel zu taxieren suchte, deutlich größer, wenn auch vielleicht nur um anderthalb Zentimeter und zwei Dutzend Gramm.

Später, als sie allein waren, belehrte ihn Priscilla, daß seine Eindrücke täuschten: Susan hatte sich vorgenommen, ihn zu mögen, und ganz so verhielt es sich auch. Und obgleich sie die Erstgeborene gewesen war, war sie nie, wie sonst so oft zu beobachten, die Stärkere oder Schwerere. Beider Größe und Gewicht waren immer exakt gleich gewesen. Priscilla meinte vielmehr, Susie habe etwas abgenommen, während sie sich da im Westen mit einer zweifelhaften Meute von Strandlümmeln herumtrieb. Die Eltern seien total aufgebracht, weil sie ihre Absicht kundgetan hätte, ihr Studium mit einem Abschluß in Kunstgeschichte an der Universität von Südkalifornien in Los Angeles zu beenden, wo es überhaupt keine Kunst gab, während in Chicago, neben allem anderen, die ganze wunderbare Chesterdale-Sammlung am Kunstgeschichtlichen Institut beheimatet war. Oder warum nicht in einen der Oststaaten gehen, wie Priscilla? Sie hatten gehofft, daß Susan Ärztin oder zumindest Psychologin werden würde. Hank mochte es, daß Priscilla, deren Stärke es normalerweise nicht war, etwas zu erklären, derart über ihre Schwester herzog; die Nähe ihrer Zwillingsschwester schien ihr die Zunge zu lösen. Ihm gefiel der Luxus einer ausgedehnten, ambitionierten Familie, in deren weitverzweigtem Geäst seine eigene Mutter, die für das Wochenende ihr Gast war, wie ein blasser, zum Untergang verdammter Pfropfreis erschien. Das große Haus war mit Polstermöbeln aus Chintz und teuren Ferienandenken überladen; seine Mutter fand ein sicheres Eckchen in einem wenig benutzten Lesezimmer und wandte sich dort wieder der Arbeit an einem Petit-point-Fußbankdeckchen zu, das sie aus North Carolina mitgebracht hatte.

In der Kirche waren die Zwillinge, die eine in weißem, majestätischem Tüll und die andere ziemlich mausgrau in malvenfarbenem Taft, deutlich zu unterscheiden. Hank indes, der vom episkopalen Prunk betäubt am Altar stand, die Nüstern voll Weihrauch-Moschus, während seitlich auf blattgoldener Holztafel die Apostel davonflatterten, hatte plötzlich das Gefühl eines beunruhigenden Durcheinanders – die spöttisch blickende Ehrenjungfrau wäre seine intime Vertraute aus den Tagen, da er in Winthrop House lebte, und die geheimnisvolle Person am Arm ihres Vaters eine Frau, die er praktisch nicht kannte, sonnengebräunt und mit kurzem Haar unter Schleier und Blütenkranz. Susans Stimme war jedoch ein oder zwei Körnchen rauher, daran merkte er, es war Priscilla, die mit scheuer, ehrlicher Stimme zusammen mit ihm die althergebrachten Gelöbnisse sprach. Beim Empfang küßte er in all dem Geküsse auch seine Schwägerin, und zu seiner Überraschung hielt Susan die Wange unbeholfen und ziemlich stur zur Seite; fast automatisch hatte er Priscillas gewohnte frontale Leichtigkeit erwartet. Beim Tanz hing Susan steif in seinen Armen. Doch nichts tat ihrer Faszination Abbruch, jener überlegenen Authentizität, die sie der Wirklichkeit voraus hatte, während die Hochzeitsnacht sich unordentlich über Champagner und forcierten Frohsinn auf ihren platten, heimlichen Höhepunkt zubewegte. Susan (die Erinnerung an ihre Steifheit und Stille in seinen Armen, als hätten sie und Hank einander zuviel zu erklären, um ein Wort zu wagen, und die Illusion, sie sei ein wenig größer) war gegenwärtig während der Stümperei der Defloration; sie erregte ihn, trieb ihn weiter durch Priscillas Schmerzen. Obwohl er wußte, daß er damit der gerade geborenen Ehe ein unseliges Hindernis in den Weg gelegt und seine lange bewahrte Glut diskreditiert hatte, schlief er in glücklicher Ermattung ein; es war, als sei seine Schuld in den Körper eines Zwillingsbruders übergewechselt.

Die juristische Fakultät von Harvard akzeptierte Hank nicht, doch die gutmütige Yale-Universität nahm ihn auf. Um so besser, denn war Cambridge in jenen Jahren auch der Pfad nach Washington, so lag New Haven näher bei New York und Wall Street, wo das wirkliche Geld war. Nach ein paar Jahren in der City siedelten die Arnolds nach Greenwich über und hatten Kinder – ein Mädchen, einen Jungen und wieder ein Mädchen. Susan, die inzwischen einen Bauunternehmer für Reihenhäuser aus San Diego geheiratet hatte, hielt mit einem Mädchen, einem Jungen und dann noch einem Jungen mit. Dieser Bruch der Symmetrie brachte sie beide dazu, so schien es, das Kinderkriegen seinzulassen. Auch war die Pille aufgekommen und hatte Geburtenkontrolle unwiderstehlich gemacht. Kennedy war erschossen worden, und etwas, das sich Rock nannte, dröhnte aus den Radios, egal wie man den Knopf drehte. Doch die Zwillinge hatten ihre sicheren Nester. Susans Mann hieß Jeb Herrera; er behauptete, von einer der alteingesessenen spanischen Rancherfamilien aus Alta California abzustammen, doch wenn er einen Witz machen wollte, versicherte er, sein Ururgroßvater sei der illegitime Sproß eines Missionars gewesen. Er war ein schwerer, gütiger, leicht zu begeisternder Mann mit einem Lockenkopf, der für Hanks Geschmack ein bißchen zu deutlich zum Ausdruck brachte, wie sehr er das Leben liebte. Wenn er durch die schwarzen Locken seines Bartes lächelte, wirkten seine gleichmäßigen kleinen Zähne wie die eines Piraten. Er war einer der ersten Männer aus Hanks Bekanntschaft, die einen Vollbart trugen und einen Computer besaßen – eine brünierte Metallkiste größer als ein Mensch, ein freistehender Besenschrank, der Papier ausspuckte. Jeb hatte ihn so programmiert, daß er auf die Fragen der Kinder mit ausgedruckten Witzen antwortete. Sein Büro war ein umgebauter Bootsbau-Schuppen, wo an schräggestellten Fenstern voller Pazifik Dutzende Angestellte Papier schaufelten. Kein einziger von ihnen trug einen Schlips. Mochten auch die Zwillinge, obwohl sie langsam in die Jahre kamen, immer noch miteinander verwechselt werden, eine Verwechslung ihrer Männer war ausgeschlossen. Susan, schien es, hatte an etwas eher Künstlerischem Geschmack, Priscilla war mehr aufs Praktische aus. Hank war Spezialist für Steuerrecht geworden, sah seinen Namen auf der Liste der Juniorpartner auf dem Briefkopf des Firmenpapiers und vergaß darüber die Rache für seinen Vater.

Die größer werdenden Familien besuchten sich gegenseitig; ihrer beider Zuhause hatten etwas Übereinstimmendes, obwohl das eine ein weiß verschaltes Holzhaus war, schmuck auf gut gewässerten, terrassierten Rasen gesetzt, während das andere aus Redwood in einen Hang hineingebaut war, wo zwischen sorgsam arrangierten Felsbrocken vielfältig wie Schneeflocken dicke kleine Kakteen gediehen. Beide Häuser waren wie geschaffen für Kinder, hatten rückwärtige Treppen und abgelegene Winkel und eine gewisse verspielte Luftigkeit. Die Arnolds hatten eine lange Glasveranda mit einem Pingpongtisch und darüber im ersten Stock eine Schlafveranda mit einer Hängematte. Sobald sie es sich leisten konnten, zwängten sie einen Tennisplatz in den Zwischenraum zwischen Garage und dem Zaun zum Nachbargrundstück, wo der Rasen ohnehin immer schütter gewesen war und der Gemüsegarten sich jeden Juli in einen Unkrautacker verwandelt hatte. Das Haus der Herreras in La Jolla, oberhalb des fünfzehnten Grüns eines Golfplatzes gelegen, brachte mit seinen gläsernen Schiebetüren, dem freitragenden Deck und dem Heißwasser-Whirlpool für die ganze Familie, der darauf installiert war, Innen und Außen durcheinander.

An einem warmen Abend in den Weihnachtsferien sah

Hank seine Schwägerin zum erstenmal nackt, als Susan ein großes weißes Handtuch hinter sich fallen und ihre schweigende Silhouette in das heiße Wasser gleiten ließ. Hank und seine Frau saßen schon darin und versuchten sich neben den schlüpfrigen Körpern ihrer kichernden kleinen Kinder zu behaupten; so ging der Moment inmitten des Familiengetümmels fast unbemerkt vorüber. Fast. Susan war eindeutig nicht Priscilla: die Haut der beiden Frauen war an den zwei verschiedenen Küsten unterschiedlich gealtert. Priscillas Haut war um diese Jahreszeit totenblaß, ihr Sommerbraun längst verblichen, wogegen die von Susan etwas Gedicktes an sich hatte, etwas delikat Gefälteltes, dauerhaft Goldenes. Mit einer geübten Bewegung hatte sie ihr Gewicht von den Pobacken in das dampfende Rund des Wassers gleiten lassen. Sie trug einen ernsten Ausdruck im Gesicht, durch abendliche Schatten vertieft. Hank erinnerte sich, an Priscilla denselben resoluten, unbestimmten Ausdruck wahrgenommen zu haben, als sie ihm damals, in der Dunkelheit des schmalen Collegezimmers, ihre kleine «Parade» gewährte. Beide Schwestern hatten braune Augen in tiefen Höhlen und Nasen, die aussahen, als würden sie sie ständig rümpfen, mit langen Nasenlöchern und scharfen Kerben in den Oberlippen. Beide trugen sie in jenem Winter Ponies. Ihre Köpfe und Schultern trieben Seite an Seite. Susans Brüste schienen weißer, im Vergleich zu ihrer ganzjährigen Badeanzugsbräune.

«Wie oft macht ihr das?» fragte Priscilla ihre Zwillingsschwester, eine Spur nervös, mit einem Seitenblick auf Hank.

«Oh, dann und wann, meist mit Bekannten. Man gewöhnt sich daran – es ist hier so Sitte. Man löst sich auf, sozusagen.» Doch auch sie bedachte Hank mit einem wachsamen Blick. Er war schon in Auflösung begriffen, sein Phantom der Doppelliebe war eins mit der Hitze, dem Dampf, dem reichlichen Wein des Abendessens, dem Geruch der Eukalyptusbäume, die über das Deck hereinragten, den Sternen dahinter, der Absonderlichkeit, daß all dies nur wenige Tage vor Weihnachten geschah. Untergetaucht waren ihre Körper zu verkürzten Fleischstümpfen geworden, komische Quecksilberblasen. Jeb kam an Deck. In der einen Armbeuge hielt er ein nacktes Baby, den kleinen Lukas, in der anderen einen weiteren Liter *Gallo Chablis*. Obwohl er erst Anfang Dreißig war, hatte er einen Hängebauch. Wie ein haariger Neptun stieg er zu ihnen herab; das Becken lief über. Als das Wasser sich beruhigt hatte, trieb sein Penis unter Hanks Augen dahin wie ein bleierner Fisch, der ins Nichts schwamm.

In dem Maße, wie die Kinder heranwuchsen, lokale Bindungen entwickelten und Sommerjobs annahmen, hörten die beiden Familien auf, als Ganzes hin- und herzureisen. Die beiden ältesten Kusinen, Karen und Rose, waren von Anfang an enge Freundinnen gewesen, obwohl man sie nicht gerade für Zwillinge halten konnte: Karen war zu einer so blassen und mildgesichtigen Blondine geworden wie Hanks Mutter (inzwischen tot) und Rose so dunkel, daß die Jungen auf der Straße ihr spanische Spitznamen nachriefen. Die beiden älteren Jungen, Henry und Gabriel, paßten noch weniger zueinander. Der eine war mit Hanks Allergien und einer schläfrigen Scheuheit ganz eigener Art geschlagen, der andere ein kleiner Macho-Athlet mit einem trapezförmigen Rücken und der unbewußten Grausamkeit jener, deren Körper perfekt ihrem Willen gehorchen. Das Mädchen und der Junge, die das Trio vollständig machten, Jennifer und Lukas, gaben vor, einander zu verabscheuen, und zankten sich in der Tat auf ermüdende Weise, vielleicht, um jeglichen Gedanken, daß sie eines Tages heiraten würden, von vornherein abzuwehren. Je größer die Kinder wurden, desto stärker trieben sie auseinander und desto dünner wurden die Bande zwischen ihren Eltern. Als dann auch der kleine Lukas zu groß geworden war, als daß man ihn noch im Arm halten und mit ihm posieren konnte, begann

Jebs Interesse an Familien und Familienzusammenkünften sich zu verflüchtigen. Zwischen den Schwestern kamen nächtliche Ferngespräche und Geheimnisse auf, die vor den Kindern bewahrt werden mußten.

Plötzlich hatte Susan mehr graue Haare als Priscilla. Hank fühlte sich von ihr berührt und auf neue Weise zu ihr hingezogen, wann immer sie sie im Sommer für ein paar Wochen ohne Jeb besuchte, vielleicht mit einer unergründlichen Rose und einem grollenden Lukas im Schlepp. Mehr als einmal holte Hank das Rotauge aus Los Angeles vom Flughafen La Guardia ab und wurde an der Sperre geküßt, als wäre er ihr Retter; es waren Betrunkene an Bord gewesen, Collegestudenten, niemand konnte schlafen, Lukas hatte unbedingt einen abscheulichen Jerry-Lewis-Film sehen wollen, Rose erbrach sich irgendwo über Nebraska, sie waren weit nach Norden geflogen, um einer Gewitterfront auszuweichen, ein alter Lüstling in Admiralsuniform hatte immer wieder versucht, ihr um drei Uhr morgens einen Drink zu spendieren, du lieber Gott, nie wieder. Als Hank das Auto behutsam in die üppigen grünen Kurven des Merrit Parkway zog, sank Susan in Schlaf und schien seine Frau. Auch Priscillas Haut fiel jetzt im Schlaf in diese wehrlosen Runzeln zusammen.

Als Gast schlief Susan auf der oberen Veranda. Das Vorbeiwischen der Autos Richtung Bahnstation und die Vögel, die so viel aggressiver waren als jene an der Westküste, wie sie sagte, weckten sie zu früh auf; und abends nahmen die Arnolds sie auf zu viele Parties mit. «Wie hältst du das nur aus?» fragte sie dann ihre Zwillingsschwester.

«Alles Gewohnheit. Versuch, ein Mittagsschläfchen zu halten. Das tu ich auch.»

«Jeb und ich gehen kaum noch aus. Wir fanden, daß andere Leute unserer Ehe nicht guttaten.» Das war ein Hinweis, und bei weitem nicht der einzige. Susans Körper hatte eine hungrige Knöchrigkeit angenommen. Wie eine Kranke, die zu jedem Heilmittel greift, trank sie nur noch Kräutertee – kein Koffein, kein Alkohol – und aß so wenig Fleisch, wie sie nur konnte, ohne unhöflich zu sein. Wogegen Priscilla, die einst so deutlich einen Zentimeter kleiner erschienen war, nun relativ kräftig wirkte. Mit breiten Schultern und Hüften wogte sie durch die Parties, eine geübte Kreuzfahrerin, die wußte, wo die Häfen lagen – die vertrauensseligen Frauen und die unglücklichen Männer und die Getränke-Ecke. Nach Mitternacht sah Hank ihr manchmal beim Ausziehen zu und mußte an all die Martinis und Manhattans, die käsegefüllten Selleriestangen und schinkenumwickelten Hühnchenlebern denken, die in jenen beeindruckenden Schenkeln und Oberarmen Platz gefunden hatten.

«Eurer *Ehe* mögen andere Leute vielleicht nichts nützen», lautete Priscillas Antwort an Susan. «Aber vielleicht nützen sie *dir* ja was, dir, einer Frau. Oder bist du keine Frau, bist du nur Ehepartner?» Nie hatte sie ihm jene wenig ideale Hochzeitsnacht vergeben, fürchtete Hank.

Die arme Susan kam ihnen vor wie eine Vision der Keuschheit, die sie jeden Morgen neu am Frühstückstisch entdeckten, erschöpft vom schlechten Schlaf der letzten Nacht, das Haar glanzlos auf den Aufschlägen eines geborgten Bademantels. Das asketische Frühstück aus Grapefruitsaft und Körnermüsli war längst verzehrt, die einzelnen Seiten der Zeitung, die sie mit verzweifelter Gründlichkeit gelesen hatte, waren um sie herum verstreut. Hank hatte den Wunsch, ihr Spiegeleier und Waffeln aufzudrängen und gute Nachrichten zu erfinden, um die schlechten zu parieren, von denen ihr Haar ergraut war. Priscilla wußte warum, aber war nicht gut im Erklären. «Jeb ist ein Bastard», sagte sie in ihrem Schlafzimmer. «Das war er schon immer. Meine Eltern wußten es. Aber was sollten sie tun? Sie mußte ja heiraten, sobald ich es getan hatte. Alle Männer sind Bastarde, mehr oder weniger.»

«Himmel, bist du streng! Er war doch immer sehr lieb mit

den Kindern, oder? Zumindest, als sie klein waren. Und er baut diese schönen Wohnparks mit Schieferdächern, Solarzellen und Wassertretbecken.»

«Davon merkt man kaum noch was», sagte sie. Als sie sich auf dem Plüschteppich drehte, wurden gelbe Placken von Hornhaut an ihren Fersen sichtbar.

«Wie meinst du das?»

«Frag doch *sie*, wenn es dich so sehr interessiert!»

Aber das schaffte er nicht. Sowenig wie er auf Zehenspitzen auf die Veranda hätte schleichen können, um – und das hatte er völlig klar vor Augen – auf das Gesicht seiner eigenen Frau hinabzuschauen, verwandelt in eine andere, keusche Existenz, die in diesem feindlichen Haus, diesem feindlichen Klima, dieser feindlichen Zeitzone einen so zerbrechlichen Schlaf schlief, sowenig hätte er Susan bitten können, ihm ihr Privatleben anzuvertrauen. Unter dem Druck seiner Blicke hätte eine so magische Fremde erwachen können. Er wäre ein Eindringling gewesen. Er hätte etwas zerstört, das er bewahren wollte.

Die kleine Rezession von 1975 gab Jebs wankendem, allzu aufgeblähtem Geschäft den Rest; da alles mit einem Schlag in Auflösung geriet, begannen die Herreras mitten in der Liquidation mit ihrer Scheidung. Als Susan im Jahr der zweihundertsten Wiederkehr der Unabhängigkeitserklärung Hank und Priscilla besuchte, war sie wieder alleinstehend. Ihre Schlankheit war nun Abgehärmtheit: eine neue Verfügbarkeit, aber natürlich nicht für Hank;·der Zusammenbruch der Ehe des einen Zwillings machte die andere doppelt kostbar.

Wie in den früheren Sommern war Hank gerührt über Susans Eifer mit den Kindern. Soviel sie zusammenbekommen konnte, lud sie in die Bahn und nahm sie mit in die Stadt, auf einen Besuch ins Naturkundemuseum oder damit sie an jenem schönen sommerglastigen Julitag die großen Schiffe vorbeifahren sahen. Rose war nicht mitgekommen; das Mädchen hatte sich enger an den Vater angelehnt in seinem Kummer und arbeitete als Kellnerin in einem mexikanischen Lokal in der Innenstadt von San Diego. Und Karen, die jetzt mit ihrem flachsblonden Haar, dem mondbleichen Gesicht und dem biegsamen Tänzerinnen-Körper sehr ansehnlich war, hatte nichts anderes im Kopf als Jungen und Ballett. An einem Sonntag, als Priscilla zu Hause blieb, weil sie sich mit einer jener trinkfesten Frauen, die sie ihre Freundinnen nannte, zum Lunch verabredet hatte, begleitete Hank Susan auf einen Ausflug, den sie für die mißmutigen Jennifer und Lukas ersonnen hatte, ganz bis New Haven hinauf, um die Beinecke-Bibliothek mit ihrem durchscheinenden Marmor und den drei wunderbar schlichten Nogushis in ihrer vertieften Brunnenschale zu besichtigen. Auch er hatte diese Wunder noch nicht gesehen, denn sie waren nach seiner Zeit nach Yale gekommen. Ihm machten diese Ausflüge mit seiner Schwägerin viel Spaß. Das ganze Gewusel des gewohnten Familienlebens war nun ihnen zugefallen. Er ließ sie seinen Mercedes steuern und saß neben ihr, im geheimen ein Inventar all der Winzigkeiten aufnehmend, in denen sie sich von Priscilla unterschied – die leichte zusätzliche Schärfe in der Art, wie sie ihre Oberlippe aufwarf, die Kamm-Muschel aus kleinen Runzeln, die die Sonne in ihre Augenwinkel graviert hatte, jene ein oder zwei Haare mehr an Masse oder Wildheit, die der knöchrige Grat ihrer Augenbraue aufwies. Ihr Haupthaar, einst kürzer, dann grauer, war jetzt dunkelbraun gefärbt, mit unnatürlichen rötlichen Lichtern. Auf einer langen Geraden wandte sie sich ihm sekundenlang zu. «Du hast mir nie Fragen über mich und Jeb gestellt», sagte sie.

«Was hätte ich fragen sollen? Die Dinge sprechen für sich.»

«Das hab ich immer an dir geliebt», erklärte Susan. Das Verbum alarmierte ihn; «Liebe» war ein Wort, das sich für ihn mit dem verwirrenden Predigen seiner Jugend verband. «Es war ein Alptraum, seit Jahren schon», fuhr sie fort, und er spürte, sie wollte sich ihm auf neue Weise offenbaren, wollte mehr sein als nur ein fremder Geist hinter einer vertrauten Maske. Sie öffnete sich. Doch nachdem er fast zwei Jahrzehnte den guten Ehemann gespielt hatte, hatte er inzwischen die Möglichkeit von Affären für sich entdeckt und sich in der Nachbarschaft verliebt. Das Bild seiner Geliebten – eine von Priscillas «Freundinnen» – stieg vor ihm auf, Kopf zurückgeworfen, Lippenstift verschmiert, und machte ihn taub gegenüber der Frau, neben der er saß. Ohne Susans Worte zu hören, sah er unverwandt auf ihren Mund, jenen entschieden komplizierten Mund, den die Schwestern miteinander gemein hatten, sah, wie er einen schmollenden, besorgten Ausdruck annahm, als würde eine Lehrerin einen entscheidenden Punkt herausstreichen.

Lukas auf dem Rücksitz hörte zu und schrie: «Mom, mach Daddy nicht vor Onkel Hank schlecht – das machst du bei *jedem*!»

«Hör sich bloß einer dieses Großmaul an, wie er seinen schrecklichen Daddy verteidigt!» entgegnete Jennifer, und dann gab es Gerangel, und das Mädchen schluchzte trotz ihres Hohns.

«Du bist zum Kotzen», sagte Lukas mit tränenerstickter, zittriger Stimme. «Eine richtige gottverdammte Laus, jawohl!»

«Daddy», sagte Jennifer mit so etwas wie weiblicher Zurückhaltung, «dieser kleine Giftzwerg hat mir soeben den Arm gebrochen.»

Die Erwachsenen nahmen ihre Unterhaltung nicht wieder auf. Ein paar Tage später fuhr Priscilla ihre Schwester zurück zum Flughafen La Guardia. Ein neues Leben sollte beginnen. Susan hatte vor, mit der Hälfte des Geldes, das nach Verkauf des La-Jolla-Hauses übrig blieb, und den zwei jüngeren Kindern in die Bay Area zu ziehen und in Berkeley das Töpfern zu erlernen.

«Ich hab ihr gesagt, daß sie verrückt ist», sagte Priscilla zu Hank. «In San Francisco gibt's nur Homosexuelle.»

«Vielleicht hat sie ja nicht soviel männlichen Trost nötig wie andere.»

«Was soll das nun wieder heißen? Du selbst hast ja auch nichts gegen gelegentliche Tröstungen, nach allem, was ich so höre.»

«Leise doch, leise. Die Kinder sind oben.»

«Karen ist nicht oben. Sie ist in New York und läßt sich von diesem Krippenschänder, den sie im Club kennengelernt hat, in ein Alvin-Aily-Ballett ausführen. Wach endlich auf. Weißt du, was immer dein Problem war? Du bist ein Einzelkind. Du hast mich nie geliebt. Du hast nur die Vorstellung geliebt, dich in eine Familie einzuschleichen. Du hast meine Familie geliebt, die Tatsache, daß wir da so viele waren, daß wir reich waren und Episkopalier und all das.»

«Den Episkopal-Kram hab ich nun wirklich nicht gebraucht. Die ganze Hochzeit über hab ich Angst gehabt, ich müßte niesen. Weihrauch! Nicht zu fassen.»

«Armer kleiner Baptistenjunge. Weißt du, was mein Vater damals gesagt hat? Das hab ich dir nie erzählt.»

«Dann laß es doch auch jetzt!»

«Er sagte: ‹Er wird niemals hier reinpassen. Er ist ein erzkonservativer Hinterwäldler, Prissy.›»

«Mann, wirklich? Hat er wirklich Hinterwäldler gesagt? Und wo reinpassen – in die Freimaurerloge etwa? Ha, ich hab ihn auch immer sehr gemocht. Besonders früh am Morgen, wenn man ihn mal nüchtern erwischte.»

«Er hat dich *verachtet*. Aber dann hat Susie sich Jeb angelacht, und der war noch viel schlimmer.»

«*Was* für ein Glück!»

«Das Verrückte war, gemessen an ihm kamst du noch ganz gut weg.»

«Ja, und gemessen an dir kommt Susie gut weg. So gleicht

sich alles aus. Lassen wir das. Vertagen wir's auf Mitternacht. Henry kommt grade.»

Aber der Junge, unversehens über eins achtzig groß, trug Kopfhörer, die in ein Radio von der Größe eines Schulranzens gestöpselt waren; auf seinem Weg zur Sonnenterrasse lächelte er glasig und selbstvergessen zu den Eltern hinüber.

Jegliche Selbstzufriedenheit, die die Arnolds gegenüber den Katastrophen bei den Herreras verspürt haben mochten, hatte weniger als ein Jahr Bestand. Eine ingeniöse Art der Steuerflucht, zu der Hank einer Anzahl von Kunden geraten hatte, wurde von der Steuerbehörde für nichtig erklärt, und diese Kunden schuldeten dem Staat plötzlich Hunderttausende Dollars, Zehntausende an Bußgeldern inbegriffen. Obwohl sie auf die Risiken aufmerksam gemacht worden waren und keine Anklage erhoben wurde, konnte seine Kanzlei ihn nicht halten. Die Scheidung folgte alsbald. Einer der Männer, mit denen Priscilla schon vorher zusammengewesen war, hatte sich von der eigenen Frau befreit und war bereit, sie zu übernehmen; Hank fragte sich, was Priscilla wohl anstellte, mit ihren hundertfünfzig Pfund, das diesen Aufwand lohnte. Unausdenkbar, daß er damals ihren Sex mit jenen formalisierten, keuschen «Paraden» in Gang gebracht hatte!

Sie ließ sich mit den Kindern in Cos Cob nieder. Hank akzeptierte, da er sein berufliches Nest im Osten beschmutzt hatte, dankbar das Angebot eines früheren Kollegen, seiner Kanzlei in Los Angeles beizutreten, obwohl er dort noch nicht einmal den Status eines Juniorpartners hatte. Auf ihren Familienreisen nach Südkalifornien war er immer glücklich gewesen, und obwohl ein Apartment mit einem Schlafzimmer in Westwood kein Haus aus Rotholz war, das auf eine Schnellstraße in La Jolla herabblickte, hatte der alte Mr. Hunter recht gehabt: er paßte hier besser her. Südkalifornien hatte einen Hauch von Baptistentum, der ihm Heilung brachte. Die

Leute stammten meist aus kleinen Städten des Mittleren Westens, und sogar in der Sünde herrschte Naivität – die Nackttänze in den Bars und die angemalten kleinen Mädchen in Jogging-Shorts am Rand des Hollywood Boulevard. Die großen, stuckverzierten Kinos der Dreißiger waren gänzlich auf Pornofilme umgestiegen; sommersprossige Jungpaare sahen zu, händchenhaltend und popkornessend. In dieser Stadt, wo Sex eine Art offizieller Währung war, holte Hank die Freuden nach, die ihm in Greenwich entgangen waren, weil er nicht den Zug verpassen durfte und die Kinder aufbringen mußte, und zog so mit seiner früheren Frau gleich. Los Angeles hatte etwas von dem einstmaligen Untertauchen im Alter religiösen Sichfindens, das mit der Pubertät zusammenfällt; jene schamlose große Hand hatte ihn unter Wasser gepreßt, und beim Wiederauftauchen hatte er sich sowohl atemlos und empört als auch rein und neu geboren gefühlt.

Eines Tages, in der Innenstadt, als er mit der Rolltreppe von der Figueroa Street zum Buonaventure hinauffuhr, fand er sich hinter einem lebhaften schwarzhaarigen Mädchen stehend, in der er allmählich seine Nichte Rosa wiedererkannte. Er berührte ihre nackte Schulter und lud sie zu einem Drink in der *Lobby Lounge* ein, zwischen all den lauten, geschwungenen Springbrunnen. Sie war jetzt vierundzwanzig; er konnte es kaum glauben, obwohl Karen genauso alt war. Sie erzählte ihm, daß ihr Vater einen Job als Vorarbeiter bei einem anderen Bauunternehmer angenommen und sich ein Motorboot gekauft hatte, mit dem er wochenends immer bis nach Mexiko hinunter fuhr. Seine kokainschnupfenden Freunde, die dauernd an ihr herumtatschten, hatten sie verrückt gemacht. Deshalb waren sie vor einer Weile auseinandergegangen. Jetzt arbeitete sie als Verkäuferin in einem schlechtgehenden Laden mit importierten Ledersachen im Tiefgeschoß der Arco Plaza, während ihre Chancen, Schauspielerin zu werden, sich mit jedem vorübergehenden Jahr im Quadrat verringerten. Heutzutage, erklärte sie, bist du *finito*, wenn du dein Gesicht mit neunzehn nirgendwo untergebracht hast. Tatsächlich, dachte Hank, ihr Gesicht ist für eine prätentiöse Karriere zu grob; mit seinem Pudelschnitt aus dichten schwarzen Locken hatte es zuviel von Jebs hoffnungsfroher Roheit, einer strahlenden Aufrichtigkeit, die irgendwie plump wirkte. Hank war von der enttäuschten jungen Schönheit durchaus angetan, doch Frauen ihres Alters mit ihren runden Brüsten und dem unglaublich klaren Weiß ihrer Augen ängstigten ihn eher, wie Apparate, die zu neu und zu teuer sind. Er fragte sie nach ihrer Mutter und bekam Susans Adresse. «Es geht ihr richtig gut», warnte ihn Rose.

Ein Briefwechsel schloß sich an. Susans Handschrift war eine Spur runder als Priscillas, aber mit denselben G, die wie ein S aussahen, und t, die ihre Querbalken eingebüßt hatten, wie vom Winde verwehte Hüte. Eines Samstags im Herbst flog Hank zur San Francisco Bay hinauf. Die dreihundert Meilen entlang der Küste waren wolkenlos, und die Hügel hatten ihre leicht entflammbaren lohfarbenen Sommerkleider angetan, jene goldene Farbigkeit, die der Kalifornier liebt, so wie der Neuengländer das Scharlachrot des späten Ahorns liebt. Berkeley sah Cambridge überraschend ähnlich, sobald man Oaklands Sumpflandschaft entronnen war: große Einfamilienhäuser, erbaut von einer Schicht der Mittelklasse, die anderswohin weitergezogen war, und hektographierte Protestplakate in vielen Farben, die auf Postkästen geklebt und an Bäume gepinnt waren. Susan wohnte im ersten Stock im rückwärtigen Teil eines großen gelben Hauses, das mit Ausnahme seiner abblätternden Farbe und der improvisierten Außentreppe ihn an das Haus ihrer Vorfahren in Saint Paul erinnerte. Sie hatte schon nach ihm Ausschau gehalten, und sie küßten sich unbeholfen in der Mitte des Treppenaufgangs.

Ihr Apartment wurde von alten Fotos ihrer Kinder und Beispielen ihrer Keramik beherrscht – krustige, sonderbar schöne Dinge, in deren Glasuren Türkis und ein lehmiges Orange vorherrschten. Sie wurde sogar ein bißchen davon los, in einem Laden, den eine ihrer Freundinnen in Sausalito betrieb. Eine Freundin, ganz recht. Und sie war Teilzeit-Lehrerin an einer privaten Grundschule. Und sie besuchte immer noch Kurse – die übrigen Studenten nannten sie Oma, doch sie mochte sie; ihre Vorstellungen davon, was wichtig war, unterschieden sich so total von den unseren in ihrem Alter. All dies brachte sie mit hastiger Stimme und einer schüchternen Akzentuierung der Hände hervor, während sie ständig das Haar von den Ohren zurückstrich, als müßte sie ihrer Hörfähigkeit nachhelfen. Ihre Art und Weise drückte aus, daß es eine etwas ermüdende Pflicht war, die er für sie beide ersonnen hatte. Er war ein Exverwandter, eine Seite aus der Vergangenheit. Sie war dünner denn je und hatte ihr Haar wieder grau werden lassen, nicht bloß graue Strähnen, sondern durch und durch grau. Es hing ihr über die Schultern und zu den Seiten eines rotbraunen wollenen Rollkragenpullovers herab, wie Männer auf Scotch-Whisky-Reklamen ihn tragen. Nie hatte Hank Priscilla so gesehen. In den engen, fleckigen Jeans, aus denen die knochigen bloßen Füße hervorlugten, wirkte Susans Magerkeit aufregend; er wollte sie besitzen, éhe sie gänzlich dahinschwand.

Sie nahm ihn mit auf eine Rundfahrt in ihrem Mazda, als hätten sie immer noch gemeinsam die Kinder zu unterhalten. Die goldfarbenen Hügel mit ihren Lichtungen, mit ihren Durchblicken auf Ozean und Lagunen, die gewundenen Pfade voller Radfahrer und Jogger und junger Eltern, die ihre Säuglinge auf dem Rücken trugen, alles sah idyllisch aus, wie eine Vision der Zukunft, ein verzaubertes Land, nicht des immerwährenden Sommers wie dort, wo er lebte, sondern des ewigen Frühlings. Sie trug Pumps mit Pfennigabsätzen zu ihren Jeans und eine Weste aus Schafsfellstücken über ihren Pullover. Diese Attribute machten sie aufregend schick. Zum

Essen gingen sie in ein Restaurant in der Nähe, wo Tabbouleh auf Artischockensuppe folgte. Anders als die meisten Paare, die sich das erste Mal treffen, hatten sie keinen Mangel an Gesprächsstoff. Die Erinnerung hielt sie von alten Kränkungen fern und wandte sich statt dessen den sechs Kindern und ihren unterschiedlichen, noch ungewissen Schicksalen zu; Schicksale schienen sich heute sehr viel langsamer herauszubilden als in ihrer eigenen Jugend. Priscilla wurde kaum erwähnt. Im Laufe des Abends wurde sie zu einem immensen Loch in ihrem Gespräch, einer Art Höhle, in der sie hockten, während ihre Stimmen undeutlich wurden und die Kerze auf dem Tisch zu flackern begann. Versuchte Susan, ihm das Eingeständnis zu ersparen, daß letztlich seine männliche Unfähigkeit, sich Priscillas Liebe zu erhalten, schuld war? Oder versuchte Hank, auch nicht den Schatten eines Vergleichs auf sie fallen zu lassen, jene Last, nur halb zu sein? Sie nahm ihn mit in ihr Apartment, und wirklich, er hatte auch keine andere Übernachtungsmöglichkeit für sich arrangiert.

Sie stieß ihre Schuhe beiseite, schaltete eine elektrische Heizsonne ein und nahm eine Magnumflasche *Gallo* aus dem Kühlschrank. Sie war müde; er mochte das, denn er war es auch, als hätten sie all die Jahre im Tandem dieselbe Last bewegt. Sie saßen auf dem Fußboden, an den entgegengesetzten Seiten eines gläsernen Teetischchens, dessen Oberfläche ihr Gesicht spiegelte – das schwingende Hexenhaar, die tiefen Augenhöhlen und die nachdenkliche Oberlippe. «Du bist einen langen Weg gegangen», sagte sie schließlich, mit jener Stimme, die ihm einst spröder als jene andere vorgekommen war, die sich indes in diesem Zimmer so zerbrechlich wie das Steingut ausnahm, das auf den Borden türkis errötete.

«Wie meinst du das?»

«Um mich zu sehen. *Siehst* du mich denn, *mich*, meine ich?»

«Wen sonst? Ich hab dich immer gemocht. Oder sollte ich sagen geliebt? Oder wär das zuviel?»

«Das wär's wohl. Zwischen uns war es immer sehr...»

«...kompliziert», ergänzte Hank.

«Genau. Ich möchte dir nicht bloß zur Korrektur eines Fehlers dienen.»

Er dachte lange nach, so lange, daß ihr Gesicht einen besorgten Ausdruck annahm, ehe er antwortete: «Warum nicht?» Er wußte, die meisten Leute, Susan eingeschlossen, hatten mehr Wahlmöglichkeiten als er, doch er glaubte auch, daß in unserem Land des Überflusses ein Mangel, wenn er nur ehrlich eingestanden wurde, nicht notwendigerweise ohne Abhilfe bleiben mußte.

Da dies schon die Achtziger waren, hatte sie Angst vor Herpes und all den anderen schrecklichen neuen Seuchen. Sie wußte ja nicht, was er in Los Angeles alles angestellt hatte. Sie würde ihn wirklich erst noch sehr viel besser kennen müssen, bevor sie mit ihm schlief. Er widersprach nicht, sondern sagte milde, es *gäbe* da etwas, das sie tun könnte und wofür er ihr sehr dankbar wäre. Und Hank, ihr zusehend, wie sie sich auszog und dann, das Kinn emporgereckt, voller Befangenheit eine kleine «Parade» in dem Zimmer vollführte, fand sie in ihrer fast skelettartigen Magerkeit majestätisch. Plato hatte unrecht; was ist, ist absolut. Ideen verblassen. Der Aufschub, den Susan gebot, die Fernen zwischen ihnen, die nicht so schnell überbrückt werden konnten, halfen ihm, die selige Wahrheit zu erfassen, daß sie eine *andere* Frau war.

Abrutschen

Ein nicht ganz leichtes Erdbeben – 5,4 auf der Richterskala – erschütterte eines frühen Morgens Morrisons Wohngegend: um sechs Uhr sieben, hieß es später in den Nachrichten. Abrupt wachte er auf, ihm war übel, ohne daß er wußte warum. Dann, bei dem letzten Stoß, gab die Nachttischlampe ein delikates Geräusch von sich, ein Klirren, und in dem kleinen Seegang, als wäre das Bett ein Boot, das in einem Wellental rollt, blickte er sich mit aufgerissenen Augen im Zimmer um, welche Schäden wohl angerichtet worden waren. Keine, schien es; der Putz der niedrigen Decke war bis in die Ecken hinein heil, auf den Fensterbrettern lagen keine Glasscherben, das Wasserglas, der Wecker und die zusammengelegte Brille hatten ihren Platz unter der Nachttischlampe nicht verlassen. Seine Frau neben ihm hatte sich nicht einmal bewegt. Man sah nur ihren Scheitel – lange, blonde, unordentliche Wuscheln. Sie schlief immer tief unter der Bettdecke, mit dem Gesicht vom Kissen herunter, als wäre sie über Nacht ans Fußende des Bettes gerutscht. Ihr Körper unter der Bettdecke war beängstigend flach, wie etwas, das tot auf der Straße liegt. Er preßte den eigenen Körper fester an die Matratze und wartete mit offenen Augen darauf, daß der Raum erneut in Bewegung geriet; er wartete auf das Ende der Welt. Aber das kleine

Beben hatte sich beruhigt, und im Laufe einer Stunde wurde es zu einem amüsanten Detail in den Fernsehnachrichten von jener Art, die die Nachrichtensprecher nach angespannter Rezitation von internationalen Massakern und Verhandlungen dazu bringt, ihre Mienen sich entspannen zu lassen und mit kleinen Witzchen zum Wetterbericht überzuleiten.

Nein, über bedeutsame Schäden war nichts bekannt geworden. Das Zentrum des Bebens hatte in den dünnbesiedelten Bergen achtzig Meilen weiter nördlich gelegen. Bewohner der Gegend hatten die Station mit Anrufen überflutet.

«Interessant», sagte Morrison bei der zweiten Tasse Kaffee zu seiner Frau, «daß die Leute inzwischen Fernsehstationen anrufen.»

«Anstelle von wem?» Sie war viel jünger als er und schien mißgelaunt wie ein Kind am Morgen, wenn das Gesicht noch die Abdrücke der Bettuchfalten trägt. «Wen *sollten* sie denn anrufen?»

«Was weiß ich? Die Polizeiwache. Das Rathaus. Sie scheinen zu glauben, daß alle Amtsgewalt jetzt vom Fernsehen ausgeht.»

«Es ist ohnehin völlig sinnlos, *irgend jemanden* wegen eines Erdbebens anzurufen», sagte sie reizbar.

«Da hast du recht», sagte Morrison schnell, weil er das Gefühl hatte, daß die Unterhaltung in einen Streit ausartete.

«Bist du wirklich seekrank aufgewacht, oder hast du bloß wieder diese Phantasien?»

Seine Erinnerung reichte soviel weiter zurück als die ihre, daß sie deren zeitliche Tiefe und überlegenen Gehalt gern als Phantasien abqualifizierte. Manchmal dachte er, sie sei dabei, sie beide auf seine Senilität vorzubereiten, obwohl er gerade erst sechzig war. «Und ob! Das ganze Zimmer hat gewackelt. Das Bett ist geradezu hochgesprungen. *Du*», fügte er anklagend hinzu, «hast aber durchgeschlafen wie ein» – er wollte nicht sagen «Baby» –, «wie ein Stein.»

«Ich war *müde*», jammerte sie, nach der nächsten Zigarette langend. Sie wußte, daß es ihm weh tat, sie rauchen zu sehen, und beeilte sich mit dem Anzünden. «Immer diese Parties zum Jahresende mit betrunkenen Professoren. Keuschnig wurde gestern abend bei mir ganz sentimental, wegen der Angelsachsen. Ihre Tapferkeit, die Hofhaltung und was weiß ich noch alles. Seine Hand kroch immer wieder zu meinem Knie hin, und ich hätte schwören mögen, einmal hatte er sogar Tränen in den Augen.» Dies alles sollte die unbewußte Beleidigung wiedergutmachen, daß sie sein Erdbeben verschlafen hatte.

Morrisons Frau war eine von seinen Studentinnen gewesen. Er war Geschichtsprofessor, und heute hatte er das Wintersemester seiner zusammenfassenden Vorlesung «Der Aufstieg Europas: 1453 bis 1914» beendet. Die Studenten applaudierten wie üblich nach der letzten Vorlesung, doch der Applaus währte länger als sonst, schien ihm. Eine Woge folgte der nächsten, mit stets sich erneuernder Wärme und Wertschätzung. In einem kleinen Tal zwischen zwei Beifallswogen wurde es Morrison, der lächelnd und verlegen sein graues Haupt wiegte, plötzlich klar, daß dieses Geräusch in der Tat Abschied bedeutete: Sein Werk war im großen und ganzen getan. Obwohl er eine oder zwei erwähnenswerte Monographien geschrieben und mit einem Kollegen, der inzwischen tot war, eine allgemeine Bestandaufnahme des österreichischen Kaiserreichs verfaßt hatte, ein Standardwerk noch immer, war ihm die revolutionäre These, die mitreißende und zusammenfassende Einsicht, die seinen Namen auf ewig an das Rad der Geschichte geheftet hätte, nie gekommen. Als junger Dozent hatte er sie durchaus in Reichweite gespürt – ein bißchen mehr Studium, ein Jahr ohne Lehrverpflichtung, mit inspirierten Notizen am Schreibtisch zugebracht, und er hätte sie gepackt, eine jener radikalen Konzeptionen, die im Rückblick so unübersehbar herausragen wie die eines Weber oder eines

Burckhardt. Die Gelegenheit war dagewesen, schön wie eine willige junge Frau, doch er hatte sie nicht festzunageln gewußt. Sein Spezialgebiet, die Donaumonarchie, hatte sich als ein Flickenteppich aus einer komischen Oper erwiesen, als ein wirrer «Interimsabsolutismus», ein Reich ohne Krönungszeremonie, als eine reaktionäre Monarchie, durch einen Papiersturm aus Verordnungen und Zugeständnissen vor sich hinstolpernd, ein Modellfall von Trägheit und Zersplitterung. Und doch, dachte Morrison weiter, aus eben diesen Gründen auch ein Modell menschlichen Miteinanders. Der gutmütige mitleidige Applaus der Studenten wickelte ihn ein, verschloß ihn in seinem Sarg; der Wettlauf seines Geistes war vorüber, er war erschöpft bis hinab in eine Tiefe, die sein Körper erst noch ausloten mußte. In seiner altmodischen Tweedjacke und der grauen Flanellhose war er nun selbst, mitsamt seinen Erinnerungen an den letzten guten Krieg und den intellektuellen Goldrausch, der mit dem GI-Gesetz begonnen hatte, mit seinen veralteten Ansichten und seinem spätkapitalistischen liberalen Humanismus, nur mehr ein Körnchen Bewußtsein, verloren im schwarzen Schiefer der Zeit.

Erneut spürte er bei dieser Beobachtung einen Anflug von Übelkeit. Der Applaus wurde dünner. Morrison las seine vergilbten Notate zusammen, Manuskriptseiten, die sich durch dauerndes Hantieren abgenutzt hatten und deren getippter Text durch weitere Überlegungen (keine davon aus jüngster Zeit) über die Jahre ein Spinnweb von Anmerkungen hatte über sich ergehen lassen. Wie jemand, der mit Rückenschmerzen oder Liebesqualen einen überfüllten Bus besteigt, bewegte sich Morrison mit seinem Brechreiz vorsichtig zwischen den aufgeregten, vorwärts drängenden Studenten nach draußen. Sie hatten heitere Gesichter, waren laut und trugen luftige Kleidung. Juni stand vor der Tür. Ein Junge mit abgeschnittenen Jeans und Brikettfrisur, einer der Eifrigen, der bis dicht an den Rand der Examina professorale Nähe suchte, äußerte Erstaunen und eine gewisse Bereitschaft zum Streit über das leicht ironische Porträt, das Morrison von jenem paradiesischen, im Jahre 1914 den Neid der Welt erregenden Europa gezeichnet hatte, bis zum Tag der senilen Entscheidung Österreich-Ungarns, Serbien wegen eines ermordeten Thronfolgers, den niemand gemocht hatte, den Krieg zu erklären. «Aber Sir, wo bleiben da Armut und Ausbeutung? Und was ist mit den mißlungenen Revolutionen, wie die von 1905?» Morrison rannte an dem Jungen vorüber, als hätte sich dieser in einer Fremdsprache an ihn gewandt. Der Professor hatte jetzt kein Herz für Historie; sein Rückblick war von jenem immensen, feinen Zittern erfüllt, in dessen Armen er vor Stunden aufgewacht war.

Sex, dachte Morrison im weiteren Verlauf des Tages. Es war Sex, was ihm entglitten war. Nicht die Sache an sich – seine junge Frau war, wenn sie auch ihren Schlaf brauchte, williger und machte weniger Aufhebens, als irgendeine aus seiner eigenen Generation gemacht hätte –, sondern die Hoffnung, die Erwartung, die alle Tage und Stunden auf den einen Punkt richtete. Als er noch a. o. Professor gewesen war, hatte er sich den ganzen Tag auf eine Einladung zum Abendbrot gefreut, wo er Mrs. R. oder die streitbare Miss B. oder die schmachtende Madame de L. vom Institut für Romanische Sprachen in einem Abendkleid aus Seide oder Satin sehen würde, wo er miterleben würde, wie die Haut dieser Frauen sich rötete, ihre Gebärden unter dem Einfluß von Essen und Trinken und dem, was die Verhaltensforscher «Sozialisation» nannten, ausgreifender wurden und die Stimmen lauter und bewundernswert rauh und rücksichtslos. Da war die Luft voller Zeichen und Bedeutungen und aufblitzenden immateriellen Messern. Heute dagegen pflegte er bei Abendeinladungen dazusitzen, verwundert, nicht eine einzige Frau mit am Tisch zu sehen, mit der er hätte schlafen wollen. Es war eine Art Taubheit, das

Leiserdrehen des Tons am Fernseher. Die Münder ringsum waren absurd in Bewegung, wie Fischmäuler. Höflich, sogar lebhaft, absolvierten er und seine Kollegen – sein Hofstaat – die einzelnen Abläufe. Dies war, vermutete Morrison, was Freud mit «Zivilisation» gemeint hatte: niemand, der noch einigermaßen beieinander war, hatte sie je nötig gehabt.

Auch die Studentinnen sandten ihre Signale aus, die Sekundärbedeutung ihrer Posen und Blicke, die sich gelegentlich als Fallgruben von köstlicher Waghalsigkeit enttarnten. Nun kamen ihm die Mädchen in ihrer provozierenden Ausgezogenheit wie Blattwerk vor, das sich freundlich an seinen Augenwinkeln vorbeidrängte, während er die Wege des Campus abschritt. Obwohl er einem Beruf angehörte, der berüchtigt war für die Lockerheit seiner Ehesitten, und dennoch nur dreimal verheiratet gewesen war, hatte ihn all die Jahre über, als die große Theorie, der säkulare Satz ihrer Entdeckung harrten, ein konstantes Liebesfieber erfüllt, hatte innerlich unaufhörlich mit dieser oder jener Frau gesprochen und sie unwissentlich zur Zeugin seiner Existenz gemacht – seiner Vorlesungen, seiner Vorträge, seiner Lektüre von Semesterarbeiten, seiner Tischlerei, seinem Laubharken und sogar seiner Liebesspiele mit einer anderen. Wenn er jetzt an Frauen dachte, in Momenten stiller Beschäftigung oder beim Einschlafen, dann an seine Töchter – mit großem Mitleid, großer Traurigkeit und rätselhafterweise voller Selbstanklage. Er hatte drei davon, von den ersten beiden Frauen, und alle drei waren sie nun erwachsen und lebten für sich in winzigen gemieteten Zimmern in verschiedenen undankbaren Städten. Wenn er an eine Tochter dachte, stellte er sich eine Erbse vor, freischwebend aufgehängt im Zentrum eines leeren Kubus, wo sie darauf wartete, gefunden zu werden, ein winziger, harter, leicht schrumpliger Kern der Enttäuschung, in einem Zimmer, dessen eines Fenster den Ausblick freigab auf andere identische Fenster. Das Bild hatte die Traurigkeit eines Magritte. Wenn er einer seiner Töchter tatsächlich begegnete, so erschreckte es ihn, daß er sie groß und herzlich und um *ihn* besorgt fand; er wurde alt, las er in ihren Augen. Wie ein zerbrechliches Relikt der Vergangenheit, die sie gemeinsam zugebracht hatten, sie als kichernde Babies und er schwarzhaarig und omnipotent, erschien er ihnen. Morrison hätte über seine Töchter geweint, wenn er so leicht hätte weinen können wie Keuschnig.

Seine Töchter und seine Zähne. Ein linker unterer Bikuspidat, dem vor langer Zeit der dahinterliegende Backenzahn verlorengegangen war, war es nun überdrüssig, eine Goldbrücke zu tragen, und stand schon bis an die Wurzeln entblößt im Knochen des erodierenden Kiefers, und Morrisons Zunge spürte, wie lose er saß. Morrison konnte auch nicht damit aufhören, ihn zu betasten, herauszufinden, bis zu welchem Grad die Lockerkeit Tatsache war oder nur morbide Illusion – Phantasie, wie seine Frau es nannte.

In seinem Büro wühlte er sich durch Stapel von Semesterarbeiten, die unter der Inspiration von Klatschen und Hallowach zusammengeschustert worden waren. Er machte nur wenige Randbemerkungen; diese Abschlußarbeiten wurden oft nicht einmal wieder abgeholt, sondern blieben den ganzen Sommer lang als Staubfänger auf einem Stuhl in seinem geschlossenen Büro liegen. Draußen glitt der Nachmittag mit wächsernem Glanz vorüber. Der Himmel war wolkenlos und demonstrierte so seine Unabhängigkeit von der Erde. Die Bewegung des Bettes am Morgen, von einem unterirdischen Gewitter hervorgerufen, war in Morrisons Bewußtsein geschrumpft: nicht mehr das Rollen eines Bootes, eher ein nervöses, scharfes Rütteln, als wären die Bettpfosten in Schmierfett gelagert gewesen. Noch einmal drückte seine Zunge gegen den erlahmenden Zahn. Heute abend würde wieder eine Party stattfinden, und sein Unvermögen, darüber in Aufregung zu geraten, schien wie ein weiteres leichtes Abschwächen, eine weitere Rate auf den endgültigen Verlust hin.

Doch es geschah auf eben dieser Party im Haus eines jüngeren Kollegen – eines Adepten von Braudel, der sich tief in die Statistiken über Korn- und Viehtransporte im Mittleren Westen gegen Ende des letzten Jahrhunderts vergraben hatte –, daß sie erschien, die aufregende Frau. Sie kam als unangemeldeter Gast, die Schwester eines Geologen auf Besuch. Aufrecht wie ein Soldat kam sie in den Raum marschiert – schlank, hochgewachsen, das toupierte Haar zu einem kompakten, luftigen rotgoldenen Ball um ihr Gesicht drapiert, das Kinn emporgereckt und einen Arm in Richtung der Gastgeberin ausgestreckt in einer ballettartigen Geste, als hielten ihre Finger einen Taktstock. Kein Ehemann begleitete sie. Für Morrison war sie eine so kostbare, gefährdete und messerscharfe Erscheinung in ihrem fahlgrünen Etui-Kleid, daß er davor zurückschreckte, sie anzusprechen. Erst als die zweite Aperitif-Stunde vor dem Essen angebrochen war, standen sie sich Auge in Auge gegenüber, während die kleine Gruppe um sie herum sich geheimnisvoll auflöste. Ihre Augen waren wie ihr Kleid von einem fahlen Grün, und sie sogen sich an den seinen mit einer Intensität fest, die den Eindruck erweckte, als seien sie einander, unter nicht sehr ehrenhaften Umständen, schon einmal begegnet. Die Neigung ihres zurückgeworfenen, strahlenden, scharfgeschnittenen Gesichts wirkte ein wenig unnatürlich und gespannt aus dieser Nähe. «Sind Sie emeritiert?» fragte sie, ohne ein Lächeln.

Das Lächeln besorgte er. «Noch nicht ganz. Sehe ich so aus?»

Sie hätte jetzt flirten können, doch sie sagte mit einem Zischen: «Gewiß.»

Er wechselte das Thema. «Ihr Bruder ist Geologe.»

«Mein Bruder», sagte die Frau, «ist ein Zuhälter.» Die Muskeln an ihren Kinnbacken zuckten fortwährend, und ihre lange Gurgel bestand aus starren vertikalen Strängen.

«Es hätte mich interessiert, wie er über das Erdbeben von

heute morgen denkt. Hat er sich Ihnen gegenüber dazu geäußert? Hat er irgendeine Theorie? Ist dies der Anfang eines kataklysmischen Trends?»

Sie sagte nichts, sondern starrte ihn nur an, mit einem Gesicht, das jeden Moment in Zorn ausbrechen konnte; es war, als hätte er zu ihr in einem geheimen Code zu sprechen gewagt, als hätte er eine Übereinkunft gebrochen, die sie insgeheim getroffen hatten. Dennoch war sie wunderschön, bemerkte Morrison, in ihrer Hagerkeit, mit jenen weitstehenden Wangenknochen, dem leichten Stups ihrer Nase und der durchbluteten Dunkelheit ihrer schmalen, rosa gerahmten Nüstern. Sie war lebhaft-nervös wie ein wildes Tier; er mußte nur den richtigen Ton finden, um sie zutraulich zu machen.

«Haben Sie es nicht mitbekommen?» fragte er mit weicherer Stimme. «Heut morgen? Meine träge Frau hat es völlig verschlafen, aber im Fernsehen und in den Nachmittagszeitungen stand es im Mittelpunkt.»

«Ich will gar nicht hier sein», erklärte die Frau in Grün, kaum die zusammengebissenen Zähne öffnend, indem sie ihren Kiefer ein wenig seitlich hin- und herbewegte, so, als fürchtete sie, sich erbrechen zu müssen. «Es war der Einfall meines Bruders. Ich habe ein wunderschönes Zuhause. Aber mein verrückter Mann –»

«Ihr Mann?»

«Er sagt, ich soll nicht darüber reden.» Zum erstenmal ließ sie ihn aus den Augen, und ihr Kopf wirbelte herum, derart rasch den Raum inspizierend, daß der Ball toupierten Haars unter dem Druck der Drehung auf und nieder hüpfte.

«Ihr Mann sagt was?»

«Mein *Bruder*.» Ihre Lippen waren sehr lang und irgendwie unpräzise mit einem purpurnen Rot ausgemalt. Ihre Mundwinkel bogen sich in dem krampfhaften Versuch eines Lächelns nach oben. «Er nimmt es mir weg. Mein *schönes* Zuhause, und nun auch meine Kinder, o mein Gott, er hat

Anwälte, und Ärzte, er *kauft* die Leute und bringt sie zum *Lügen* –»

«Das ist nicht Ihr Bruder, das ist Ihr Ehemann», sagte Morrison. Es war eine dumme, professorale Anstrengung, die Dinge auseinanderzuhalten, aber allmählich bekam er es mit der Angst.

Die Frau sah ihn erstaunt an. Er hatte die irrationale Vorstellung, ihr Gesicht mitsamt den Backenknochen und Nüstern und Augen, die wie Knochen von einer anderen Farbe wirkten, könnte auseinanderfliegen, als würde ein Schrapnell explodieren. «Sie sind *wunder*bar», erklärte sie schließlich und lachte laut los, ein geisterhaftes Lachen, zu dem ihr Mund sich weiter öffnete, als er es für möglich gehalten hätte, so daß er die Rippen ihres Gaumens und das schwarze Rost ihrer Zahnfüllungen sehen konnte, bis hin zu den Backenzähnen.

Sie war, erkannte er, ziemlich irre; mit einem Schlag erklärte sich ihr trotziges Entree, ihre Situation, wie sie sie beschrieb, und auch das Rätsel, warum die Leute um sie herum sich zerstreut hatten, so daß nur noch Morrison ihr gegenüberstand. Und sie, da sie auf seinem Gesicht die Veränderung wahrnahm, den Ausrutscher, warf den Kopf im Triumph zurück und hielt sich mit einer schlanken, nervösen, harten Hand an ihm fest. Für den Rest des Abends folgte sie ihm mit ihren Blicken und ihrer Stimme, setzte sich neben ihn an den Tisch, ihn anstarrend, bittend, daß er sie verstehe, daß der Code, den sie in unergründlicher Vergangenheit gemeinsam erfunden hatten, sie auch künftig verbinden und zur Basis ihrer Rettung würde. Der vage Appell an die Menschlichkeit, der stets wie eine Art Gas in der Luft von Parties schwebt, hatte sich erstickend verfestigt; die Zimmerdecke schien sich zu senken und ihn von einer Ecke in die andere zu jagen, von einer Gruppe zur nächsten, während die Frau ihn ständig wie eine Beute umkreiste.

«Was für ein gespenstischer Abend», sagte Morrison zu seiner Frau, als es endlich vorüber war und sie daheim waren.

«Sie hat dich richtig *lieb*gewonnen», sagte sie. «Arme Seele. Offenbar war sie mal sehr klug und sehr schön, und irgendwann ist sie dann ausgeflippt. Ihr Bruder meinte, sie hofften, sie nicht noch mal einer Behandlung mit Elektroschocks aussetzen zu müssen.»

«Ich dachte, die gibt es gar nicht mehr.» Die Vorstellung verursachte ihm Übelkeit. Würden sie ihr das Haar abrasieren? War es nicht vielleicht eine Perücke gewesen? «Es war erschreckend», gab er zu, «plötzlich erkennen zu müssen, daß sie nicht *da* war, jedenfalls nicht in dem Sinn wie normale Menschen. Ich muß reichlich blöd ausgesehen haben.»

«Nicht blöder», sagte sie, «als andere alte Schürzenjäger auch.» Da sie beim Abstreifen ihres Kleides ihr Haar durcheinandergebracht hatte, schüttelte sie nun mit ungeduldiger Heftigkeit den Kopf, wie ein Kind, das seine Knoten nicht ausgekämmt haben will. Das Kopfschütteln genügte, um ihr blondes langes Haar locker den Rücken hinabfallen zu lassen. Als Wiedergutmachung strich sie ihm im Bett über die Augenbrauen, die in den Jahren buschig geworden waren, und massierte ihm den Schädel, als wollte sie ihn von den Falten auf seiner Stirn befreien. «Jedermann fand, daß du dich heldenhaft geschlagen hast», sagte sie loyal.

Dies alles war ein Signal, und Morrison wollte darauf eingehen, denn seine Frau erschien ihm nun wie ein Schatz, schläfrig, aber zumindest bei Trost. Doch der Augenblick, da er sie hätte nehmen sollen, ging vorüber, und sie verlor sich, ihn vergessend, in seinen Armen.

Er lag in dem breiten Bett und wartete. Obwohl die Decke zu ihrer richtigen Distanz zurückgewichen war, quälte ihn die Erinnerung an jenen mit so plötzlicher Gier aufgerissenen Mund, die Gaumenhöhle gerippt und die hinteren Zähne schwarz. Seine Zunge berührte den Zahn, testete, ob er nachgab; vielleicht war es alles nur Phantasie. Er dachte an Franz Josef, der gegen Ende steif und förmlich geworden war, wie er sich am Tag seines Todes wie gewöhnlich um drei Uhr dreißig vom Bett erhob, um sich den üblichen Waschungen mit kaltem Wasser zu unterziehen, was sein Diener besorgte, und seine Orden anzulegen; schwach und fiebrig, da die Welt vor seinen Fenstern durch den unheilvollen Mißgriff seines Ultimatums an Serbien dem Ruin entgegenging, examinierte und signierte der alte Monarch den ganzen Tag lang Papiere in Schönbrunn, wenn er auch zu schwach war, sich am Abend zum Gebet hinzuknien. Sedl, der Bischof der Hofburg, kam um acht Uhr dreißig und hielt das alte Habsburger Kreuz an die Lippen des Kaisers; seine Mätresse, Katharina Schratt, wurde zu spät hinzugerufen und legte zwei weiße Rosen auf Franz Josefs Bett, die mit ihm zusammen begraben wurden. Morrison dachte an seine Töchter in ihren leeren Zimmern und an die dünnbesiedelte Bergregion im Norden. Plötzlich schien die Matratze ein wenig zur Seite zu schwingen, einen kleinen koketten Ruck zu tun; doch die Nachttischlampe klirrte nicht, so daß es wohl nur seine Phantasie gewesen war.

Pokerabend

Der Betrieb hat wieder mal länger gearbeitet, weil die Einzelhändler es so eilig haben mit dem Füllen ihrer Lager für Weihnachten, dabei haben wir erst August; da hab ich auf dem Weg zum Arzt noch schnell einen Bissen gegessen und wollte dann von da aus gleich zum Pokern. Ab und an mag die Frau es ganz gern, wenn ich abends wegbleibe. Sie kann dann mal ein Abendessen auslassen und damit ihrem Gewichtsproblem wieder ein bißchen zu Leibe gehen.

Der Doktor ist aus seiner alten Praxis auf der Poplar rübergezogen in eins dieser neuen Ärztezentren gleich hinter dem Einkaufszentrum, in meiner Kindheit noch jahrelang ein Feld, wo die Italiener kilometerweit grüne Bohnen zogen, immer an diesen dicken braunen Schnüren entlang. In dem neuen Ärztezentrum ist überall indirektes Licht, alle Fußböden sind ausgelegt, und Musik wird ins Wartezimmer gepumpt, doch wenn du dir ihre Türen näher anguckst, könntest du ganz leicht mit der Faust durch, und die andern Ärzte und Patienten hörst du sowieso durch die Wände, alles, was sie sagen, sogar ihren Atem.

Was meiner zu mir sagte, war gar nicht gut. Genaugenommen wurde es, je mehr ich es verstehen wollte, desto schlimmer.

Er hat mich dann ganz schön optimistisch vollgelabert, von wegen der Heilmethoden, über die sie jetzt verfügten, Chemotherapie und Kobalt und dann sogar irgendwas mit Platin. Aber in meinem Alter habe ich schon genug Leute sterben sehen, um zu wissen, man kann es in Wahrheit nicht aufhalten, es ist eine einzige Quälerei. Wenn es kein Krankengeld oder die Versicherungen gäbe, wär es wirklich sehr die Frage, wie viele von diesen teuren Krankenhäusern noch im Geschäft wären.

Ich sagte, zum Glück wüßte ich jetzt wenigstens, daß es nicht bloß Einbildung war. Ich fragte ihn, ob er dächte, es könnte irgend etwas mit den Chemikalien zu tun haben, die sie drüben in der Fabrik verwenden, und er sagte mit diesem gezierten Ausdruck um den Mund, darüber könnte er nun wirklich keine eigene Meinung wagen.

Er dachte natürlich, ich wollte klagen. Dabei war ich bloß neugierig. Nämlich, ich hab immer gedacht, wenn es nicht dies ist, ist es das; heutzutage, wenn du nur an der Straßenecke stehst und auf Grün wartest, atmest du doch schon genug Gift ein, daß 'ne Ratte davon abkratzen könnte.

Dann machten wir die nächsten Termine aus, und er gab mir einen Packen Rezepte. Als ich die Tür hinter mir zumachte, hatte ich das Gefühl, durch mich könnte auch jeder ganz leicht seine Faust durchstecken.

Aber Drugstores sind ja sonnige Fleckchen, und während ich auf meine Medizin wartete, hab ich mir ein Milky Way genehmigt und ein Exemplar *People* durchgeblättert. Schließlich hatte das Mädchen die Medikamente beisammen, und an der Art, wie sie lächelte und der gelbe Bic-Stift aus ihrer Kitteltasche hervorlugte, hab ich abgelesen, daß mir allzu Schlimmes gar nicht passieren konnte, nie. Wenigstens auf einer bestimmten Ebene meines Bewußtseins nicht.

Die Nachtfalter unter den Straßenlaternen flogen so dicht wie Mückenschwärme, und wie die Autoreifen über den klebrigen Teer surrten und die Teenager aus den Autos auch die grüßten, die sie gar nicht kannten, war das der alte Klang von Sommer und Glück. Ich stieg in meinen Wagen, und nach einigem Nachdenken fuhr ich in Richtung Heights zum Pokern.

Ich wollte eigentlich, daß meine Frau an den Neuigkeiten teilhatte, aber wiederum zählten sie auf mich als sechsten Mann, und die paar Stunden machten ja nun auch keinen Unterschied mehr. Schlechte Nachrichten sind haltbar: hatten das nicht schon die Alten immer gesagt?

Die Gruppe trifft sich jeden zweiten Mittwoch, seit dreißig Jahren, ein paar sind gegangen, ein paar dazugekommen, die Leute ziehn ja weg oder kommen wieder. Sogar ein paar Todesfälle hatten wir zu verzeichnen, aber vom Stamm bis jetzt eigentlich keiner, nur Ersatzleute – Schwäger oder Nachbarn, die mal einen Abend dazukamen, um den Tisch komplett zu machen.

Heute sollte es bei Bob stattfinden. Bob betreibt einen Bilderrahmenladen unten in der Stadt. Du glaubst gar nicht, was die Kerle heutzutage nehmen, vielleicht vierzig, fünfzig Piepen für bloß so 'n kleines Aquarell von irgend 'ner Hobby-Tante, oder für so 'n Oberschulzeugnis.

Jerry ist Ingenieur in einem Betrieb an der neuen Promenade, Ed ist Teilhaber an einem Obstgeschäft in der Stadt, Greg leitet die Klempnerei, die sein Vater mal vor Jahren gegründet hat, Rock ist Studienberater in 'ner High-School, ob du's glaubst oder nicht, und Arthur Vertreter für Doerners Farben und Lacke. Arthur war heut abend auf Tour, deshalb brauchten sie mich als Ersatzmann.

Es fing alles an, als wir jung verheiratet waren und mehr oder weniger in der Gegend zwischen Poplar und Forrest unsere Familien auf den Weg brachten, auf der andern Seite der Straße, gegenüber der großen alten *Agawam*-Tapetenfabrik, die es damals noch gab, ehe daraus kleine gewerbliche Mietkomplexe wurden. Eines Abends im April hat mich dieser Greg angerufen, ein Typ, von dem ich vorher kaum was wußte, außer daß natürlich jeder den Werkstattwagen seines Vaters kannte.

Ich dachte, Alma würde sich dagegen wehren; damals müssen sowohl Jimmy wie auch Grace unter zwei Jahre alt gewesen sein, und sie versuchte noch immer, abends Klavierstunden zu geben. Aber sie sagte, nur zu, ich hätte ganz schön hart gearbeitet, und sie könnte sich vorstellen, ich bräuchte etwas Abwechslung.

Heute lebt hier keiner mehr von uns, nur noch ich und Ted, und auch der spricht schon davon, in ein Apartmenthaus zu ziehen, wo doch die Kinder aus dem Haus wären, nur daß ihm die Vorstellung zuwider ist, sich jeden Tag durch den Verkehr in die Stadt kämpfen zu müssen. Von da, wo er jetzt wohnt, kann er seinen Früchteladen zur Not sogar während eines Blizzards zu Fuß erreichen; und seine Josie, diese Verrückte, hat nie Autofahren gelernt.

Arthur sitzt nun auch schon jahrelang drüben auf den Hügeln, ungefähr drei von diesen gewundenen Straßen von Bobs Haus entfernt, und Rick auf der anderen Seite der Stadt, beim See, und Jerry ist auch verschwunden und hat sich irgendwo südlich vom Einkaufszentrum eine heruntergewirtschaftete Milchfarm gekauft. Jetzt ist er grad dabei, den Stall zu Mietwohnungen auszubauen, in Eigenarbeit das meiste, an den Wochenenden. Auch sonst hat es über die Jahre ein paar Veränderungen gegeben, hinsichtlich der Frauen und der Geschäfte.

Aber der Einsatz ist eigentlich derselbe geblieben; bei der Inflation und unserem eigenen bescheidenen Aufstieg sind die Zehncentstücke und die Vierteldollarmünzen, ja sogar die Dollarscheine wie Spielmarken, die hin und her wandern. Es *ist* jetzt wirklich 'ne Abwechslung, und Gewinnen bedeutet eher, daß du dich gut fühlst, als daß du Profit machst.

Ich bin ungefähr zehn Minuten zu spät gekommen wegen der Warterei in dem Drugstore. Die kleinen Packungen klapperten in der Tasche, als ich mein Jackett aufs Sofa warf, und das Geräusch machte mir Bauchgrimmen, weil es mich wieder daran erinnerte.

Hatten Sie schon mal das ganz starke Gefühl, etwas *könnte* einfach gar nichts anderes sein als ein böser Traum, und am nächsten Morgen, beim Aufwachen, wären Sie in Sicherheit? Ich hatte es immer als Kind, wenn ich wirklich in Schwierigkeiten war, zum Beispiel damals, als Lynn Pechilis behauptete, sie wär schwanger, oder als sie uns in der Woolworth beim Klauen von Comics erwischten.

Ich nahm mir ein Bier und setzte mich zwischen Ted und Rick an den Tisch. Die fünf Gesichter, schon alle durch Bier und Kartenspiel gerötet, sahen aus wie Ballons, helle rosa Luftballons in dem Licht über ihren Köpfen, das Bob in seiner Bude angebracht hat: eine nackte Hundertwattbirne an einer Verlängerungsschnur, die er einfach zwischen die Balken gehängt hat.

Seit Jahren arbeitet er nun schon an dieser Bude, senkt die Decke und isoliert die Wände mit Dämmplatten. Aber die Bilderrahmerei hält ihn bis spätabends und auch samstags im Geschäft fest, in der Innenstadt, und die Rigips-Platten und das Holz und die Glaswolle-Rollen liegen schon so lange hier herum, daß wir immer was zum Frotzeln haben.

Ich dachte, *diesen Raum siehst du nie mehr fertig.* Der Gedanke erwischte mich wie eine Kugel in den Eingeweiden; aber ich hab mir dann vorgestellt, wenn ich jetzt ganz still dasäße und ganz schnell das erste Bier tränke, würden mich die Ballons ihrer Gesichter allmählich zu sich raufziehen, und da oben könnte ich dann meine Innereien vergessen.

Es hat auch ganz gut funktioniert. Meine Karten wurden immer besser unter der nackten Birne, die Asse und die Zweien und die Damen mit ihren schönen kalten Gesichtern, und ich hab wirklich nur zwei Fehler an dem Abend gemacht.

Bei dem ersten hing ich mit zwei Paaren, Buben und Achten, herum, bis hin zu dem Stadium, wo's wirklich um Dollars geht. Wir spielten Seven Cards High-Low, und Jerry hatte vier Karten einer Straße auf dem Tisch, und nur zwei der Neunen – die Karte, die er noch brauchte – waren schon draußen. Aber ich dachte mir, er *müßte* mitbieten, als hätte er sie auf der Hand, egal ob er sie nun hatte oder nicht. Wie sich herausstellte, hatte er sie tatsächlich, und ich war noch nicht mal Zweiter, da Greg sich die ganze Zeit hinter drei Königen verschanzt hatte.

Beim zweiten Fehler, in der letzten Runde, als der Pott nach all dem Bier so richtig voll war, stieg ich mit einem niedrigen Full House aus Fünfen und Dreien aus, bei einem Twin Bed. Weil schon so viele Paare draußen waren, dachte ich, irgendwer würde mich sowieso schlagen. Falsch: Rick gewann das Ding mit einem Herz-Flush mit hohem As.

Können Sie sich das vorstellen: Twin Bed mit einem Flush gewinnen? Was mich betrifft, ich ärgere mich mehr, wenn ich mit einem Gewinn-Blatt passe, als wenn ich mit einem Verlierer-Blatt weiterbiete; es kommt mir vor wie die kleinere Sünde gegen Gott oder die Natur oder wen auch immer.

Vielleicht war auch meine Konzentration dahin; in manchen Augenblicken kam es mir blöd vor, hier mit diesen bierseligen Kerlen zusammenzuhocken (gegen Ende wird's immer ziemlich laut), bloß um Karten zu spielen, wie Kinder, die einen verregneten Sonntagnachmittag totschlagen, wo ich doch grad informiert worden war, was die Stunde geschlagen hatte. In diesen Augenblicken, als ich das dachte, sahen die Karten unglaublich dünn aus: eine Art Silberfolie, gerade noch stark genug, um die taube Realität, die unter allem lag, zu verbergen.

Wie es der Zufall will, waren meine Karten jetzt die meiste

Zeit ziemlich mittelmäßig. So hatte ich Gelegenheit, meine Augen umherschweifen zu lassen. Die Gesichter von den Kerls sahen zwar wie rosa Ballons aus, aber ihre Hände, wie sie über den Tisch langten, waren etwas völlig anderes: Das waren die Hände alter Leute, lange, faltige, welke weiße Klauen mit Flecken und grauen Härchen und geschwollenen Adern.

Wir waren zusammen alt geworden. Wir alle waren dem Tod ein Stück näher gekommen, und ich glaube, das war's, was mich tröstete, mit ihnen aufsteigen ließ.

Ted stieß sein Bier um, wie meist, wenn es schon etwas spät ist. Er hatte gerade nach den Karten oder dem Korb mit dem Popcorn oder nach seiner Zweistärkenbrille langen wollen (eine unbequeme Distanz übrigens: du siehst die eigenen Karten bestens auf die kurze Entfernung, aber die Karten in der Mitte verschwimmen dann, und umgekehrt), und alle stimmten sie ein Geheul an und machten sich über ihn lustig wie immer, und meine Kehle wurde rauh, sie waren alle so verdammt nett, und ich kannte sie schon so verdammt lange, ohne daß wir irgend etwas Großes von uns gaben, außer diesem Gejuxe und wer mit Geben dran war. Vielleicht war das das Nette. Ihre Gesichter verschwammen und bekamen kleine Sternchen-Punkte, wie bei diesen Unschärfen, die heute im Fernsehen Mode sind – die falschen Zähne und die Brillen und die glänzenden hohen Stirnen, wo einst Haar gewesen war –, und mir kam der verrückte Gedanke, daß die Leute sich gar nicht soviel Sorgen machen würden, ob sie nun in den Himmel oder in die Hölle kommen, Hauptsache, ihre Freunde kämen mit.

Ted hat leicht geschwollen aussehende Hände, mit Kerben an den Fingern und ausgewalkten Handflächen, ich nehme an, vom Kistenschleppen. Man würde ja meinen, flink wie er sein muß jeden Tag in dem Gemüseladen, um den Damen die Tomaten und die Pflaumen herauszupicken, wäre er eigentlich der letzte von uns, der sein Bierglas umstößt. Aber immer ist er derjenige welcher, genau wie Rick der ist, der stets den ganzen Ramsch kriegt, und Jerry der, dem jedesmal genau die Karte zugeteilt wird, die er braucht.

Am Ende war ich etwa fünf Dollar im Minus. Wenn ich den Mumm gehabt hätte, mit dem kleinen Full House weiterzumachen, vielleicht wäre ich fünf Dollar im Plus gewesen.

Ich zog mir die Jacke an. Das Rascheln in der Tasche erinnerte mich wieder an die Verschreibungen und an den Arzt. Woolworth hat die Sache aber nicht weiter verfolgt. Und es stellte sich heraus, daß Lynn mir bloß einen Schrecken einjagen wollte.

Die Frau war nicht mehr auf. Das hab ich auch gar nicht erwartet, um Viertel vor zwölf.

Doch sie schlief auch nicht. Sie fragte mich aus dem Bett, aus dem Dunkel, wie es mir ergangen wäre.

Ich sagte, ich hätte weder gewonnen noch verloren. Sie fragte mich, was der Arzt gesagt hätte.

Ich fragte sie, ob sie nicht runterkommen wolle in die Küche – zum Reden. Ich weiß nicht recht, warum ich nicht wollte, daß im Schlafzimmer darüber gesprochen wurde, doch ich wollte nicht.

Sie sagte, liebend gern, sie hätte nichts zum Abendbrot gegessen und sei schon fast verhungert. Im Kühlschrank wäre etwas übriggebliebene Lasagne, die könnte sie im Nu im Mikrowellenherd aufwärmen. Sie hatte dort oben im Dunkeln gelegen und darüber nachgedacht.

Alma ist in Wirklichkeit nicht dick; ich würde sie eher kräftig nennen. Wenn man mit ihr im Bett liegt, kann man immer noch ihre Hüften spüren.

Wir gingen nach unten und knipsten das Licht an. Sie, im Bademantel, wärmte den feuerfesten Glasteller auf, auf dem noch die Hälfte der Lasagne lag. Ich selbst wollte mir noch ein

Bier nehmen, entschied mich aber anders. Dann waren die Lasagne aber so heiß – erstaunlich, wie diese Mikrowellen das schaffen, von innen nach außen, angeblich durch Schütteln der Moleküle –, daß ich doch noch das Bier holen ging, schon um mir den Mund zu kühlen.

Ich erzählte ihr, so gut ich konnte, alles, wie der Doktor es mir gesagt hatte. Genau in seinen Worten, sogar in seinem Tonfall, als ob nicht er es war, der sprach, sondern eine Art Tonband-Ansage. Das indirekte Licht rings um seine Untersuchungsliege und seinen metallenen Schreibtisch und das Aussehen seiner imitierten Holztäfelung aus Hartfaserplatte, alles wurde wieder in mir lebendig, als wäre ich geradenwegs von dort gekommen, als wäre ich überhaupt nie pokern gewesen.

Alma tat und sagte natürlich nur die richtigen Sachen. Sie weinte, aber nicht soviel, daß ich in Panik geriet, und dann kam sie mit lauter vernünftigem Zeugs über ein zweites Gutachten und geheimnisvolle Genesungsprozesse und die moderne Medizin und wie wir es Tag für Tag neu einschätzen und einfach daran glauben müßten.

Aber sie war ja nicht ich. Ich war ich.

Während wir uns über den Küchentisch hinweg unterhielten, war da plötzlich eine Barriere, und ich war auf der einen Seite, sie auf der andern, übergewichtig und über fünfzig, wie sie war, eine müde Frau in mittleren Jahren, nach Mitternacht noch einmal aufgestanden, dasitzend in einem puderblauen Bademantel, aber mit diesen dunklen Augen, die auf einmal so furchtbar wach waren. Ich hatte ihr dieses schrecklich gute Blatt gegeben.

Du konntest es von ihrem Gesicht ablesen, wie ihr Gehirn arbeitete. Sie bedachte die Karten, die ihr gerade zugeteilt worden waren; sie überlegte, wie sie sie spielen mußte.

Ehen werden
im Himmel geschlossen

Brad Schaeffer fand Jeanette Henderson wegen ihrer Glaubensgewißheit so anziehend. Auf einer Weihnachtsfeier im Büro in der Milk Street, während der dreißiger Jahre in Boston, hörte er sie in einem jener Wirbel von Stille, die mitten in aller Fröhlichkeit wie ein Strudel im Stauwasser aufwallen, mit kristallklarer Stimme sagen: «Mein Seelenheil, natürlich!»

Er sah hinüber. Sie stand am Fenster, eingeklemmt zwischen einem heißen Heizkörper und Rodney Gelb, dem Büro-Romeo. Draußen vor dem schwarzen Fenster hatte es zu schneien begonnen, und die erleuchteten Fenster des Büro-hauses auf der anderen Straßenseite flackerten und verschwammen. Jeanette war erst im Herbst in das Maklerbüro eingetreten, eine ordentliche Sekretärin in einem pfeffer-und-salz-farbenen Wollkostüm und einer schmucken Rüschenbluse. Für diesen Abend hatte sie sich Schuhe ausgesucht, die vorn offen waren, dazu ein Kleid aus lavendelfarbenem Gabardine mit Zickzackfalten, die an den Enden mit glattgebügelten kleinen Schleifchen verziert waren. Die Röte auf ihren Wangen, die der Party-Punsch heraufbeschworen hatte, ließ ihn zum erstenmal die eigentümliche Politur ihrer kompakten kleinen Gestalt wahrnehmen, ein Eindruck wie von einem fein ausgearbeiteten Gegenstand bis hinunter zu den Zehennägeln, die durch die offenen Schuhspitzen lugten. Ihr Profil wirkte standhaft und schnippisch, als sie nun den Hals bog, um zu Rodneys anmaßendem Gesicht mit den buschigen Brauen emporzublicken. Brad trat zu ihnen in die dampfende Hitze beim Heizkörper. Der Schneefall verstärkte sich noch. Die goldenen Fenster gegenüber wurden weich wie Butterscheibchen.

Jeanettes Gesicht wandte sich ihrem Retter zu. Sie schwitzte leicht. Die erregte Röte ihrer Wangen ließ ihre Augen eisblau erscheinen. «Rodney hat gerade behauptet», klagte sie, «daß nur das Geld zähle.»

«Dann hab ich dieses verrückte kleine Dinge gefragt, was denn für *sie* zähle», sagte Rodney, der aus seinem schwarzen Kammgarnanzug Wärme abstrahlte. Ein bleicher, welker Mistelsproß war ihm aufs Revers geheftet.

«Und da hab ich ihm die erste beste Sache genannt, die mir in den Kopf kam», sagte Jeanette. Ihr welliges, eng am Kopf anliegendes Haar war von einem weichen Braunton, der an diesem Abend nichts Maushaftes an sich hatte. «Natürlich gibt es eine *Menge*, was mir wichtiger ist als Geld», fügte sie hastig hinzu.

«Sind Sie katholisch?» fragte Brad.

Dies war eine Frage von ernsthafterem Zuschnitt als Rodneys Schäkerei. Ihr Gesicht beruhigte sich. Sie sprach wieder mit nüchterner Sekretärinnenstimme. «Natürlich nicht. Ich bin Methodistin.»

Brad war erleichtert. Nun konnte er sie lieben. Als Mann mit Ambitionen liebte man in Boston keine Katholikin, auch dann nicht, wenn man Schaeffer hieß und aus Ohio stammte.

«War es denn so dumm, was ich gesagt habe?» fragte sie, als Rodney gegangen war, um ein neues Glas Punsch und ein anderes kleines Mädchen aufzutun.

«Ungewöhnlich, aber nicht dumm.» Tief im Herzen

glaubte Brad nicht mehr daran, daß der Kapitalismus noch länger als ein Jahrzehnt standhielt, und mit ihm würden die verbliebenen Kirchen dahingehen. Nach seinem Dafürhalten war die Religion längst so tot, wie Marx und Mencken behaupteten. In den Dezemberstraßen und in den Statistiken, die ins Büro geflattert kamen, herrschte eine Düsternis, die die Fröhlichkeit der Weihnachtslieder obszön klingen ließ. Aus den Tiefen der Torwege von Bostoner Geschäftshäusern, die mit Ornamenten verziert waren wie kleine gotische Kirchen, äugten Leute hervor, die wirklich hungerten und die zu verbittert waren und zu taub vor Kälte, um noch zu betteln. Jeden Morgen wurde der Stadtpark nach Erfrorenen durchkämmt.

«Ich *glaube* aber», fuhr Jeanette fort, als müßte sie sich entschuldigen. Der Kontrast zwischen ihren blauen Augen und der rosigen, wie glasierten Haut war jetzt fast grell zu nennen. «Seit ich mich erinnern kann, ja noch ehe mir irgend etwas erklärt wurde. Es kommt mir so natürlich vor, so notwendig. Finden Sie das seltsam?»

«Ich find's fabelhaft», sagte er.

Zur Fastenzeit gingen sie schon gemeinsam zur Kirche. Es war seine Idee gewesen, sie zu begleiten. Er sah sie gern in neuer Umgebung, in dem neuen Licht, in dem sie dann erschien. Bei der Arbeit war sie grau und kurz angebunden, ein bißchen abgehoben vielleicht von den übrigen «Mädchen», auch weil sie durch die Art, in der sie sich kleidete, älter erschien. Im Haus ihrer Vorfahren in Framingham, in Gesellschaft ihrer Eltern und Brüder, wirkte sie dann mädchenhaft und ein bißchen betrunken von der Atmosphäre, wie damals beim Punsch. Gierig atmete Brad die würzige Luft dieses alten Hauses ein mit seinen ausgetretenen Perserteppichen und ledernen Roßhaar-Sofas, nun, da er wußte, daß dies das Aroma ihrer Kindheit war. Auf der Straße und im Restaurant war Jeanette ganz Lady, wie eine Figur auf einer alten Radierung mit einem Stadtmotiv, was ihn in der Anonymität dieser

Szene zum Gentleman, zum Beschützer, zum Galan werden ließ. Ihr lächelndes Gesicht strahlte, wie die Satinaufschläge ihres Twillmantels und ihre spitz zulaufenden Lackstiefel. An Kreuzungen umfaßte sein Arm unwillkürlich ihre Taille, und er mochte sie nicht freigeben, auch wenn die Straße längst sicher überquert war. Ihr Benehmen und ihre Gesten waren stets derart geschliffen – zum Beispiel, wenn sie bei *Locke Ober's* Finger für Finger ihrer wildledernen Handschuhe abstreifte –, daß Brad gelegentlich den Clown spielte oder Unbeholfenheit vortäuschte, nur um ihre beherrschte Miene durch ein Erröten oder ein mißbilligendes Stirnrunzeln erschüttert zu sehen.

Einmal, als er sie während eines hinreißenden Pianissimos in der Musikhalle leise anstieß, um ihr einen Scherz zuzuflüstern, war ihm ganz und gar nicht deutlich, daß er, indem er in einen zerbrechlichen weiblichen Raum eindrang, etwas Kostbares zerriß. In der Kirche stand er gern hoch aufgerichtet neben ihr und hörte zu, wie ihre zarte, kristallene Stimme die Worte der Choräle emporhob. Er sonnte sich in ihrer Ernsthaftigkeit, die etwas Scheues an sich hatte, ja Ungewisses, als fürchtete sie, daß von den modrigen alten Zeremonien ein Überschwang des Gefühls hereinbrechen und sie überwältigen könnte. Er kannte die Zeremonien. Er war als Presbyterianer erzogen worden, obwohl nur seine Mutter den Gottesdienst besuchte, und das auch nur an jenen Sonntagen, an denen sie nicht auf den Feldern oder im Stall gebraucht wurde. Zuerst hatte Jeanette sich dagegen gesträubt, daß er sie begleitete. Es wäre, murmelte sie, zuviel Ablenkung. Und es stimmte: Ihre scheue, ungewisse Ehrfurcht weckte in ihm das perverse Verlangen, sich umzudrehen, sie zu umarmen und sie mit einem Ausruf des Stolzes in animalischer Freude in die Luft zu heben.

Er war achtundzwanzig, sie fünfundzwanzig, alt genug, daß sie den Zeitpunkt, sich zu verheiraten, hätte verpaßt haben können. Ihre Gesetztheit, die zierliche Vollkommenheit ihrer Figur wirkten schon einen Hauch altjüngferlich. Sie teilte sich eine Wohnung mit einer anderen jungen Frau auf der Marlborough Street. Er wohnte in der Joy Street, auf der dunklen Cambridge-Street-Seite von Beacon Hill. Sie war immer in die Copley-Methodistenkirche gegangen, drüben auf der Newbury Street, mit ihrem hohen, gewölbten Glockenturm und der byzantinischen Blattgoldkuppel. Brad entdeckte – von seinem eigenen Apartment aus bequem zu Fuß zu erreichen, indem er einfach die Chambers Street bis zur Kurve hinunterging und dann einen kleinen Hof gegenüber der Meyhew-Schule überquerte – eine kostbare Merkwürdigkeit: eine Holzkirche der Griechischen Erweckungsgemeinde, inmitten der Backsteinmietshäuser des Westends. In den dreißiger Jahren des vorigen Jahrhunderts war sie von den Unitariern errichtet und dann von den Wesleyanern im Zuge ihres Wiedererstarkens nach dem Bürgerkrieg übernommen worden. Das kleine Gotteshaus war mit Betlogen und schmalen grauen bleigefaßten Fenstern ausstaffiert sowie mit einer Kanzel aus Eichenholz, deren Form an eine Baßgeige gemahnte. Sein Leben lang sollte sich Brad zärtlich an die Fastengottesdienste erinnern, die er hier an Mittwochabenden mit Jeanette besuchte, an die rauhen Frühjahrsabende, wenn der Ostwind den Salzwassergeruch vom Hafen herübertrug. Die engen dunklen Gassen widerhallten in einer Weise, wie es ihm von den Altstadtvierteln Europas vorschwebte. Das junge Paar wanderte durch das Geschwätz und die Kochgerüche jüdischer und italienischer und litauischer Familien, bis es zu jenem verborgenen Winkel des Protestantismus gelangte, jenem stillen leeren Raum, wo kaum ein Dutzend Köpfe in den Betstühlen zu erkennen waren. Es war so kühl in der Kirche, daß man die Mäntel anbehielt. Einen Chor gab es nicht, und jede Gewichtsverlagerung auf den Betstühlen klang wie trockener Husten. Vielleicht war Brad zu jenem

Zeitpunkt noch ein Ungläubiger, denn er fand Geschmack an der Leere und der Kühle (als wäre dies ein Jeanette zugeflüsterter Scherz) und auch an dem Pathos der platten, holprigen Predigt des alten Pastors. Dieser, bereit, mit der siechen Gemeinde dahinzusterben, führte seine Zuhörer wieder einmal die ausgetretenen Pfade bis zur Kreuzigung und weiter zu der Verwirrung danach. Während dieser kümmerlichen Predigten schwang sich Brads Bewußtsein zu wunderbaren Höhen empor, ein Falke, der seine Zukunft ausspäht, indes Jeanette gesammelt und still und gepflegt an seiner Seite saß. Sie würde ihn emporheben, spürte er. In der Beinahe-Leere dieses alten Gotteshauses schien sie aufs intimste sein eigen.

Damals war gerade Roosevelt Präsident geworden, und Curley war immer noch Bürgermeister. Ihre großen Worte wurden wahr, das Land überlebte. Die kostbare kleine hohle Kirche mit ihren ionischen Holzsäulen und der Baßgeigenkanzel wurde mitsamt den Mietshäusern des Westends in den fünfziger Jahren hinweggefegt. Doch da waren Brad und Jeanette schon mit ihren Kindern nach Newston gezogen und der Episkopalkirche beigetreten.

In der Hochzeitsnacht hielt er ihren Körper umschlungen und betete laut, hoffend, ihr dadurch zu gefallen. Er dankte Gott, daß er sie zusammengeführt hatte, und bat, daß es ihnen vergönnt sein möge, gemeinsam ein nützliches und fruchtbares Leben zu leben. Das Gebet wurde rechtzeitig erhört, wenn es auch bei jener Gelegenheit wenig dazu beigetragen hatte, Jeanette gelöster zu machen. Stets rief das ausdrückliche Geständnis seiner Liebe bei ihr einen Hauch von Reserve und Verkrampfung hervor, als würde damit nur eine gewisse Drohung maskiert, als könnte jederzeit eine Falle zuschnappen.

Ihre vier Kinder kamen alle gesund zur Welt, und Brads vier Dienstjahre als Marineoffizier gingen vorüber, ohne daß ihm Schlimmeres widerfuhr als der verheerende Eindruck, den das schwarze Firmament mit seinen versprengten Sternen hinterließ, wenn man es, mitten im Pazifik, vom Landedeck eines Flugzeugträgers aus betrachtete. Wie klein, bis zur Nichtigkeit, war er unter jenen Sternen! Sogar das gigantische Schiff, die *Enterprise*, das ihn haushoch über die alles verschlingenden Wogen des Ozeans hinaushob, schrumpfte aus solcher Perspektive auf die Größe einer Nadelspitze. Und doch war er es, der die Sterne bezeugte; sie wußten nichts von sich. In dieser Dimension war er also mehr als sie. Soweit er zu sagen wußte, begann Religion mit dieser Fremdheit, diesem Stillstand. Der Glaube läßt die Waage zugunsten der Nadelspitze sich neigen. So wurde er denn, ohne je Jeanettes lächelnde Eingebungen oder Gewißheiten zu verspüren, ein Glaubender im Geiste.

Zehn Jahre danach, Mitte der Fünfziger, machte er ihr den Vorschlag, in die Episkopalkirche überzuwechseln, weil diese vom Haus der Newtons bequemer zu erreichen war. Das Haus war eine schindelbedeckte Arche voller Korridore für nicht mehr vorhandene Dienstboten, überragt von einem Kuppeldach. Eine enge Wendeltreppe wand sich zu dem kleinen runden Zimmer empor, das zu Jeanettes «Zuflucht» wurde. Sie staffierte es mit Läufern und kissenbesetzten Bänken aus, häkelte und malte Aquarelle. Und von gewölbten Fenstern aus konnte man im Osten das rote Warnlicht auf der Spitze des John-Hancock-Gebäudes erkennen. Brad mußte nicht erst erklären, daß seine Kunden in der Regel Episkopalisten waren und daß dieser Kirche mehr Leute jenes Schlages angehörten, die kennenzulernen sich lohnte. Obwohl er sich nie so recht an die wortreichen Gottesdienste gewöhnen konnte, auch nicht an das häufige linkische Niederknien, gefiel ihm doch der Anblick der Gemeinde – die rotgesichtigen Männer mit ihren blauen Blazern und dem stets frischen Haarschnitt, die gepflegten Episkopal-Frauen mit ihren Pelzmänteln im Winter und im Sommer mit ihren großen pastellfarbenen Gartenhüten, die ein Stück ihres Nackens frei ließen, wenn sie den Kopf senkten. Er mochte es, wenn Jeanette unter ihnen saß, in ihrem schwarzen Seidenkleid und der Kette aus echten Perlen, von denen jede einzelne soviel gekostet hatte wie ein Kühlschrank. Damit hatte er ihrem zwanzigsten Ehejahr Tribut gezollt. Geld schimmerte sanft von ihren Fingern und Ohren. Alles, dessen der Kapitalismus bedurft hatte, so hatte sich erwiesen, war eine Infusion Krieg gewesen. Der Nachkriegsindex kletterte derart in die Höhe, daß sogar Klempner und Kolonialwarenhändler nun einen Makler brauchten. Anteile, die Brad für 'nen Appel und 'n Ei während der Depression erworben hatte, steigerten ihren Wert im Quadrat.

Jeanette beteiligte sich längst nicht so aktiv am kirchlichen Leben, wie er gemeint hatte. Er selbst unterrichtete in der Sonntagsschule, sammelte die Kollekte ein, gehörte zum Kirchenvorstand, las den Bibeltext. Es war wie eine Ausweitung seines Geschäftslebens. Er fühlte sich im Versammlungsraum ebenso zu Hause wie in den mit Linoleum ausgelegten Büros und der Sakristei, die der normale Gottesdienstbesucher nie zu Gesicht bekam. Immer gab es irgendeinen praktischen Grund für ihn, am Sonntagmorgen in der Kirche zu sein, wogegen Jeanette den Sommer über oft daheimblieb, um zu gärtnern, ganz so, wie Brads Mutter auf dem Feld gearbeitet hatte. Ihr Körper hatte jener polierten schimmernden Feinheit, von der er anfangs so bezaubert gewesen war, eine rundliche Reife hinzugefügt. Ihr Christentum indes, wie er es sich vorstellte, war unverändert rein geblieben wie das versiegelte Wasser einer unterirdischen Kaverne. Wenn er neben ihr in der Kirche stand und ihre kleine wahre Stimme sich im Choral emporschwingen hörte, fühlte er sich noch immer von dieser Feinheit, diesem Glauben bestärkt; im Gedränge nach dem Gottesdienst schob sich sein Arm unwillkürlich um ihre Taille, und er nahm ihn nur wieder fort, um die schlaffe Hand des Geistlichen zu drücken.

«Ich wünschte, du würdest mich in der Kirche nicht immer anfassen», sagte sie eines Sonntagmorgens, als sie nach Hause fuhren. «Wir sind schon ein wenig in den Jahren.»

«Ich hab dich nicht angefaßt, sondern durch die Menge gesteuert», gab er verlegen zurück.

«Ich *brauche* keine Steuerung!» sagte Jeanette. Sie versuchte sogar, mit dem Fuß aufzustampfen, doch das erwies sich auf dem Teppichboden des Autos als wenig effektvoll.

Da sitzen wir also, dachte Brad, in unserem beigen Mercedes, auf dem Heimweg von der Kirche, und haben Streit miteinander, und ich weiß nicht einmal warum. Er sah sie wie von fern, mit den Augen eines neidischen Betrachters, ein ansehnliches reifes Paar auf einer Vierfarbanzeige. «Wenn ich dich immer wieder berühren muß», sagte er, «so deswegen, weil ich dich immer noch liebe. Ist das nicht schön?»

«Doch, ja», sagte sie schmollend und fügte dann hinzu: «Bist du sicher, daß du mich liebst, oder liebst du bloß deine Vorstellung von mir?»

Dies schien Brad eine spitzfindige Unterscheidung. Sie unterstellte ein «wahres» Selbst, eine Person abgespalten von jener, mit der er verheiratet war. Aber wer wäre diese Person, wenn nicht die, die sich eine Tasse Tee eingoß und damit zu gewissen Stunden die gewundene Treppe ins Turmzimmer hinaufstieg? Die Frau, die sich zurückzog. Und kaum hatte sie sich zurückgezogen, wenn er zu Haus war, so begannen auch schon zwei der Kinder miteinander zu rangeln, oder der Lieferwagen der Wäscherei kam die Einfahrt herauf, und er mußte sie wieder nach unten rufen.

«Ist dir nie der Gedanke gekommen», fragte sie jetzt, «daß du mich liebst, weil es dir in den Kram paßt? Weil es für dich die Ausübung männlicher Macht bedeutet?»

«Mein Gott», sagte er unwillig, «wen hast du denn da gelesen? Wär's dir vielleicht lieber, ich liebte dich, weil's mir *nicht* in den Kram paßt?»

Nach einigem Nachdenken sagte sie mit ihrer kleinsten, reinlichsten Stimme: «Ja, das *wäre* romantischer.» Er nahm dies für einen einlenkenden Scherz und glaubte im übrigen, das mysteriöse Aussetzen ihrer Harmonie sei durch ihre Wechseljahre bedingt gewesen.

Er wurde zum Vorsitzenden des Kirchenpflegeausschusses gewählt und verbrachte Stunden in der Kirche mit Politisieren und dem Glätten von Streitigkeiten. Nachdem das jüngste Kind konfirmiert und von der treulichen Teilnahme am Gottesdienst entbunden war, besuchte Jeanette immer häufiger, noch ehe Brad richtig wach wurde, die Morgenandacht. Gerade wenn er sich dann noch ein bißchen benebelt über eine zweite Tasse Kaffee und den Papierwust des *Sunday Globe* hermachte, kam sie mit strahlender Miene zurück. Das Fehlen der Predigt sei es, was ihr daran so gefalle, und auch die Abwesenheit jenes niederdrückenden Chores mit seinen Arrangements à la Fred Waring. Sie sagte nicht, daß sie in der Kirche gern allein und bei sich selbst war, wie einst in Boston. Beim Zehn-Uhr-Gottesdienst fehlte sie ihm dann, ihm fehlte das dünne süße Flöten ihres Gesangs neben sich. Er fühlte sich nackt und allein, wie damals auf dem Deck der gefährdeten *Enterprise*. Er erklärte Jeanette, gern würde er sich einen Stoß geben und rechtzeitig aufstehen, um mit ihr die Acht-Uhr-Andacht zu besuchen, doch die Ausschußmitglieder, mit denen er zu tun hatte, erwarteten ihn eben um zehn. Nach und nach ließ sie sich erweichen und nahm wieder Platz an seiner Seite. Doch beklagte sie sich über die zu lange Predigt und zuckte jedesmal zusammen, wenn der Chor zu laut wurde. Brad fragte sich, ob nicht vielleicht seine Söhne, die mehr oder weniger gegen das Establishment und auch gegen die Kirche waren, sie mit ihrer Rebellion infiziert hatten.

Eisenhower war Präsident, dann John F. Kennedy. In Brads Jugend hatte Joseph Kennedy, der Vater, viel Stoff zum Lästern in Bostoner Finanzkreisen geboten – ein anmaßender

Ire, dessen Manieren schlecht genug waren, um zunächst einen Haufen Geld zu machen und dann Boston den Rücken zu kehren und unter Roosevelt und seinen liberalen Schwärmern Vorsitzender der *Securities and Exchange Commission* zu werden. Die Feinheiten der regionalen Fehden zwischen den Yankee-Iren vermochte Brad nie zu unterscheiden, denn in seinen Mittelwest-Augen waren die feindlichen Lager einander durchaus ähnlich – alles dünnhäutige, gesellige Burschen, von feuchten grünen Inseln stammend, die gern einen zur Brust nahmen und lange boshafte Geschichten erzählten. Brad schaffte es auch nie, sich den Neuengland-Akzent zuzulegen, die a zwischen den Zähnen hervorzupressen oder statt *Cuba* «Cuber» und statt *idea* «idear» zu sagen, wie's der junge Präsident im Fernsehen so klangvoll vormachte.

Mit ihren eigenen Nachkommen hatten die Schaeffers Glück. Die Jungen waren schon ein bißchen zu alt, um noch all die Drogenverrücktheiten mitzumachen, und die Mädchen sicher verheiratet, ehe formloses Zusammenleben in Mode kam. Einer der Jungen machte das College nicht zu Ende, sondern wurde in Vermont Zimmermann; der andere schaffte seinen Abschluß am Amherst-College, zog aber dann an die Westküste. Die beiden Mädchen indes blieben in der Gegend und brachten in regelmäßigen Abständen frischen Nachwuchs zur Welt. Brads Gebet während der Hochzeitsnacht wurde allem Anschein nach Jahrzent um Jahrzent stets aufs neue erhört.

Doch als die sechziger Jahre in die siebziger umschlugen, wurden die Schaeffers wie die übrige Nation von ein paar Unglücksfällen heimgesucht. Beide Töchter erlebten ekelhafte Scheidungen, bei denen sie Gegenklage gegen die Ehemänner einreichen mußten, mit skandalösen Zeugenaussagen und merkwürdigen nächtlichen Ausbrüchen von Gewalt auf den unkrautfreien Rasenflächen und in den neokolonialen Schlafzimmern von Lynnfield und Dover. Freddy, der Sohn von der Westküste, bekam nie, was man einen anständigen Job hätte nennen können. Stets war er mit etwas zugange – Grundstücksmakelei, Öffentlichkeitsarbeit, Anlageberatung –, ohne doch je ein Gehalt zu beziehen oder, jedenfalls soweit Brad dies beurteilen konnte, irgendeinen Profit daraus zu schlagen. Wie sein Vater war Freddy früh ergraut, und plötzlich war er mit über dreißig ein netter grauhaariger Junge mit feinem, teurem Geschmack, der nie seinen Weg ins Wirtschaftsleben gefunden hatte. Es bereitete Jeanette Kummer, daß sie, um ihn dort draußen in Gang zu halten, die anderen Kinder zu kurz kommen ließen, besonders den Zimmermann, der inzwischen Apartments verkaufte und Mitbesitzer einer Skisportanlage geworden war. Es war traurig für sie, ohne sie jedoch in gewisser Hinsicht noch zu überraschen, als der arme Freddy eines Tages tot in Glendale aufgefunden wurde, gestorben an einer, wie es hieß, unbeabsichtigten Überdosis Koks. Das Kokain-Schnupfen hatte ihn finanziell an die Wand gedrückt. Als man ihn fand, trug er einen blauen Blazer und eine leinene Sommerhose – bis an sein Ende ein Gentleman, etwas, das Brad nach eigener Einschätzung selbst nie geworden war.

Schließlich umstand sie das Haus in Newton riesig und leer. Sie fingen an, über den Umzug in eine Stadtwohnung nachzudenken. Doch dann schien es leichter, in einigen Zimmern die Heizung abzudrehen und zu bleiben, wo sie waren. Zwischen den Zinnen des Familienmobiliars standen oder hingen Fotos der Kinder von den glücklichen Wendepunkten des Lebens – Abiturfeiern, Hochzeiten, Reisen ins Ausland. Dies grinsende gefärbte Völkchen reichte nun bis in die dritte Generation und war gegenwärtiger und realer als die gelegentlichen Briefe und Anrufe der Kinder selbst. Brad besaß eine abstrakte Erinnerung daran, daß er Windeln gewechselt und die Jungen zum Hockey und die Mädchen zum Ballett gefahren, daß er vor dem Zubettgehen Gebete überwacht und väterlich dabeigestanden hatte, als Tränen vergossen und Spiele ausgetragen und die Alpträume des Heranwachsens durchlitten worden waren. Trotzdem gelang es ihm nicht, allzu bedeutsame Eindrücke aus seiner Vaterschaft zu bewahren – jene Jahre kamen ihm wie eine Familienserie im Fernsehen vor, vor der er schläfrig gesessen hatte, sich in der Rolle des Vaters zusehend. Lebendiger waren da schon die Momente aus seinen und Jeanettes Bostoner Tagen, die in so unerwarteten Details wiederkehrten, daß ihm die Augen feucht wurden und der grenzenlose Verlust all dessen ihn nach Luft ringen ließ: ihr Leben in dem L-förmigen Apartment in der Saint Botolph Street und später dann auch die Wohnung im fünften Stock in der Commonwealth Avenue – das undichte Oberlicht, der Durchblick auf den Charles River zwischen lauter Schornsteinhauben, der Käfig-Aufzug – und Erinnerungen an die alten Zeiten bei der Firma, bevor sie aus den walnußgetäfelten Büros in der Milk Street umzog in einen blitzenden, dünnwandigen neuen Wolkenkratzer drüben auf der State. Gewisse Epiphanien des Geschäfts, etwa, wenn an gewöhnlichen Werktagen ein auf Erfahrung basierender Tip sich hundertfach auszahlte oder eine sorgsam gehegte Freundschaft zu einem fetten Auftrag führte, ließen ihn immer noch denselben Triumph schmecken wie damals. Freuden dieser Art waren indes aus dem Geschäftsleben gewichen, seit der Börsenauftrieb der Sechziger in sich zusammenbrach. Die Männer, zu denen er aufgeschaut hatte, jene mürrischen Yankee-Finanziers mit Namen wie Loring oder Batchelder, hatten sich samt und sonders zurückgezogen. Brad selbst trat mit achtundsechzig ab, im selben Sommer wie Nixon. Während jener ersten Monate besuchte er in seiner Einsamkeit, in seiner schuldbewußten Unruhe, den Geschäftsanzug abgelegt zu haben, des öfteren Jeanette in ihrer Dachstube.

Sie sagte nicht, daß sie etwas dagegen hätte, doch alles schien innezuhalten, wenn er die letzten tortenstückenförmigen Stufen erklomm. Dann verbreitete der Raum die polierte Stille einer Wanduhr, die gerade aufgehört hatte zu ticken. Dort saß sie, von allen Seiten beleuchtet, von Fenstern umgeben, und ihr weiches braunes Haar hatte kaum eine graue Strähne, keine der Falten in ihrem Gesicht war tief, so daß ihr Kopf noch immer ihr jugendlicher Kopf zu sein schien, weich gezeichnet wie unter einem Schleier von Spinnweb. Der Läufer, an dem sie stickte, war in seinem Rahmen neben ihrem Armsessel aufgespannt, und auf ihrem Schoß lag eine Illustrierte. Doch sie schien nichts zu tun. So sehr war sie absorbiert, aus einem der Fenster durch die Wipfel der Buchen zu blicken, daß sie bei seinem Eintritt nicht einmal den Kopf drehte. Ihre Reglosigkeit ängstigte ihn ein wenig. Eine Sekunde verharrte er, um wieder zu Atem zu kommen. Wo einst nur die Spitze des alten Hancock-Gebäudes von ferne die Bäume überragt hatte, reflektierte nun ein silbriger Pulk hoch aufstrebender Glaskästen das Sonnenlicht. Er war sein Leben lang an hochgelegenen Stellen nervös geworden, und als seine Augen sich nun hinabwagten, parallel zu ihrem Blick, durch die nackten Winteräste hindurch auf den toten Rasen zwei Stockwerke tiefer, verkrampften sich seine Beinmuskeln, und er schlurfte schutzsuchend in die Mitte des Zimmers.

Da sie nichts sagte, fragte er: «Alles in Ordnung?»

«Sicher», antwortete Jeanette, «warum nicht?»

«Ich weiß nicht, Liebes. Du kommst mir so still vor.»

«Ich liebe die Stille. Seit je. Das weißt du doch.»

«O ja.» Er fühlte sich herausgefordert und leicht benommen. «Das weiß ich.»

«Dann laß uns also darüber nachdenken, womit du dich beschäftigen könntest», sagte sie, indem sie sich mit einer ihrer gewohnten, abgezirkelten Bewegungen endlich ihm zuwandte, um ihm ihre Aufmerksamkeit zu schenken. Und dann schickte sie ihn wieder hinab, bis in den Keller, damit er einen Fotorahmen reparierte, der eines Nachts, als keiner hinsah, von seinem Nagel gefallen und dessen Glas zerbrochen war. Befremdlich, dachte Brad, daß Jeanette in ihrem eigenen Zimmer weder von den Kindern noch von ihm Bilder aufgehängt hatte. Andrerseits war zwischen all den Fenstern wenig Platz, und die mit Kissen ausstaffierte Sitzbank, die auf zwei Dritteln des Raumes unter den Fenstern entlanglief, war übersät mit alten Malereien, gehäkelten Kissenbezügen und Büchern, deren Leineneinbände vom Umlauf der Sonne verblichen waren. Er nannte es ihren «Meditationsraum», wenn er auch keine klare Vorstellung davon hatte, was Meditation bedeutete. Denn sogar während der sekundenlangen Stille, die in der Kirche zwischen Routine-Fürbitten entstand, verlor sich sein eigenes Denken flugs in jenes hochgemute Pläneschmieden, das der Gottesdienst unweigerlich in ihm wachrief.

Ihre Krankheit war zunächst nicht wahrzunehmen, doch dann entwickelte sie sich in einem grausamen Tempo. Eines Abends saßen sie beim Fernsehen – im Iran waren die Geiseln genommen worden, und jeden Tag *mußte* einfach irgend etwas in den Nachrichten passieren. Plötzlich ergriff Jeanette sein Handgelenk. Sie saßen Seite an Seite auf dem rot gepolsterten Sofa à la Hepplewhite, das sie in den späten Vierzigern, ohne groß nachzudenken, bei Paine's gekauft hatten, noch vor ihrem Umzug nach Newton, während eines Unwetters. Wegen des Gewitters war der weitläufige Laden fast leer, und sie hatten das Gefühl, sie müßten etwas tun, um ihre Anwesenheit zu rechtfertigen und das Wetter zu feiern. Immer wenn es schneite, kehrte seine Liebe zu ihr mit ganzer Kraft zurück. «Was ist?» fragte er nur, von ihrer ungewohnten Gebärde aufgeschreckt.

«Nichts.» Sie lächelte. «Ein winziger Schmerz.»

«Wo?» fragte er, einsilbig, als sei er eben aufgewacht. Die Nachrichten zeigten in diesem Moment ein Interview mit einem jungen iranischen Revolutionär, der ein fließendes Mittelwest-Englisch sprach, und so überhörte er die Einzelheiten von Jeanettes Antwort. Wenn es im Laufe ihrer Ehe eine Handlung gab, für die er sich schuldig fühlte, die er als Sünde begreifen konnte, für die er Strafe verdiente, dann war es dieser Augenblick der Unaufmerksamkeit, als Jeanette zum erstenmal, nach Wochen des Für-sich-Behaltens ihrer Beschwerden, mit ihrer delikaten Stimme ihm anvertraute, was sie lieber verborgen gehalten hätte.

Die darauffolgenden Tage voller Ärzte und Apparate lüfteten das Geheimnis der Krankheit und ihres Verlaufs vollständig. Es war Krebs. Seine Metastasen gingen von der Leber aus, obwohl sie nie getrunken hatte. Für Brad brachten diese Tage viel Arbeit mit sich. Nach fünf Jahren Pensionärsdasein, in denen er nicht so recht etwas mit sich hatte anfangen können, war er plötzlich Hausmann, Koch, Chauffeur, Telefonist und Krankenpfleger in einem. In jenem Winter erlebten die Schaeffers – allein in dem großen Haus, nachdem die Kinder ängstlich zu Besuch gekommen und alsbald hastig zu den eigenen Problemen zurückgestrebt waren –, während ihre Freunde und Nachbarn versuchten, die dünne Trennlinie zwischen Zuwendung und Einmischung nicht zu übertreten, eine Art zweiter Flitterwochen. Ein Hauch von Abenteuer, von Exotik färbte ihre Besuche in Kliniken und bei Spezialisten, versteckt in Bostoner Stadtteilen, wohin sie noch nie ihren Fuß gesetzt hatten. All ihre Zeit verbrachten sie gemeinsam, waren mehr denn je eins. Der eigene Schädel tat ihm weh, als ihr weiches Haar unter dem Sperrfeuer der Chemotherapie von ihr abfiel, und es war sein Magen, der schmerzte, wenn sie nicht aß. Mit strahlendem Lächeln begrüßte sie die Wärme und den Duft des Essens, das er ihr an den Tisch oder ans Bett brachte, nahm auch eine Gabel voll, damit sie ihm sagen konnte, wie gut es war; dann, mit magischer Langsamkeit, wie um die Geste unsichtbar zu machen, ließ sie die Gabel zurück auf den Teller sinken, hielt aber weiter mit den Fingern an dem silbernen Griff fest, als könnte sie sich jeden Augenblick dazu entschließen, doch noch zu essen. In dieser Haltung schlief sie manchmal sogar ein, der Macht der Medikamente gehorchend. Brad lernte es, ihr Nicht-Essen als eine Zurückweisung zu betrachten, die er übersehen mußte. Sobald er ihr das Essen aufdrängte, gleichviel, ob streng oder spielerisch, brach wirklicher Zorn, von jener ungeduldigen und überraschend bitteren Art, wie Kinder ihn hegen, aus ihrer stoischen, drogentauben Ruhe hervor.

Ein anderes Reizmittel schienen befremdlicherweise die Besuche des jungen Episkopal-Pastors für sie darzustellen. Nach der langen Herrschaft eines herzlichen, drolligen Mannes, den niemand so recht ernst nehmen mochte, hatte er erst in diesem Jahr die Gemeinde übernommen. Der Neue hatte eine honigmilde, selbstbewußte Stimme, und die gewellten blonden Locken wichen ihm bereits von den Schläfen zurück, trotz seiner Jugend. Brad, an den internen Streitigkeiten nicht unbeteiligt, die unter den Komitee-Mitgliedern der Berufung vorausgegangen waren, bewunderte seine wohlklingenden Predigten und sein konservatives Auftreten. Noch vor zehn Jahren hätte ein Kleriker seines Alters versucht, alle Welt zu radikalisieren. Indes, Jeanette klagte, seine Hausbesuche ermüdeten sie. Dabei währten sie selten länger als fünfzehn Minuten. Als sie am Ende zu schwach, zu ausgezehrt und zu benommen war, um ihr Schlafzimmer noch zu verlassen, und der junge Mann vorschlug, ihr die Kommunion ans Bett zu bringen, bat sie Brad, ihn auf «ein andermal» zu vertrösten.

Das Zimmer im Allgemeinen Krankenhaus von Massachusetts, wohin sie schließlich gebracht wurde, bot über einen riesigen Luftschacht hinweg Ausblick auf eine Betonwand voller stahlgerahmter Fenster. Es handelte sich um einen modernen Flügel des Gebäudes, errichtet auf den Trümmern des alten Westends. Es war spät im März, der erste Frühling eines neuen Jahrzehnts. Wenn auch an sonnigen Tagen ein paar kichernde Schwestern und kühne Patienten auf Papptabletts ihren Lunch mit hinausnahmen auf den Binnenhof am Fuße des Luftschachts, war doch der Himmel für gewöhnlich von einem unruhigen Grau, und die Heizung im Krankenhaus lief auf vollen Touren. Brad zog bei seinen Besuchen oft die Anzugjacke aus, so warm war es in Jeanettes Zimmer.

In ihrem weißen Krankenhausnachthemd und einem gesteppten rosa Bettjäckchen mit Bordüren sah sie hübsch aus vor ihren Kissen, wenn auch kleiner im Maßstab als die Frau, die er so lange gekannt hatte. Ihre Wangen hatten immer noch jene Wölbung, und ihre feine gerade Nase, die klaren Augen und die engstehenden Bögen der Brauen – altmodische Augenbrauen, die wie gezupft wirkten, obwohl sie's nicht waren – vermittelten immer noch jenen Eindruck von zieselierter Kompaktheit, der ihn stets so erregt hatte, der ein Feuer in ihm entfachte. Ihr Haar kam wieder, eine Kappe aus braunem Flaum, nun, da die Chemotherapie abgesetzt worden war. Nur ihre Hände, die reglos und ausgezehrt auf der Bettdecke lagen, verrieten, daß etwas Schreckliches mit ihr vorging.

Eines Tages erzählte sie ihm mit einem fast boshaften Unterton: «Unser junger Pastor aus Newton war hier, heut morgen. Ich hab ihm gesagt, er sollte sich nicht weiter bemühen.»

«Du hast den Priester fortgeschickt?» Brad hatte das Gefühl, als würde ihm die eigene alt gewordene Stimme in den Ohren rumpeln und krachen, ganz im Gegensatz zu der von Jeanette, die kristallklar und fern klang.

«Priester, um Himmels willen!» sagte sie. «Warum nennst du ihn nicht schlicht einen Geistlichen?» Es war so etwas wie ein Scherz zwischen ihnen gewesen, wie hochkirchlich er mittlerweile geworden war. Als sie noch gelegentlich die Adventistenkirche in der Brimmer Street aufsuchten, hatte sie sich über den Weihrauch und die Roben der Meßdiener lustig gemacht. «Er ermüdet mich», sagte sie nun.

«Aber willst du denn nicht wenigstens das Abendmahl beibehalten?» Es war sein liebstes Sakrament; im Innersten barg er ein Bild, eine Art religiöser Phantasie von Oblate und Wein, wie sie im Verdauungstrakt mit einer gedämpften Explosion sich in schieres Licht verwandelten.

«Als ob man einen Versicherungsvertrag aufrechterhielte», seufzte sie. Sie klang müde, todmüde. «Es kommt mir so sinnlos vor.»

«Aber du *mußt*!» sagte Brad in Panik.

«Ich muß? Warum muß ich? Wer sagt, daß ich muß?» Das Blau ihrer herausfordernden Augen stand grell gegen das fiebrige Rot ihrer Wangen.

«Warum, nun ... du weißt doch – wegen deines Seelenheils, natürlich. Jedenfalls, so hast du es gesagt, als ich dich zum erstenmal sah.»

Sie blickte mit einem schwachen Lächeln zum Fenster. «Als ich noch allein in die Copley-Methodistenkirche ging, ja. Die habe ich geliebt. Sie war so komisch mit ihrem Minarett. Der liebe alte Dr. Stidger, wie er immer dasselbe predigte. Nun ist's nur noch ein Parkplatz. Mein Seelenheil!» Ihre eingefallene Brust erbebte unter einem Gelächter, das die Lippen nicht mehr erreichte.

Er senkte den Blick – sie mokierte sich über ihn. Seine eigenen Hände, knotig-fleckige Klauen eines alten Mannes, staken gefaltet zwischen seinen Knien. «Willst du damit sagen, daß du keinen Glauben mehr hast?» In seinem inneren Ohr fühlte er die unendliche Tiefe des Raums, verdeckt unter dem Fußboden, hinab und hinab.

«Ach Liebling», sagte sie, «soll man sich über so etwas so aufregen?»

«Kein bißchen?» insistierte er.

Jeanette seufzte, gab aber keine Antwort.

«Seit wann?»

«Weiß nicht», sagte sie. «Nein. Das ist nicht ehrlich. Wir sollten endlich ehrlich miteinander sein. Ich weiß es genau. Seit du ihn mir weggenommen hast, ohne lange zu zögern. Unnötig, daß wir beide daran festhielten.»

«Aber...» Er konnte es, so spät, ihr nicht erklären, wie zärtlich er es gemeint hatte, als er an ihrer Seite der Kirche beigetreten war.

Sie bot ihm Tröstung an: «Ist doch nicht wichtig, oder?» Als er still blieb, Schwärze um sich herum bis an alle Horizonte, wie in jenen Pazifiknächten, ging sie zu einem spöttischen Tonfall über: «Weshalb ist es denn so wichtig, Liebling?»

Sie wußte es: weil auch sein Tod nah war. Er hob die Augen und sah sie in beneidenswerter Heiterkeit, nun, da ihre Rache gelungen war. Eine Schwester rumorte an der Tür, die Spritze klirrte auf dem metallenen Tablett. Jenseits des Luftschachts waren im blauen Zwielicht des Frühlings die Lichter angegangen, Rechtecke aus Gold. Es hatte zu schneien begonnen, wenige trockene Flocken.

Obgleich sie sich eine kirchliche Totenfeier absolut verbeten hatte, arrangierten Brad und der junge Pastor eine Beerdigungsandacht nach dem altmodischsten, unpersönlichsten Ritus. Jeanette wäre im Mai einundsiebzig geworden, und Brad war drei Jahre älter. Er ging weiter in den Zehn-Uhr-Gottesdienst, und seine aufrechte Gestalt trug das weiße Haar wie eine Fahne. Doch es war pures Beharren, keine Falkenflüge mehr seines Geistes, nicht mehr die kleine wahre Stimme an seiner Seite. Da war nichts. Er wünschte, es anders sehen zu können, doch hatte er all die Jahre an sie geglaubt und konnte nun nicht damit aufhören.

Endlich dazugehören

Die ersten Jahre, die Nick und Kate Higginson in der kleinen Stadt in Neuengland zubrachten, waren sie mit ihrem Haus beschäftigt, einem Haus aus dem frühen 18. Jahrhundert, vorn zwei Stockwerke hoch, hinten eines, und dem völligen Verfall gefährlich nahe. Die Balken in dem ausgeschachteten Keller waren pudrig vor Trockenfäule, die wunderschönen alten Kamine backsteinvermauert und holzverschalt. Die Fußböden – die unersetzlichen breiten Kiefernbohlen – waren mit dunklen harten Farben übermalt und in jenem Raum, der zum Eßzimmer der Higginsons werden sollte, mit zahlreichen Lagen Linoleum bedeckt. Obwohl das Haus nicht allzu groß war, hatte man es zweigeteilt: Um Platz für die Familien zu schaffen, die in den beiden Haushälften lebten, waren im ersten Stock Zimmer halbiert worden, und im Parterre hatte man einige Türen entfernt sowie behelfsmäßige Wasser- und Elektroleitungen mitten durch die kostbaren alten Tischlerarbeiten gelegt und gebohrt. Die Holztäfelung mit den erhabenen Mittelfeldern war an einigen Stellen, es war unfaßbar, tapeziert worden, und im Wohnzimmer hatten ganze Lagen giftig-grüner Farbe die Schönheit eines exquisiten Muschelschranks zur Linken des Kamins verdunkelt – das Juwel des Hauses mit der Schlangenlinien-Front der

Fächer und der geschwungenen hinteren Wandung, eingefaßt mit Ziergesimsen und kannelierten Pilastern. Nick und Katie kratzten und polierten, und was sie nicht selbst schafften, ließen sie andere gegen Bezahlung tun. Die Fußböden, an den Türen und in der ganzen Länge des Hauptkorridors zu regelrechten Mulden ausgetreten, wurden Bohle für Bohle aufgenommen, neu verlegt und eben geschliffen. Im unteren Stockwerk wurde statt einer überflüssigen Treppe ein Badezimmer eingebaut. Eine unaufdringliche Heißwasser-Paneel-Heizung ersetzte die gewichtigen gußeisernen Heizkörper, deren Farbe unter dem Einfluß ihres eigenen Dampfes abgeblättert war. Zierliche, vierzig mal vierzig gerahmte Fenster wurden wieder eingesetzt, wo ein früherer Besitzer wie ein Barbar Thermopanescheiben installiert hatte.

Durch ihre neuen Fenster blickte Katie nun auf die Straße, eine der Hauptstraßen der Stadt. Eine Ecke weiter begannen die Läden, und die Leute, die in der Innenstadt einkauften, mußten ihr Auto oft schon vor dem Haus der Higginsons parken. In jenen ersten Jahren wurde sie gewahr, daß es in der Stadt eine gesellschaftliche Schicht gab, eine Clique von Leuten ihres Alters, die einander auf dem Bürgersteig begrüßten und sogar umarmten, als fände ein erfreuliches Wiedersehen statt. Diese jungen Erwachsenen in den frühen Dreißigern trugen ein abgerissenes und achtloses, aber gleichwohl gutsituiertes Aussehen zur Schau; sie schienen, ob in der Wintersonne oder im sommerlichen Schatten, ob in gesteppten Parkas oder in Baumwollshorts, sich immer gerade zwischen zwei Parties zu befinden. Sie und Nick waren den gängigen Organisationen beigetreten, dem Denkmalschutzverein, der Kongregationalistenkirche und der Historischen Gesellschaft, und dennoch kamen keine Parties auf sie zu. Sie lernte einige Namen aus der Clique kennen – Brick Matthews und seine Frau Felicia; Tory Riddle und ihr Mann Trevor; die Ledyards, Joan und Kenneth –, doch den Weg hinein erfuhr sie nicht.

Katie war eine schlanke große Frau mit einer hohen glänzenden Stirn, die sie ein wenig spröde und affektiert wirken ließ. Doch ihre Figur war gut und ihr Geist unbefriedigt. Sie hatte Nick geheiratet, als sie erst zwanzig war. Sie hatte das College nicht beendet und rasch hintereinander zwei Kinder geboren, einen Jungen und ein Mädchen, was ihren Brutpflegeinstinkt erlahmen ließ. Nun, da beide Kinder zur Schule gingen, zogen sich ihre Tage in die Länge. Sie hatte sich auf Haushaltspflichten geworfen, die ältlichen Jungfern besser angestanden hätten. Nicks Eltern waren ziemlich vor der Zeit gestorben und hatten dem jungen Paar eine ganze Menge hübscher antiker Möbel hinterlassen, darunter einen Mahagoni-Eßtisch auf Säulenfüßen mit sechs Chippendale-Stühlen, deren alte Sitze mit Krüwellstickerei über die Jahre fadenscheinig und fleckig geworden waren. Katie wählte sechs dazu passende, aber nicht gleiche Petit-point-Blumenmuster aus und machte sich an die endlose Arbeit, sie auszuführen – so, als brauchte sie irgendeine immerwährende Hausarbeit, um die Zeit zwischen der Gegenwart und dem Grab zu füllen. Auch Nick hatte eine solche Arbeit für sich entdeckt: Er betonierte den Boden des alten Kellers, mischte jeweils nur wenige Sack Sand und Zement, stieg oft noch nach dem Abendessen wieder hinunter und kam erst lange nachdem Katie, ermüdet vom abendlichen Ritual des Zubettbringens der Kinder, in Schlaf gefallen war, blinzelnd und beschmutzt wieder nach oben. Katie taten nach einer Stunde Petit point die Augen weh, aber in ihrem zarten Alter wehrte sie sich gegen eine Lesebrille.

Es waren die Kinder, die am Strand den ersten Schritt ermöglichten. Katies Selbstvertrauen wurde durch einen Badeanzug gestärkt; auch herrschte eine Art ermutigender Demokratie am Strand, der so sonnendurchflutet und breit und voller Stimmen vor ihr lag. Der zahme Tumult der Brandung verschmolz im Ohr mit dem Stimmengewirr der Badenden, den Hunderten von Zurufen und Gesprächen, die alle einen zentralen Schatz bezeugten, irgendeinen versteckten Honig. Ihr Achtjähriger, Chris, hatte sich mit einem anderen Jungen beim Bau einer Sandburg zusammengetan; jener wiederum kehrte, als die Burg von einer anebbenden Welle unterminiert worden war, zu einer Gruppe von Kindern und Müttern zurück, in der sich auch Felicia Matthews und Joan Ledyard fanden. Chris folgte seinem neuen Freund bis in ihre Mitte, und Katie stapfte zögernd hinter ihm her, falls er stören sollte. «Aber nicht im geringsten», entgegnete ihr die elegant gebräunte Matthews, während sie mit von der Sonne diamantkleinen Augen zu ihr emporstarrte.

Etliche junge Mütter saßen dort, die Katie noch nie gesehen hatte, und sie fühlte sich unbehaglich im Stehen. Ihr Schatten fiel auf die anderen. «Setzen Sie sich doch, wenn Sie möchten», sagte die Ledyard nach einer Pause, in der nach Katies Empfinden ein wortloses Für und Wider in der Luft gehangen hatte. Katie ließ sich unelegant auf den feuchten Sand nieder und hörte zu, was die anderen Frauen schwatzten. Chris wurde es bald langweilig; der Junge, mit dem er die Burg gebaut hatte, ignorierte ihn zugunsten vertrauterer Spielkameraden, die in dem Nest aus Liegestühlen und zurückgelehnten Frauen zusammenhockten. Als er wieder zu seiner Schwester hinüberging, die in einiger Entfernung auf einer Decke lag, mußte seine Mutter ihm folgen. Bei ihrer Verabschiedung versuchte Katie, ihre Dankbarkeit für diese zehn Minuten Gesellschaft auszudrücken. Die antwortenden Lebewohls klangen schwach und mechanisch, wie vom Wind bewegte Glocken.

Aber der erste Schritt war getan. Am Abend beschrieb sie Nick die Begegnung. «Sie schienen alle schrecklich nett und sehr komisch, wirklich, so wie sie sich ausdrückten.»

«Zum Beispiel wie?»

«Oh, weiß nicht mehr, so was ist schwer zu behalten. Es kommt ja auch sehr auf den Tonfall an. Die Art und Weise, wie Felicia ihren Mann den ‹Alten› nannte und von den Kindern als von den ‹Lütten› sprach. Wenn ich das sage, klingt das nicht komisch, aber im Zusammenhang...»

«Okay», sagte Nick, darauf erpicht, wieder in seinen Keller zu kommen. Obwohl Katie Angst vor Ratten hatte, war sie mehr als einmal mit ihm die Kellerstufen hinabgestiegen, um an seinem Entzücken und dem wachsenden Triumph teilzuhaben, daß die feuchten Klumpen eines jeden Tages am Tag darauf zu einem diamantharten grauen Stück Fußboden gehärtet waren. Es war wie eine Armee – seine Armee von Teilchen, die sich sammelten, um dann bis in all die dunklen, spinnwebenverklebten Ecken auszuschwärmen. Das Fundament des Hauses war ohne Mörtel aus Feldsteinen geschichtet, und wenn der Fußboden erst fertig wäre, würde Nick all diese Steine richten und fest auf ihren Platz zementieren.

Nun wagte es Katie schon gelegentlich, am Strand, bei einer oder zwei der Frauen aus der Clique, Platz zu nehmen, sofern nicht allzu viele beisammen waren. Zu einer Gruppe größer als drei gesellte sie sich nicht, da sie sich einbildete, mit ihrem Takt Punkte zu sammeln. Doch auch wenn nur zwei oder drei zugegen waren, wurde ihr bewußt, daß ihre Gegenwart ganze Welten von Anspielungen unterdrückte, Anspielungen auf Skandale, die sich gerade zusammenbrauten oder zusammengebraut hatten, auf Begegnungen, die stattgefunden hatten oder noch stattfinden würden. In der Saison spielte die Clique Tennis und Kellenball oder ging segeln und Ski fahren und picknicken. Spät im Frühjahr, hatte Katie herausgefunden, fand jedes Jahr eine Kanufahrt statt, den Fluß hinunter bis hin zur Fabrik und den Wasserfällen, und an den Sonntagen im Herbst spielten die Männer Touch Football auf dem Feld von irgend jemandem. «Oh, Nick hat in der Schule Football gespielt!» rief sie eines Tages im August aus, als in ihren Gesprächen das Thema gestreift wurde; im Laufe der Sommerwochen waren Felicia und Tory und Joan in ihrer Gegenwart beim Klatschen ein bißchen sorglos geworden. Katie hatte ihnen einmal in Worten ein Bild von Nick und seinem Keller gemalt, und da ein komischer Ehemann so etwas wie das Eintrittsbillett für diese Frauen zu sein schien, bot sie es nochmals an. «Er hat den Ausputzer gespielt, oder wie nennt man die, die nicht besonders kräftig sind und auch den Ball nicht richtig werfen können?»

Ein Schweigen folgte, verwischt von ziellosen Lauten des zur Neige gehenden Sommers, da die Wellen schon ruhiger und die Menschenmassen lichter schienen. «Vielleicht lassen sie's ja dies Jahr auch», sagte schließlich Joan Ledyard. «Sie sind inzwischen alle ein Jahr älter.»

«Aber wenn sie's tun und noch jemanden brauchen», insistierte Katie, über ihre Schamlosigkeit errötend, «sollten sie Nick anrufen; es wäre so *gut* für ihn.»

Als einen Monat später der Anruf tatsächlich kam, war Katie überrascht, ja sogar erschrocken über die sandige, bellende Männerstimme am andern Ende der Leitung. Er sagte nicht, wer er war, und fragte nach Nick; sie rief ihn aus dem Keller. Nick sprach mit dem Mann in widerspenstiger Einsilbigkeit.

«Wer um alles in der Welt war das?» fragte Katie, als er aufgelegt hatte.

Seine Augen, dachte sie, sahen fischig aus hinter der Plastik-Schutzbrille, die er gegen den Zementstaub trug. «Irgendein Typ mit Namen Trevor Riddle. Er hätte gehört, daß ich gern Touch Football spiele. Ich weiß nicht, wo er das herhat; ich hasse das verdammte Spiel. Ich hab mir dabei in der Oberschule fast das Genick gebrochen.»

«Du hast doch nicht etwa nein gesagt!»

«Du hast ja gehört, was ich gesagt hab. Ich hab gesagt, danke schön, und ich würd's mir überlegen. Es ist so gut wie nein danke.»

Katie unterdrückte die Tränen, obwohl sie ein Gefühl hatte, als sei vor ihrer Nase eine Tür zugeschlagen worden. Nick schob die Schutzbrille zurück, um sie besser zu sehen; sie stürzte davon. An jenem Abend trug sie nicht das durchsichtige, pflaumenfarbige Shorty, das er so mochte und das so etwas wie eine samstägliche Tradition für sie bedeutete, sondern das langärmelige flanellene Nachthemd, in dem sie nach seinen Worten aussah wie eine alte Dame.

Der nächste Tag erwies sich als frischer, einladender Septembersonntag. Der Geruch von Äpfeln und Heu hing in der Luft. Nach dem Mittagessen zog sich Nick ein paar alte Cordhosen an und ein Sweatshirt und seine Jogging-Schuhe, obwohl er den Kindern eine Radfahrt versprochen hatte, und ging Fußball spielen. Als er zurückkam, humpelte er. Er hatte sich den Knöchel verstaucht. Außerdem sprach er ein wenig laut und schleppend. Bei irgend jemandem hatte es hinterher ein paar Drinks gegeben. Wieder mußte Katie mit den Tränen kämpfen; sie war nicht mit eingeladen gewesen. «Es waren nur ein paar von den Frauen da, nicht alle», erklärte er. «Ich hab das System nicht ergründen können und dachte mir, ich nehme schnell einen Schluck und bin gleich wieder zu Haus. Dann kam ich mit einem Typ ins Gespräch, der hieß Ledman, Ledbelly…»

«Ken Ledyard.»

«Richtig. Über Verschalungen. Er sagt, es gibt jetzt welche aus Fiberglas, die genauso atmen wie Holz.»

«Nick, du bist betrunken, und du wirst dieses wunderschöne alte Haus nicht mit einer Verschalung aus Fiberglas verschandeln! Es ist schlimm genug, was du unten im Keller angerichtet hast, den alten Lehmfußboden zuzuschmieren!» Sie rannte aus dem Zimmer, als müßte sie ihre Tränen verbergen; doch in Wirklichkeit war ihr nur eingefallen, daß sie das Lamm im Ofen kleingestellt hatte, als Nick so lange auf sich warten ließ. Die Hitze mußte wieder höher gestellt werden.

Und Katie brauchte Alleinsein, um die neue Information zu verarbeiten und ihren nächsten Schritt zu überdenken.

«Du solltest dich selber mal als Gastgeber anbieten», sagte sie eines Sonntags zu Nick, nachdem er mit grasfleckigen Knien und glasigen Augen heimgekommen war. Die Drinks nach dem Fußball gingen von Haus zu Haus, berichtete er. Er spielte nun schon in der sechsten Woche mit, und es war fast November. «Ich weiß nicht», sagte er, «es könnte aufdringlich wirken.»

«Warum sollte es nicht einfach höflich wirken?»

«Sie sind, scheint's, so, wie es läuft, ganz zufrieden.»

«Du hast gut reden – du siehst sie jede Woche.»

«So großartig sind sie nun auch wieder nicht. Ganz schön laut und dümmlich, wenn du mich fragst. Reden über nichts als über sich. Warum kommst du nicht einfach mal hin, gegen Ende des Spiels, guckst zu und schließt dich dann an? Das tun eine Menge Frauen. Ich hab heute einen sagenhaften Catch hingekriegt, den hättest du sehen sollen – über die Schulter, aus vollem Lauf.»

«Ich würde nicht im *Traum* daran denken, irgendwo hinzugehen, wo ich nicht eingeladen bin.»

«Das sind keine *Einladungen,* verstehst du. Es geht einfach danach, wer da ist und was sich daraus ergibt.»

«Oh, du bist so *in*, daß es einen fast umbringt! Du könntest sie doch am nächsten Sonntag für den darauffolgenden einladen.»

«Nun... das ist unelegant.»

«Genau. Unelegant. Das finde ich allmählich auch», sagte Katie, und sie spürte, wie die Zornesröte ihr von den Wangen über die Stirn bis zum Haaransatz flutete.

Am nächsten Sonntag berichtete er: «Brick Matthews fand es nett, aber er war sich nicht sicher, ob sie dann noch immer Touch Football spielen. Es kommt auf den Frost an. Sie spielen nicht gern, wenn erst mal Frost im Boden ist. Da wird er zu schlüpfrig.»

«Mir kommt es eher so vor», sagte Katie, «als ob Brick Matthews schlüpfrig wäre. Es gibt noch reichlich schönes Wetter, bis hin zum Erntedankfest. Ich hab mir's anders überlegt. Ich will gar nicht, daß sie herkommen. Es sind *deine* Freunde – du lädtst sie einfach in die Bar vom Veteranenclub ein.»

Doch am folgenden Samstagnachmittag räumte sie für alle Fälle im Parterre auf und improvisierte in dem Muschelschrank eine hübsche Bar mit neu gekauften Flaschen und Plastikgläsern und Papierservietten. Es dämmerte schon, und das Petit point stach ihr langsam in die Augen, als die Veranda von vielen schweren Schritten widerhallte. Das Haus bebte. Dann folgte ein geräuschvolles Anschlagen des Türklopfers, grob und insistierend, doch sie öffnete die Tür mit einem Lächeln. Nick stand bleichgesichtig auf einem Bein vor ihr, aufrecht gehalten von zwei riesigen, verschmutzten, rotgesichtigen Männern. «Er hat ihn sich wieder verstaucht», meinte sie, noch ehe einer von ihnen ein Wort sagen konnte. Immer mehr Autos machten am Kantstein halt, aus denen Männer in Turnschuhen und Frauen in gesteppten Parkas und wollenen Freizeithosen hervorquollen. Der November war kalt geworden, es hatte schon mehrere Nächte gefroren. Die Gruppe stand nun auf dem Bürgersteig und starrte das Haus an – die blanken neuen Sprossenfenster, das frisch gemalte und vergoldete Wappen mit dem blau-goldenen Adler über der pompösen Haustür im georgianischen Stil – während die Gruppe auf der Veranda sich austauschte.

«Diesmal könnte es was Ernstes sein», sagte einer der Männer, die Nick stützten, mit dem einfältigen Ausdruck heimlichen Einvernehmens auf dem Gesicht. Ihm gehörte die rauhe Stimme, die Katie am Telefon so alarmiert hatte: Trevor Riddle.

«Ich spürte irgendeinen Knacks», sagte Nick mit jenem irritierenden Wimmern, das er von sich gab, wenn er sich erkältet oder bei der Arbeit einen schlechten Tag erwischt hatte.
«Hab mich gedreht, um das Ei zu fangen, und da ist irgend so
ein grobschlächtiger Bastard voll in mich rein.»

«Das war ich», erklärte der zweite Helfer. Mit Verspätung
erkannte Katie in ihm Brick Matthews; sie hatte ihn vorher
nur einmal in der Historischen Gesellschaft gesehen, in einem
dreiteiligen grauen Geschäftsanzug. Jetzt trug er einen
schmutziggelben, mit der Rundnadel gestrickten Pullover,
und das Haar stand ihm von allen Seiten in störrischen, ze-
dernfarbenen Locken ab. «Ich wollte ihm den Weg abschnei-
den, da bin ich auf dem Matsch ausgerutscht. Der Frost, wissen Sie, der zieht in den Boden ein, und oben schmilzt es
dann.»

«Bestimmt ist es wieder dieselbe Verstauchung», sagte Katie. «Warum kommt ihr nicht alle auf einen Drink herein?»

Beim Eintritt in das Haus wirkten die Männer enorm groß,
kaum einer unter eins achtzig, und alle strahlten sie anima-
lische Wärme und einen selbstsicheren scharfen Schweißge-
ruch aus. Auch die Frauen, nun nicht mehr in Badeanzügen,
sondern in Pullovern, schienen umfänglicher, als Katie sie in
Erinnerung hatte. Wie eine Herde bewegten sie sich auf die
Bar zu. Während sie in die Küche eilte, um frische Eiswürfel
zu holen, kümmerten sich Tory Riddle und eine ihr unbe-
kannte schwarzhaarige Frau um Nick, setzten ihn in dem Bar-
gello-Ohrensessel nieder und schoben vorsichtig die seidenbe-
spannte Newport-Fußbank mit den geschwungenen Beinen
unter sein verwundetes Fußgelenk. Ererbte Möbelstücke, die
wegen ihrer ausgetrockneten Zerbrechlichkeit von Katie und
Nick kaum je in Gebrauch genommen wurden, wurden plötzlich unter dem Anprall freundlicher Leiber hierhin und dorthin gestoßen. Zwei Rohrstühle wurden aus ihrer ursprüng-

lichen ornamentalen Position zu beiden Seiten des furnierten Spieltisches, der, die eine Hälfte seiner runden Platte als Silhouette gegen die Wand geklappt, zur Zierde dastand, mitten in den Raum gezogen. Die dunkel lackierte Truhe unter einem der Fenster, von deren goldener, unwirklicher Bemalung mit Männern, die mittels Pfeil und Bogen einen mähnenlosen Löwen jagten, Katie sonst immer die von Nick liegengelassenen Zeitungen wegräumte, wurde nun zu einer Sitzgelegenheit für Joan Ledyard, die den kleinen Minton-Porzellankorb als Aschenbecher benutzte. Weder Nick noch Katie rauchten; plötzlich herrschte überall Bedarf an Aschenbechern. Einige der Männer rauchten sogar dicke Zigarren. Als Katie in die Küche ging, um nach passenden Behältern Ausschau zu halten, sah sie, daß die Party inzwischen auf das Eßzimmer übergeschwappt war, wo schon etliche nasse Ringe einen hellen Abdruck auf der Mahagoni-Tischplatte hinterlassen hatten, während Felicia Matthews und irgendein hochgewachsener Mann, dessen Namen Katie nicht kannte, die Köpfe zusammensteckten. Als sie mit einem Papierhandtuch, einem Tischtuch und ein paar Untertassen für die Zigarettenasche wieder über den Korridor geeilt kam, hielt Brick Matthews sie mit seiner behaarten Hand am Unterarm fest. «Warum genehmigen Sie sich nicht einen und machen mal Pause?» fragte er.

Etwas an ihm ließ sie den Faden verlieren. «Ich mache mir solche Sorgen um Nick», sagte sie. «Wenn sein Knöchel nun doch gebrochen ist, wie er behauptet?»

«Nehmen wir mal an, es ist so, dann macht eine weitere Stunde auch keinen Unterschied. Er ist jetzt bei seinem zweiten Drink angelangt und hat keine Schmerzen. Was ist mit Ihnen?»

«Mit mir?» Ihre Gedanken waren immer noch bei den Ringen, die abgewischt werden mußten, bevor sie in die Politur eindrangen.

«Den ganzen Sommer lang hat meine Frau von der tollen Figur gefaselt, von dieser Frau unten am Strand.»

«Wenn Sie Ihre Frau suchen, sie ist im Eßzimmer und unterhält sich mit jemandem.»

«Hab ich mir doch gedacht! Was kann ich dir Gutes tun, Katie?»

«Mir Gutes tun?» Er war einer von jenen Männern, deren Brustbehaarung sehr hoch hinaufreicht; über dem Ausschnitt seines Sweatshirts war ein Flaum von der Farbe der Reste in einem Bleistiftanspitzer.

«G-und-T, Whiskey, Bloody Mary...»

«Nur einen gespritzten Weißwein», sagte sie. «Möglichst schwach.»

«Ich hätt's mir denken können», sagte er mit fröhlichem Abscheu, ohne ihr ins Eßzimmer zu folgen. Dort war Felicia tiefer in die Unterhaltung versunken; während der hochgewachsene, düster blickende Mann Wörter in ihr Ohr träufeln ließ, hatte sie das Gesicht zur Seite gewandt, zupfte Blütenblätter aus der Chrysantheme, die Katie in einer Schale in der Mitte des Tisches arrangiert hatte, und drehte sie zu dünnen Röllchen, die sie eins nach dem andern auf die Tischplatte fallen ließ. Katie breitete mit einer raschen Entschuldigung das Tischtuch über die Unordnung aus und zog sich wieder ins Wohnzimmer zurück.

Eine dicke blaue Schicht Tabaksqualm hing unter der neu verputzten Zimmerdecke. Der Geräuschpegel hatte sich erhöht. In einem Gespräch wurde das Fußballspiel noch einmal gespielt, in einem anderen wurden die städtischen Wahlen beklagt, die vor kurzem stattgefunden hatten. Die beiden Kinder hatten ihren Platz vor dem Fernseher verlassen und waren nach unten gekommen. Nun standen sie wie kleine Wachsoldaten, zugleich verwirrt und aufmerksam, zu beiden Seiten von Nicks Armsessel. Er sah mit glasigem Lächeln empor, während Trevor Riddles barsches Gelächter über ihm zusammenschwappte. Es mußte sich um einen Witz auf Nicks Kosten gehandelt haben, denn nur zögernd stimmte er in das Lachen ein. Das Geräusch, dachte Katie, war wie jenes Summen von Stimmen am Strand, nur aus der Nähe, ans Ohr gepreßt. Brick Matthews reichte ihr ein Weinglas mit einer fahlen Flüssigkeit, die sich beim ersten Kosten als Martini herausstellte statt eines Gespritzten. «Der Weißwein ist alle», sagte er.

«Wie schrecklich. Lassen Sie mich im Kühlschrank nachsehen.»

«Nur die Ruhe. Da war ich schon. Ken ist nach Hause gefahren, um welchen zu holen, und auch noch einen Schluck Gin. So, und nun erzählen Sie mir, was Sie tun, um derart in Form zu bleiben.»

«Ich mach Petit point», sagte sie, wohl wissend, welche Reaktion es hervorrufen würde, aber sich weniger an seinem heißen, forcierten Lachen stoßend, als sie es noch vor einer Stunde getan hätte, weniger der Entschiedenheit ausweichend, mit der seine wäßrigen Augen ihren Blick zu fangen suchten, weniger auch dem fast schmerzhaften Griff nach ihrem Unterarm. Rasch stürzte sie den Martini hinunter, weil sie den Geschmack haßte, und fand sich neben etlichen lebhaften Unterhaltungen, zu denen sie nichts beizutragen hatte. Ein weiterer Martini wurde ihr gereicht, und mit einemmal hatte auch sie etwas zu sagen. Die Zeit verging immer schneller. Obwohl schon ein paar Leute gegangen waren und andere zurückzukommen schienen, während sie, wie sie sich später erinnerte, die Kinder nach oben gebracht und ins Bett gesteckt hatte, kam es ihr doch wie ein plötzliches Wunder vor, daß auf dem Messing-Zifferblatt der Standuhr aus Walnußholz, die Nicks Urgroßvater einst aus Philadelphia mitgebracht hatte, die Zeiger plötzlich auf neun standen. Nick saß nicht mehr in dem Armsessel mit der Flammenstikkerei. Nur die schwarzhaarige Frau war noch im Wohnzimmer. Sie hatte eine exotisch olivfarbene Haut, so gleichmäßig in ihrer Färbung, als sei sie gemalt. Mit einem festen Handschlag stellte sie sich Katie vor: «Ich bin Vivian Crewes. Mein Mann ist die ganze Zeit im Eßzimmer gewesen. Brick sammelt sie jetzt alle ein, damit wir gehen können. Sie waren wundervoll! Dies ist so ein hübsches Haus, und Sie haben es so schön zurechtgemacht. Ich hoffe, Nickies Besuch im Krankenhaus fördert keine schlimmen Neuigkeiten zutage.»

«Nick ist im Krankenhaus?»

«Ich glaube, Sie waren gerade in der Küche, um die Eiswürfelmaschine wieder in Gang zu setzen. Die Schwellung schien schlimmer zu werden, und er verlor auch das Gefühl in den Zehen. Ken Ledyard hat ihn hingefahren, im Auto von den Matthews, weil Joan gerade nach Haus war, um die Kinder zu füttern.»

Aus dem Eßzimmer tönte ein unterdrücktes männliches Grunzen herüber, dann ein Splittern, das Geräusch von rutschendem und brechendem Holz, schließlich das etwas leidenschaftslose Klirren von Glas. Katie versuchte, gegen ihre alkoholische Trägheit anzugehen, um den Schaden zu begutachten, aber Brick Matthews blockierte den Korridor. Er zog etwas hinter sich her, das sich bei näherem Hinsehen als seine Frau Felicia erwies. Er hatte sie bei einem Arm gepackt, so daß sie auf dem Hintern dahinschlitterte, und während sie sich hin und her wand, um wieder auf die Füße zu kommen, schlugen ihre Hacken auf dem Pitchpine-Boden auf. Brick blinzelte Katie zu. «Meine Frau liebt Parties», sagte er. «Jedesmal muß ich sie wegschleppen.» Nachdem er seinen Witz losgeworden war, erlaubte er Felicia aufzustehen; er schielte aber weiterhin zur Seite, für den Fall, daß sie versuchte, ihm eine runterzuhauen.

Der hochgewachsene Mann folgte. Er betastete seinen Mund; seine Lippen waren geschürzt und womöglich geschwollen. «Das Schlimmste ist, Liebling», sagte er zu seiner

Frau, «daß wir allesamt in unserem Auto fahren müssen, weil die Idioten ihren Wagen Ken überlassen haben.»

Die dunkelhaarige Frau nahm eine von Katies Händen in die ihren und drückte sie. Ihre olivfarbenen Hände waren dünn und kühl, doch zittrig, als pulsierte in ihnen der Flügelschlag eines Kolibris. «Entschuldige uns bitte», sagte sie. «Es war äußerst nett bei euch. Du und Nick, ihr müßt auch bald mal uns besuchen.»

Das letzte Auto löste sich geräuschvoll vom Rand des Bürgersteigs, wo Katie mehr als einmal die Angehörigen der Clique sich hatte umarmen sehen. Dort, wo Felicias Hacken die weichen alten Bohlen getroffen hatten, waren lange graue Dellen. Im Eßzimmer hatte die Erregung der Frau das gesamte Chrysanthemen-Arrangement aufgebraucht, dessen Blütenblätter, sämtlich in Röllchen verwandelt, nun auf dem Tischtuch verstreut lagen. Das Tuch war zur Seite gerissen worden, und feuchte Plastikbecher und ein Limonenviertel fanden sich auf dem schimmernden Holz. Einer der beiden Chippendale-Stühle, die bereits einen fertigen Petit-point-Bezug trugen, war vom Kampf der Männer umgeworfen, und, noch schlimmer, das neue Fenster war eingedrückt: Etliche der feinen, eigens neu getischlerten Fensterkreuze waren herausgesprungen und drei Glasscheiben zu Bruch gegangen.

Im Wohnzimmer, wo der Zigarettenrauch noch wochenlang in den Vorhängen blieb, war der Schaden weniger offensichtlich. Gesalzene Erdnüsse und Chips für die Zwiebelsoße waren heruntergefallen und achtlos in den herrlichen alten blauen Täbris-Teppich von Nicks Mutter getreten worden. Die Männer hatten sämtlich diese Laufschuhe mit geriffelter Sohle getragen, in deren Profilen sich der Dreck ansammelt, und überall, auf dem Läufer und den breiten Fußbodenbrettern, sah man gitterförmige Abdrücke und getrocknete Lehmkrümel. Und natürlich hatte die Lacktruhe einen Riß quer über ihren gefirnißten Deckel mit den golden zerfließenden

Bergen. Das Seidenkissen der Fußbank war vollgesogen von dem Eiswasser, womit man Nicks Knöchel behandelt hatte.

Die ascheüberladenen Untertassen konnten geleert und abgewaschen, die Plastikbecher konnten aufgesammelt und weggeworfen werden. Doch was war mit den Brandflecken, die die Zigaretten hinterlassen hatten? Nicht nur einer, sondern viele von denen, die sich bei dem Muschelschrank mit Drinks versorgt hatten, hatten ihre Zigaretten auf den rötlichen Birnenholz-Fächern abgelegt und sie über die geschnitzten Schlangenkanten hinaus glühen lassen. So viele der verkohlten Dellen waren hier nebeneinander aufgereiht, als wäre ein Spiel gespielt oder ein Initiationsritus zelebriert worden. Katie kannte jeden gerundeten Zentimeter dieser Borde. Sie und Nick hatten Stunden mit dem Schrank zugebracht, die Köpfe benommen vom Dunst der Abbeizmittel, das behutsame Schrappen der Werkzeuge als einziges Geräusch zwischen ihnen. Sie wandte sich um und betrachtete mit heißen Augen den zerstörten Raum. Sollten die Tränen ruhig kommen, nun, da es Freudentränen waren.

Das Portemonnaie

Fulham hatte ein schönes Leben angesammelt – eine blau-äugige Frau, die nach dreiunddreißig Ehejahren immer noch ansehnlich und vorzeigbar war, eine rothaarige Tochter, die längst außer Haus war und der es gut ging, ein hübsches weißes Haus in einem der älteren Vororte –, und dennoch war die Düsternis nicht ganz gebannt. Der Schrecken überfiel ihn kurioserweise in Kinos, noch dazu während eskapistischer Kinderfilme. Im Alter von fünfundsechzig hatte er einen elf-jährigen Enkel, Tod, und eine neunjährige Enkeltochter, An-toinette, und an jenen nicht seltenen Wochenenden, wenn die Großeltern auf sie aufpassen mußten, war es in der Regel seine Aufgabe, sie am Samstag- oder Sonntagnachmittag ins Kino einzuladen.

Der Kinokomplex in der nahen Fußgängerzone war ur-sprünglich für vier Kinos ausgelegt gewesen, dann aber noch weiter aufgeteilt worden, so daß sechs entstanden. Die Wände, die mit gigantischen psychedelischen Dekostoffen verkleidet waren, hatten so wenig Substanz, daß das Gedröhn vom Höhepunkt des einen Films leicht in die stillen Momente des anderen eindringen konnte. Aus irgendeinem Grund ar-chitektonischer Ökonomie standen die Leinwände nicht winklig zu den Sitzreihen, und deshalb setzten sich die Zuschauer immer auf die eine Seite des Theaters, wie die Passagiere eines Kreuzfahrtschiffes bei Sonnenuntergang. Diese Sehbedingungen machten, gemeinsam mit der bemerkenswerten Klebrigkeit der Fußböden, die von ausgeschütteter Brause und Cola so vollgesogen waren, daß die Sohlen der Schuhe sich nur mit einem hörbaren Schnalzen davon lösten, gerade genügend Mühe, um Fulham noch zu amüsieren. Auch amüsierte ihn die erstaunliche Jugend der Kinogänger – kaugummikauende, kraushaarige Mädchen in bedruckten T-Shirts und pobackenengen Jeansshorts, und Jungen, deren bedrohlich zerlumpte Brikett- und Punkerfrisuren von einer derart androgynen Weichheit des Auftretens, einer derart unsicheren Milde des Ausdrucks Lügen gestraft wurden, daß Welten sie von den wirklich gefährlichen, durch die Weltwirtschaftskrise abgehärteten Raufbolden trennten, die der alte Mann aus der eigenen Jugend kannte.

Seine Gewohnheit, ins Kino zu gehen, hatte in einer kleinen Stadt in Massachusetts eingesetzt, in einem Kino mit vage mexikanischem Dekor und riesigen falschen Orgelpfeifen. Da seine Eltern bis spätabends in ihrem Laden, einem Drugstore, arbeiteten, ging er sehr oft ins Kino. Er hatte sogar einen Stammplatz – letzte Reihe, links außen – und ein berühmtes Lachen. Ältere Menschen, die er kaum kannte, pflegten seinen Eltern über den Ladentisch hinweg zu erzählen, daß ihr Junge gestern abend im Kino gewesen sei, sie hätten ihn lachen hören. Er liebte die schwarzweiße Welt, die Hollywood in jenen Jahren fabrizierte. Es machte ihm Spaß, den weniger bekannten Schauspielern wie Guy Kibbee und Edward Everett Horton und Adolphe Menjou und Charles Coburn von Rolle zu Rolle zu folgen – eine große Familie von vertrauten Onkel-Gesichtern und raschen, nur zum Schein wütenden Stimmen. Dann hatte sich Fulhams Kinobesuch auf die mit Khaki-Uniformen gefüllten Freizeiträume der Armee-Basen des Südens verlagert und schließlich, während seiner Bostoner College- und Brautschautage, auf die Filmstudios, wo man in espressogeschwängerten Foyers darauf wartete, zu den letzten Nachkriegsverlautbarungen unruhiger Geister wie Bergman und Antonioni, Fellini und Buñuel eingelassen zu werden. Mit der Ehe, den Kindern und dem Aufkommen des Fernsehens wurde Fulham immer häuslicher, ein weiteres Mitglied jenes zahllosen verlorenen Publikums, dem Hollywood zunächst mit einem verzweifelten Zurschaustellen von Haut und Blut den Hof machte, schließlich aber so ziemlich aufgab. Wenn Fulham zusammen mit seiner Frau schläfrig die von Werbespots zerstückelte Wiederaufführung eines Films absaß, den sie beide sentimental verehrt hatten, war er geradezu erschlagen, wie schwach und auf zynische Weise mechanisch diese Vor-Breitwand-Klassiker waren, diese quietschenden alten Vehikel, die ihn einst weit aus sich hinausgetragen und deren Höhepunkte sich in Millionen von Hirnen wie dem seinen als Ersatz für religiöse Visionen festgesetzt hatten.

Die Welt ist auf die unwissende Jugend zugeschnitten, merkte er erst jetzt, da er nicht mehr jung war. In der Gesellschaft seiner Enkelkinder ging er in jugendfreie Filme – verschwenderisch ausgetüftelte Romanzen, die mit Raumschiffen und Slapstick operierten, mit Spezialeffekten und geheimnisvollen Puppen, dazwischen hier und da eingestreute Anspielungen auf Marihuana und Sex, um, wie Fulham annahm, die Teenager im Publikum bei der Stange zu halten. Sein Enkel, der kurz vor der Pubertät war, lachte laut über diese Unartigkeiten, mit einem durchdringenden eifernden Lachen, das Fulham an sein eigenes von damals erinnerte, während das kleine Mädchen, das sich mechanisch Popcorn in den Mund stopfte, nichts belächelte, was sie nicht verstand. Sie hatte das sehr dünne, schimmernde, karottenfarbene Haar ihrer Mutter geerbt.

Immer wenn Fulham zwischen diesen kleinen Köpfen in

dem flackernden Licht saß und auf der Leinwand irgendein mechanischer Drache seine Schwingen entfaltete oder Raumschiffe sich mit angeblichen Laserstrahlen Trick-Schlachten lieferten, beschlich ihn der Schrecken: Die Mauern des Kinos stürzten ein, der klebrige Fußboden öffnete sich unter seinen Füßen zu einem Abgrund. Dann zeigte sich ihm seine wahre Situation in Zeit und Raum: ein Fleckchen Bewußtsein in seinem siebten Jahrzehnt, ein sterblicher Körper, schon auf dem Weg zurück zu den Mineralen, Teil einer verlorenen Zivilisation, die einst auf einem ins Gleiten geratenen Kontinent existiert hatte. Die Krümmung der immensen Erde unter seinem Stuhl und die paar Kubikmeter Boden, die sein Grab decken würden, wurden ihm dann mit einemmal zu einer erstickenden Realität, und er fing an zu schwitzen. Es gab in der menschlichen Existenz einen *Ernst*, eine absolute Unumkehrbarkeit, von denen uns unsere sämtlichen sozialen Einrichtungen und Lustbarkeiten nur abzulenken versuchen. Nein, es ging nicht um «uns», auch nicht um «unsere» – es war seine eigene Existenz, ihr absolut einsamer Besitz, die so krankmachend ernst war.

Warum? Warum sollte es ihn gerade hier anfallen? Die Bilder und die Musik, die von der Leinwand kamen, waren auf irgendeine Weise die Transporteure jener bleiernen, unerträglichen Wahrheiten in sein Bewußtsein. Filme waren ihm schon immer realer als das Leben vorgekommen, lichte Schneisen in dem täglichen Nebel aus Pflichterfüllung. Diese «Kinder»-Filme waren grobe Mythen; sie porträtierten andere Welten, sinnierte er, und der Tod, auf den er lossteuerte, war eine andere Welt. All diese Filme enthielten Episoden, in denen große Höhen oder Weiten vorkamen, Orte, von denen es vielleicht keine Rückkehr gab. Dort draußen zu sein, zwischen den Sternen! Zu seinen frühesten Erinnerungen gehörte die Furcht, nicht rechtzeitig nach Hause zu kommen, an irgendeinem falschen Ort festzusitzen. Seine Mutter war eine

Tyrannin, wenn es darum ging, sich Sorgen zu machen, und sein Dosierungen auswiegender Vater ein Besessener, was Pünktlichkeit anbetraf. Nun hatte Fulham nur noch wenige Jahre zu leben, und hier saß er also in einem klebrigen Kino, einen unbezahlbaren Nachmittag vergeudend, während er doch seine Büsche hätte beschneiden oder seine Buchführung in Ordnung bringen können. Solche Selbstanalysen verwässerten allmählich die Untergangsvisionen, denen er sich, eingesunken zwischen seinen Enkelkindern mit ihren hoch aufragenden Lebenserwartungen, ausgesetzt sah. Bis die Schufte alle in die Luft gejagt waren und der Abspann lief und die Lichter angingen, hatte sich Fulham wieder die Erscheinung und das Benehmen eines normalen, heiteren Großvaters zu eigen gemacht.

Tod bat ihn dann jedesmal um einen Vierteldollar, damit er im Foyer ein Videospiel spielen konnte. Fulham bewunderte die Geschicklichkeit, mit der das Kind die flinken elektronischen Phantome manipulierte, während sie summend und piepend vorüberhuschten. Diesmal überredete er seinen Großvater zum Mitspielen. «Jetzt du, Opi.»

«Lieber nicht, vielen Dank.»

«Ach, nun mach schon. Gönn dir ein preiswertes Abenteuer.»

«Aber Opa will nicht», rief Antoinette dazwischen. «Er fühlt sich nicht gut.»

«Was heißt, ich fühle mich nicht gut?»

Das kleine Mädchen betrachtete ihn ernst, mit ihren leuchtenden Augen unter ihrem leuchtenden Haar. «Du siehst aus, als wär dir übel», sagte sie.

Seine Bauchmuskeln taten ihm in der Tat weh, als hätte er etwas Schweres angehoben. «Vielleicht würde mir ein wenig Zerstreuung guttun», gab er zu.

Sie zuckte mit den Schultern. Ihr Bruder zeigte ihm, wie man die Hebel bediente. Aber Fulhams kleines Bildschirm-

Kampfschiff, ein dreieckiges Ding wie ein strahlender Papier-
pfeil, verfing sich in einer Ecke, und was er mit den verwirrend
zahlreichen Knöpfen auch anstellte, nichts bewegte es wieder
daraus hervor. Statt dessen drehte es sich um sich selbst wie
ein gefangenes Tier, und als es seine Strahlensalven abfeuerte,
wurde es von den eigenen Querschlägern ausgelöscht. Der
kleine Tod kreischte vor ungläubiger Fröhlichkeit. ENDE
DES SPIELS, verkündete der Bildschirm.

Fulham sah nicht recht, was daran so komisch war. Die
Leute im Foyer hatten auf Tods aufdringliches Lachen hin die
Köpfe gedreht. Fulham schwitzte wieder. Er brauchte ein
paar Sekunden, um zu merken, daß das kleine insistierende
Gesicht, so rund und weiß und scharf markiert wie das Zif-
fernblatt einer Uhr, etwas zu ihm hinaufgeläutet hatte: Er
sollte noch einmal einen Vierteldollar rausrücken. «Bitte,
Opi. Nur fünfundzwanzig Cent!» forderte das Kind.

«Nein», sagte Fulham mit erheblicher Befriedigung, setzte
die Kinder ins Auto und fuhr mit ihnen nach Hause. Als
schließlich seine eigene Tochter und ihr Mann auftauchten,
angeregt beide und mit geröteten Gesichtern von ihrem Ten-
nisspiel oder ihrer Cocktail-Party, war er froh, daß seine Enkelkinder abgeholt wurden und sein großes weißes Haus in
Wellesley zu jener Ordnung zurückfand, die er und seine Frau
darin aufrechterhielten.

Wegen hohen Blutdrucks hatte Fulham sich früh aus seiner
Maklerfirma zurückgezogen und angefangen, von einem Zimmer im ersten Stock seines Hauses aus eigene Anlagen und
solche für ein paar bevorzugte alte Kunden zu tätigen. Jeden
Morgen stieg er mit dem *Wall Street Journal* und einer zweiten
Tasse entkoffeinierten Kaffees zu diesem Zimmer hinauf, dessen Fenster auf die gestutzten Büsche des Seitengartens blickten. Er hielt seine Tabellen und seine Korrespondenz auf dem
laufenden, tätigte seine Anrufe und ging auch täglich zur Post.

Doch die Illusion, in die größeren Kreisläufe der Welt einbezogen zu sein, war schwieriger aufrechtzuerhalten als damals, als ihm im neunzehnten Stock eines Bostoner Wolkenkratzers ein Eckbüro zur Verfügung stand, wo flinke Sekretärinnen ihn abschirmten und unterstützten und seine zögernd gemurmelten Diktate in offizielle Verlautbarungen verwandelten, die mit Firmenbriefkopf hinausgingen. Neuerdings, da die Postboten einer zunehmend faulen und unverschämten Regierung nicht mehr bis an die Tür kommen durften, wenn sie zu weit vom Bürgersteig entfernt lag, erreichte ihn seine Post in einem Blechkasten, der unten an seinem weißen Lattenzaun befestigt war. Diese lässige und waghalsige Ablage war ein weiteres Indiz dafür, wie die altehrwürdige Wissenschaft von der Finanz auf die leichte Schulter genommen wurde.

Seit Tagen nun wartete er schon auf einen großen Scheck, den der Absender, eine Ölfirma aus Houston, leider nicht per Einschreiben oder über die neuerdings verfügbaren Eilboten zugesandt hatte. Der Scheck, sechsstellig im unteren Bereich, repräsentierte beträchtlichen Scharfsinn und Kapitaleinsatz auf seiten Fulhams, und er war begierig, den Betrag sicher auf einem seiner Konten zu verstauen. Jeden Mittag, nachdem der Postbote – ein junger Mann, der auf seinem Rundgang mit störender Musikalität Opernarien pfiff – den Deckel des Postkastens zugeklappt hatte, eilte Fulham den langen Backsteinweg hinunter, um aus dem Wust von Rechnungen und Drucksachen-Werbung den Scheck herauszusuchen. Doch die Tage verstrichen, ohne daß der Scheck eintraf. Dann fühlte er, neben dem Postkasten stehend, sein Herz schlagen. Das ärgerte ihn, wie jene riesigen Lastwagen, die, ein eindeutiges Verbotszeichen außer acht lassend, dann und wann durch ihre stille Straße donnerten, daß das Haus erbebte. Eine Woche verstrich, dann noch eine. Telefonate mit Houston ergaben nichts außer einer Serie von gedehnten Bekundungen, der Scheck sei abgeschickt, aber noch nicht eingelöst worden, so daß er zweifellos irgendwann auftauchen würde. Eine der Damen, die dem klingenden Tonfall nach dunkelhäutig und gleich dem Postboten ungemein musikalisch zu sein schien, erklärte ihm sogar, daß die Firma niemals Schecks eingeschrieben verschickte, denn dadurch würden sie nur Aufmerksamkeit erwecken und hätten auch in einigen Fällen, unter ärmeren Postangestellten, bereits zum Diebstahl angestiftet.

Der Gedanke an Diebstahl war Fulham überhaupt noch nicht gekommen. Stets hatte er sich die Post als eine überwölbende Ganzheit vorgestellt gleich jenem Wolkenteppich, dessen Bild Abend für Abend auf Kanal fünf gesendet wurde und der, so wenig vorhersagbar er auch sein mochte, am Ende aller Analysen doch unausweichlich jedes Tröpfchen Wasserdampf abliefert, das ihm anvertraut ist. Nun jedoch stand ihm die Möglichkeit vor Augen, daß das System Löcher haben konnte, durch deren eines womöglich eine Geldsumme gefallen war, die eigentlich ihm gehörte, Zahlen, die längst im Computer seiner Bank gespeichert sein und Zinsen für sein Konto bringen sollten. Mit jedem Tag Verspätung, rechnete er nach, verlor er mehr Geld, als er und seine Frau täglich zum Essen brauchten. Seine Anrufe in Houston wurden immer dringlicher, und seine Tröster rangierten entsprechend immer höher in der Hierarchie der Ölgesellschaft, doch am Ende drängten sie ihn stets, noch ein paar Tage zu warten, ehe er von ihnen verlangte – was natürlich sein gutes Recht war –, den Scheck zu stornieren und einen neuen auszustellen.

Erschüttert von dieser Ungerechtigkeit, schlief er schlecht. Es gab niemanden, dem er einen Vorwurf machen, und kein Gericht, an das er appellieren konnte – nur ein undurchschaubares Übermittlungssystem, das sich luftig zwischen Neuengland und Texas erstreckte. Zu ungewohnter Stunde wachliegend, stellte er sich vor, wie Schritte über den Bürgersteig schlichen und Hände an seinem Postkasten rüttelten. Der Kasten selbst, der per Regierungserlaß seinen unfehlbaren, nichts mehr herausrückenden Briefschlitz an der Haustür ersetzt hatte, schien ihm wie eine gefährliche Verlängerung seiner selbst, ein nicht zu verteidigender Außenposten, der hilflos Graffiti und gelegentliche Schläge hinnehmen mußte. Fulham versuchte, sich den postalischen Vorgang im Detail vorzustellen – die Förderbänder, die Säcke, die Rutschen, die wahllos Briefumschläge in alle Richtungen schießenden Sortiermaschinen. Er verzehrte sich danach, dieses riesige Phantasiesystem zu packen und zu schütteln, jenes steckengebliebene kleine Vermögen da herauszuschütteln, das man so unbedacht einem Fetzen Papier im Innern eines zweiten gefalteten Papierfetzens anvertraut hatte. Der Wunsch zu schütteln schüttelte ihn selbst; Fulhams verängstigtes breiiges Herz füllte seinen Schädel, das Bett, das Schlafzimmer mit seinen dumpfen Schlägen.

Seine Frau, wach geworden von seinem wütenden Hinundherwälzen unter der Bettdecke, begriff das Problem nicht und auch nicht die Schmach. Jeden Tag aß sie wie sonst drei sorgsam ausgewählte und hübsch zubereitete Mahlzeiten; wie sonst pflegte sie in der milchigen Morgenkühle dieser Spätsommertage ihren Garten und ging dann hinüber in den Club, um eine Kleinigkeit zu essen und zu schwimmen oder mit ihrem kichernden, sonnengebräunten, weiblichen Zweierpaar neun Löcher zu spielen. Vielleicht gab es für Diane keinen Abgrund. Vor vierzig Jahren war sie Lehrerin gewesen und hatte jungen Geistern die Lehren von Ursache, Wirkung und Geduld eingetrichtert. «Der Mann hat gesagt», rief sie Fulham mitten in der Nacht in Erinnerung, «wenn er nicht in ein paar Tagen käme, würden sie ihn annullieren und einen neuen schicken.»

«Das heißt *noch* länger warten. Inzwischen verliere ich die Zinsen.»

«Haben wir denn die Zinsen so nötig?»

«Es ist keine Frage des *Nötighabens*, es ist eine Frage des *Rechts*. Wir haben ein Recht auf dieses Geld. Außerdem streicht die Ölgesellschaft für jeden Tag, den der Scheck uneingelöst bleibt, Zinsen auf ihr eigenes unangetastetes Konto ein. Nicht nur, daß wir den Gewinn verlieren, die *machen* auch noch einen, dank ihrer eigenen Unfähigkeit!»

«Ich glaub, du übertreibst da ein bißchen. Es ist keine Frage von Grundsätzen, es ist einfach passiert. Er liegt irgendwo am Boden eines Postsacks.»

In ihrem Bemühen, ihn zu beruhigen, ließ sie ihn just in jenes Wespennest seiner Phantasie hineinstolpern, das ihn so in Wut versetzte: der Brief auf ewig in der Bodenlosigkeit eines Postsacks verloren; der Fehler in einem System ohne Bewußtsein; die ziellose Wut ohne Täter, oder wenigstens ohne einen Täter, dessen man habhaft werden könnte, der sich zu erklären hätte; eine gewisse furchtbare Selbstzufriedenheit des Vorhandenen, so unvollkommen und fehlerhaft es sonst auch sein mochte; eine abscheuliche kosmische *Antwortlosigkeit*.

Der Täter schlug noch einmal zu, diesmal innerhalb der eigenen vier Wände. Als Fulham am Freitagmorgen erwachte, entdeckte er, daß sein Portemonnaie nicht auf der Schreibtischplatte lag, wo er es fast ausnahmslos beim Zubettgehen ablegte. Er sah in der Gesäßtasche der Hose nach, die er am Tag zuvor getragen hatte, dann, mit wachsender Verzweiflung, auf dem Boden des Wandschranks, unter dem Bett, im Nachtschränkchen, auf dem Waschbeckenrand, in den Taschen aller Hosen, die im Schrank hingen, und schließlich unsinnigerweise in den Taschen sämtlicher Jacken, auch derer, die seit Juni in den Plastikhüllen der chemischen Reinigung hingen.

In den Jahren und Jahrzehnten seiner städtischen Arbeit hatte Fulham eine Brieftasche im Jackett getragen, einen kleinen ledernen Schild über seinem Herzen, der mit den Jahren immer dicker wurde. Nach seiner Pensionierung trug er Jacken nur noch, wenn er abends ausging, und so kaufte er sich in einem kleineren Durchgangsritus, einem leichten Wechsel der Armierung, ein Portemonnaie für die Gesäßtasche, die zu seiner neuen Arbeitsuniform, weite Hosen und Sporthemd, paßte. Dieses Portemonnaie, das sich zunächst fremd anfühlte und ihn aus dem Gleichgewicht brachte, wenn er es nicht überhaupt einzustecken vergaß, wurde bald zu einem freundlichen Gehilfen, der ihn mit seinem leichten Druck auf die Hinterbacken an sein neues, freieres Leben erinnerte. Das Portemonnaie mit den vielen Fächern war fast ein wenig zu bauschig, um darauf sitzen zu können. Es enthielt die Plastikscheckkarten für die Bay Bank, NYNEX, Brooks Brothers, Hertz, Visa, Amoco, American Express, Master Charge, The Harvard Doop, Filene's, das Newton-Wellesley Krankenhaus und das Allgemeine Krankenhaus von Massachusetts, dazu seinen in eine Plastikhülle eingeschweißten Führerschein und Ausweise, die seine Mitgliedschaft im Kunstmuseum, im Athenaeum, im Wellesley Country Club, im Tavern Club, im Harvard Club, in einer Krankenversicherung und in der Sozialversicherung dokumentierten. Fulham war ein sentimentaler und aufbewahrender Mann. Das Portemonnaie beherbergte in einem Einsatz aus Zellophanhüllen auch die Fotos seiner Frau, seiner Tochter und der beiden Enkel, dazu eine Karte, die seine letzte Tauglichkeit dokumentierte (5-A), die Visitenkarte seines Versicherungsagenten, sechs eigene Visitenkarten, einen vergilbten Zeitungsausschnitt, der an seinen Sieg in einem interuniversitären Tennisturnier vor vielen Jahren erinnerte, und ein kleines braunes Foto von einem siebzehnjährigen Mädchen mit Locken und dunklem Lippenstift, das er einst geliebt hatte, ein Automatenfoto vom Jahrmarkt in Topsfield. Ebenso gab es eine Anzahl veralteter Quittungen (für einen Film, den er zum Entwickeln in den Drugstore gebracht hatte, für die Trockenreinigung, für einen Rasenmäher, den er hatte schärfen, und für eine Uhr, die er hatte reparieren lassen). Und vielleicht sechzig Dollar in bar.

Das Bargeld war noch das wenigste. Es ging um die andern Dinge – die unersetzlichen Erinnerungsstücke, die Kreditkarten, deren Ersatz unendliche Mühsal bereitete –, deren Verschwinden er nicht ertragen, nicht fassen konnte. Methodisch, jedoch mit jener Unterströmung des Getriebenseins, die jegliche Methode zunichte macht, durchsuchte er das weiträumige Haus, guckte auf den Fußböden in den Badezimmern nach, in den Ritzen hinter den Sofakissen, in den Schubladen seines Schreibtisches, dem Abstand zwischen Büchern und Bücherbord im Lesezimmer. Fulham wußte, daß er gelegentlich, halb unbewußt, das bauschige Portemonnaie als unbequem empfunden und es aus der Tasche genommen und an passender Stelle abgelegt hatte. Er rekapitulierte noch einmal die stillen Ereignisse des vergangenen Abends, angelte sie aus seinen älter werdenden grauen Zellen hervor: Abendbrot, ein Rundgang im Garten, um letzte Rosen und erste herbstliche Blätter zu betrachten, dann die kleine Weile im Lesezimmer, wo er die letzte Ausgabe von *Barron's* durchgeblättert hatte, eine halbe Stunde Fernsehen mit Diane, die Wiederholung eines alten Films, *Silk Stockings*, mit Fred Astaire und Cyd Charisse. Den einzelnen Tanz- und Gesangsnummern mangelte es auf dem kleinen Bildschirm an Größe, und die Handlung schlingerte schmerzhaft zwischen ihnen dahin. Er hatte ganz vergessen, wie hoch Astaires Stimme war, wie dünn. Und Charisse, die er einst ebenfalls geliebt hatte, wirkte steif und verkrampft unter der Last ihres falschen russischen Akzents. Sie hätten das alles auf dem Broadway belassen sollen, als *Ninotschka*. Fulham war vor seiner Frau ins Bett gegangen. Soweit er sich erinnerte, hatte er sich in der üblichen Weise ausgezogen und an einem Krimi von Agatha Christie müde gelesen, den er womöglich vor Jahrzehnten schon einmal gelesen hatte; schwache Eindrücke eines *déjà lu* kitzelten die Ränder seines sich verflüchtigenden Bewußtseins, während Poirot die genauen Entfernungen in dem Salon abschritt, wo der Mörder zugeschlagen hatte.

Am nächsten Morgen erinnerte er sich, daß zwischen Lese- und Fernsehzimmer ein Anruf seiner Tochter gekommen war, des Inhalts, daß sie die Kinder früh am Vormittag vorbeibringen würden, so daß sie und Rob nach Providence weiterfahren könnten, wo sie unbedingt ein Stück von Sam Shepard sehen müßten, und daß sie über Nacht bei einem befreundeten Paar in Rumford bleiben wollten. Fulham ging zu der Stelle, wo er den Anruf beantwortet hatte, einem Winkel mit vielen kleinen Borden direkt neben der Küche. In einer plötzlichen Eingebung überkam es ihn, daß hier, zwischen schräg stehenden Kochbüchern und kaum benutzten Horsd'œuvre-Platten, sein Portemonnaie liegen müßte; in der Tat, er *sah* es vor sich – dick, braun, die Ecken abgerubbelt und das Leder vom Umriß einer Kreditkarte geprägt, so wie sich manchmal bei einem sehr engen Kleid die Unterhöschen einer Frau als flaches Relief abzeichnen – und stieß einen kleinen Krächzer des Triumphs aus, ehe ihm klar wurde, daß das, was er für sein Portemonnaie gehalten hatte, ein altes, ausrangiertes Adreßbuch war, das Diane vergessen hatte wegzuwerfen. Seine Halluzination nagte an ihm und verdoppelte die Wut, mit der er das Haus durchsuchte, Zimmer für Zimmer, Ecke für Ecke. Das Portemonnaie gab es nicht mehr.

«Man hat es mir gestohlen», sagte er beim Mittagessen zu seiner Frau.

Diane hatte ein ruhiges Patriziergesicht, und als sie das Kinn hob, so daß die lose Haut darunter sich straffte, war sie noch immer schön, und ihr volles Haar war so unaussprechlich weiß, daß man es für das Ergebnis einer kostspieligen Versuchsreihe hätte halten können. «Wie denn aber?»

«Ganz einfach. Das Haus ist so groß, daß jemand innerhalb

einer Minute herein- und wieder hinausschlüpfen könnte, ohne daß wir es merken. Es ist ja auch nicht meine Sache herauszufinden, wie man das anstellt, es ist *ihre* Sache. Und sie haben's getan. Die Schufte haben's getan. Und jetzt muß ich jede verdammte Kreditkarte einzeln sperren lassen.»

Sie betrachtete ihn kühl, diesmal mit ganzer Aufmerksamkeit, und sagte: «So habe ich dich noch nie erlebt.»

«Wie bin ich denn?»

«Wild geworden.»

«Es war mein *Portemonnaie*. Alles steckt da drin. Alles. Ohne dieses Portemonnaie bin ich nichts.» Die Zunge hatte seinen Verstand hinter sich gelassen, aber nachdem es ausgesprochen war, erkannte er diese Wahrheit: Ohne das Portemonnaie war er ein Phantom, das in einem Haus ohne Wände herumhuschte. «Und ich weiß auch, *warum* sie es gestohlen haben», fuhr er fort. «Um an die Kontokarte heranzukommen. Mit der Kontokarte können sie nun den Scheck, den sie schon vorher gestohlen haben, einlösen und kassieren.»

«Einlösen? Und auf *dein* Konto einzahlen?»

«Ja, und das Geld dann auf ihr eigenes transferieren, irgendwie. Ich weiß nicht, ich weiß nicht genau, wie Kriminelle zu Werke gehen. Das ist *ihre* Sache. Ich weiß nur, daß mit diesen neuen Computern der gesunde Menschenverstand im Bankwesen ausgedient hat – jede x-beliebige Saufnase von nebenan kann sich mit zehntausend Dollar davonmachen, wenn er nur weiß, wie er die idiotische Maschine zu bedienen hat. Ständig werden Personen und Institutionen – wie sagen doch die Kinder heutzutage? – gelinkt. Gelinkt und erleichtert. Wir sind auch gerade erleichtert worden, um genau –» Und er nannte den Betrag auf dem verlorengegangenen Houstoner Scheck, und ihre blauen Augen wurden runder und runder, je mehr sie ihm Glauben schenkte. «Merkst du das denn nicht?» beharrte Fulham. «Erst der Scheck und nun das Portemonnaie – zu viele Zufälle auf einmal.»

«Ich kann nicht glauben», sagte Diane schwach, «daß es so simpel ist, wie du es darstellst, bei all den Sicherungen – unsere Geheimnummer zum Beispiel.»

«Hunderte Leute kennen inzwischen unsere Geheimnummer», höhnte er. «Alle Bankangestellten und jeder, der je hinter uns in der Schlange gestanden hat.» Mit unabweisbarer Deutlichkeit sah er, daß dort draußen, jenseits eines Horizonts hoch aufragender Buchen und behaglicher Schindeldächer, sich lautlose und unsichtbare Mächte gegen ihn verschworen hatten, um in seinen Besitz einzudringen und ihm seinen Schatz zu rauben. Jede Tür und jedes Fenster, ja sogar die kleinen Öffnungen des Briefschlitzes und des Telefons waren Löcher, durch die sein Hab und Gut, alles, was sich im Laufe eines Lebens angesammelt hatte, ihm entrissen wurde. Es war ruinös, wie die Welt Besitz in die Form nebulöser, mechanischer Liquidität gegossen hatte. Die Karten in dem fehlenden Portemonnaie führten in schlüpfrige Tunnel des Kredits, in die Adern seines Bluts. Fulham erhob sich. Er fühlte sich schwach und ausgelaugt. «Ich werde jetzt Houston anrufen, um den Scheck zu stornieren», sagte er zu seiner Frau. «Und dann die Bank, um mein Konto zu sperren.»

Sie nickte und senkte die Augen, um besser die Gabel dirigieren zu können, mit der sie die Salatblätter unter ihrer Portion Hüttenkäse durchtrennte.

Noch während Fulham diese Maßnahmen traf, wußte er, daß seine Feinde, bewehrt mit seinem Portemonnaie, gigantische Rechnungen aufhäuften – indem sie Autos kauften, Kleider, Theaterkarten in der ersten Reihe und ihm zum Hohn ausgefallene Schlemmermahle veranstalteten. Trotzdem gaben ihm die jungen Mädchen, mit denen er an jenem Freitagnachmittag sprach, den Rat, sein Vorhaben noch aufzuschieben; sie klangen alle wie siebzehn mit ihren gelassenen, kaugummikauenden Stimmen. Als Gruppe schienen sie schon öfter mit

273

plötzlich verschwundenen Portemonnaies zu tun gehabt zu haben. Houston erklärte sich einverstanden, den Scheck nicht auszuzahlen, aber die Bank meinte, der Computer könnte unter gar keinen Umständen dahingehend programmiert werden, daß sein Konto vor Anfang der nächsten Woche gesperrt würde. Die Telefone der Kreditkartenbüros waren ständig besetzt, ihre Argumente variierten, und als Fulham endlich erschöpft den Hörer auflegte, war sein Kredit eine einzige Verwicklung, eine Hydra, der einige wenige Köpfe abgeschlagen waren, während die meisten noch zuckten. Wieder durchstreifte er das ganze Haus in dem verzweifelten Versuch, sich in jedem einzelnen sauber aufgeräumten Zimmer sein gestriges Selbst vor Augen zu führen, einschließlich des kleinen Raums, der einst ein Nähzimmer gewesen war und wo heute der Fernseher stand. Um exzessives Fernsehen zu vermeiden, hatten die Fulhams ihn sehr spärlich eingerichtet; nur der nackte Fernseher, ein ovaler Flickenteppich und ein Windsor-Sofa ohne Kissen mit einem Plaid über der einen Armlehne befanden sich darin. Die Nichtexistenz des Portemonnaies hallte durch die Räume wie ein Pistolenschuß, der Betäubung auslöst. Fulham stand da, überwältigt von der Endgültigkeit dieses Fehlens: Der Gedanke kam ihm, daß einen Tag nach seinem Tod das Haus etwa dieses Gefühl vermitteln müßte.

Unten wurde die Haustür zugeschlagen. «Hab die Post geholt», rief Diane herauf. In seiner Zerstreutheit hatte er ganz vergessen, seinen gewohnten Mittagsgang zum Briefkasten am Ende des Backsteinweges zu machen. Doch in seinem Unterbewußtsein hatte sich vor Stunden Rodolfos Arie «Wie eiskalt ist dies Händchen» aus *La Bohème* festgesetzt, gepfiffen in falscher Tonart. Die Post lag auf dem Tisch im Flur, zusammen mit den Blütenblättern der letzten Sommerrosen. Zwischen all der Reklame und den Rechnungen lag ein sandfarbener Umschlag aus Houston. Er enthielt den Scheck, datiert vor drei Wochen. Keine versteckte Botschaft, kein Zeichen einer Fehlleitung oder sonst ein Aufkleber auf dem Umschlag verrieten, wo er sich so lange aufgehalten hatte. Diese Leere ließ in Fulham ein Gefühl der Herrlichkeit aufkommen, von jener Art, die die Antwort auf Gebete verweigert. Er fand sich nicht getröstet. Die Auszahlung des Schecks war storniert worden – es handelte sich um ein wertloses Stück Papier.

Am nächsten Morgen, Samstag, erwachte Fulham mit einem überreizten Magen, einem die Magenwände scheuernden Haarknäuel ungewisser Ängste, die sich zu dem klaren Gedanken verdichteten, *ich bin ein Mann ohne Portemonnaie.* Zwar hatte die Ankunft des Schecks seine Befürchtungen, Opfer eines kriminellen Komplotts zu sein, verringert, hatte jedoch eben dadurch den Verlust des Portemonnaies auf eine höhere Ebene gehoben, wo er sich mit Landschaften und Gesichtern mischte, die einst zu seinem Leben gehört hatten und nie mehr auftauchen würden, eingeschmolzen wie sie waren in nicht mehr umkehrbarer Unwirklichkeit wie der klebrige, merkwürdig plausible Stoff der Träume. Die erste Stelle in seinen Gefühlen nahm nunmehr Scham ein anstelle der Wut; er hatte kein Verlangen, das Haus zu verlassen oder in sein behelfsmäßiges Büro hinaufzusteigen oder die Enkelkinder zu sehen, die unten im Hausflur geräuschvoll eintrafen. Die Stimmen seiner Tochter und seiner Frau, vereint zu kurzer Musik, endeten mit einem Zuschlagen der Haustür und dem Klicken hoher Hacken, die eilig auf den Zugang von dannen strebten. Aus seinem Fenster im Obergeschoß blickte er der rothaarigen Besucherin nach, einst sein Liebling, während sie sich in den niedrigen Sportwagen ihres Mannes krümmte und einen Moment lang ein bloßes Bein sehen ließ.

Die Kinder stopften sich einen Vormittag lang mit Fernsehen voll, und zum Mittagessen übergab der kleine Tod Fulham das Portemonnaie. «Hast du dies gesucht, Opi?» fragte er. «Es war ganz in die Decke eingewickelt.»

Sein dickes, abgetragenes Portemonnaie. Wirklich seins.

«Ach du liebe Güte», sagte Diane, indem sie in einer choreographischen Geste die Hand an die Wange legte, eine Geste, die nach Fulhams Eindruck ihre Bestürzung parodierte. «Als *Silk Stockings* zu Ende war, hab ich aufgeräumt, und dabei muß ich dein Portemonnaie in die Decke mit eingeschlagen haben, ohne es zu merken. Erinnerst du dich, wir haben uns die Decke über den Schoß gelegt, weil es so zog?»

Das war plausibel. Die Abende wurden langsam kühler. Dunkel erinnerte sich Fulham, daß ihn die Beule in seiner Gesäßtasche auf dem harten Windsor-Sofa gestört hatte. Er mußte das Portemonnaie herausgenommen haben, während er Cyd Charisse ansah. Als wäre es eine Szene aus dem Film, sah er sich jetzt in Nahaufnahme, das Portemonnaie in der Hand haltend, wo es sich wie eine Schneeflocke in nichts auflöste.

«Großvater hat eine Menge Portemonnaies», tönte Tods Schwester, klein und mit schimmerndem langem Haar, dazwischen. «Das macht ihm überhaupt nichts.»

«Oh, das – das stimmt nicht ganz», sagte Fulham und drückte das geliebte Klapp-Buch aus Leder zwischen seinen beiden Handflächen. Er fühlte sich sehr großväterlich, zerbrechlich und weise. Er war zum Sterben bereit.

Herbstlaub-Saison

UND SCHON GEHT'S LOS! Samstag morgen, im Auto, samt Kindern und Hunden, Fahrt gen Norden, hinauf nach Vermont zur Herbstzeit, Zeit der Blätter, ins Landhaus der Tremaynes am Columbus-Day-Wochenende. Es ist uns zur Gewohnheit geworden, etwas, woran wir uns alle beteiligen, vier oder fünf Familien, ein Vorgang, der nicht unterbrochen werden darf, weil wir sonst Gefahr liefen, einen Zauber zu brechen. Sich aus dem Umland von Boston herausfädeln auf überfüllten, mit Schlaglöchern übersäten Fernstraßen, dann glatt nach Norden auf der 93, und rüber auf der 89, über den Connecticut-Fluß, nach Vermont hinein. Sofort ist da ein Unterschied, alles sieht sauberer, weiter verstreut aus als in New Hampshire. Sobald wir die 89 verlassen, zeigen die Dörfer an der kurvigen Staatsstraße, mit ihren weißen Kirchen und unregelmäßigen, nachlässig gemähten Grünflächen und rotbemalten ländlichen Kaufmannsläden, mit Schildern wie KARAMEL-KISTE oder KÜRBIS-KANNE einen scharfkantigen Charme, eine bühnenmäßige, kalenderblattartige Hübschheit, die nach einer Weile den Augen ebenso erbarmungslos zusetzt wie industrielle Häßlichkeit. Und dann das Herbstlaub, ganze Täler und Berge davon – die kreischenden Rosa- und Scharlachtöne des Ahorns, das schallende Gold der Hickories, das begleitende Messing von Birke und Buche zu beiden Straßenseiten, Hügel um Hügel, ein himmlischer Tumult, der nur mittels breiter Bänder von Immergrün und hervorbrechender Granitrücken an unsere dumpfe Erde gebunden ist. Bei der Ankunft fühlen wir uns schon ganz zerschlagen von der Herrlichkeit der Natur, dem Rauschen des Windes und den kleinen, ohne Unterlaß ineinander übergehenden Benzinexplosionen. Die ungepflasterte Zufahrt – in Wirklichkeit sind es nur Spurrillen, ins Gras gedrückt von den alten Kutschwagen und von der Neuzeit mit einer Schicht Kies überzogen –, die Zufahrt zweigt im rechten Winkel von einer nicht näher bezeichneten Teerstraße ab, die ihrerseits von einer numerierten Staatsstraße abzweigt, die wiederum von einem Bundes-Highway abgeht; so haben wir, wenn wir schließlich ankommen, das Gefühl, die innerste Hülle eines kunstvoll eingepackten Geschenks ausgewickelt oder auch ein mathematisches Problem auf den kleinsten Nenner reduziert, einen Berg erklommen oder einen Safe geknackt zu haben.

Der Kies knirscht und springt unter unseren Reifen. Marge Tremayne steht auf der Veranda. Sie sieht recht gut aus. Ein bißchen älter, eine Spur Übergewicht, aber gut.

Sie und Ralph haben das große weizengelbe Farmhaus mit seinem Stall und den acht Hektar Land eines Winters erstanden, nachdem er im Jahr der ersten Erdgas-Pipelines erfolgreich mit Ölaktien spekuliert hatte. Damals waren ihre drei Kinder noch ganz verrückt auf Skifahren. Auch Ralph war enthusiastisch – die Skilehrer imitierend, legte er sich einen Pancho-Villa-Schnurrbart zu und war mit seiner dicken Zigarre, der rotgetönten Schutzbrille, dem buttergelben Rennanzug und den plumpen orangefarbenen Moonboots ein denkwürdiger Anblick auf den Pisten. Auch Marge sah in ihrer enganliegenden Stretchhose, dem silbernen Parka und dem Kelly-grünen Stirnband, das das Haar hinter ihr flattern ließ, recht gelungen aus. Ihr Sinn für Stil und ihr früheres Tanztraining befähigten sie, die Grundzüge des Skilaufens hinreichend graziös nachzuahmen, und schon glitt sie talwärts, doch im tiefsten Herzen war sie keine Skifahrerin. «Ich bin ein viel zu großer Feigling», äußerte sie gelegentlich. Oder in einer anderen Stimmung, einem anderen Zuhörer gegenüber: «Ich bin mehr eine Erdmutter.» Mit der Zeit bewohnte sie das Haus in Vermont überwiegend im Sommer (da Ralph es eigentlich hatte vermieten wollen), baute Unmengen von Gemüse an und machte in großem Stil ein, fing auch an, Wolle zu spinnen und Pilze zu züchten, und zeigte sogar ein Talent fürs Wünschelrutengehen, nachdem sie bei irgendeinem Alten aus den Bergen jenseits von Montpelier in die Lehre gegangen war. Ralph arbeitete noch immer in der Stadt, und außer im August fuhr er jedes Wochenende hinauf zu seiner Frau, fünf Stunden hin und fünf Stunden zurück, kutschierte die Kinder und ihre Freunde hin und her und führte sein Haus in Brookline selbst. So war dieses Herbstlaub-Wochenende immer ein Besuch bei Marge, unsere Chance, herauszufinden, wie es ihr ging.

Marge und die neu hinzugekommenen Neusners stehen auf der Seitenveranda, als die Maloneys vorfahren. Die Maloney-Kinder springen oder winden sich, je nach Alter und Selbstbewußtsein, als erste aus dem beweglichen Gefängnis. Es gibt ein spaßiges Durcheinander und laut bekundete Erschöpfung, ein wirbelndes Hin und Her; die Freude an dem überstandenen Abenteuer animiert die Familien, während sie Stück für Stück ihr Gepäck ausladen und sich in Marges Obhut sinken lassen. Sie hat eine müde, leicht nasale Stimme, als hätte sie sich erkältet, und spricht einen sachlichen Slang. «Auch dies Jahr wieder getrennte Schlafsäle für Mädchen und Jungen. Männer am oberen Treppenabsatz nach rechts, Frauen nach links. Jungen, die dreizehn oder älter sind, drüben im Stall, die Jüngeren oben im Haupthaus bei den Mädchen. Die Tylers sind schon hier. Linda hat ein paar Kleine mitgenommen zu einem Spaziergang durch das Laub, und Andy hilft Ralph, den Vorrat in der Brennholzkiste aufzustokken. Ralph sagt, jeder Mann soll so viel Holz spalten, wie er wiegt. Jede Frau ist verantwortlich für ein Mittag- oder Abendessen. Frühstück macht jeder nach eigenem Gusto, wie gewöhnlich, und daß mir keiner Sirupmesser und -gabeln einfach so in den Geschirrspüler schmeißt! Damit bist *du* gemeint, Teddy Maloney.»

Der Neunjährige lacht nervös und erschreckt, weil er sich so plötzlich einzeln angesprochen hört. Er ist ganz damit beschäftigt gewesen, Ginger, den Hund der Familie, einen Setter-Mischling mit rotem Fell, aus dem Auto zu locken, trotz der bedrohlichen Neugier von Wolf, dem grauhaarigen Chow-Chow der Tremaynes, und Toby Neusner, einem etwas kleinwüchsigen schwarzen Retriever.

Bernadette Maloney umarmt Marge, küßt sie auf die Wange und denkt, wie breit sich ihr Körper anfühlt. Dann tritt sie einen Schritt zurück und fragt, eine Spur zu feierlich: «Wie geht's dir?»

Marge blickt sie ebenso ernst an. Ihre schieferblauen Augen sind mit Spuren eines lehmigen Gelbs untermischt. «Der Sommer war eine Wonne», sagt sie vertraulich und wendet dann mit einem stoischen kleinen Schulterzucken den Blick ab. «Ich weiß nicht recht. Ich kann einfach keine Leute mehr ertragen.»

Heute ist ihr Stirnband maronenbraun. Ihr dichtes, langes schmutzigblondes Haar hat sich über die Jahre ununterscheidbar mit grauen Strähnen vermengt. Dessen fast unmerkliche Stumpfheit verstärkt ihr sonderbares Indianeraussehen. Es ist nicht das Aussehen richtiger Indianer, sondern von einem bleichgesichtigen Mädchen, das sie gefangen und in ihren verräucherten Wigwams, in ihrer gleichgültig-grausamen Manier aufgezogen haben. Ihr Gesicht ist härter geworden hier oben, wie gemeißelt, ihre ungeschminkten Lippen dünner, ihre Augen dunkler. Ihre Haut ist nicht so sehr gebräunt als vielmehr durchglüht, von gesunder, matt schimmernder Farblosigkeit, die tief in ihre Haut eingerieben scheint. Ihr Körper ist fülliger geworden, aber dank ihres bewährten Stilempfindens kommt sie in ihren hüftengen Jeans und dem karierten Männer-Flanellhemd, das ihr wie eine Umstandsbluse über den Gürtel hängt, mit dem neuen Gewicht gut zurecht. Trotz Bauch, grauem Haar und allem ist sie noch immer unsere Schönheit. Und Ralph ist, als er auftaucht – nachdem er offenkundig direkt aus dem Auto dienstverpflichtet wurde, denn sein Brooks-Brothers-Hemd ist verschmutzt von den Holzklötzen, die er geschleppt hat, und seine Stadtschuhe sind mit Sägemehl überpudert –, immer noch ein freundlicher Menschenfresser; er schwitzt väterliche Schwaden aus, er entbietet ein bellendes, grunzendes Willkommen. Seine Augen sind rot von Zigarrenrauch, er stottert und spuckt vor hastiger Gier, seine Witze loszuwerden, und noch vor der Pointe bricht er in lautes Gelächter aus. Er scheint etwas Gewicht verloren zu haben. «Meine T-töchter k-kochen schlecht», erklärt er. «S-sie versuchen, ihren Alten – zu, *ha!*, vergiften.»

Wie alt sind wir? Knapp über vierzig. Es bleibt noch eine Menge Leben zu leben. Die Luft hier oben ist köstlich, frischer und trockener als die Luft um Boston herum. Jetzt fangen wir an, sie zu atmen, in uns aufzunehmen, wo wir sind. Weniger Geräusche, und diese wenigen anders, individuell: ein einzelnes Auto, das auf der Straße vorbeifährt, eine einsame Krähe, die über dem anrainenden Stoppelfeld schimpft, ein einzelnes Schiebefenster, vom sanften Wind gegen seine Schiene geschlagen. Wir hatten ihn gar nicht gespürt, als wir draußen die Autos entluden. Die Gerüche des Hauses sind Landgerüche – Linoleum, Asche, Holzscheite, Gips, ein urtümlicher Kellerdunst, der von unten durch die Dielen quillt und uns die steile, ausgetretene Treppe hinauf ins Obergeschoß folgt, wo wir die Kinder und ihre Schlafsäcke im Gewinkel der mittleren Räume wiederfinden. Wie die meisten Farmhäuser in Vermont hat das Haus über die Jahre viele Modernisierungen erlitten; in den alten Zeiten haben sie sich nichts dabei gedacht, eine Treppe aus ihrer Verankerung zu reißen und andersherum wieder einzubauen oder einen Kamin zuzumauern, damit ein Abzug für einen Franklin-Ofen entstand. Mit unseren Koffern stecken wir die Claims unserer Schlafkojen in den zwei großen, nach vorn liegenden Schlafräumen ab, die von den Tremaynes, als sie sich noch fürs Skifahren begeisterten, als Schlafsäle, getrennt nach Geschlecht, eingerichtet worden sind.

Deborah Neusner steht am oberen Flurfenster, blickt auf die leere Straße, auf das Feld jenseits der Straße, auf die Wälder jenseits des Feldes mit all ihren Blättern. Bernadette Maloney tritt zu ihr, so nahe, daß die beiden Frauen zugleich mit der Hitze vom Heizkörper unter dem Fenster auch die Wärme ihrer Körper spüren. «Die Englehardts kommen noch, aber später. Klein Kenneth hat noch ein Fußballspiel.»

«Also so klein auch wieder nicht», sagt Deborah trocken, ohne ihr gedankenverlorenes Profil mit dem ausgeprägten Kinn und dem hohen Nasenbein zu wenden. Als sie Bernadette schließlich anblickt, liegt in dem scharfen Vermont-Licht ein Schimmer von Panik in ihren braunen Augen. Die Englehardts haben für die verschiedenen Leute jeweils verschiedene Bedeutung, aber sie sind es – Lee glatzköpfig und ernsthaft und drollig, Ruth sehnig und lockig und hurtig und flink mit der Zunge –, die für alle von uns die Dinge ins Lot rücken, das Ganze erst richtig in Gang bringen. Bis sie eintreffen, wird die unausgesprochene Frage zwischen uns stehen, warum sind wir eigentlich hier, am oberen Rand der Landkarte, in diesem klammen, großen, weizengelben Farmhaus, umgeben von der fast schon vulgären Pracht einer rotgoldenen Natur.

Der Gastgeber steckt unterm Haus! Den ganzen Nachmittag über liegt Ralph auf dem kalten Fußboden unter dem Küchenflügel und wickelt gelbe Fiberglas-Isolation um die Rohrleitungen. Es hat schon die ersten Frostnächte gegeben. Letzten Winter, als die Tremaynes das Haus an Skifahrer vermietet hatten, waren die Rohre zugefroren, und die Leute zogen in ein Motel und gingen später vor Gericht. Ralph behält die Zigarre im Mund, während er grunzend in dem niedrigen Hohlraum ausgestreckt liegt; Bill Maloney sagt laut zu Andy Tyler, er hofft, daß die Gasleitung unter der Küche nicht undicht ist. Beide Männer – Bill bullig und gelassen, Andy hager und ein bißchen übereifrig – hängen dort herum, als wären sie hilfreich, und reichen hin und wieder ein wenig Isolation oder eine neue Rolle Dichtungsband zu ihrem auf dem Rücken liegenden Gastgeber hinunter. Josh Neusner hackt so viel Holz, wie er wiegt, eine ungewohnte und somit für ihn fast romantische Aufgabe. Das Romantische nimmt heftig zu, wann immer der Keil aus einem besonders klobigen Stück Holz springt und sich ein paar Zentimeter neben seinen Füßen tief in die Erde gräbt. Er trägt dünne schwarze Mokassins mit Troddeln. Holzsplitter und Zweige bedecken den Boden des Hofs rund um ihn herum, dazu trockene weiße Kotflecken aus der Zeit, da Marge noch Hühner züchten wollte. Das Vordach des Stalls ist nur nachlässig mit Latten verschlagen. Senkrechte Lichtspeere rufen gleitende Muster hervor, wenn man den Kopf bewegt. Wie eine Op-art-Skulptur in einer Galerie, nur größer, denkt Josh. Der Effekt hat die ungeschlachte, umfassende Verbindlichkeit des Faktischen, des Absichtslosen. Das ganze Milieu mitsamt dem Holzhacken kommt ihm so exotisch vor, daß seine Aufmerksamkeit wie eine schadhafte Birne ins Flackern gerät. Minuten der Leere – Idiotie des Landlebens, hat Marx sie genannt – werden von aufblitzender Gefahr grell beleuchtet, wenn der Keil wieder einmal seine mörderische Schneide direkt neben den Spitzen seiner Stadtschuhe vergräbt. Dann stechen die Kiesel, das Sägemehl, die Zweige desto stärker hervor, intensiv wie die Farbkörner auf einem Dubuffet, und etwas von dieser plötzlichen Klarheit teilt sich auch, wenn er den Kopf schnell genug hebt, dem Himmel, den Feldern, den aufdringlich bunten Wäldern mit.

Linda Tyler kehrt mit den Kindern, die sie um sich geschart hatte, von ihrem Herbstlaub-Spaziergang zurück und macht ihnen als Belohnung für ihr Wohlverhalten ein paar Erdnuß-butter- und Marmeladenbrote. Andere Kinder, zu spät Gekommene und Heranwachsende, die zu blasiert waren für den Spaziergang, wechseln aus dem länglichen Wohnzimmer herüber, wo ein Feuer aus frischem Holz qualmt und wo sie sich mit fettigen alten Spielkarten und Brettspielen mit Pennies und Knöpfen, die im Lauf der Jahre die Spielsteine ersetzen mußten, die Zeit vertrieben haben. Obwohl sie schon an früheren Columbus-Day-Wochenenden hier gewesen sind, schrecken sie vor der Küche zurück. In früheren Jahren war die fröhliche Mrs. Tremayne zuständig, aber dies Jahr hat sie sich in ihr Schlafzimmer im Parterre zurückgezogen und die Tür hinter sich geschlossen. Man hört von innen das Sausen und sanfte Klappern eines Spinnrads. Als das Geräusch des Essenmachens aus der Küche dringt, sammeln sich die Kinder wie Vögel vor einem Napf mit Körnern, und Linda verteilt Kekse, Äpfel, Salzstangen. Mit ihrer hellen sommersprossigen Haut und den freundlichen grünen Augen wirkt sie niedlich, und sie trägt sackartige Kleider, die ihre überraschend gute Figur verbergen. Wie nicht nur ihr Ehemann hier weiß, hat ihr Körper trotz seiner bescheidenen Maße jene üppige Harmonie, jene Rundung der Schulter, jenen Schwung der Hüfte, die sich dem männlichen Auge so drängend übersetzen. Sie sorgt für die versammelten Kinder, mahnt sie auch, nicht zuviel zu essen, damit noch Platz bleibt für das traditionelle große Würstchen-und-Chili-Essen am Abend, nach dem Eintreffen der Englehardts.

Folgende Kinder sind diesmal anwesend: Milly, Skip und Christine Tremayne; Matthew, Mark, Mary, Teddy und Theresa Maloney; Fritz und Audrey Tyler; sowie Rebecca, Eva, Seth und Zebulon (Zwillinge) Neusner. Die Englehardts werden noch Kenneth, Betsey und ihr ungeplantes Anderhalbjähriges mitbringen, das sie aus einer scherzhaften Laune heraus Dorothea – Gabe Gottes – genannt haben. Der wunderliche Name wäre ein Fluch gewesen, wäre ihm das Kind nicht gerecht geworden – ein ätherisches kleines Mädchen von der Behendigkeit ihrer Mutter und jenem milchig-abwesenden, blauäugigen Blick ihres Vaters, der indes nicht unter einem kahlen Schädel hervorleuchtete, sondern unter einem Schopf aus Engelslocken. Von den Haustieren sind anwesend Toby Neusner, Ginger Maloney, Wolf Tremayne und zwei Katzen, die eine schläfrig und eitel, mit weißen langen Haaren, die andere kurzhaarig-grau mit farblich abgesetzten Pfoten. Überall im Haus taucht sie an den befremdlichsten Stellen auf, in verschlossenen Zimmern und Schreibtischfächern, wie eine Erscheinung. Den Kindern ist das alles zuviel, je größer sie werden. Die Ältesten, Milly Tremayne und Fritz Tyler, sind beide siebzehn, und es ist ihnen peinlich, daß sie hier sind. Es war ihnen schon letztes Jahr peinlich, nur weniger heftig.

Endlich kommt Ralph unter dem Haus hervor. Rauch spuckend und sich liebenswürdig verhaspelnd, gibt er bekannt, daß es längst Zeit sei für das Softballspiel. «W-was hängt ihr jungen Sp-spunde alle hier drinnen rum, an einem so herrlichen S-samstag-n-nachmittag? Fangen wir an mit dem W-wettkampf!» Er nimmt die geduckte Ausgangsstellung eines *lineman* ein und sieht, mit dem Zigarrenstummel wie ein Nashorn mitten im Gesicht, wirklich richtig wütend aus.

Seitlich wird ein Softballfeld abgesteckt. Alle machen sie mit, sogar Deborah Neusner und Bernadette Meloney, die auf dem Treppenabsatz stundenlang miteinander geflüstert haben. Worüber? Die Abwesenden, die Anwesenden, die jüngste Vergangenheit, die unmittelbare Zukunft – ein sanft fließender Diskurs, der zwar nur kaum wahrnehmbare Reste von neuer Information hinterläßt, aber gleichwohl ihren Sinn dafür schärft, wer und wo sie sind.

Fritz Tyler, der aus der Halbspielerposition herbeigestürmt kommt, um einen Senkrechtball zu schlagen, überrennt Milly Tremayne. «Du Schuft, hast du nicht gehört, daß ich dich längst abgerufen habe?» fragt sie ihn, mit rotem Gesicht und zerzaustem Haar in dem langen trockenen Gras liegend, ihre emporgestreckten Beine in den eng sitzenden Jeans sehen elegant und dünn aus. Ihr Haar ist dunkel wie das von Ralph, hat aber, wenn es auch nicht blond ist, den Schnitt von Marges reichlicher und drahtiger Frisur, die locker in der Form eines Zeltes zu den Seiten herabfiel, ehe Marge Zöpfe daraus flocht und sie wie eine Bauersfrau aus dem neunzehnten Jahrhundert hochsteckte. Bill Maloney schafft einen Durchlauf, nachdem er den Ball über die Köpfe von Seth und Zebulon hinweggeschlagen hat – sie sind zusammen ins Außenfeld gestellt worden, als ob zwei kleine Achtjährige einen guten erwachsenen Außenfeldspieler abgeben würden. Ihr schwarzer, herumhechelnder Hund Toby hilft ihnen, in den Kletten drüben am Knüppelzaun nach dem Ball zu jagen. Im Westen zeigt der Himmel oberhalb der Berge, deren abendliches Rot sich in Blau verwandelt, allmählich schräge, rosa eingefärbte Streifen, und das mitgenommene trockene Gras im Außenfeld wird langsam feucht. Jeder einzelne geknickte Halm wirft einen immer längeren Schatten. Zwar ermutigt man die Kinder, das Spiel noch bis zur Dunkelheit fortzusetzen, aber die Erwachsenen gehen nach und nach. In dem langen, schmalen Wohnzimmer, dessen Putzdecke in der Mitte durchhängt wie die Unterseite eines alten Bettes, wird ein neues Feuer entfacht, mit trockenen, abgelagerten Scheiten aus der Holzkiste unter der Treppe (die Kinder hatten versucht, frisch gehacktes Holz zu verbrennen, das unter dem Stallvordach aufgeschichtet gewesen war), und auf dem Buffet wird eine imponierende Reihe Flaschen zusammengestellt. Jeder bringt seine mit, ist die Regel.

Marge, ostentativ Apfelsaft trinkend, sitzt auf dem Sofa, das ausgeblichen und bunt gescheckt ist und breite hölzerne Armlehnen besitzt, und strickt an einem Pullover aus Naturwolle, die sie selbst gekrempelt und gesponnen hat. Gegen sieben gehen Linda und Bernadette in die Küche, um die besonders hungrigen jüngeren Kinder abzufüttern. Die Älteren haben sich auf ihre Zimmer oben oder draußen im Stall verteilt. Als die Englehardts schließlich ankommen, sind die Erwachsenen nicht nur betrunken, sondern haben auch schon zwei Kisten Cracker und einen Keil Cheddarkäse aus Vermont hinter sich, der für das ganze Wochenende reichen sollte.

Beifall brandet auf. Der dickliche, schläfrig wirkende Lee nimmt seine Jägermütze ab und enthüllt die polierte Rundung seines absolut glatten Schädels, während die hochgewachsene, kraushaarige Ruth einfach dasteht, die Szene durch ihre riesigen Brillengläser betrachtet und alles in sich aufnimmt. Die Bügel ihrer Brille haben die Form von Blitzen, und der Steg sitzt so tief auf ihrer Nase, daß diese zu einer winzigen runden Spitze, zu einem Babynäschen reduziert wird. Kenneth und Betsey schleppen Rucksäcke und Koffer aus dem Auto herein und die Treppe hinauf, einschließlich eines Plastikkorbs, der Klein Dorothea enthält. «W-wer hat das Fußballspiel gewonnen?» fragt der Gastgeber eifrig.

«Wir haben gewonnen», erzählt Ruth in dem komplexen, herausfordernden Tonfall eines Witzes auf eigene Kosten, «aber Kenny hat gar nicht mitgespielt.» Die Beschwernis der langen Fahrt ist noch aus ihrer Stimme herauszuhören. Ruths Worte sind wie ein gläsernes Sandwich, das auf der ersten Ebene eine auf der Hand liegende Bedeutung reflektiert, eine weniger auf der Hand liegende auf der zweiten, und so weiter, so tief man blicken mag. «Das arme Kind hat auf der Ersatzbank gesessen», fügt sie hinzu.

«Oh.» Ralph blinzelt, offenkundig ist er taktlos gewesen. Sein Blick schweift zu Marge auf dem Sofa hinüber, als suche er Unterstützung. Doch ihre Augen bleiben auf die Strickarbeit gesenkt. Wolf, von dem man weiß, daß er auf seine alten Tage leicht zuschnappt, schläft zu ihren Füßen. Im oberen Stockwerk suchen Kenneth und Betsey die Gesellschaft und den Trost der anderen Kinder, während unter ihnen die Englehardts von der Erwachsenengruppe eingefangen werden. Die Fröhlichkeit und die Ausrufe nehmen durch diese Bereicherung zu.

Hinterher ist es immer schwer, sich ins Gedächtnis zurückzurufen, was denn an alldem so komisch war. Daß sie hier in Vermont versammelt sind, in diesem alten Farmhaus mit seinen Gerüchen aus einem anderen Jahrhundert, ist an sich schon komisch, und auch ein Samstagabendessen, das aus etwas so Herzhaftem und dem Westen Gemäßem wie Chili und heißen Würstchen besteht, ist komisch, und ebenso sind die Dreiliterflaschen billigen Weins, die sich auf dem Tisch ablösen wie einander folgende Generationen von bauchigen grünen Zwergen, Teil der delikaten halluzinatorischen Komik.

Danach spielen sie an zwei Tischen Bridge, und betrunken, wie sie nun sind, was alle wissen, finden sie auch dies lustig. «Doppel», sagt Lee Englehardt mehrmals feierlich, die glänzende Stirn in Falten, die langen Haarsträhnen über den Ohren grauer als letztes Jahr im Licht der Bridgelampe mit dem papiernen Schirm, um die es, wie auch um die meisten anderen Einrichtungsgegenstände des Hauses, nicht schade ist, wenn die Mieter zur Skisaison sie kaputtmachen. «Vier Karos», sagt Andy Tyler in der Hoffnung, daß Deborah Neusner klug genug sein wird, ihn auf Pik zurückzusetzen. Die Neusners, die ihre Collegezeit weniger frivol zugebracht haben als die andern, spielen kaum je irgendwelche Kartenspiele, und Deborah ist nur deshalb engagiert worden, weil Marge über Kopfschmerzen geklagt hat und zurück in ihr Schlafzimmer gegangen ist. Eheleute dürfen keine Spielpartner sein und sollten auch nicht am selben Tisch sitzen. «Doppel», sagt Lee Englehardt. *Laß mich nicht auf den Karos sitzen,* denkt Andy Tyler so bohrend, daß die Botschaft in dem Rauch über seinem Kopf geradezu eingraviert scheint. «Passe», sagt Deborah Neusner schwach. «Vier Herzen», sagt Bernadette Maloney, der Deborah leid tut, weil sie weiß, so nahe bei Lee zu sitzen bringt sie aus der Fassung; vor Jahren hatten die beiden eine Affäre miteinander, nichts Ernstes, die irgendwo im Nirgendwo endete, so daß sie in gewisser Weise nie aufhörte. Das gehört zum Charme der Englehardts, ihre Fähigkeit, Dinge in der Luft hängen zu lassen wie Jongleure, wenn man den Film anhält. «Vier Pik», erklärt Andy mit großer Erleichterung und betet darum, daß Deborah genug Verstand hat, noch einmal zu passen. «Fünf Karos?» fragt sie zögernd.

Josh Neusner liest in einem sehr alten Heft von *National Geographics,* das er in der Holzkiste unter der Treppe gefunden hat. Es ist so alt, daß die meisten Fotos schwarzweiß sind, auch die Schrift ist anders, und die kulturellen Tendenzen sind offenkundig. Auf diese barbusigen Frauen und lockenköpfigen Häuptlinge mit einem Knochen durch die Nase wird, anthropologisch gesprochen, klar und eindeutig herabgeblickt. Heutzutage ginge dies nicht mehr an; ist es nicht eine der Maximen unserer Zeit, daß alle kulturellen Ausformungen, sogar Kannibalismus und das Einbinden der Füße, gleichermaßen Sinn machen? Joshs Nacken und Schultern schmerzen noch immer, weil er so viel Holz gehackt hat, wie er wiegt. Er hat sich vom Tisch ein Glas Wein mitgenommen und es auf die breite Armlehne des Cordsamtsessels gestellt, in die Nähe des erlöschenden Feuers, das Ralph entfacht hatte. Plötzlich kommt ihm der Wein wie etwas widerlich Vergorenes vor, und das heitere Geschwätz von den Bridge-tischen scheint ihm geistlos und giftig. Über seinem Kopf, auf der durchhängenden Decke, hört man trippelnde, raschelnde Schritte wie von riesigen Ratten. Die Kinder. Er möchte am liebsten hinaufgehen, um nach den Mädchen zu sehen und die Zwillinge ins Bett zu packen, aber während dieser Herbst-laub-Wochenenden dürfen die Kinder ihre eigene Gesell-schaft bilden und wie ein Haufen Schatten in den Ecken des Erwachsenenvergnügens existieren. Fremde Völker, fremde Sitten; Kannibalismus, liest er, ist fast nie eine Sache des Hun-gers, sondern dient dazu, sich die spirituellen, geistigen Tu-genden des Feindes einzuverleiben. Er fragt sich, wieso im Zusammenhang mit Alkohol von geistigen Getränken gespro-chen wird. Der billige Wein schmeckt flau. Das Plumpsen und Trippeln über ihm wird allmählich schwächer, verliert seine Penetranz. Als um Mitternacht beide Tische laut einen weite-ren Robber ausrufen, steigt er hinauf und legt sich in eine der oberen Kojen im Männerschlafraum. Das Fenster im Trep-penhaus, wo Deborah und Bernadette den Nachmittag über gestanden und miteinander gesprochen hatten, zeigt nun weiße, kratzige, vielarmige Frostfarne oberhalb des Heizkör-pers.

Die Koje ist nicht lang genug für ihn zum Ausstrecken. Er denkt an Marge, die allein ist in ihrem Zimmer unter ihm, mit ihrem düsteren Geheimnis, ihrem schönen Tänzerinnenkör-per. Sie war von allem die Königin, und nun versucht sie, sich zurückzuziehen. Er könnte die hintere Treppe hinabschlei-chen, und sie könnten gemeinsam spinnen. Josh kann nicht einschlafen, der Lärm von unten, das Getöse zügelloser Gei-ster, ist zu groß. Als schließlich die Bridgepartien vorbei sind und die Leute die Treppe heraufgepoltert kommen, kann er immer noch nicht schlafen. Andy unter ihm und Lee und Bill auf der anderen Seite in der zweiten Doppelkoje schlafen allesamt auf der Stelle ein und fangen an zu schnarchen. Lee schnarcht am spektakulärsten – nasale Arpeggios, die ganze Oktaven umgreifen, die Tonleiter rauf und runter –, wogegen Bill vor sich hin röchelt, rhythmisch keuchend wie eine rostige Maschine, die nicht aufgibt, und Andy wiederum demonstriert einen knappen Meter unterhalb von Joshs Gesicht das bemerkenswerte Talent, im Schlaf zu husten, ausdauernd zu husten, ohne davon aufzuwachen. Josh fühlt sich in der Falle. Licht liegt wie ein Schwert diagonal über dem Fußboden, ein schwaches verhaltenes Trippeln ist zu hören. Eine der Tremayne-Katzen hat die Tür aufgestoßen und schnuppert herum. Josh strengt die Augen an und sieht, es ist die graue mit den unterschiedlichen Pfoten. Von seiner hoch gelegenen Koje aus langt er mit dem Fuß nach der Tür und drückt sie leise zu. Der gewaltige Protoplasmagehalt des Hauses verebbt in Etappen zu Stille und Schlaf: sechsundzwanzig andere Menschen – er zählt sie auf, einschließlich der Jungen im Stallgebäude –, die sämtlich sich mit wiederbelebenden Träumen vollsaugen, die ihn auslassen, ein Gestrandeter auf seinem Hochbetthorchposten, dessen Ohren in die dichte, alles umschließende Wildnis hineinlauschen. Nie wieder. Dies ist das letzte Mal, daß er und seine Familie an diesem Wochenende nach Vermont kommen. Dies ist Folter.

Frühstücksspeck! Sein knuspriger, verbotener, lebensstärkender Geruch durchdringt den Raum, die Nasenlöcher, das Gehirn. Josh sieht, die drei übrigen Kojen sind leer. Es ist schon heller Tag. Am Ende muß er doch irgendwann eingeschlafen sein. Er erinnert sich, als die frühen Morgenstunden immer länger und immer lichter wurden, mitten im Geschnarche der anderen Männer mit der grauen Katze innerlich Verhandlungen geführt zu haben. Mal schien sie sich hier, mal dort im Raum aufzuhalten. Nun ist das Tier nirgends zu sehen. Er muß noch einmal für ein oder zwei Stunden eingeschlafen sein.

Das Haus gleicht einem Schiff unter Dampf. Es rollt und zittert vor Füßetrampeln und Geschäftigkeit. Keil und Vorschlaghammer klirren: Lee Englehardt ist dabei, sein Gewicht in Holzscheiten aufzuwiegen. Autotüren schlagen zu: die Maloneys, alle sieben auf einmal, fahren zur Messe. Sie bringen die Sonntagszeitungen mit und eine ganze Liste von Waren, die Marge ihnen aufgebürdet hat – Cracker, Orangensaft, Cheddarkäse, Sprudelwasser. Marge scheint in besserer Stimmung. Statt des traurigen Bauernhemdes und Pullovers und Schals vom letzten Abend trägt sie nun glänzende, enganliegende rote Hosen, in denen ihre Beine fast so schlank und sexy aussehen wie die ihrer Tochter Milly. Ihr Haar hat sie zu einem dicken blondgrauen Pferdeschwanz aufgebunden, der ihr auf dem Rücken tanzt, während sie munter und bevormundend das Frühstück bereitet, Welle um Welle. Mit einem langen Aluschieber wendet sie sechs Speckscheiben auf einmal um. «Für jeden nur drei Stück, und das gilt auch für dich, Fritz Tyler!» sagt sie streng. «Die, die ihre Rühreier noch feucht wollen, sollen sich ihre Portion sofort abholen. Die anderen stellen sich ans Ende der Schlange. In diesem Haushalt halten wir nichts von Zuckerpopcorn, Seth Neusner. Hier in den Bergen gibt's nur Kleie und Vollkorn und eklige Ballaststoffe. Betsey, geh rüber zum Holzschuppen und sag deinem Vater, daß das Baby gerade gespuckt hat und deine Mutter im Bad ist.»

Ralph kommt schläfrig in die Küche, die erste Zigarette des Tages im Mund, deren brennendes Ende mit seinen zwei roten Augen ein Dreieck bildet. Er ist barfuß – klägliche weiße Füße mit eingewachsenen gelben Zehennägeln und langen aneinandergepreßten Zehen – und kommt aus der falschen Richtung, wenn wir davon ausgehen, daß er im Elternschlafzimmer geschlafen hat, vorn im Parterre.

Er hat nicht im Elternschlafzimmer geschlafen. Hinter der Küche liegt ein kleiner Raum mit wenigen Kojen darin, gedacht für Skiläufer, die sonst keinen Platz finden. Dort hat Ralph geschlafen. Er hat nicht bei Marge geschlafen! Die Neuigkeit verbreitet sich lautlos unter den vermischten Familien und weist sie in ihre Schranken. An diesem Wochenende sind Marge und Ralph wie Mutter und Vater, sogar für die anderen Erwachsenen. Wir möchten, daß sie einander lieben. Denn wenn sie einander nicht lieben, wie können sie uns lieben und umsorgen?

Marge scheint darauf aus zu sein, uns zu zeigen, daß sie alles im Griff hat. Sie rubbelt Ralphs Kopf, als er sich benommen am Frühstückstisch niederläßt. Die Erwachsenen essen am langen Eßzimmertisch, wo letzte Nacht eine der Bridgegruppen spielte, und die Kinder an dem runden Schlachterblock in der Mitte der Küche. «Kopfwehwehchen?» fragt Marge zärtlich.

«Z-zuviel Pampelmusensaft, Mutter», sagt Ralph.

Sie versuchen, sich zu versöhnen. Sogleich fühlen wir uns alle besser, kühner. Josh Neusner beschreibt seine schreckliche Nacht, und sein Bericht über die wortlosen Verhandlungen mit der geheimnisvollen Katze klingt recht komisch. Doch Lee Englehardt, der gerade vom Holzspalten hereingekommen ist, um sich um Dorothea zu kümmern, stellt ohne jedes Lächeln fest: «Juden sind schlechte Camper.» Wir sind schockiert. Diese Art Feststellung kann man nur unter intimen Freunden oder eingefleischten Feinden treffen. Und warum sollten sie Feinde sein?

Josh, der sich an Lees unbewußte, aggressive Arpeggios erinnert und daran, daß er am Kartentisch neben Deborah saß, akzeptiert die Bemerkung als ein Stück unschuldiger Ethnologie. Lee ist Versicherungskaufmann, sein Vater war Geschichtsprofessor, und als brauche er eine Kompensation für die mindere Karriere, sammelt er solche kleinen pedantischen

Sprüche wie «Juden sind schlechte Camper». Lees Charme ist in Wahrheit seine Unsicherheit. Josh spielt also lieber weiter den Clown. Er hält die Stirn auf eine Hand gestützt und stöhnt: «Ich kann ohne Frau nicht schlafen. Männer sind *gräßlich*.»

Ein wenig später, als er Deborah auf dem Treppenabsatz trifft, sagt sie: «Liebling, es tut mir leid, daß du so eine schlimme Nacht hattest; du hättest Bridge spielen sollen.»

«Niemand hat mich aufgefordert.»

«Du wolltest ja gar nicht aufgefordert werden. Ich hätte dir meinen Platz überlassen. Andy Tyler hätte mich am liebsten umgebracht, das sah man deutlich.»

«Die einzige, die ich hier mag, ist Linda», lenkt Josh verdrießlich ein. «Und Dorothea», fügt er hinzu, um den Satz abzumildern.

Dabei fällt ihr etwas ein. «Ruth hat letzte Nacht nicht im Mädchenschlafsaal geschlafen. Marge hat sie, nachdem die andern ins Bett gegangen waren, mit dem Baby im Wohnzimmer einquartiert, falls es anfangen sollte zu schreien. Also ist die Schlafstelle über mir leer. Wenn du sie wirklich willst: Linda und Bernadette hätten sicher nichts dagegen.»

«Dann sähe ich wie ein Weichling aus», fährt er fort mit seiner Klage. «Und gestern, da hab ich mir fast den Fuß abgehackt bei diesem blödsinnigen Holzspalten.»

«Aber Liebling, versuch doch mal, die Sache etwas anders zu sehen.»

«Es ist die schiere Barbarei», sagt er. Der Mangel an Schlaf macht seinen Kopf so leicht, daß jede Wahrnehmung eine durchscheinende, enthüllende Qualität bekommt. Plötzlich amüsiert auch er sich. Er geht nach unten, gießt sich noch etwas Kaffee ein, ißt noch etwas Frühstücksspeck und unterhält sich mit Linda und Lee, die von der hochgelobten Brookline High enttäuscht sind, über Privatschulen in und um Boston.

Die Maloneys kehren mit der Sonntagsausgabe der New York *Times*, dem Boston *Globe* und der Burlington *Free Press* zurück. Die Kinder reißen sich um die Witzseiten, die Männer um Sport und Wirtschaft. Der Tag geht mit jener Irrealität weiter, die Sonntagen anhaftet; eine Stunde scheint so lang wie zwei, und die nächste geht in zehn Minuten vorüber. Ein großer Teil der Unterhaltung dreht sich darum, wo die andern sich gerade aufhalten. Marge hat das Auto genommen und ist mit ihrem Sohn Skip und ihrem Hund Wolf unterwegs, um ein paar Besorgungen zu machen. Es geht um größere Mengen Naturwolle – ungekämmt und noch fettig und naß von Lanolin –, die man in einer fünfzehn Meilen entfernten Farm bekommen kann. Wie sich erweist, ist Andy Tyler mitgefahren. Bernadette Maloney rettet in Marges Garten Tomaten und Zucchini vom Frost der letzten Nacht. Mark und Mary und Teddy helfen ihr, indem sie mit gelangweilten Mienen die Papiertüten aufhalten und sich mit faulem Gemüse bewerfen. Nachdem Linda Tyler erfahren hat, daß ihr Mann mit Marge verschwunden ist, verkündet sie, daß sie in den Wald will zum Pilzesuchen; ihre Tochter Audrey und Betsey Englehardt und die beiden Neusner-Mädchen gehen mit, wie eine Prozession kleiner Hexen im Training. Christine Tremayne – unglücklicherweise hat sie Marges stumpfe Haut und Ralphs stämmigen Körperbau geerbt – zeigt Theresa Maloney den Stall, und die Neusner-Zwillinge trotten mit. Das Innere ist zum Fürchten; einige hochliegende kleine Fenster und die Zwischenräume zwischen den Brettern lassen Lichtpfeile herein wie in einer Kathedrale. In der Schule haben schon alle Dias von Kathedralen gesehen. Das Licht enthüllt eine Atmosphäre, die vor Staub glitzert, Staub von den Heuballen, die an einem Ende noch immer in Stufen aufgestapelt sind, Staub, der die Luft dick macht und das Licht sichtbar, aber zugleich auch trüber. Die Kinder fühlen sich tief im Meer der Zeit. Teile von alten landwirtschaftlichen Geräten rotten hier und dort in den Ecken vor sich hin, zusammen mit alten Balken, Dreißig-Liter-Milch-kannen, Erdbeerstiegen und Porzellan-Eiern. Die Kinder finden ein altes Ringspiel und spielen so lange, bis ein Streit zwischen Seth und Zebulon den Spaß beendet.

Milly Maloney und Fritz Tyler – wer weiß, wohin sie gegangen sind? Mary Maloney hat mit Tränen des Abscheus in den Augen den Garten verlassen und ist zurück ins Haus gekommen, nachdem Mark sie mit einer faulen Zucchini mitten auf den Mund getroffen hat. Der Fernsehapparat empfängt nur einen Kanal, und auch den nur voller Geisterbilder wegen der Berge und Täler zwischen hier und dem Sender, aber Mary sieht glücklich einem Mann mit dicken Augenbrauen und einem südlichen Akzent zu, der eine Predigt hält, und einer Menge fetter Frauen in Glitzerkleidern, die Hymnen singen, bis ihr Vater kommt und fragt, warum sie nicht draußen in der Sonne ist.

Welche Sonne? Eine Wolke hat sich eben vor die Sonne geschoben, nicht etwa eine kleine Wolke, sondern eine riesige, dunkle, mit einem ausgedehnten bleiernen Zentrum und hektischen, sich verschiebenden Rändern – eine Wolke wie eine Ausgeburt der umgebenden Berge.

Bill Maloney und Lee Englehardt haben einen Spaten gefunden und heben die Löcher neu aus, in die die Pfosten für das Volleyballnetz versenkt werden sollen. Die Natur füllt die Löcher von einer Herbstlaub-Saison zur nächsten immer wieder auf. Dann finden sie Pfosten und Netz und entwirren sie. Auch die Abspanner und die zugehörigen Pflöcke liegen noch an derselben Stelle im Stall, wo sie seit dem letzten Oktober aufgerollt und verheddert geruht haben. Während sich die beiden Männer in den rasch wechselnden Wolkenschatten gemächlich durch das Ritual des Netzaufspannens hindurcharbeiten, fragt Lee: «Wie war's in der Messe?»

Bill mit seinem Mondgesicht und der delikaten irisch-rosa

Haut sieht Lee schielend an und sagt: «Wie immer. Das ist ja das Schöne daran, Mr. Eng.»

Lee nickt traurig, indem er für sich selbst den Schluß zieht, daß dies die Essenz männlicher Kameradschaft sei: die Karten dicht vor der Brust zu halten.

In der Küche bereiten Bernadette und Deborah das Mittagessen vor – einen Kessel voll Fischsuppe mit Muscheln, den Bernadette von Boston mitgeschleppt hat, und einen Thunfischsalat, den Deborah aus dem Inhalt von vier Dosen plus gehacktem Sellerie, Schalotten, Mayonnaise, Zitronensaft und einem Salatkopf zusammenrührt; daneben gibt es noch rohen Schinken aus der Dose für jene, die, wie die meisten Kinder, Fisch nicht mögen. Während die zwei Frauen zwischen Marges altmodischem schwarzem Specksteinausguß und den holzgedeckten Tresen auf der anderen Seite aneinander vorbeischlüpfen und sich auch gelegentlich anstoßen, sprechen sie leise über die Situation zwischen Marge und Ralph, die sehr weit fortgeschritten scheint, und jene zwischen Andy und Linda, die augenscheinlich auf Kummer hinausläuft.

Ruth Englehardt betritt die Küche. Auf der Hüfte trägt sie ihr lockenköpfiges Kleinkind, und aus dem Mund hängt ihr im entgegengesetzten Winkel eine Zigarette. «Die Königin von Saba ist also mit dem Handlanger durchgegangen», sagt sie. Die «Königin von Saba» bezieht sich auf Marge, der «Handlanger» auf Andy, nicht nur wegen seines Namens, sondern wegen seiner allen Frauen wohlbekannten Neigung, unter dem Tisch herumzugrapschen. «Wenn ihr beide gerade über Lee und mich reden wolltet, geh ich natürlich wieder», fügt Ruth hinzu; dann fängt sie an zu husten, und ihr eines Auge tränt von dem Rauch. Sie setzt das schwere Kind nieder und sieht es über den ausgetretenen Linoleumboden auf einen der niedrigen alten Mahagonitresen zustolpern, wo es plötzlich, schneller als man denken kann, hinauflangt und nach einem scharfen Messer angelt, das dicht an seinem Ohr vorbeisaust. Flink sammelt Ruth Messer und Tochter wieder ein; das kleine Mädchen spürt, es wird emporgehoben, und spreizt in einem Reflex die Beine, um wieder auf der Hüfte der Mutter zu reiten. Die drei Frauen erzählen, tasten die Freunde mit der Zunge ab, nicht um ihnen weh zu tun, sondern um einander Vergnügen zu bereiten; wenig Neues bietet sich an, nichts als Prisen oder Spritzer, dem Salat hinzugefügt, winzige, fast bedeutungslose Bemerkungen oder Blicke, die dennoch den Geschmack verstärken. Auch diese Unterhaltung dient dem Zweck des Lokalisierens, des Dingfestmachens der andern in einem Kontinuum des Glücks oder des Gegenteils davon, oder es soll der Sprecherin bestätigen, daß die andern noch in Rufweite sind auf diesem unserem dunklen Lebensweg mit seinen Begattungen und Geburten, seinem Geben und Nehmen, seinem Sammeln und Verstreuen. Einige sind in der Tat näher als in Rufweite. Unvermittelt dringt unter dem Fußboden ein Brummen und Kratzen hervor: von ihrem Gastgeber, der wieder Glaswolle wickelt.

Erst kommt Mittagessen, dann Volleyball. Laßt uns Volleyball auslassen. Laßt uns nur festhalten, daß einst fünf Personen auf jeder Seite standen, nun aber, da die Kinder groß geworden sind, drei Achter-Teams auf dem Feld untergebracht werden müssen, und daß einige der Jungen so lustvoll Ausfälle machen und bluffen und schlagen wie ihre Väter. Sogar noch lustvoller, denn diese Kräfte sind ihnen neu. Matthew Maloney rennt Audrey Tyler um, und Fritz Tyler landet von einer Kerze genau auf Deborah Neusners Zeh, so daß sie glaubt, er könnte gebrochen sein. Sie glaubt, daß sie es knacken gehört hat, genau in der Mitte der anschwellenden roten Schmerzwolke. Sie hoppelt vom Platz. «Dies war nicht unbedingt ihr Wochenende», sagt Ruth Englehardt *sotto voce* zu Marge, die von ihrer Wolleinkaufsfahrt zurückgekehrt ist.

«Ich kann mich einfach für nichts mehr erwärmen», sagt

Marge unter dem Netz vertraulich zu Ruth, während Bill Maloney mit viel drolligem zeremoniellem Aufwand sich emporwindet, um aufzuschlagen. Trotz seines Aufwands fliegt der Ball zu hoch und landet außerhalb des Felds. Die andere Seite buht. Der Anblick einer so großen Gruppe in Vorort-Shorts und Büstenhaltern und bedruckten Sweatshirts ist zu dieser Jahreszeit hier oben in Vermont so ungewöhnlich, daß Autos und Lieferwagen auf der kleinen stillen Landstraße dritter Ordnung langsamer werden. Einer der Lieferwagen (er fährt schon ungefähr zum viertenmal vorbei, bekunden später alle einmütig) bremst nicht rechtzeitig, als der Ball nach einem wilden Aufschlag von Eve Neusner unter sein Chassis springt und mit einem ekelhaften Geräusch, als würde eine Dosenschildkröte unter den Rädern zerdrückt, platzt. Dann hält der Lieferwagen an. Ralph kennt den Fahrer von ferne, und ein freundliches, entschuldigendes Palaver entwickelt sich am Zaun, obwohl das rotbärtige, rotmützige Gesicht des Fahrers durchaus nicht nach Entschuldigung aussieht. Mark Maloney hat seinen Fußball mitgebracht, der dient nun als Ersatz, obwohl er um einiges schwerer ist, so daß sich einige Frauen bald über schmerzende Hände und verrenkte Handgelenke beklagen.

So haben wir also den Volleyball doch gebracht. Die Sonne, die zeitweise zwischen einer Bergkette und dem Rand der nächsten dicken Wolke hervorlugt, wirft die Schatten der Netzständer bis hin zum Straßenrand. Die kleinsten Kinder – Teddy und Terry Maloney, Seth und Zeboulon Neusner, ja sogar die kleine Dorothea Englehardt, deren Lätzchenhose schmutzige Knie hat und deren Lippen tropfen, weil sie an einer Wolfsmilchschote genuckelt hat – drängeln sich auf dem niedergetretenen Gras und versuchen, den schweren, so geschickt aus ledernen Fünfecken zusammengenähten Fußball über das durchhängende Netz zu hieven. Die Wolken sind noch dicker und dunkler geworden und bilden nun einen zusammenhängenden fetzigen Baldachin. Ein kühler Wind weht, als blase er durch ein Loch in ein Zelt.

Die Leibesübungen haben die Erwachsenen streitsüchtig, energisch und durstig gemacht. Sie eilen zu den Flaschen. Sie steigen einer nach dem anderen die Treppe hinauf, um in dem einzigen Badezimmer im Obergeschoß ein Duschbad zu nehmen. Josh Neusner fühlt sich inzwischen vor lauter Müdigkeit wie im Delirium und erlebt kleine, blitzartige Epiphanien der Liebe für jeden seiner Freunde, während sie im Wohnzimmer aus und ein gehen, die Treppen hinaufsteigen, durch die Haustür verschwinden und wieder hereinkommen. Sie kommen ihm alle sehr hochgewachsen vor, sogar die Kinder, aus seiner Sofaperspektive, wo er unter der Decke liegt und gegen den Schlaf anzukämpfen versucht, der sich letzte Nacht geweigert hatte zu kommen. Er schließt einen Moment lang die Augen, und als er sie wieder öffnet, sieht er Bill Maloney, seinen ältesten Sohn Matthew, Lee Englehardt und seine Frau Deborah an der gegenüberliegenden Wand hocken, wo die Tapete vom Ofenrohr eines alten Holzofens versengt und gekräuselt ist. Den Ofen gibt es nicht mehr, seit Ralph die neue Heizung installiert hat, deren Rohre er nun so verzweifelt und geduldig isoliert. Die vier Leute da drüben befinden sich in einem Ausdauerwettbewerb – es geht darum, wie lange jeder an der Wand sitzen kann, als säße er auf einem Stuhl, der gar nicht da ist, ehe die Hüftmuskeln so sehr schmerzen, daß man gezwungen ist, aufzugeben und aufzustehen. Bill Maloney nimmt die Zeit von jedem Bewerber mit einer Armbanduhr. Sein Sohn scheint zu gewinnen, bis Lee Englehardt jenes Etwas an Fanatismus und Bedürftigkeit hervorkehrt, das er sonst hinter seinen milden Augen versteckt, und die Position – gestreckter Rücken flach gegen die Wand, Schenkel im Winkel von neunzig Grad – für die Anzahl von Sekunden beibehält, die zum Sieg nötig ist. Bill zählt laut die Sekunden. Lees Glatzkopf füllt sich mit Blut wie die Blase eines Alkoholthermometers. Deborah ist sichtlich beeindruckt, ja bewegt von Lees Macho-Mühen. Ihr langer Kiefer ist herabgefallen, als würde sie jeden Moment ohnmächtig. Bei Frauen, denkt Josh, sind Bewunderung und Mitleid zwei Seiten ein und derselben Emotion.

Andere Spiele werden vorgestellt, andere Taten vollbracht. Es zeigt sich, daß Andy Tyler, schlank und beweglich wie er ist, mit beiden Händen einen Besen halten und, ohne ihn loszulassen, darüber hinwegspringen kann. Dann kann er, mit dem Besen nunmehr hinter sich, den Trick umkehren, emporhüpfend wie ein Taschentuch, das durch einen Ring gezogen wird. Andere wollen es ihm gleichtun und stoßen den Besen mit einem Knall auf den Boden oder fallen sogar selbst hin wie schlecht abgefeuerte Kanonenkugeln. Ralph Tremayne demonstriert seine Fähigkeit, auf dem emporgehobenen Ellenbogen eine Münze zu plazieren und sie dann mit der zugehörigen Hand aus der Luft zu greifen. Sogar mit einem kleinen Stapel Vierteldollarmünzen kriegt er das hin. Nun fliegen Münzen durch das ganze Zimmer und rollen bis in die hintersten Ecken. Das ermutigt Ralph, eine Übung aus seinen College-Fußballjahren wiederzubeleben; du hockst dich hin, erklärt er eifrig, und läßt dich zurückfallen, und dann drückst du dich mit deinen Händen nahe an den Schultern vom Boden ab, so daß du wieder auf den Füßen landest. Bei jedem seiner Versuche zittert Marges Sammlung von pointilistischer Hinterglasmalerei auf dem Kaminsims, und dann landet Ralph, nach einem quälend schwankenden Moment des Beinahe-Erfolgs, mit einem dröhnenden, stuckzerreißenden Aufprall auf dem Rücken. Auch andere bleiben erfolglos. Josh steht inmitten einer Wolke lärmend geäußerter Zweifel vom Sofa auf und schafft es beim ersten Versuch. Er ist selbst überrascht. Er war einmal gut im Turnen, ein Talent, von dem er gemeint hatte, es sei im wirklichen Leben nicht zu brauchen. Während die Folgen seiner Anstrengung verebben, schwankt um ihn herum das Zimmer voller Leute geringfügig, wie bei der ersten zögernden Bewegung eines voll besetzten Karussells.

Linda Tyler führt einen Wettbewerb ein, bei dem eine Streichholzschachtel einen Ellenbogen von den Knien einer knienden Person entfernt auf den Fußboden gestellt wird. Sie zeigt, wie. Dann erklärt sie mit hinter dem Rücken gefalteten Händen, daß sie nun versuchen wird, die Streichholzschachtel mit der Nase umzustoßen. Sie schafft das leicht. Aber als Bill Maloney es versucht, fällt er vornüber auf sein dünnhäutiges Mondgesicht. Sogar Lees hartnäckige Entschlossenheit scheitert; trotz aller Grimassen kommt seine Nase nur bis auf einen Millimeter an die Schachtel heran. Bernadette wiederum führt den Trick ohne Mühe aus, und Deborah ebenso. Es liegt etwas Ergreifendes in der demütigenden Haltung, die die Frauen am Boden annehmen. Ihr Haar fällt nach vorn, ihre Hände halten sie hinter sich wie gefesselte Sklavinnen, ihre Hüften sind breit und rund in dieser Hockposition, die ihre Füße – bloß oder in kleinen Ballerinaschuhchen – mit emporgekehrten Sohlen unter sich begräbt. Es steckt alles in den Hüften, erklärt Linda, indem sie die eigene wohlgerundete Taille streichelt: Gewichtsverteilung. Von den Männern kann fast kein einziger die Streichholzschachtel umstoßen, von den Frauen kann es fast jede. Sogar Ruth, so lang und schlaksig sie ist, illustriert diese sexistische Wahrheit, als sie sich zu einem Versuch herabläßt: Obwohl sie einen prekären Moment lang aus der Balance zu geraten droht, fällt die Schachtel. Alle lassen sie hochleben, und Dorothea, ins Bett gebracht in Marges Schlafzimmer, fängt bei dem plötzlichen Lärm an zu weinen.

Und dann gibt es Beinringen, Mann gegen Mann und Mann gegen Frau, wenn die Frau Hosen trägt. Wie befremdlich süß und klärend ist es, Hüfte an Hüfte zu liegen, Gesicht an Fuß, mit jemandem vom anderen Geschlecht, während der Kreis erregter Gesichter darüber «Eins, zwei, drei!» zählt. Bei drei werden die Beine, die innen liegen und mit jedem Zähler ein wenig höher gehoben worden sind, umeinander geschlungen, und es folgt ein kurzes Gerangel, kurz wie die Paarung von Tieren, endend mit einem Augenblick erschöpfter Ruhe Seite an Seite. Und dann gibt es auch Methoden, mittels deren eine Frau einen Mann in die Höhe heben kann, indem man, Rücken an Rücken stehend, die Arme an den Ellenbogen ineinander verhakt. Schließlich können zwei Leute, die sich gegenseitig an den Fußenkeln festhalten, zusammen Purzelbaum über die gesamte Länge eines Teppichs schlagen. Es scheint überhaupt keine Grenzen zu geben für das, was Körper können, aber am Ende beschwert sich Bill Maloney, er werde beim nächsten Drink umfallen, und warum zum Teufel nichts zum Essen da sei.

Die Englehardts erinnern sich an die Rindfleischpfanne, die sie aufwärmen wollten. Zum Glück hat Milly Tremayne mit Unterstützung von Fritz Tyler, Becky Neusner, Betsey Englehardt und Mark Maloney die Mahlzeit schon in den Ofen gestellt und die jüngeren gierigen Kinder mit improvisierten Sandwiches, Chili und Thunfischsalat, die von den anderen Mahlzeiten übriggeblieben waren, abgefüttert. Der Fernsehapparat ist aus dem Wohnzimmer gerettet und im Oberstock installiert worden, und die Neusner-Zwillinge, in solchen Dingen sehr gewitzt, haben seine Hasenohrenantenne mit Alufolie aus der Küchenschublade vergrößert. Die Kinder haben auch die drei Hunde und die beiden Katzen gefüttert, obwohl diese, was allen außer den Tieren selbst (die es nicht weitersagten) unbekannt war, vorher schon von Marge gefüttert worden waren. Sie verschwand in ihrem Schlafzimmer, als die kleine Dorothea zu weinen begann, und ist, wenn man's recht bedenkt, nie daraus zurückgekehrt. Die Erwachsenen, vom Trinken und vom Ringkampf erschöpft, schimpfen jetzt in plötzlichen Ausbrüchen familiärer Gewissenhaftigkeit mit den Kindern, weil diese derart dem Fernsehen verfallen sind (irgend so eine schreckliche Verfolgungsjagd, total ungeeignet für die Kleinen), und packen sie in ihre Kojen-Betten und auf die Liegen und in die Schlafsäcke.

Das Abendessen, das um zehn Uhr endlich auf den Tisch kommt, fällt auf enttäuschende Weise ab; ungeschickte Engel des Schweigens tappen durch den Raum, und Linda Tyler gähnt ständig sehr hübsch und stellt dabei die samtene rote Umrandung ihres Mundes zur Schau, dazu ihre straffe Zunge und den Hufeisenbogen ihrer unteren Zähne. Deborah Neusner ist sicher, sie hat sich den Zeh gebrochen; sie hat ihn sich zum zweitenmal verletzt, als der Cordsamt-Armsessel übergekippt ist bei ihrem Versuch, einen Kopfstand darauf zu machen. Ruth Englehardt sagt: «In Barre gibt es ein Krankenhaus», was soviel heißen kann, als daß man sie dort hinfahren solle, oder daß es viel zu weit sei, um irgend jemanden dort hinzufahren, oder daß es lächerlich sei, wenn Deborah glaube, sie habe einen gebrochenen Zeh. Ruth war nicht blind gegenüber der Häufigkeit, mit der bei der abendlichen Balgerei Deborah und Lee aneinanderstießen oder sich aneinander rieben. Bernadette Maloney sagt, sie könne einfach keine Minute länger ihre Augen offenhalten: Es muß an der Luft von Vermont liegen.

Nur ein einziger Bridge-Tisch ist noch zusammenzubekommen. Bill und Lee wollen unbedingt, und es scheint, als könnte auch Ruth willens sein, doch offenbar hat irgend etwas sie im Verlaufe des Abends gekränkt – vielleicht, daß sie die letzte war, die man zu dem Streichholzschachtelspiel eingeladen hatte, vielleicht weil Marge sich irgendwie der kleinen Dorothea bemächtigt hat, vielleicht weil sie spürt, daß sie als Mutter von einem Kind, das so viel jünger ist als die der andern, nicht so frei ist wie jene, nicht so leichtsinnig, und sie sagt nein, sie glaubt, sie wird den Geschirrspüler voll Teller packen und dann ins Bett gehen. Bernadette und Linda helfen ihr. Sogar Andy Tyler macht eine Bewegung auf die Küche zu, die schlanken Hände erhoben, als wolle er irgend etwas angenehm Willfähriges streicheln; aber mit groben Stimmen, die sich aneinander reiben wie Getrieberäder oder Schottersteine, beharren die anderen Männer darauf, daß er mit ihnen Bridge spielt. Ralph schien am Abendbrottisch, wo er die ganze Zeit an seinem Schnurrbart zupfte, ohne jegliche Warnung grün und torkelig zu werden wie der Elefantenkönig in *Babar*. Er hat sich in das trostlose Zimmer hinter der Küche zurückgezogen, wo er schon letzte Nacht schlief. Ruths Geschirrspülhelfer haben von ihr den Wink erhalten, daß die Zeit gekommen ist, an diesem Wochenende auch mal nein zu sagen. Zunächst kokett, doch dann sehr bestimmt widerstehen sie den Zudringlichkeiten der Männer, den vierten Mitspieler abzugeben. Bleibt nur noch Deborah, die auf dem Fußboden des Wohnzimmers gesessen und klagend ihren nackten Fuß untersucht hat. Ihre Füße und Beine haben eine gewisse Stämmigkeit, ein wenig wie die von Kindern; der Widerspruch zwischen ihrer teigigen, langleibigen Figur und der Feinheit ihres Gesichts – das spitz zulaufende lange Kinn, die feuchten braunen Augen, die nachdenklichen Grübchen in den Mundwinkeln, ein Hauch von Hochmut um den hohen Nasensteg – bildet das Geheimnis ihres Charmes, ihrer Verletzlichkeit. Sie sagt, mit diesem Schmerz im Zeh wäre sie ohnehin nicht in der Lage zu schlafen, also warum nicht? Die Männer applaudieren. Sie wendet sich um und erklärt jemandem hinter sich, die Augen rollend, so daß das Weiß geradenwegs aus einem biblischen Tableau entsprungen scheint: «Liebling, diese Männer sind geradezu verrückt danach, daß ich mit ihnen Bridge spiele!»

Aber Josh steht dort nicht mehr, besorgt. Er hat sich nach oben verkrochen. Er flieht die Horrorszene der letzten Nacht mit so müden Knochen, als schwebe er, kreuzt den Korridor in seinem Pyjama und wirft einen Blick in den Mädchenschlafsaal, wo laut Deborah noch eine Liege frei sein soll. Alle vier Betten sind leer; er versucht sich vorzustellen, in welchem davon seine Frau schläft, und klettert leise und leichtfüßig wie die Katze der letzten Nacht in die Koje darüber. Eine schwache Birne unter einem braunen Lampenschirm mit Lochmuster brennt auf der anderen Seite des Zimmers. Josh zieht die Decken über den Kopf und wünscht, er wäre unsichtbar und ganz klein. Um ihn herum ist ein sachtes Geräusch, deutlich unterschieden von der Unterhaltung und dem Stühlerücken im Parterre. Ein Geräusch mit einem Eigenleben, mit subtilen Pausen und neuem Beginnen und Veränderungen. Natürlich. Regen. Die riesigen Wolken am Nachmittag.

Es ist ihm nicht bewußt, daß er einschläft. Irgendein winziger Laut, ein delikater Akustikwechsel im Zimmer wecken ihn wieder auf. Er öffnet das eine Auge, aus Angst, daß er, würde er beide öffnen, diese Zuflucht verlassen müßte. Linda Tyler ist hereingekommen, in einem weißen Nachthemd. Ihre schattigen Nippel berühren von innen den Stoff. Ihr schlanker Körper scheint gänzlich engelsgleich, scheint an allen Stellen von einer Leichtigkeit emporgehoben, die ihr gedankenverlorenes Gesicht hinter sich läßt, das nun, da sie von der Beobachtung nichts ahnt, mürrisch und sogar häßlich wirkt. Dieses teilnahmslose, traurige Gesicht schwankt dicht an seinem Auge vorbei und verschwindet. Sie hat sich auf der Liege unter ihm ausgestreckt. Die Lampe mit den hellen Löchern ist ausgeschaltet. Kaum kann Josh auf der anderen Seite des Raumes, im Licht der Flurlampe, das sich wie ein riesiger gelber Brief unter der Tür durchschiebt, Bernadette Maloney ausmachen, mit ihrem Schwall schwarzen Haars. Sie schläft in der unteren Koje, und irgendeine andere Frau schläft nicht sichtbar in der oberen. Der Regen setzt sein Schnurren fort, sein Liebkosen der Dachziegel, seine müßige Debatte mit sich selbst, darinnen der sanfte Atem der Frauen ertrinkt. Dies ist Wonne. Dies ist Seligkeit.

Am Montagmorgen sind alle nervös, obwohl der Regen aufgehört hat. Nur Josh, scheint es, hat gut geschlafen. Offenkundig ist Marge aus ihrem Schlafzimmer aufgetaucht, als Ruth, nachdem sie eine Stunde lang beim Bridge gekiebitzt hat, hineinging, um Dorothea ins Wohnzimmer zu bringen. Marge hat Deborah vorgeschlagen, daß sie die Betten tauschten, so daß die anderen Frauen nicht gestört würden, wenn das Bridgespiel schließlich vorüber wäre. Auch wäre ja ihre Abwesenheit ein Rätsel, für den Fall, daß Ralph «auf Ideen käme». So muß wohl Marge selbst die nicht sichtbare Frau auf der anderen oberen Liege gewesen sein. Das Bridgespiel hatte bis drei in der Früh gedauert. Deborah hat so viel Aspirin genommen, daß ihr Magen brennt. Sie hat kaum eine Stunde Schlaf erhascht in Marges Bett. Doch nun, am Morgen, hat sie Zweifel, ob der Zeh wirklich gebrochen ist. Wäre er gebrochen, könnte sie keinen Schritt tun; auf dem Küchenfußboden demonstriert sie ein paar humpelnde Schritte, und Josh denkt daran, wie leichtfüßig Linda sich letzte Nacht in sein Blickfeld bewegte, die Brüste straff unter ihrem Schleier, und wie er die ganze Nacht mit ihr direkt unter sich geschlafen hatte, zwei- oder dreimal mit einer Erektion aufwachend, aber auf den Regen horchend, vermischt mit dem sanften Atem der Frauen, so daß er mit seiner stählernen Last wieder tief in süßen Schlaf sank.

Da er so voller Energie ist, meldet er sich freiwillig noch einmal zum Holzspalten. Ralph, der heute nur halb krank aussieht, doch ein merkwürdiges Rosa um die Augen herum vorweist, als trüge er seine alte rosa Skibrille, sagt, einer der Jungen hätte den Vorschlaghammer abgebrochen, oben am Hals, weil er nach dem Ausholen den Keil verfehlt hätte. Der ungenannte Junge ist Matthew Maloney, und Mark und Mary waren die Anführer beim Komplott dieses Morgens, den Kindern zum Frühstück französischen Toast zu machen, wonach die ganze Küche vor Sirup klebt. So stehen die Maloneys als Familie in einem schlechten Ruch, und Bill und Bernadette treten hinaus auf die Veranda, um sich über etwas zu streiten – sein Aufbleiben bis drei Uhr morgens vielleicht, oder daß sie es unterlassen hat, die Zubereitung des französischen Toasts zu überwachen.

Tatsächlich hat sie über einer Tasse Kaffee im Wohnzimmer mit Andy Tyler geschwatzt. Im Laufe des Wochenends haben sich die Geschlechtsunterschiede immer mehr eingeebnet, so wie Sandsteinstatuen durch den Einfluß des Wetters allmählich androgyn werden. Bills Trinken, hat sie Andy Tyler anvertraut, geht inzwischen weit über das sozial Verträgliche hinaus, und sie hat Angst, daß es ihm in seinem Job schaden wird. Was sie betrifft, so wird sie, sobald Theresa in den Kindergarten kommt, wieder als Krankenschwester arbeiten und die staatliche Schwesternprüfung ablegen. Hast du erst mal dein Diplom, kannst du alles mögliche anstellen. Heutzutage muß eine Frau so denken, egal, was die Kirche dazu sagt – diese lächerlichen alten Männer, die nie Liebe gekannt oder Familie gehabt haben und die uns dann erzählen, wie wir uns zu benehmen hätten. Andy sah sie zusammenzucken, als sie ihre Worte mit einer Kopfbewegung unterstreichen wollte, und bot ihr eine Halsmassage an. Bernadette ließ es zu, jedoch ohne sich auf dem Sofa auszustrecken – das wäre zuviel gewesen, zumindest in diesem Stadium –, sondern indem sie sich auf die Kante des Cordsamtsessels hockte, so daß er mit den Daumen an ihre Schultermuskeln herankam. Sie stöhnte: «Das tut so gut. Jedesmal, wenn ich auf einem fremden Kissen schlafe, krieg ich das. Mein Arzt sagt, ich hätte eine sehr empfindliche Nackenregion.»

Vielleicht war es diese Massage, über die sie und Bill gestritten haben. Es ist kein sehr gutes Wochenende für sie geworden, zum Teil auch, weil Deborah und Ruth sich unterdes derart auf Lee fixiert hatten. Wie auch immer, die Maloneys sind die ersten, die ihr Auto beladen und abfahren, wenn sie auch den ganzen Morgen dazu brauchen. Sie müssen zu Hause noch alle möglichen Gartenarbeiten erledigen, und sie wollen diesem schrecklichen Stau auf der 89 und der 93 zuvorkommen; jedes Jahr am Columbus Day stellt sich der ein, besonders am Hooksett-Brückenzollhaus. Die Neusners winken zum Abschied von der Veranda und fragen sich, ob sie nicht auch allmählich über die Abfahrt nachdenken sollen. Sie sind zärtlich miteinander, nachdem jeder von ihnen eine schlaflose Nacht hinter sich gebracht hat und jeder sich noch mehr verliebt hat in einen Menschen außerhalb ihrer Ehe – in Lee, in Linda. Auch haben die Zwillinge gehofft, an einem Treffen von Jungpfadfindern in Newton teilnehmen zu können. Der Vater von einem der Gruppenführer kennt einen Außenverteidiger bei den Patriots, und der soll angeblich kommen und den Kindern ein paar aufmunternde Worte sagen.

Was Marge und Ralph angeht, so scheinen sie zufrieden, das Wochenende überstanden zu haben, ohne daß sich mehr zeigte, als sich zeigte. Sie bitten die Englehardts und die Tylers, noch nicht abzufahren. Die sechs, der harte Kern, sitzen im Wohnzimmer, essen die Reste und trinken eine Flasche Rotwein aus, die sich in einer Ecke des Kühlschranks noch gefunden hat. Es gibt nicht viele Reste, und auch der Vorrat an Brennholz scheint aufgebraucht, denn das, was jetzt gerade brennt, raucht und nimmt die Flammen nicht an, obwohl der murmelnde, grunzende Ralph wiederholt Anmachholz nachschiebt. Sogar die Zigarre mitten in seinem Gesicht ist ausgegangen. Ob er sich bückt oder streckt, jede Bewegung scheint ihm weh zu tun: alte Fußballverletzungen. «I-ihr jungen Burschen, wartet nur, bis ihr mein A-alter erreicht habt», sagt er zu Andy und Lee, obwohl er nur ein oder zwei Jahre älter ist.

Sie sind schläfrig entspannt, diese sechs, nachdem die beiden anderen Paare fort sind. Sie sitzen abgeschlafft herum, in einer Art geistigem Negligé, jeglicher Einsicht offen. Ihre

Nachbemerkungen über die Maloneys und die Neusners sind zusammenhanglos, doch nicht lieblos, ihre Inventur der wechselseitigen Verfehlungen und Wunden meist still, ein unausgesprochenes Abhaken. «Ich habe Bill gefragt, wie es in der Messe gewesen ist», beklagt sich Lee, «da hat er mir fast den Kopf abgebissen.» Andy steuert bei: «Bernadette hat mir in den Ohren gelegen, wie sehr sie die Kirche haßt. Ich glaub, demnächst wird sie den ganzen Kram hinschmeißen.» – «Du lieber Himmel, ich bin doch nun wirklich nicht wehleidig», sagt Ruth, «aber war nicht unsere kleine Debbie absolut unerträglich, wie eine Katze in der Katzenminze mit dem Bridge dauernd?» – «Die lernen sehr schnell», sagt Lee und läßt, wen er wohl mit diesem «Die» gemeint hat, freischwebend in der Luft, im Vertrauen darauf, daß Andy nicht ausplaudert, wie wenig Zeit er, Lee, letzte Nacht im Jungenschlafsaal verbracht hat. Seine milden blauen Augen sind immer noch die eines Babys unter seinem kahlen Schädel; Ruths lockige Krone honigblonden Haars strahlt Eifer aus, wie ihre scharfgeschnittene Nase und der flinke bewegliche Mund und die schattigen hohlen Taschen unter ihren Wangenknochen. Sie und Andy sprechen am meisten, Lee und Marge liefern die Lacher dazu. Marges gute Laune ist auffällig. In dem Maße, wie der Druck nachläßt, die Gastgeberin spielen zu müssen, kommt sie aus sich heraus, zeigt in ihrem lose hängenden Männerhemd deutlich die Rundungen mittleren Alters, die Großzügigkeit des Fleisches, einer Schönheit, die ihre Pflicht getan hat und weiß, sie ist, was auch die Zukunft bringen mag, immer noch ansehnlich. Heute trägt sie ein türkisfarbenes Stirnband. Ralph blinzelt zu ihr hin und wirkt zugleich erstaunt und weise, eine blutunterlaufene alte Eule, die immer noch von einem Ast herabrauschen und in ihren Klauen einen fiepsenden, pelzigen Schatz davontragen kann.

Nach anderthalb Stunden hält Linda diese selbstzufriedene Erstarrung nicht mehr aus. Sie springt auf und gibt bekannt, daß sie noch einmal ins Herbstlaub geht. Will irgendeins von den Kleinen mit? Zu ihrer Überraschung wollen einige, wieder alles Mädchen – Christine, Audrey und Betsey. Auch Wolf kommt mit: ihm fehlen Ginger und Toby. Sie wandern quer über das niedergetretene Schlagballfeld und lassen den Stall rechts hinter sich. Hinein in den schmalen Waldstreifen längs des Baches gehen sie, der dicht zugewachsen ist seit jenen fernen Tagen, da all dies schwierige Land urbar gemacht wurde. Reste alter Steinmauern und eingestürzter Kellergewölbe verbergen sich im Gehölz. Die Autos von der Straße sind kaum noch zu hören.

Linda zeigt nach oben und zu den Seiten. «Die leuchtenden Farben, derentwegen wir den ganzen Weg hierhergekommen sind, gehören vor allem zum Herbstblatt des Ahorns, besonders des Zuckerahorns, woraus wir was machen –?»

«Ahornsirup», sagt Christine Tremayne, die weiß, daß sie nicht hübsch ist und es im Leben durch Eifer ausgleichen wird.

«Aber all die anderen Bäume tragen auch zu der Farbenpracht bei, angefangen bei der stattlichen Buche, die man an ihrer glatten grauen Rinde erkennt, und der Birkenfamilie, von der ihr besonders die weiße oder Papierbirke kennt, aus der die Indianer einst was machten –?»

«Kanus», sagt Betsey Englehardt. Ihr fehlen die Neusner-Zwillinge, obwohl Zebulon das Ringspiel in den Brunnen geworfen hat, so daß sie nicht mehr damit spielen konnten. Als sie darüber weinte, hat der Vater ihr lang und breit erklärt, weshalb jüdische Kinder so verwöhnt sind.

«Die letzten Bäume, die ihre Blätter abwerfen, sind die Eichen», erklärt Linda den Kindern. Sie nimmt ein Eichblatt vom Boden auf und hält es empor, damit sie sich seine gelappte, tiefgekerbte Form einprägen. «Sogar im Winter, wenn der Schnee fällt, möchte die Eiche ihre alten braunen Blätter behalten. Der *erste* Baum, der sie fallen läßt, ist ein anderer Riese des Waldes – die Esche. Ihre Blätter, die einzigen paarig gefiederten Blätter des amerikanischen Waldes, nehmen eine ungewöhnliche purpurblaue Farbe an, die mit nichts zu vergleichen ist, und dann plötzlich, eines Tages, sind sie verschwunden. Seht euch um, Mädchen, die, die mit mir am Sonntag spazierengegangen sind: merkt ihr einen Unterschied?»

«Mehr Himmel», sagt Audrey, ihre eigene Tochter, die schon weiß, welche Antworten die Mutter hören will.

«Das stimmt», sagt Linda, zutiefst dankbar. «Und trotzdem, während ihr hier steht, könnt ihr irgendein Blatt fallen sehen?»

Niemand spricht. Eine Minute vergeht. Kein Blatt fällt.

«O ja, wenn wir hier lang genug stünden», räumt Linda ein, «oder wenn ein Wind wehte oder ein schwerer Regen niederginge wie letzte Nacht. Aber normalerweise geschieht es unbeobachtet, in dem Augenblick, da die Wurzel des Stengels, wo einst die Knospe saß, beschließt, nun ist es Zeit zum Loslassen. Aber es geschieht.» Sie schaut empor und hebt die Arme. Durch das spärlichere Blattwerk fällt das Licht auf ihr Gesicht und ihre emporgestreckten Handflächen, und die kleinen Mädchen verstummen, eingeschüchtert von etwas in dieser Frau, das sie aus der Luft nimmt, aus den Rot- und Goldtönen, die sie umzittern. «Niemand sieht es geschehen, aber es geschieht. Und mit einemmal, scheint es, sind die Wälder nackt.»

Schöne Ehemänner

Spencer Ridgeway hatte Kirk Gunther immer gemocht, und sogar während er im schmutzigen Sog seiner Affäre mit Dulcie Gunther von ihm unter juristischen Beschuß genommen wurde, fand Spencer etwas Bewundernswertes, Kriegerisches und Unverfälschtes in dem Sperrfeuer eingeschriebener Briefe, durch Boten übermittelter Vorladungen und grimmiger telefonischer Ultimaten – allesamt weniger dazu bestimmt, ihm eine Niederlage zu bereiten, als vielmehr dazu, Dulcie eine erträgliche Scheidungsregelung abzupressen. Spencer hatte Kirk schon eine Weile im Zug wahrgenommen, samstags in der Innenstadt – in der Tat lange bevor Dulcie irgendeinen Eindruck auf ihn hinterließ. Er war von höherem Wuchs als Spencer, mit einem vollen lockigen Haarschopf, der genau an den richtigen Stellen ergraut war (an den Schläfen, den Koteletten und an einem Reifbesatz oberhalb des Kragens, wie bei einem Collie), während Spencers Haupthaar sich schon lichtete, so daß er die verbleibenden Strähnen von einem Scheitel, der der Spitze des einen Ohres immer näher kam, quer über seine entstehende Glatze kämmen mußte. Kirk war das ganze Jahr lang braun und besaß einen von jenen Red-keinen-Unsinn-Mündern, mit zwei kleinen straffen Muskelknöpfen darunter, auf die Spencer neidisch war; seine eigenen großen, weich aussehenden Lippen hatten ihn immer in Verlegenheit gebracht. Da beide Männer und ihre Frauen aus Zufall immer häufiger auf denselben Cocktailparties auftauchten oder auch auf benachbarten Plätzen im Tennisclub, schließlich auch in derselben Naturschutzgruppe, kamen sie sich allmählich näher. Kirk lachte über Spencers Witze – er selbst hatte kein Talent für Witze, seine Zunge hatte die falsche Aufhängung – und nahm ihn sogar als Golfpartner, obwohl er ein solider Achter war und Spencer vielleicht, höflich gesprochen, ein Zwanziger.

Dulcie war für gleichbleibende dreizehn Schläge gut, natürlich vom Abschlag der Damen aus. Sie hatte Unmengen honiggoldener Locken, die von ihrer Sonnenschutzmütze zusammengehalten wurden, und nette braune Beine, die ihr straffer khakifarbener Golfrock bis zur Hälfte des Oberschenkels freiließ. Einmal, als Doris, Spencers unglückliche erste Frau, eines Sonntagnachmittags auftauchte, um einen Vierer mitzuspielen, rief sie mit ihren abgeschnittenen Blue jeans mit einem herzförmigen Schatten im Stil der Sechziger auf der Rückseite und den lehmigen Adidas-Latschen anstelle von Golfschuhen bei den anderen drei blankes Entsetzen hervor. Dulcies Garderobe war insgesamt makelloser achtziger Vorortstil. Als sie und Spencer sich die ersten Male unerlaubt trafen, vermittelten ihm ihre breitschultrigen, hüftlosen Wollkleider und Sommerröcke aus fein gestreiftem Drell oder ihre weit ausgeschnittene Georgettebluse mit dem weiten Faltenrock aus Crêpe de Chine den erregenden Eindruck, daß Kirk persönlich sie ausgestattet hatte; Spencer konnte ihn sich vorstellen, wie er in seiner absichtsvollen, humorlosen Stattlichkeit in dem Modegeschäft saß, unter der schimmernden Aura seiner lockeren, silbrigen Mähne, während Dulcie in einem modischen Aufzug nach dem anderen aus der Umkleidekabine stolziert kam. Und als ihre verstohlenen Mittagsmahle mit Spencer zu Intimität erblühten, dehnte sich dieser Eindruck auch auf ihre Unterwäsche aus – spitzenumränderte Büstenhalter, Höschen im Bikinistil, sexy, aber nicht wirklich frivol, in militärischem Beige oder Schwarz – und schließlich sogar auf ihre Haut, die seidenweich war durch den Gebrauch von Lotionen, welche womöglich von Kirks Händen auf ihrem Körper verteilt worden waren, besonders auf jenen unerreichbaren, kitzligen Stellen genau unter den Schulterblättern.

Im Haus der Gunthers pflegte Spencer dann, nachdem bildlich gesprochen das Dach eingestürzt war, inmitten von Kirks schwerem Ledermobiliar seinen müden Körper auszustrecken und seinen angeschlagenen Geist auszuruhen. Er bewunderte die passende Walnußgarnitur mit Schottenmuster in seinem Zimmer, das mit den Hauptvorschlagsbänden der Buchclubs eingefaßt war, und die Schränke für Stereoanlage und Platten, die Kirk mit Hilfe eines wohlgeschliffenen Satzes von Elektrowerkzeugen im Hobbykeller expertenhaft eingepaßt und mit Nut und Feder verzapft hatte. Im ersten Stock bestaunte er das monolithische Bett, das ganz einfach aus einer Feinschaummatratze auf einem niedrigen hölzernen Podest bestand. Der perfekt wirkende Kirk hatte einen schlimmen Rücken, enthüllte Dulcie. Eine weitere unvermutete Schwäche war, daß er sie nach ihren Worten unglaublich gelangweilt hatte.

Spencer versuchte stets, ihn zu verteidigen. «Ich hab ihn immer sehr nett gefunden. Zwar nicht gerade jede Minute ein Lacher...»

«Wie der unglaublich süße und amüsante Spencer», unterbrach sie, ihn derart heftig umarmend, daß die hölzerne Plattform unter dem Feinschaum quietschte.

Für ihn kam ihre Bewunderung unerwartet und nach seinem Gefühl auch unverdient. Er hatte einige Mühe zu begreifen, wie er in die Umarmung der Frau dieses anderen Mannes gelangt war, während er versuchte, eine Spitze ihres herabfallenden goldenen Haars aus seinem Auge zu wischen. «…aber dafür herzlich», schloß er. «Gutmütig.»

«Er war streng und brutal», beharrte Dulcie. «Die Taktik mit diesen Räumungsandrohungen ist typisch; er weiß ganz genau, wie sehr ich vor der Polizei Angst habe.»

In Wahrheit war es ein beeindruckender Anblick, das neue Chevrolet Celebrity Coupé des Sheriffs mit seinem rotierenden Blaulicht und den silbernen Buchstaben in die Einfahrt einbiegen und das neueste versiegelte notarielle Dokument überliefern zu sehen.

«Ich fing schon an zu weinen, wenn ich nur ein Bußgeld wegen falschen Parkens bekam.» Diese Art von kleinen Offenbarungen, dieser kleine Einblick in ihre weibliche Weichheit hatte eine geringfügig andere Qualität gehabt, als sie noch Kirks rechtmäßige Frau war. Damals war es ein Blick ins Paradies gewesen, nun war es bloß Faktum. «Wogegen er sich über Strafmandate lustig machte, sie von der Windschutzscheibe herunterriß und in die Gosse warf. Ich habe sie dann, wenn er nicht guckte, aufgehoben, mit Klebeband wieder zusammengeklebt und bezahlt.»

«Das hat er wirklich getan?» sagte Spencer. «Wie aufregend!»

«Er hat mich damit hysterisch gemacht. Er mochte das. Deshalb tut er das jetzt auch alles: um mich hysterisch zu machen. Es ist seine Art, sich noch immer einzumischen.» Er fühlte, wie ihre Haut eine ölige, federglatte Beschaffenheit annahm, während er sie unterhalb der Schulterblätter mechanisch streichelte.

«Aber, aber», sagte er tröstend. «Vergiß nicht, es tut ihm weh. Wir haben ihm sehr weh getan.»

«Pah!» sagte sie, das Gesicht unsichtbar unter dem Schwall ihres Haares verborgen, mit der Ausnahme eines bemalten Mundwinkels, wo ein Spuckebläschen bei dem Ausruf geplatzt war. «Ich weiß nicht recht», fuhr sie klagend fort. «Es ist schlimm, eine Frau zu sein. Manchmal habe ich das Gefühl, ihr seid beide gegen mich. Alles, was er tut, scheinst du zu verteidigen.»

«Ich meine nur, wir sollten fair sein und versuchen, Kirk zu verstehen. All diese Gänge zum Gericht sind doch bloß seine Art, damit fertig zu werden. Wir haben uns, er hat nichts.»

«Er hat seinen eigenen kostbaren schönen Körper, und das ist alles, worum er sich je gekümmert hat.»

«Ja, er war schön», mußte Spencer zugeben.

Auch als der Scheidungsprozeß wegen gefühlsmäßiger Entfremdung schon weit vorangeschritten war, hatte Spencer die Vorstellung, er könnte durch das Gewusel von Korrespondenz und die Stunden gestelzter Unterredungen mit flinken Rechtsanwälten hindurch ein Glitzern in Kirks Auge wahrnehmen. Einmal sah er sich mitten in der Gerichtsverhandlung im selben Augenblick durch die gepolsterte Tür des Gerichtssaals hindurchdrängeln wie der Kläger und machte einen Witz («...war wohl mal Teil einer Gummizelle»), worauf Kirk kurz und widerwillig kicherte. Seit er nicht mehr von Dulcies kalorien- und ballaststoffbewußtem Kochen profitierte, hatte der Mann an Gewicht zugelegt und sah im Zeugenstand ein wenig pausbäckig aus. Er wirkte grimmig und unsympathisch. Zwischen den Antworten biß er die Zähne zusammen und blinkerte mit den Augen. Spencer (der sieben Pfund abgenommen hatte) war enttäuscht von Kirks sich verschlechterndem Zustand und noch mehr enttäuscht von dem Urteil, das da lautete: Nicht schuldig und keine Abfindung. Der Richter war eine Frau, der schon die Klage an sich nach einem veralteten Sexismus schmeckte. War denn in unseren Tagen die Frau nicht frei, die Männer zu wechseln, wenn sie es wünschte? War sie etwa eine Art Besitz der Männer, den sie sich gegenseitig abtreten konnten?

«Es war traurig», gab Spencer Dulcie zu verstehen, «mit anzusehen, was für ein Bauer er geworden ist.»

«Warum?» fragte sie mit aufgerissenen Augen. «Ich finde, es geschieht ihm recht. Jetzt ist er hinter dem Sorgerecht für die Kinder her.»

Es hatte etwas Liebenswertes in der aufrechten Würde gelegen, dachte Spencer, mit der Kirk an der Spitze seiner kleinen Gruppe von Rechtsberatern davonmarschiert war, von denen keiner ganz so hochgewachsen oder so ernsthaft sonnengebräunt oder geschmackvoll ergraut gewesen war wie er.

«Armer Kerl. Ich fürchte, er hat keine allzu große Chance.»

«Nicht, wenn du mich zu einer ehrbaren Frau machst und mich heiratest. Dann nicht.»

Nach der Hochzeit, als Spencer und Dulcie wegen der Gerichts- und Anwaltskosten kein Geld mehr hatten, traten sie aus dem Club aus und spielten auf öffentlichen Golfplätzen, wobei sie ihm drei Schläge vorgab. Kirk wurde dicker und häßlicher. Seine gesetzlichen Schritte wurden allmählich peinlich. Wenn er ein um das andere Wochenende finster einhergeschlichen kam, um die Kinder abzuholen, spionierte Spencer vom Fenster im ersten Stock oder hinter den Vorhängen des Lesezimmers hinter ihm her, um seiner alten Bewunderung auf der Spur zu bleiben, so wie die Zunge vorsichtig die Fassung eines eben gezogenen Zahns prüft. Sein Herz kam ins Flattern, sein Gesicht wurde heiß. Es brauchte eine lange Zeit, bis Kirks silbrige Magie ihren Glanz gänzlich eingebüßt hatte.

Er liebte es, von Dulcie Einzelheiten über ihre andere Ehe zu hören, besonders aus den frühen Jahren – die verregneten Flitterwochen auf den Bermudas, die Streitereien mit seiner provinziellen Mutter, die ihn nicht gehen lassen wollte, die allmählich größeren, weniger schäbigen Wohnungen, die sich wie auf einer Spirale aus der Innenstadt in immer wohlhabendere und ausgedehntere Vororte entfernten. Zuerst war Kirk fast schmerzhaft dünn, eine Bohnenstange, und enthielt sich, neben anderen Dingen, jeglichen Alkohols. Dann kam eine Periode, in der er trank, weil er Probleme hatte, und Flirts mit diesen säuerlichen, männerhungrigen jungen Angestellten in seinem Büro. Dann war er so ein lieber Vater, wenigstens zu Anfang, als die Kinder klein waren und ihn für den lieben Gott hielten, ehe die Besessenheit mit seiner eigenen Karriere, seinem eigenen Zustand, ja sogar seinen Kleidern anfing. «Weißt du, lieber Spencer – kitzel mich nicht so –, damals gab es nur das Wort ‹Yuppie› noch nicht. Kirk wußte also nicht genau, was er eigentlich war, bis er vierzig wurde, und da war es fast schon zu spät.»

Spencers eigene erste Ehe war unter exotisch anderen Umständen abgelaufen, an der entgegengesetzten Küste, in Rebellion und Aufstand, mit Drogenexperimenten und alternativem Ackerbau. Doris war eine perfekte Hippie-Frau gewesen, voller Haare und bekiffter Heiterkeit. Sogar über die Scheidung war sie gelassen und philosophisch hinweggegangen. Er bat Dulcie: «Erzähl mir doch noch mal die Geschichte mit den Pyjamas.»

«Nun, Liebling, da ist nicht allzuviel zu erzählen. Ich glaube, ich fing schon an, die Ehe zu hassen, als er darauf bestand, ich sollte seine Pyjamas plätten. Als wir frisch verheiratet waren, war er immer noch so ein Junge, daß er zum Schlafen sein Unterzeug anbehielt, wie er es auch im College getan hatte. Dann benutzte er jahrelang diese einfachen Perlon-Schlafanzüge mit einem Band zum Zuziehen und ohne Monogramm oder dergleichen. Es genügte ihm, wenn ich sie einfach zusammenfaltete, so wie sie aus dem Wäschetrockner kamen, bevor sich die Falten wirklich einnisten, verstehst du? Aber dann kamen wir zu hundertprozentiger Sea-Island-Baumwolle, die, wie er sagte, in lauwarmem Wasser von Hand gewaschen werden muß, und er wollte scharfe *Bügelfal-*

ten, bloß um unter die Bettdecke zu schlüpfen. Und dann die Augenbinde und die Ohrstöpsel – ich fühlte mich völlig ausgeschlossen.»

«Und die Schuhe», warf Spencer ein, «hatte er Schuhe?»

«Hatte er *Schuhe?* Sie haben den ganzen Boden seines Wandschranks eingenommen, Reihe für Reihe, und dann noch die eine Wand hinauf. Für jeden Anzug hatte er ein besonderes Paar. Am Wochenende, wenn er Blätter harkte, mußten es seine wildledernen Hush Puppies sein, aber wenn ich ihn bat, auch nur einen Ballen Stroh zu dem Rosenbeet rüberzukarren, ging er zurück ins Haus und zog die Schiet-Treter an. Genauso war es mit seinen Skiern. Er hatte ein Paar für Firnschnee und ein Paar für vereiste Pisten und dann noch ein drittes für Tiefschneefahrten. Und die *Handschuhe*: Wenn er ein bestimmtes Paar Handschuhe, auf dem schon Ölflecken waren, nicht finden konnte, hat er die Motorhaube nicht aufgemacht, nicht einmal, um Scheibenwaschflüssigkeit nachzufüllen.»

«Und im Badezimmer, hat er da lange Zeit gebraucht?» fragte Spencer, der die Antwort längst kannte. Nach und nach kannte er alle Antworten, hatte jedes Molekül des verflossenen Ehemanns aus der Erinnerung seiner Frau extrahiert – Kirks Gerüche und Deos, seine lästigen wie liebenswerten Angewohnheiten, die Streitereien, die sie miteinander hatten, und die Orgasmen, die er ihr verschaffte oder eben während der letzten Jahre zunehmend nicht mehr.

«Dich küsse ich so gern», vertraute sie Spencer an. «Mit ihm war es, als würdest du deinen Mund auf einen automatischen Bankschalter pressen, da, wo er deine Kreditkarte schluckt. Und sein Haar! Man mußte derart vorsichtig sein, sein Haar nicht durcheinanderzubringen. Diese luftige Haarpracht war nämlich nicht natürlich, verstehst du, die war *geföhnt*.» Es gab nun aber eine Grenze für diese Art Information. Langsam wurde Kirk langweilig. Am Schluß, nachdem auch die letzte Schicht von Dulcies erstem Ehemann von ihr abgefallen war, stand sie nackt da, bereit, geliebt zu werden.

Spencer liebte sie. Dulcie wärmte den Auf- und Untergang eines jeden Tages, sie war Quelle und Ziel jedes Pendelns zwischen Stadt und Arbeitsplatz, das Licht und das Leben jedes Wochenends. Dulcie war sein Schatz, das Gold, aus dem Kirks dumpfe Rückstände ausgewaschen worden waren. Er liebte ihr in Kaskaden herabfallendes Haar, ihre stämmigen Beine, ihren süßen gleichmäßigen Golfschlag, der nie aus der Bahn geriet, bei dem ohnehin zum Scheitern verurteilten Versuch, mehr Länge zu schaffen. Sobald ihre Finanzen es zuließen, traten sie wieder in den Golfclub ein, zumal Kirk längst ausgetreten war.

Es geschah dort, anläßlich eines Barbecues nach einem Vierer, auf dem Höhepunkt der Freude darüber, daß Dulcies Team bei den Damen gewonnen hatte, daß eine kupferhaarige Frau an Spencer herantrat. «Hallo», sagte sie, als wäre sie ein Namensschild, «ich bin Deirdre.» Ihr Händedruck war ein wenig zu forsch und ihr Blick eine Spur zu genau auf ihn gerichtet. «Unsere Dulce war großartig da draußen, wenn ich auch diejenige war, die auf dem Elften, dem *dog leg*, Par gespielt hat, wodurch wir alles in allem, trotz meines Zwanziger-Handikaps, saubere zwei Schläge besser waren als das nächste Team.»

Dulcie tauchte hinter der anderen Frau auf und umarmte sie kameradschaftlich. Ihre beiden Lockenköpfe staken zusammen, beide sonnengebräunten Gesichter zeigten fahle Lachfältchen an den Augenwinkeln. «Ist sie nicht großartig?» fragte Dulcie, obwohl Spencer nicht recht sehen konnte, warum. Aber wiederum war er vor Jahren auch Dulcies Charme gegenüber unempfindlich gewesen. «Die Greenfields sind gerade neu zugezogen. Ich hab ihnen versprochen, sie zu uns einzuladen.»

Deirdre blickte ziemlich ungeduldig um sich. «Ich guck mal

eben nach Ben.» Sie verschwand in der Menge, die, in witzig-protziger Sportclubmanier gekleidet – scharlachrote Hosen, Strohhüte –, sich unter der würzigen, tief hängenden Mesquite-Strauch-Barbecue-Wolke aufhielt. Spencer spürte ein fatales Rutschen im Magen.

«Ich möchte keine neuen Leute kennenlernen», sagte er zu seiner Frau.

«Du wirst ihn mögen», versprach Dulcie.

Die aggressive kupferhaarige Frau kam zurück, einen Mann hinter sich herziehend – ein hochaufgeschossenes, betäubtes Opferlamm von hilflosem Aussehen, mit einer eleganten, schmalen, hochrückigen Nase und schwarzem, eng angekämmtem Haar, dazu einem blau-weiß gestreiften Leinenanzug, der ihm, zusammen mit dem blauen Button-down-Hemd und der gestreiften Krawatte, eine liebenswert altmodische, vage offizielle Ausstrahlung verlieh. Auf seine Weise war er schön.

Spencer, dessen Gesicht heiß wurde, hatte kaum Zeit zu protestieren: «Ich möchte nicht, daß ich ihn mag.»

Die andere Frau

Nachts wachte Ed Marston auf, weil er zur Toilette mußte, und als er sich seinen Weg zurück zum Bett ertastete, ließ das Mondlicht im obersten Schubfach der Kommode seiner Frau, das sie nicht ganz geschlossen hatte, ein befremdliches, strahlend weißes Stück Papier aufleuchten. Jenes Schubfach, wußte er aus zwanzig Jahren Zusammensein, war Carols Unterzeug gewidmet sowie einem Stapel gefalteter Kopftücher auf der linken Seite. Papier gehörte in ihren Schreibtisch im Parterre oder auf den Tisch im Hausflur, wo sie jeden Tag die Post ablegte. Sie atmete gleichmäßig, selbstvergessen, wie ein unsichtbares Meer in der Dunkelheit, keine drei Meter entfernt. Ed formte mit zwei Fingern eine Zange und zog, sorgsam darauf bedacht, nicht zu rascheln, das Papier unter dem obersten Kopftuch hervor. Dann schlich er zurück ins Badezimmer. Er schloß die Tür, knipste das Licht an und setzte sich auf den Toilettendeckel. Als er das verheimlichte Dokument auseinanderfaltete, zitterten seine Hände nicht nur, sie zuckten.

Es war ein selbstgebastelter Gruß zum Valentinstag vom Ehemann eines Paares aus ihrer Bekanntschaft, angenehme, freundliche Leute, die ihm nie weiter aufgefallen waren, an den höflicheren äußeren Rändern ihres Bekanntenkreises.

Doch der Valentinsgruß war leuchtend-auffällig geschrieben und mit zeremonieller Glut formuliert. Sein kurzer Text war mit roter Tinte in ein großes Herz eingefaßt, ein Herz, das, wie der Schreiber der Adressatin versicherte, «dieses Jahr noch größer als letztes Jahr» sei.

Ed war eine Waffe in die Hände gegeben worden. Mehr als einmal überflog er das Sendschreiben, und in seiner nervösen Erregung mußte er den Klodeckel hochklappen und noch einmal urinieren. Er knipste das Badezimmerlicht aus. Der mondbeglänzte Schnee jenseits des Fensters schien bläulich auf ihn einzuspringen, in ihn hinein, mit seinen glatten, sich ausdehnenden Kältekurven, seinen Schatten und Glitzerflekken. Er fühlte sich turmhoch, als stünden seine Füße nicht auf dem Boden des Badezimmers, der von ihm abgefallen schien, sondern auf dem Erdreich selbst. Seine arglos schlafende Frau und ihr Liebhaber, ebenfalls schlafend in seinem Haus weiter oben an der Straße, und auch die Frau jenes Mannes und sämtliche Kinder waren in seiner Hand.

Noch immer zitternd, faltete er den Valentinsgruß wieder zusammen. Er glitt am Bett vorbei auf die Kommode zu, die von den schrägen Streifen des Mondlichts erhellt wurde, und geräuschlos schob er ihn in die Schublade zurück, unter das oberste Seidentuch. Morgen sollte Carol dann ruhig seine leicht exponierte Lage entdecken und sich Vorwürfe machen und Gott danken, daß Ed nichts gemerkt hatte. Obwohl sie kaum dazu neigte, sich etwas vorzuwerfen oder Gott zu danken.

Plötzlich tönte ihre scharfe fragende Stimme aus der Dunkelheit des Bettes herüber: «Was machst du da?»

«Ich versuche, zu dir zu finden, Süßes, ich war gerade auf der Toilette.»

Sie gab keine Antwort, als hätte sie im Schlaf gesprochen. Als er zurück in das warme Bett schlüpfte, neben sie, schien ihr Atem so tief und selbstvergessen wie vorher. Milde schwappte der Duft schlafenden Fleisches, jenes weiche Schnaufen und Raspeln über seine Sinne. Ihr Leben war wie eine Quelle in einem dunklen Wald, unter stetem Gemurmel fließend und fließend. In der Ferne bellte ein Hund, den das Mondlicht auf dem Schnee verstörte.

In einem Anfall von Hellsichtigkeit sah er nun: Carols wechselnde Launen in letzter Zeit, ihre Schübe von Liebesbezeigungen und Depression, ihr zunehmendes Trinken, ihre unerklärlichen Verspätungen, wenn sie von gewissen Fahrten nach New York und von abendlichen Treffen in ihrem Vorort zurückkam – Zusammenkünften einer Bebauungskommission, fiel ihm jetzt auf, deren Vorsitz der andere Mann, Jason Reynolds, innehatte. Tatsächlich war er es gewesen, der Carol für die Mitgliedschaft vorgeschlagen hatte. Eines Abends war er nach einem ominösen Telefonanruf ins Haus gekommen, und während Ed bereitwillig das Geschirr abwusch und das jüngste Kind ins Bett brachte, sprach er unten am Eßzimmertisch mit leiser Stimme über die Krise, der sich ihr Vorort gegenübersah, über Bauspekulanten und ihre korrupten Schwäger in der Planungsbehörde, und wie dringlich es sei, eine Frau in der Kommission zu haben, die auch an Werktagen dabei wäre und den Hausfrauenstandpunkt einbringen könnte, und so weiter. Carol hatte Ed dies hinterher alles berichtet, da sie sich nicht sicher war, ob sie einwilligen sollte. Es würde sie von zu Haus fernhalten, fürchtete sie; Ed sagte ihr, sie hätte schon genug Zeit auf ihr Heim verwendet. Sie hätte keine Ahnung von Stadtplanung oder vom Bauen; er sagte ihr, als Ingenieur wisse er, daß man da nicht allzuviel zu wissen brauche.

Nun fragte er sich, ob nicht schon damals, vor mehr als zwei Jahren, die Affäre ihren Anfang genommen und sie ihre Unschlüssigkeit und ihr Zögern nur vorgetäuscht hatte. Wenn ja, war es ein hübsches Stück Schauspielerei gewesen. Ed lächelte anerkennend in der Finsternis. Er hatte sie gedrängt, einzuwilligen, denn er sah sie schon in der Gefahr, eine jener Frauen mit Vororts-Agoraphobie zu werden, die am Ende nicht einmal mehr wagen, zum Einkaufen aus dem Haus zu gehen, sondern sich, während sie hinter zugezogenen Vorhängen ihren Sherry schlürfen, alles anliefern lassen. Zweiundzwanzig Jahre und fünf Kinder hatten die unternehmungslustige U-Bahn-Fahrerin und Beinahe-Vagabundin ihrer gemeinsamen Großstadttage in Turnschuhen und Kopftuch ziemlich verbraucht. Während der letzten Jahre war sie kaum zu überreden gewesen, in die Stadt zu kommen und mit ihm zu Abend zu essen und ins Theater zu gehen. Als die Kinder das Collegealter erreicht hatten und hierhin und dorthin flogen, wuchs sich ihre Angst vor dem Fliegen zu einer Phobie aus. Sie fühlte sich den Reisen in die Karibik, die sie und Ed im Winter zu unternehmen pflegten, nicht mehr gewachsen. «Neuerdings», argumentierte sie, «heißt es sowieso, daß die Sonne der Haut schadet.» Carol hatte blaue Augen und welliges, aschblondes Haar.

«Die Sonne war schon immer schädlich. Deine Haut soll ja auch nicht ewig halten. Du kannst doch im Zimmer bleiben und lesen. Du kannst auch was mit Sonnenschutzfaktor 15 benutzen.»

«Dann braucht man ja gar nicht erst hinzufahren, oder? Warum nicht hierbleiben und das Geld für die Flugtickets sparen?»

«Weißt du was, Liebling? Du wirst allmählich zu einem regelrechten Bremsklotz.» Ed hatte sie gedrängt, der Mitarbeit in der Kommission zuzustimmen, weil er sie aus dem Haus haben wollte. Um ehrlich zu sein, wollte er sie aus seinem Leben haben.

Doch sie hatte ihm nichts Böses getan – hatte im Gegenteil alles getan, was er von ihr wollte. Hatte ihm gesunde Kinder geboren, ein Heim geschaffen, das man Kollegen und Freunden getrost vorführen konnte, hatte als Erweiterung seines

Egos gedient. Und dennoch hatte er, Nacht für Nacht neben ihr liegend, ein- oder zweimal aufstehend, um zur Toilette zu gehen, je nach Grad seiner Schlaflosigkeit, die wie ein Wutanfall in Spiralen wuchs, die Überzeugung gewonnen, daß es noch ein besseres Leben geben müßte als dieses. Ein besseres Leben für sie beide. Carol besaß immer noch ihre Qualitäten – eine bewegliche Grazie, obwohl sie über die Jahre ein paar Pfunde zugenommen hatte, und eine gutwillige Intuition, jener reinen blauen Pilotflamme gleich, die in altmodischen Gasöfen brennt – aber nie hatte Ed den Gedanken zugelassen, daß irgendein anderer Mann sie begehren könnte. Jason Reynolds' Botschaft hatte, von ihrer festlichen roten Kontur umgeben, einen Ton getroffen, in dem sich Freundlichkeit und Leidenschaft geschickt mischten, einen Ton männlicher Bewunderung. Carol wurde irgendwie geliebt. Diese Erkenntnis gab auch Ed das Gefühl, geliebt zu werden, und wie ein Kind in den Armen seiner Mutter fiel er alsbald in Schlaf.

Über Tage und Wochen machte Ed nichts aus seinem Wissen, sondern beobachtete nur. Wie konnte es angehen, daß er vorher nichts gemerkt hatte? Auf Parties umkreisen sich die Liebenden in einem gedehnten Tanz des Vermeidens, waren ausgesucht höflich und freundlich zu fast allen übrigen Anwesenden, und erst nach dem Nachtessen, wenn die Straßenschuhe ausgezogen und die Platten aufgelegt und vom müden Gastgeber frische Holzscheite aus dem Keller geholt werden, erlaubten sich Carol und Jason, zueinander hinzutreiben und sich leise zu unterhalten, in der feierlichen Art von Leuten, bei denen die trivialsten Alltäglichkeiten ihrer beider Leben die Bedeutung des Sexuellen angenommen haben, um schließlich mit einer erprobten Zärtlichkeit, von der sie meinten, sie würde von jenen um sie herum nicht bemerkt, weil sie zu schläfrig oder zu betrunken waren, miteinander zu tanzen.

Jason war ein schlanker und ernster Mann, Kreditbeauftragter bei einer Bank in der Innenstadt, der ein rigoroses Gesundheitsprogramm von Leibesübungen und Diät einhielt; er besaß ein Trockenrudergerät, spielte zur Mittagszeit in der City Squash und joggte nach dem Abendbrot auf Landstraßen mit einem reflektierenden, orangefarbenen Leibchen an. Bei solchen Menschen geschieht es manchmal, daß ihr Körper ihrem Gesicht den Preis des Alterns abverlangt, und so war es auch mit ihm: in seinem Gesicht mittleren Alters fehlte Fleisch. Seine mageren, straffen, wettergegerbten Gesichtszüge, die tiefen Augenhöhlen und zerfurchten Wangen und sein trockenes graues Haar schienen einem Mann zu gehören, der eher am Ende denn am Anfang der Vierziger war. Jason war 42, wie Carol. In seinen Armen wirkte sie jung, und ihre breiten Hüften deuteten mehr auf eine ausgeruhte, runde Fruchtbarkeit hin als auf das Aufquellen der mittleren Jahre. Während Jasons Lider in die tiefen Höhlen gesenkt waren und im Licht des Kaminfeuers zu zittern schienen, waren die blauen Augen Carols wach und rund, und jedesmal, wenn die langsame Musik sie zu Ed herumdrehte, war ihr Gesicht so rein und unbeschrieben wie das einer Porzellanfigur. Nicht ihre Gesichter verrieten sie, es waren die Hände, ihre knochenlos ineinanderschmelzenden Hände und Jasons andere Hand, die zwei, drei Zentimeter zu tief auf Carols Kreuz ruhte.

Ed beobachtete sie nicht allein, nahm er nun wahr. Der flackernde, halbdunkle Raum, Kissen und Stühle und lockige Häupter und bestrumpfte Beine bildeten ein Spalier aus Schatten, die Jason und Carol beobachteten, oder bemüht fortsahen. Die Leute wußten es – hatten es mit der beiläufigen Genauigkeit unvoreingenommenen Zuschauens längst gewußt, bevor es ihm klar wurde, in der Valentinsnacht. Bis dahin hatte er in einer Art Luftblase existiert, in einem höflichen Leerraum des gemeinsamen Wissens. Mit einem blinden Lächeln war er durch die Gesellschaft gestolpert, während die Wahrheit sich seinen tastenden Fingerspitzen kichernd entzog. Dies war im Rückblick schwer zu vergeben. Lebte auch sein Pendant, Patricia Reynolds, in solch einer Blase? Was wußte, vermutete oder fühlte sie?

Sie war klein von Gestalt und von beispielhafter Körperhaltung, die Ed aber hölzern vorkam. Sogar noch das Hübscheste an ihr, ihr dichtes Haselnußhaar, schimmernd glattgebürstet, helmartig kurz geschnitten und mit einem Pony versehen, schien einen Holzton zu haben. Sie joggte mit Jason und machte Leibesübungen, aber dieselbe Lebensweise, die sein Gesicht verwüstet hatte, verlieh dem ihren eine freundliche athletische Festigkeit. Ihr Kinn war eckig, ihre braunen Augen waren stumpf. Sie stammte aus einer wohlhabenden, aber unbedeutenden Familie, hatte die richtigen zweitbesten Schulen besucht und war durch und durch das Produkt ihrer Herkunft. Durch ihren männischen Oberklassenakzent, der kehliger war, als man erwartete, wirkte Pat wie ein braver Soldat, als hätte die Aufgabe, die Familie in die nächste Generation fortzuführen, sie starr werden lassen. Die Reynolds hatten zwei Kinder – einen Sohn und eine Tochter. Pat war ein wenig jünger als Jason, so wie Carol jünger war als Ed. Ed hatte Pat nie etwas Unangenehmes oder Unkonventionelles sagen hören; allerdings hatte er ihr auch kaum je zugehört. Auf Parties gingen sie sich lieber aus dem Weg. Er hatte das Gefühl, daß er sie mit seinem zerknautschten, unausgeschlafenen Aussehen, seiner unvermeidlichen Zigarette und dem aufdringlichen, clownischen, wenn nicht groben Benehmen ziemlich erschreckte. Sobald er ihr nahekam, wurde sie besonders höflich. Nun jedoch wanderten seine Augen im Raum herum auf der Suche nach ihrem markanten Profil, um herauszufinden, ob sie, wie er, beobachtete.

Tatsächlich saß sie nicht weit entfernt auf dem Fußboden. Sie hatte das Gesicht ganz von den Tänzern abgewandt und redete mit einer anderen Frau über jenes, der Frau des Kommissionsvorsitzenden höchst angemessene Thema, Bebauung – die tragische Zerstückelung örtlicher Anwesen, die skandalösen Raubzüge der Baulöwen. Ed schob sich aus seinem Sessel auf den Fußboden neben sie und sagte: «Aber, meine Süße – du hast doch nichts dagegen, Pat, wenn ich dich ‹meine Süße› nenne? – niemand möchte mehr in den alten Häusern *leben*. Die dritte Generation sitzt doch sämtlich in Soho und malt Graffiti an die Wand. Sie können die Kosten und die Steuern nicht aufbringen, niemand kann sich noch Diener leisten, und sie wollen ihr Geld da *raus* und in der *Hand* haben.»

«Gewiß, das sagt jeder», sagte Pat, «und vermutlich ist ja auch was Wahres daran.»

«*Was* Wahres! Es ist die ganze Wahrheit, Liebling.» Sechs Bourbons sprachen aus ihm, nicht ganz synchron. «Du gibst diesen armen, hart arbeitenden italienischen Bauunternehmern die Schuld, die die Bulldozer bereitstellen und ihre 400000-Dollar-Reihenhäuser hochziehen. Aber es sind die Reichen, die *Reichen*, die so gierig sind, die es nicht abwarten können zu verkaufen und jemand anderes das neue Schieferdach auf Daddies alten Stall decken zu lassen. Anteilige Eigentumswohnungen» – er war so stolz, die beiden Wörter heil herausgebracht zu haben, daß sogar Pat lächelte und dabei kurz eine makellose Zahnreihe sehen ließ –, «das ist das einzige Rezept, diese alten Gemäuer vor der Abrißbirne zu bewahren.»

Die Frau neben Pat, Georgene Fuller, versuchte ihr zu Hilfe zu kommen. Sie war schmal und träge und quengelig, mit langem gebleichtem Haar, das ihr bis über die Schultern herabhing. Ed hatte vor Jahren sechs Monate lang mit ihr geschlafen. «Trotzdem, Ed, du mußt zugeben...»

«Gar nichts muß ich zugeben», sagte er schnell. «Aber wie steht es mit dir, Pat? Was mußt du zugeben?»

Ein leichtes Erstaunen huschte über die ebenen Züge dieser anderen Frau. Georgene gab Ed einen Stoß ins Kreuz. Aber sie brauchte keine Angst zu haben. Es paßte ihm ins Konzept, Pat im dunkeln zu lassen, in ihrer Luftblase.

«Die Abrißbirne», begann er von neuem. «Wäre ein guter Schlagertitel. Wir tanzen uns die Schuhe durch», begann er zu singen. Noch einmal erhielt er einen Knuff in den Rücken, und ihm kam die Idee, daß er Georgene zum Tanzen auffordern sollte. Wie lange es auch her sein mag: einmal mit ihnen geschlafen, und sie liegen dir geschmeidig in den Armen.

Doch auch andere wünschten die Unterhaltung zwischen Ed und Pat zu unterbrechen; Jason und Carol beugten sich plötzlich über sie wie Eltern über ihre spielenden Kinder. «Wir finden, ihr beiden solltet mit uns tanzen», verkündete Carol affektiert. Gehorsam stieß Ed sich vom Boden ab, dem der Bourbon ein elastisches Eigenleben eingehaucht zu haben schien, so daß er unter seinen Füßen federte. Wunderlicherweise fühlte sich Carol in seinen Armen immer ein wenig fremd an, als hätte es die vielen Jahre ihrer Ehe nie gegeben. Sie hatten die Schritte nie richtig gelernt, und diese Unbeholfenheit machte sie interessant, besonders nun, da er wußte, daß sie irgendwo, gemeinsam mit einem anderen, damit beschäftigt war, die Schritte zu lernen. Ihr Geheimnis machte ihren rundlichen Körper fest und ungewöhnlich beweglich; indem sie anmutig hinter sich griff, rückte sie die Position seiner Hand in ihrem Kreuz zurecht. Ed hatte sie probeweise zwei oder drei Zentimeter niedriger als gewöhnlich plaziert. «Jason sieht wie ein guter Tänzer aus», sagte er.

«Nicht, daß ich wüßte», antwortete sie.

«Er tanzt mit Pat. Sieh nur, wie sie loslegen, richtige Drehungen und alles.»

«Sie haben eben dieselben Gesellschaftstänze geübt.»

«Aber das Leben ist mehr als Gesellschaftstänze, oder?»

«Ed, du solltest wirklich nicht soviel trinken. Daher kommt nämlich auch deine Schlaflosigkeit – all dieser Zucker im Blut.»

«Nächstens sagst du mir noch, ich sollte anfangen zu joggen.»

«Oder sonst irgendwas, ja. Und nicht nur du. Wir sind *beide* schrecklich außer Form.»

Er ließ die Hand wieder ihren Rücken hinabgleiten und tätschelte ihren festen Hintern. Noch besaß er die Vorrechte eines Ehemanns. «Für mich fühlst du dich gerade richtig an», sagte er.

Ed war von Beruf Ingenieur, spezialisiert auf Belastungsanalysen hoher Gebäude in Stahlrahmenkonstruktion. Sein Plan für den Abriß seiner Ehe erforderte aus statischen Gründen, daß die Affäre seiner Frau als zeitweise Stütze unangetastet blieb; sonst wäre seine Last an Schuld und Entfremdung im Augenblick seines Abgangs zu groß. Die Kinder waren das Schwerste, aber auch das Haus, die Stadt und all die alten Ehegewohnheiten würden im Moment der Flucht auf ihm lasten. Er fürchtete, daß Jason und Carol aus eigenem Antrieb miteinander brechen könnten, oder auch als Antwort auf die Entdeckung durch die andere Seite; trotzdem wollte er sich ein paar Monate einräumen, um sich angesichts der Situation zu stählen. Wenn er an rauhen Frühlingsabenden den hochgewachsenen Jason mit seinen staksigen Joggerschritten die schattigen Straßen entlangtrotten sah, erschreckte ihn die Vorstellung, daß der kostbare Mann von einem Auto überfahren werden könnte; das brächte die ganze Konstruktion zum Einsturz.

Das Wetter wurde wärmer und beschleunigte das Blut, und dann kam der Sommer mit seiner lockeren Promiskuität, seinem luftigen Gewebe aus Kommen und Gehen, aus verharrendem Licht und warmer Dunkelheit, aus abgeschirmten Veranden, reaktivierten Swimmingpools und Drinks zum Mitnehmen auf der Terrasse. Jeder wurde brauner im Sommer, lustiger und lauter. Die Vorortfrauen in ihren Badeanzügen und Sommerkleidern nahmen die schwüle Herbheit hochklassiger Huren an – die Augen verborgen hinter der Sonnenbrille, die Fußnägel lackiert. Jason und Carol wurden dreister. Mehr als einmal erwischte sie Ed, wie sie am Rande einer Cocktailparty Händchen hielten, und als er Carol fragte, wo sie während dieser oder jener unerklärlichen Abwesenheit gewesen sei, antwortete sie in der lahmen, ausweichenden Art eines Teenagers: «Oh, draußen.» Vielleicht fügte sie auch hinzu: «Es war so heiß drinnen, da mußte ich mal zum Fluß hinunter», oder sie zeigte zwei Liter abgepackte Magermilch und ein Paket Weizenkeimcracker vor, als ob für diesen Kauf ganz selbstverständlich zwei Stunden nötig gewesen wären. Und Jason kam immer wieder mit mehr oder weniger plausiblen Botschaften ins Haus, die mit Bauplanung oder Tennis oder dem Ausleihen von Gartengerät zu tun hatten. Als Ed vor zehn Jahren seinen Tennisplatz einzäunte, hatte er zum Erwerb eines jener zweischäftigen Lochspaten für Zaunpfähle 40 Dollar investiert, und es war überraschend, wie viele Pfähle Jason in seinem bescheidenen Garten aufzurichten hatte, oder wie oft er sich als jemand, dessen Grundstück nur 2000 Quadratmeter groß war, Eds Motorsäge ausborgen mußte. Natürlich wurde er bei jedem dieser beiläufigen Besuche von Carol gastfreundlich zum Kaffee oder Tee oder auf einen Drink eingeladen, je nach Tageszeit.

Manchmal kam Pat auch bei diesen fadenscheinigen Besuchen mit und übte sich in makellosem, hölzernem Small talk mit Ed draußen auf der abgeschirmten Veranda, während die beiden anderen wie zufällig zugleich im Haus verschwanden: Carol mußte in die Küche laufen, Jason mußte dringend zur Toilette oder telefonieren. In jenem Sommer schien das Haus sehr benötigt zu werden. Rund um die Ausreden Tennisplatz und Swimmingpool herum arrangierte Carol kleine informelle Parties, zu denen fast immer auch die Reynolds geladen waren. Eines Tages, Anfang August, als Ed einem Getränke-

notstand mit einer Fahrt in die Innenstadt abgeholfen hatte
und wieder in die Einfahrt einbog, begrüßten Carol und Jason
gerade ein anderes Paar. Sie sahen so natürlich aus, wie sie
dort Seite an Seite in dem goldenen Spätnachmittagslicht
standen, so *gebietend* auf ihrem Sockel einen Bordstein breit
über der Einfahrt, er mit dem Grauhaar und der hageren gebeugten Haltung, sie mit ihren runden Matronenarmen und
-schultern, daß Ed sich wie abgeschafft, wie längst verdrängt
vorkam. Insgeheim teilte er ihre Freude aneinander, aber dennoch schwang primitive Eifersucht mit, als er mit klirrenden
Getränketaschen energisch auf sie zuschritt. Carol sah zu ihm
hin; sie schien ohne Falsch glücklich, ihn zu sehen, oder war
sie nur glücklich über den Anblick der Getränke? Sie trug nur
einen Jeans-Wickelrock über ihrem schwarzen Badeanzug
und hielt in der Kühle des näherrückenden Abends die Arme
um sich geschlungen. Die Heimeligkeit dieser alterslosen Geste und der vertraute Anblick der kleinen Härchen, die aufrecht auf der Gänsehaut ihrer bloßen Unterarme standen, als
sie nun einen Schritt nach unten tat und sich zu ihm hin-
beugte, um ihm eine der Taschen abzunehmen, verletzte ihn
unerwartet – eine plötzlich auftretende Zufallsbelastung innerhalb einer Situation, die er für gründlich analysiert erach-
tet hatte.

Die Saison ging zur Neige, Ed war am Zug. Die Kinder
waren bequem auf Sommerjobs und die Ferienhäuser von
Freunden verteilt, mit Ausnahme des Jüngsten, der sich nach
dem Abendessen in seinem Zimmer im ersten Stock vom Gemurmel des Fernsehens einwickeln ließ. Ed lud Carol zu
einem Spaziergang ein. Ihre Augen weiteten sich, nahmen ihren Porzellanpuppen-Ausdruck an, und sie lief eilig zum
Wandschrank, um eine Jacke zu holen. Sein Tonfall hatte,
ohne daß er es wollte, ihre Schuld angesprochen. Sie gingen
den breiten Wiesenpfad entlang, der von Joggern und Schnee-
mobilfahrern bevorzugt wurde, oberhalb des Croton Aquä-

dukts, der parallel zum Fluß und den Eisenbahnschienen Wasser nach Süden transportierte. Die Schwerkraft der City zog alles auf sich. Die beiden Marstons wanderten bergan, zwischen Gruppen und Hainen aus Ahorn und Buchen, vorbei an Schulhöfen, auf die man durch Drahtzäune blickte. Hinterhöfe grenzten an den öffentlichen Weg, und Ed und Carol fühlten sich wie Geister, die sich durch familiäre Grillfeuer und Federballspiele, durch die Hausmusik stotternder Geschirrspüler und die Abendnachrichten hindurchbewegten.

Er beschrieb ihr die Nacht, in der er den Valentinsgruß entdeckt und was er seither beobachtet hatte. Sie hörte zu, ohne zu unterbrechen. Aus den Augenwinkeln betrachtet, erschien ihr bleiches Gesicht wie ein regloses Bild vor dem beweglichen Hintergrund der Blätter und Zaunlatten, wie von einem Diapositiv auf eine schräge, flackernde Leinwand projiziert. Er schlug ihr dies vor: Er würde gehen, in der Stadt ein Apartment mieten und ihr Geheimnis mit sich nehmen. Als Gegenleistung für sein Schweigen würde sie die Trennung gegenüber Kindern und Freunden als gemeinsame Entscheidung darstellen. Er würde sie finanziell unterstützen, und in einem Jahr würden sie sehen, wie die Dinge standen.

Endlich sprach sie. «Ich werde ihn aufgeben.»

«Oh, tu das nicht.»

«Warum nicht?» Ihre Blicke trafen sich, und er sah, daß ihre Augen feucht geworden waren.

«Du liebst ihn.»

«Vielleicht liebe ich dich auch.»

«Das meinst du jetzt, aber auf die Dauer...» Der Rest des Satzes blieb in der Luft hängen. Er mobilisierte ein bißchen Entrüstung. «Überhaupt, ich möchte nicht *auch* geliebt werden! Laß nur, Carol», sagte er. «Wir haben es versucht, haben nette Kinder und schöne Tage zusammen gehabt. Du hättest doch mit Jason nichts angefangen, wenn alles so wäre, wie es sein sollte. Du und er, ihr scheint die Richtigen füreinander zu sein.»

Sie hätte es leugnen können. Aber sie sagte nur einfach: «Er hat Pat.»

Ed seufzte. «Je nun, ich kann mich nicht um jeden kümmern.»

Das war am Sonnabend. Am nächsten Tag, während der krankmachende neue Zustand ihrer Ehe überall wie eine unsichtbare Paste trocknete und die Kinder und Haustiere und Möbel allesamt noch unwissend waren, überraschte Carol Ed mit dem Wunsch, mit ihm ein Sonntagnachmittagskonzert in einer nahe gelegenen Kirche zu besuchen. Auch die Reynolds waren dort, in einem Gestühl am anderen Ende des Kirchenschiffs. Nachher traf man sich zu einem Punsch im Damensalon. Für einen Fachmann für Belastungen war es spannend, Carol zuzusehen, wie sie mit Jason gutmütig spottete und mit Pat tapfer Small talk betrieb. Auf der Heimfahrt fing sie an zu weinen, und Ed fragte sie, warum sie denn nur hatte hingehen wollen.

«Es war die einzige Möglichkeit, Jason zu sehen», gab sie zu, so unumwunden, als wäre er ein Anwalt, und hielt sich gar nicht erst damit auf, die Verehrung in ihrer Stimme zu verbergen, als sie den Namen ihres Liebhabers aussprach. So rasch war Ed zu ihrem Komplizen geworden. Er fühlte sein Herz zucken und starr werden. «Weiß er, daß ich es weiß?»

«Nicht die Details, nur die Sache selbst.»

«Wie hast du es ihm beibringen können?»

«Ich hab ihm einen Zettel zugeschoben. Hast du das nicht gesehen?»

Ed fühlte sich getäuscht und verraten. Nun, da der andere es wußte, war die Chance geringer, sich herauszuwinden. «Nein.»

«Ich dachte, du wärst inzwischen ein großer Beobachter!»

Er fragte sie genauso sarkastisch: «Habt ihr beiden keine Angst, daß Pat euch erwischt, bei einer dieser Schwindeltouren?»

«Sie will uns gar nicht erwischen», sagte Carol. Er blickte zu ihr hinüber, und ihre Augen blinkten, obwohl sie rote Ränder hatten. Sie schien sich rascher auf sein Weggehen einzustellen als er.

In jenem Herbst trat Ed in den fremden neuen Status des Halb-Ehemanns ein. Er fand ein kleines Apartment in den West Eighties und fuhr an den Wochenenden heim, um Laub zu harken, die Winterfenster einzuhängen und die Kinder zu hüten. Manche Nächte schlief er im Gästezimmer, wo die Kinder ihn nicht gerne sahen. Sie wollten ihn wieder in Mammis Bett. Dieser kriecherische Mr. Reynolds kam dauernd zu Besuch, rotgesichtig und schnaufend in seinen Joggingschuhen. Sie nannten ihn Häuptling Großer Fuß. «Großer Fuß kommt gerade angetrottet!» rief dann eins der Kinder von unten herauf, und Ed, verstrickt in eine Partie Trivial Pursuit im Zimmer seiner ältesten Tochter, sah Carol alsbald an der Tür vorbeisegeln, mit leisen schnellen Schritten, ihr ganzer Körper federnd vor Erwartung.

In dieser gemütlichen Atmosphäre, da ihr Komplott nun auch die Kinder schon mit einschloß, fragte Ed Carol gleichermaßen aus Neugier wie aus Neid, was Jason denn für sie tat, das er unterlassen hatte. «Es ist schon recht merkwürdig», gab sie zu, die Wörter einzeln aussprechend. «Er findet, ich sei einfach wunderbar, mehr nicht.» Und sie hatte die Anmut, angesichts dieser offenkundig hochgegriffenen Bewertung in ihr Glas zu blicken und zu erröten.

«Nun, wer findet das nicht?» fragte er, selbst errötend. Seit er sie verlassen hatte, war er ganz der Schmeichler.

Sie warf ihm einen scharfen Blick zu. Bildete er es sich nur ein, oder waren ihre blauen Augen dunkler, bissiger geworden

337

in den Monaten ihres Alleinlebens, ihres Sie-selbst-Seins? Bestimmt war ihr Haar, dessen Aschblond von Grau durchsetzt war, welliger geworden. *«Du nicht»*, sagte sie zu ihm. «Du hast das nie gefunden. Ich war für dich nur einfach *da*, wie ein Doppel-T-Träger. Jeder andere Eisenträger hätte es genauso getan. Ich bin sicher, du hast dir auch schon einen neuen zugelegt.»

«Nein», sagte er langsam, fast wahrheitsgemäß. Denn tatsächlich gefiel Ed die schäbige Strenge, die bescheidene Reinheit des Junggesellenlebens. Er hatte so früh geheiratet, daß er vorher nie für sich hatte kochen oder sein Bett machen müssen. Solche Fähigkeiten waren ihm wie eine Geheimwissenschaft erschienen, und nun erwiesen sie sich als erlernbar, und er begriff, warum Frauen gesünder waren, wenn sie dauernd hinaufreichen und umrühren und auf die Beschaffenheit der Dinge bedacht sein mußten. Sein überlaufendes, geräuschvolles, nicht sonderlich gefährliches Viertel nahe dem oberen Broadway informierte ihn nun intimer über kleine Entscheidungen und Dienstleistungen, die Kaufläden und den Waschsalon, als die Vororte es je getan hatten. Sich selbst zu ernähren und sauberzuhalten und außerdem noch zur Hälfte Carols Haushalt mitzuerledigen, der vierzig Minuten weiter nördlich lag, nahm fast seine ganze Energie in Anspruch. Alleinleben macht methodisch; er trank weniger, und die Wochenendportionen seines alten gesellschaftlichen Lebens schmeckten sauer und flach.

Da er ihre Freunde auch vorher kaum getroffen hatte, außer an Wochenenden, wurden in jenen Tagen häuslicher Konfusion sein Abfall und zeitweises Wiedererscheinen lässig akzeptiert. Von allen Paaren, die sie gemeinsam gekannt hatten, waren die Reynolds die freundlichsten. Sie waren gegenüber Carol in ihrem Single-Dasein besonders rücksichtsvoll, und sie kamen auch am häufigsten auf einen Sprung ins Haus. Pat und sie machten gemeinsame Ausflüge mit dem Gartenclub, nahmen Aerobic-Stunden und besuchten den Abendkurs über Dichter der englischen Romantik im örtlichen College. Die Kinder der Marstons gaben Pat den logischen Spitznamen Kleiner Fuß, als wollten sie die Reynolds durch verbale Magie enger zusammenknüpfen. «Die Füße sind wieder da», rief zum Beispiel eines, und manchmal mußte dann Ed, wenn man ihn im Hause antraf, den vierten Mann beim Tennis abgeben.

Stets bestand er darauf, daß er und Pat Partner waren. Auf diese Weise waren beide Seiten einander ebenbürtig. Jason war ein guttrainierter, aber schwerfälliger Spieler, und Carols Sorglosigkeit, ihre gutmütige Gleichgültigkeit gegenüber dem, was dabei herauskam, untergrub die natürliche Grazie ihres Spiels. Ed hatte eine schwache Rückhand, aber am Netz besaß er einen Killerinstinkt, und die kleine Pat spielte nach seinem Empfinden wie ein nur halb aufgezogenes Maschinchen. Wie auf Zehenspitzen lief sie vor und zurück, und ihre Bewegungen schnitten seitlich in sein Gesichtsfeld. Hätte er auf der anderen Seite des Netzes gestanden, er hätte sich auf ihre damenhaften Vorhandschläge gestürzt und sie zurückgedonnert. Doch so grummelte er nur: «Komm, wir schnappen sie uns, Pat», und zählte auf sie an der Grundlinie, während er von einer Seite zur anderen rannte, immer auf der Jagd nach dem entscheidenden Volley. Die Spiele machten Spaß, besonders wenn der aufgeregte, Kein-Gramm-Fett-zuviel-Jason anfing, anklägerische Selbstgespräche zu führen, und Carol vor Eifer ganz rot im Gesicht wurde bei dem Versuch, mit ihrem Spiel dem Liebhaber zu gefallen und dennoch wegen Pat ihre gleichgültige Miene zu wahren, während beide Eds ironische Blicke zur Kenntnis nahmen.

In gewisser Hinsicht waren sie alle drei Pats Gegner. Oder wiegten sie sie nur in der Sicherheit ihrer Unwissenheitsblase? Ed hatte das Gefühl, als wären sie bald eine Täuschungsmaschine, die sie zugrunde richtete, bald eine Art Wiege, die sie über dem Abgrund in der Schwebe hielt. Denn was sonst, fragte er sich, würde das Ausplaudern der Wahrheit bewirken, als sie zum Handeln zu zwingen und dazu, sie womöglich allesamt ins Unglück zu stürzen? Wieviel argwöhnte Pat? Nichts, schien es, was Ed ganz unglaublich anmutete. Jason und Carol auf der anderen Seite des Netzes auch nur zu sehen und ihre wechselseitigen Ermutigungen mit anzuhören, die selbstverständliche Wärme, die ihre Partnerschaft ausstrahlte, mitzufühlen, hätte Pat die Augen öffnen müssen. Einmal witzelte er ihr gegenüber: «Weißt du, wie sie mir vorkommen, diese beiden? Wie Herr und Frau Sprotte.» Es traf zu: durch die Belastung ihrer langen Affäre war Jason noch dünner und Carol noch plumper geworden. Pat lachte höflich, aber leer, konzentriert auf ihren Aufschlag. Wenn auch ihre Schläge des Feuers ermangelten, so gewann sie doch gern; soviel immerhin war menschlich an ihr, und verständlich und liebenswert.

Sie war die Jüngste, ihr Baby, noch nicht ganz 40. Ed fühlte sich mit 45 wie der Papa, der nur spielte, daß er spielte. Nach seinem Verständnis sah ihre räumliche Beziehung draußen auf dem Platz so aus, daß er die drei anderen umschloß und sie durch unsichtbare Kraftfelder getrennt hielt, als ob unter seiner Anleitung eines jener Gleichgewichte von Schwerkraft und Bewegungslosigkeit, Starre und Masse entstanden sei, die innerhalb des Universums Inseln der Stabilität bilden. Pats Unwissenheit, entschied er, war eine Funktion ihrer gesellschaftlichen Selbstzufriedenheit, und von daher eher ärgerlich als zu bedauern. Aus Snobismus hatte sie sich dazu gebracht, sexuell blind zu sein.

Nur einmal im Laufe jenes langen sonnigen Herbstes, den sie miteinander teilten, ging so etwas wie körperliche Erregung von ihr aus. Nach drei Sätzen klagte sie über eine Blase und zog auf der Bank am Rand des Spielfelds einen Tennisschuh und die Socke aus. Kleiner Fuß. Die Zierlichkeit, die an ihrem übrigen Körper ziemlich hölzern und mechanisch wirkte, war hier,

340

an ihrem blanken, blassen Fuß, exquisit; hier, in den langen Strahlen der niedrigen Spätnachmittagssonne, die schräg hereindrangen und auf ihre schwitzenden Körper und Tennishemden die Schattenrauten der Umzäunung druckten, weckten Pats scharf umrissene kleine Enkelknochen und Mittelfußsehnen und unbemalten Zehennägel in Ed den Wunsch, in sabbernder Selbsterniedrigung niederzuknien und dieses adrette weiße Stück Frau zu küssen, an dessen goldener Sohle ein paar zimtrote Körner der Tennisplatzasche hafteten.

Pat spürte, wie seine Augen sich an ihrem Fuß weideten, und blickte auf, als wäre er ein Schuhverkäufer, der es unterlassen hatte, eine absolut vernünftige Frage zu beantworten. Der Augenblick verstrich.

«Findet sie es denn nicht sonderbar, Carol», fragte Ed, «daß sie dauernd bei uns steckt, dauernd hier mit herausgeschleppt wird?»

«Sie mag mich», sagte Carol in ihrer liebenswerten Leichtfertigkeit. «Ich tue ihr leid.»

«Fragt sie nie, warum ich weggegangen bin?»

«Nein. Eigentlich nicht. Wir sprechen gar nicht über solche Dinge. Ich glaube, sie hält dich für einen ziemlich wilden, unberechenbaren Menschen, und man weiß nie, was Leute deines Schlages unternehmen.»

«Im Gegensatz zu Leuten wie Jason.»

«Mm-hm.» Nur der Gedanke an Jason ließ Carol die Lippen einsaugen, als lutschte sie auf einem Bonbon.

«Was wird sie anstellen, wenn sie es erfährt?»

«Weiß nicht. Würdest du mich bitten, ihn aufzugeben, müßte ich es wohl tun.»

«Hast du nie daran gedacht, ihn auf der Stelle aufzugeben, noch bevor eine häßliche Krise daraus wird?»

Carol nippte an ihrem Drink und erinnerte ihn: «Ich hab's dir ja angeboten, aber du hast nein gesagt.»

«Das bezog sich auf uns. Jetzt meine ich, deinetwegen.

Fühlst du dich ihr gegenüber nicht manchmal schrecklich schuldig?»

«Die ganze Zeit», gestand Carol – ziemlich fröhlich, fand Ed.

«Und du hast auch keine Angst, daß ich es ihr sage?»

«Nein, das wär das letzte, was du je tätest.»

«Warum nicht?»

«Weil du ein Feigling bist», sagte sie prompt und leichthin. Dann milderte sie es zu der Erklärung: «Ebenso, wie niemand sonst es ihr erzählt, nicht einmal ihre eigenen Kinder. Die unterhalten sich darüber mit meinen. Unseren. Wir sind allesamt Feiglinge. Außerdem, was hättest du davon? Du hast ja dein Ausreisevisum, dich kümmert es doch gar nicht, was mit uns geschieht, hier in der alten Heimat.»

«Oh, das kümmert mich sehr. Sehr. Offenbar war ich kein allzu befriedigender Mann für dich. Also versuche ich gerade, dir einen zu besorgen.»

«Das ist sehr nett von dir, mein Lieber», sagte Carol. Ed hätte nicht sagen können, ob es ironisch gemeint war. Seine Täuschungen enthielten auch diese Zweideutigkeit gegenüber Carol. Zielte er wirklich darauf, sie los zu sein, oder wollte er sie auf irgendeinem Umweg zurückgewinnen, um ihr zu zeigen, wer schließlich und endlich dennoch der Boss war?

Immer wenn er den Zug zurück nach Süden nahm, zurück in sein Apartment, in sein Viertel, spürte er Erleichterung, diesem Vorort-Fadenspiel, das er mit hatte ausspannen helfen, entronnen zu sein. Doch sein Leben, sein Leben, wie sein Reptilienhirn es erfaßte, war immer noch dort oben, wo er Zeuge wurde, wie seine Ehefrau Carol auf der Gegenseite errötete und wie die andere Frau ihren nackten Fuß dem warmen Licht des Sonnenuntergangs aussetzte wie die hilflose kalte Pfote eines toten Tiers. Sonntag nachts, im Bett, konnte er dann nicht damit aufhören, das Tennismatch noch einmal zu spielen, mit all seinen Diagonalen und den beweglichen,

wechselnden Distanzen. Runde Zuschauergesichter, Kindergesichter auf der Haupttribüne – obwohl in Wahrheit die Kinder kaum je zuschauten, sie ließen alles von sich abprallen –
vermengten sich verwirrend mit dem Hin und Her der flocki-
gen Bälle. Endlich fiel er in Schlaf, ohne Grenze zwischen
Schlaflosigkeit und Traum, ohne das Gefühl der Heilung,
wenn er aufwachte, jenes Gefühl, gut geschlafen zu haben.
Allein im Bett zu liegen ließ sogar ein kleines Zimmer groß
erscheinen, widerhallend wie eine riesige Trommel mit der
Zimmerdecke als Fell.

Schließlich hatte das Wetter ein Einsehen. Es wurde zu kalt
für Tennis. Er wollte sich auch dem Anblick Pats nicht mehr
aussetzen, wie sicher diese Frau auch von ihrer Blase der Unwissenheit umhüllt sein mochte. Die Liebenden hatten ihre
ungeklärte Situation als endgültig akzeptiert und nahmen Eds
Komplizenschaft als ihr Recht in Anspruch. Seine Rolle des
Vertrauten erweiterte sich unterderhand zu der eines Kupp-
lers. Carol fragte ab und an, in jener unwiderstehlichen, wie
zufälligen Art, die sie an sich hatte, ob sie sein Apartment
tagsüber, wenn er zur Arbeit sei, benutzen dürften. Kehrte er
dann durch die winterliche Dunkelheit zurück, fand er sein
Bett mit fremder Korrektheit gemacht, und manchmal fand er
auch eine Weinflasche im Kühlschrank, oder sein Martini-
Krug diente als Vase für einen leuchtenden Blumenstrauß
von jener Art, wie er, in Papier eingeschlagen, an den Ausgän-
gen der Untergrundbahn oder auf trübseligen Verkehrsinseln
feilgeboten wird.

Langsam wurde Ed von der Stadt aufgesogen. Er hatte ein
paar Freunde gewonnen, war vielmehr ein paar Verpflichtun-
gen eingegangen, und bat Carol, die Kinder an den Wochenenden in den Zug zu setzen und in die Stadt zu schicken, jene
jedenfalls, die noch jung genug waren, um Interesse zu zeigen.
Das Echo in den Sälen des Naturkundemuseums hieß ihn

noch aus der eigenen Kindheit willkommen; viele der Ausstellungsstücke waren raffinierter, und pädagogische Stimmen tönten von den Wänden herab, aber die ausgestorbenen Lebewesen waren nicht gealtert, und die afrikanischen Schauvitrinen boten immer noch dieselbe luftleere, zauberische Spannung von einst, gleich den weihnachtlichen Schaufenstern entlang der Fifth Avenue. Ein trockenes Grasbüschel im Vordergrund oder wenige, geologisch vermutlich akkurate Kiesel, verstreut herumliegend, um dem Arrangement Wirklichkeitsnähe zu verleihen, faszinierten ihn, als ob solche bescheidenen Einzelheiten, nur Zentimeter von der großflächigen Glasscheibe entfernt, ein geheimes Leben besaßen, das den steifen, ausgestopften Kreaturen im Mittelpunkt verweigert wurde. Als gegen Ende des Winters Pats Blase schließlich platzte, fühlte sich Ed genügend weit fort von der Krise, die ohnehin durch einen Schneesturm gedämpft wurde. Carol rief ihn wieder und wieder an, doch etliche Male überdeckten Störungen ihre Stimme, und die Verbindung brach ab.

Augenscheinlich hatte eine jungfräuliche Tante von Pat, die in der nächsten Stadt Richtung Süden lebte – in einem jener großen Häuser am Hudson River, die noch nicht in Eigentumswohnungen umgewandelt waren –, Jason und Carol zusammen im Auto gesehen, morgens um acht Uhr dreißig, an einem Wochentag. Ed wußte, daß sie sich angewöhnt hatten, Jason den Zug, zu dem ihn Pat gebracht hatte, verpassen zu lassen, woraufhin er zwei oder drei Blocks zu Fuß ging, bis Carol ihn auflas. Dann nahm er eine Station weiter unten den nächsten Zug. Auf diese Weise stahlen sie sich eine halbe Stunde füreinander. Eine gefährliche Angewohnheit und kaum der Mühe wert, hatte Ed schon vor langer Zeit zu bedenken gegeben. Doch der kleine Ehefrauenritus, Jason zur Bahn zu bringen, war ihr kostbar gewesen. Als die Tante sie mit trüben Augen aus ihrem eigenen fahrenden Auto erblickte, hatte sie gedacht, Carol müßte Pat sein, nur dicker, als sie sie in Erinnerung hatte, und mit buschigerem Haar, und auch das Auto schien nicht ganz das gewohnte; doch Jason war nicht zu verwechseln gewesen – dieser lange Kopf, schmal wie ein Messer. Beunruhigt, daß sie womöglich schon senil würde und Halluzinationen hätte, rief die unschuldige alte Dame bei Pat an, um das Gesehene bestätigt zu bekommen.

«Offenbar hat Pat ganz kalt gelogen», meinte Carol zu Ed. «Ja, hat sie gesagt, sie hätte Jason zu einer anderen Station gebracht, weil sie ihr zweites Auto bei einer Tankstelle in der Nähe der Stadtbahnlinie gelassen hätten.»

«Besser wäre es gewesen», sinnierte Ed, «wenn sie behauptet hätte, Jason hätte an dem besagten Morgen eine Mitfahrgelegenheit bei einer Frau wahrgenommen, die sie beide kennen und die ebenfalls pendelt. Das geschieht doch ständig. Ich nehme an, du hast den Honda benutzt?»

«Übrigens braucht er die Winterreifen. Ich hab ganz vergessen, sie aufziehen zu lassen. Ich hätte mich fast zu Tode gefahren.»

«Was geschah dann?»

«Nun, ich nehme an, sie hat den ganzen Tag lang daran rumgekaut, aber immer noch gehofft, Jason hätte bei seiner Rückkehr eine Erklärung. Doch die Vorstellung von einer dikken Frau mit unordentlichem Haar hat sie sofort mit mir verknüpft. Wie findest du das, als Beleidigung?»

Ed hatte Carols Gesichtsausdruck vor Augen, während sie so sprach, ihre selbstironische Miene, die Augen rund, Mundwinkel herabgezogen. Ihm kam in den Sinn, daß Pat die ganze Zeit zu hochnäsig gewesen war, um zu vermuten, er und Carol könnten, unordentlich und tölpelhaft wie sie waren, je irgend etwas tun, das sie und ihren Mann im Ernst beträfe. «Nun, er ist hier. Ich meine, er war hier. Er mußte zurück, denn sie war nicht *dort*, wie sich herausstellte.» In einem Schneegestöber von Störungen schaltete sich die verärgerte Stimme der Telefonvermittlung ein, um ihnen mitzuteilen, die Verbindung würde jetzt unterbrochen für einen Notruf. In der erzwungenen Stille häufte sich mehr und mehr Schnee in parallelen Graten auf der Feuerleiter. Die Lichter des oberen Broadways brannten einen gelbrosa Fleck in den strömenden Himmel. Gelegentlich war eine Sirene zu hören, die sich einen Weg bahnen wollte, doch die Stadt wurde unerbittlich von einem dämpfenden, erstickenden Schnee eingedeckt. Ed ging auf und ab; die Hände zuckten ihm, als er sich einen Drink mixte. Viele Meilen entfernt gingen seine alten Berechnungen auf.

Nach einer Stunde kam Carol wieder durch und setzte ihre Geschichte fort. «Also, sie hat anscheinend das Haus verlassen. Ohne die beiden Kinder. Mitten in diesem Blizzard. Verrückt. Jason hat einigermaßen die Fassung verloren, aber ich denke, hauptsächlich wegen ihrer rigiden Art und Weise. Sie hat nicht die Fähigkeit», sagte sie mit der pädagogischen Stimme einer erfahrenen Frau, «mit Rückschlägen fertig zu werden.»

«Was war ihre Reaktion: Wut, Verzweiflung, oder was?»

Carol machte eine Pause, um das richtige Wort zu wählen. «Entrüstung. Sie war erst einmal entrüstet, weil ihre Tante irgendwie in den Schmutz gezogen worden war. Sie hält ihre idiotische Familie für etwas Heiliges. Dann war sie vermutlich deshalb entrüstet, weil Jason nicht in der Lage war, eine Alibigeschichte zu servieren, die uns alle aus der Gefahrenzone gebracht hätte; er sagt, er sei gerade erst aus dem Zug gestiegen, nach einem miesen Arbeitstag bei der Bank, und wäre zu müde gewesen zum Nachdenken. Statt dessen hatte er wohl eine Art Zusammenbruch und hat ihr alles erzählt. Worüber sie am wenigsten hinwegkam und was sie wirklich gekränkt hat, war eigentlich nur, daß jeder außer ihr jahrelang davon gewußt oder zumindest etwas vermutet hatte. Sie hat alles noch mal durchlebt, all die kleinen Momente, die ihr wieder ins Gedächtnis kamen. Anscheinend hatte sie uns sogar ein paarmal Händchen halten sehen, aber ihren Augen nicht getraut.»

«War sie besonders sauer auf mich? Es muß doch rausgekommen sein, daß ich es auch wußte.»

Wieder legte Carol eine Pause ein; Ed spürte, sie war jetzt taktvoll. «Nicht besonders. Ich glaube nicht, daß sie viel von dir gesprochen haben. Ich möchte ja deine Gefühle nicht verletzen, aber du spielst in dieser Sache wirklich nur eine untergeordnete Rolle. Es war mehr eine Frage der Nachbarschaft insgesamt, und daß sie für jedermann so lange Zeit wie eine Idiotin ausgesehen hatte.»

«In ihrer hübschen Luftblase», sagte Ed. Carol hatte recht gehabt: Er war ein Feigling. Ein Jahr lang hatte er sich nun schon vor dem Anruf von Pat gefürchtet, in dem sie ihn um ein Gespräch bitten, in dem sie ihn fragen würde, was er wußte. Der Anruf war nie gekommen; in ihrer tapferen Unschuld hatte sie nie gefragt, und er war ihr dafür fast unterwürfig dankbar. Vielleicht hatte auch sie ein wenig Belastungsanalyse betrieben. Nun jedoch war sie offenkundig aus dem Haus gestürmt, auf dem Höhepunkt eines Blizzards. Sie hatte dem Druck nicht standgehalten. Triumphierend und aufgeregt wanderte er im Zimmer herum. Die ganze Nacht lang, während die Schneepflüge auf der Straße Löcher in seinen Schlaf kratzten, stellte er sich vor, daß die verschollene Pat an seine Tür klopfen würde. Das Geheimnis, so lange bewahrt, war ihm aus der Hand geglitten und wirbelte nun in der Welt herum. Die Stimme des Windes gehörte ihr, ihr, der so kalt und so vielfältig Unrecht geschehen war. Er würde sie trösten, sie würde ihre durchnäßten Stiefel ausziehen und barfüßig dastehen, noch einmal jenen kleinen Fuß enthüllend, so sorgsam geformt und dennoch im Grunde unreif, Fuß eines Kindes, unwissend, leuchtend... Er wachte auf. Es war Morgen, und vor dem Fenster stand ein heller Glanz wie von einem beleidigten Engel. Der Himmel war blank und blau, und über allem lag Stille, wie von Schuld. Mit kratzenden Schaufeln und wimmernden Reifen begann die Stadt, sich wieder zusammenzusetzen.

Wie sich erwies, hatte Pat das Übliche getan: Sie war zu ihrer Mutter nach Long Island geflohen. «Quer durch die Außenbezirke New Yorks ist sie gefahren», erläuterte Carol, «all die verstopften Bundesstraßen entlang, quer durch diesen blindmachenden Sturm.»

«Was für ein Epos», sagte er und war erleichtert, daß Pat noch lebte.

«Ich hab mit Jason darüber gesprochen», sagte Carol in lockerem Plauderton, als spräche sie mit ihrem Psychotherapeuten, «und hab ihm gesagt, daß ich es typisch fände. Für sie ist alles entweder schwarz oder weiß. Für Grauzonen hat sie keinerlei Gespür.»

Pat kehrte weder zu ihrem Mann zurück noch auch nur in die Stadt, die sie so hintergangen hatte. Die Teenager unter den Kindern wollten in ihren Schulen und bei ihren Freunden bleiben, was bedeutete, daß sie bei ihrem Vater blieben, was wiederum bedeutete, daß Carol mit ihnen fertig werden mußte. Allmählich verschmolzen die beiden Haushalte zu einem. Die verletzten und feindseligen Reynolds-Kinder zu bemuttern entsprach Carols Talenten besser als die Bebauungskommission. Im Sommer zog Jason zu ihr – schon immer hatte er ihren größeren Garten begehrt, dachte Ed, und den Tennisplatz, und das kleine Gehölz im Hintergrund, und das Spalier aus hochgewachsenem Lebensbaum vorn zwischen Haus und Straße. Die Marston-Kinder fanden einen Spitznamen für ihre Mutter: Sie nannten sie Glücklicher Fuß. Aus der Entfernung schätzte Pat die neuen Realitäten ebenso gering wie die alten; obwohl sie anfangs die Sympathie und das Rechtsempfinden der gesamten Nachbarschaft auf ihrer Seite hatte, raffte ihr strenges, rachsüchtiges Benehmen, besonders gegenüber den eigenen Kindern (auch sie hatten ja gewußt, beharrte sie, und hatten sie im dunkeln gelassen), ihre Vorteile hinweg, und bei Anbruch des nächsten Herbstes sah Jasons Anwalt keine unüberwindlichen Hindernisse mehr, eine Scheidung und das Sorgerecht durchzusetzen, obwohl Pat sich geschworen hatte, ihm beides zu verweigern.

Von all diesem wurde Ed nicht nur von Carol, deren Anrufe allmählich spärlicher und weniger zutraulich wurden, sondern auch von den Kindern und ihren Besuchen auf dem laufenden gehalten, ebenso von Georgene Fuller, seiner schlanken Freundin aus alten Tagen, die ihn gleichfalls besuchte. Sein Interesse an der Episode nahm ab, wie an jedem anderen zu Ende gebrachten Job. Seine Exfrau war glücklich, seine Kinder waren nahezu erwachsen, und das neue Ehepaar Reynolds (die ihre Flitterwochen auf St. Thomas verbrachten) sandten ihm, als wieder einmal der Februar ins Land trudelte, eine selbstgebastelte Valentinskarte.

Dann, eines schönen Apriltages – von jener Art, die einen blinzeln und zusammenfahren läßt, wenn der Streusand des Winters in den Straßen herumwirbelt und grüne, von Hunden zerrissene Mülltüten die Bürgersteige entlangschleifen – erblickte Ed einen halben Block entfernt Pat Reynolds. Die Gegend um die West Thirties war schwerlich der Ort, wo man auf irgendwelche Bekannte stieß. Er war unterwegs zu einem der gefürchteten Termine bei seinem Zahnarzt und hatte es eilig; er war einem Team junger Spezialisten in die Hände gefallen, die sich anschickten, ihm einen in ihren Worten «neuen Mund» zu verpassen. Das hieß Wurzelkanäle ausbohren, Kronen und Brücken neu justieren – aber das Schlimmste war die Arbeit am Zahnfleisch mit winzigen schnellen Messern und Sicheln und Kratzern, vollbracht von einem summenden jungen Mann, der eine schwere Goldkette um den Hals trug.

Wenn Ed an Pat dachte, so war auch dies eine Art Wundheit, ein Schmerz, als wäre vor langer Zeit eine Rippe entfernt worden oder als wäre die dem Fenster zugewandte Seite von ihm, an jenem gleißenden Morgen nach dem Schneesturm, einer Strahlung ausgesetzt gewesen. Von allen Menschen auf der Welt war sie die letzte, die er sehen wollte. Er überlegte, ob er sich im Eingang eines Juweliergeschäfts in Deckung bringen oder in dem kleinen Laden verstecken sollte, wo an Touristen, die aus dem Empire State Building zurückschlenderten, Souvenirs verkauft wurden. Aber seine Verabredung duldete keinen Aufschub, und Pat hielt gerade das Gesicht zur anderen Seite gewandt. Sie hatte ein helles rotes Tuch um den Kopf gebunden und trug eine Einkaufstasche, die ihr, zusammen mit den Turnschuhen und dem schwarzen Regenmantel, ein Aussehen von Verlorenheit und Ziellosigkeit verliehen. Er hatte das Gefühl, als wäre auch sie wegen irgendeiner ärztlichen Angelegenheit in dieser Gegend; genau vor dem Torweg, durch den er hindurch mußte, um sein Zahnfleisch schneiden zu lassen, einem großen, senffarbenen Bogen, hielt sie zögernd inne. Fast war er an ihr vorbei, die Augen vor dem sandigen Wind zusammenkneifend, da wandte sie den Kopf und erkannte ihn.

«Ed! Ed Marston.» Ihre Stimme hatte sich verändert; die vorortliche Kleine-Leute-Kehligkeit war wärmer geworden, als lebte auch sie nun in der City, als wäre sie dabei, mit dem überhitzten, halbeuropäischen Stil der Stadt umgehen zu lernen. «Komm her», befahl sie, als sie sah, daß er seinen Weg durch den Toreingang fortsetzen wollte.

Er ging zu ihr hin, und sie hob sich auf die Zehenspitzen, um ihn zu küssen. Ihr einst scharfkantiges Gesicht war weicher geworden. Ihre Züge waren in jener subtilen Weise aufgedunsen, wie man es auf den Gesichtern von Süchtigen sieht, selbst dann noch, wenn sie geheilt sind. Ihr Haar unter dem Kopftuch hatte dieselbe reiche Haselnußfarbe, war aber nicht mehr wie ein glatter Helm geschnitten, sondern in unschöne

Dauerwellen gelegt. Er versuchte, sie auf die Wange zu küssen, doch sie zielte mitten auf seinen Mund. Sie hielt die Lippen auf seinen Mundwinkel gepreßt und hing einen langen Moment lang, das Gesicht an seine Schulter gelehnt, an ihm. Sein Kopf war wie betäubt. Er fragte: «Wie ist es dir ergangen?»

«Gut.» Das Wort kam kursiv, es mußte eine Lüge sein, doch es wurde mit solcher Verve hervorgebracht, daß es wie Wahrheit wirkte. Sie sah in sein Gesicht, in Erwartung der nächsten Frage, aber da keine von ihm kam, fragte sie ihn: «Und dir?»

«Schrecklich», sagte er, was auch so etwas wie eine Lüge war. «Ich bin grad auf dem Weg zur Wurzelbehandlung – sie treiben da schreckliche Dinge mit deinem armen Gaumen.» In seiner Verwirrung den Clown spielend, schnitt er Grimassen, so daß sein Zahnfleisch sichtbar wurde.

Pats Augen waren ernsthaft und leuchtend. Sie nickte. Ihr eigenes Zahnfleisch wäre natürlich noch immer makellos. Mit großer Erleichterung nahm Ed zur Kenntnis, daß keine Anklage, kein Verhör folgen würden; in dieser Hinsicht war die Blase noch immer heil. Noch ein bißchen Geplauder, ein hilfloses Auf-die-Armbanduhr-Blicken, und er konnte sich davonmachen. Er hatte Pat nie viel zu sagen gehabt. Als er den Aufzugsknopf drückte, zeigte ihm ein rascher Blick zurück das Rot ihres untypischen Kopftuchs (sie war stets barhäuptig gewesen, noch im schlimmsten Winter, wenn sie neben Jason herjoggte), wie es von der anderen Seite der Drehtür zerschlagen und zerschnitten wurde.

Ihr so unerwartet heftiger Kuß lag wie eine sichtbare Hypothek auf seinem Mund. Was hatte er zu bedeuten? Daß sie in einem Anfall von Verrücktheit vergessen hatte, wer er war und wie er sie verraten hatte? Oder daß sie ihm vergab? Oder daß sie ihn als ein Stück Vergangenheit betrachtete und nur noch für einen Moment an ihm gehangen hatte, wie wir alle gern am Vergangenen hängen? Oder daß – und dies paßte am

besten, während Ed seinen Namen ausrufen hörte und aufstand, um seine Strafe anzutreten – sie mit ihrer Umarmung
ihre Nähe anerkannte, an jenem Abend, da auch er sie einen
jauchzenden, zitternden Augenblick lang in seinen Händen
gehalten hatte?